I…

[...]Numerose sono … vengono narrate giorno dopo … dare una risposta alla doman… …a nostra terra?”; Che sia posta tra le mur… …astello o in fronte ad un caldo ed umile focolare, il racconto che la seguirà sarà sempre incerto, variegato, dissimile almeno da un'altro.

Per quanto numerosi studiosi si siano impegnati nel cercare una risposta certa, unica e definitiva, esiste e perdura un'antica leggenda, che narra di quattro giganti, pastori di conoscenza e cultura.

I Quattro erano fratelli di sangue, nessuno sa da dove provenissero, o se esistessero altri come loro, si dice solamente che fossero alti almeno cinquanta piedi e che i loro abiti fossero interamente fatti di fresche fronde di pino. I loro nomi erano: Kthar, Tanas, Ariin e Jan.

I Quattro vivevano in grande armonia tra loro, custodendo la terra che abitavano e praticando ciò che noi conosciamo come la Magia Arcana. Ciascuno rappresentava una delle forze elementali: Kthar era maestro dell'aria; Tanas era maestro della terra; Ariin era maestro dell'acqua; Jan era maestro del fuoco.

Tutti contribuivano alla prosperità della loro terra, assicurandosi che i quattro elementi coesistessero tra loro. Mai uno screzio aveva avuto il potere di dividerli, sino al giorno in cui comparve l'uomo.

L'uomo, a quei tempi, era una creatura debole, ingenua, ignorante del mondo e della vita. Dal primo momento in cui lo videro, i giganti s' impietosirono e vollero tutti contribuire alla crescita e allo sviluppo di quella nuova razza. Tutti tranne Kthar.

Egli, infatti, non vedeva nulla nell'essere umano, se non l'animo di una bestia insulsa e capricciosa, privo di qualsivoglia abilità, che si parli di pratica o intellettuale. Contrariamente all'opinione del loro fratello, però, Tanas, Ariin e Jan vollero provare a prendersi cura dell'uomo, considerandolo come parte integrante della terra che proteggevano.

Fu così che l'uomo imparò a utilizzare il fuoco per scaldarsi, l'acqua per coltivare e trovò nella terra le risorse necessarie al suo sostentamento. Passò poco tempo, e altri umani giunsero nella terra dei giganti, formando gruppi, piccoli insediamenti e le prime famiglie. A differenza della scarsa fiducia di Kthar, l'uomo si dimostrò abile nell'imparare, crebbe in fretta, e altrettanto in fretta si moltiplicò.

Dopo qualche anno, gli umani iniziarono a essere più indipendenti. Abbandonarono la protezione delle caverne e costruirono le prime capanne; i primi villaggi. Iniziarono ad adorare e venerare i Quattro, sino a creare delle imponenti guglie, scolpite direttamente sulla roccia, in loro nome. Queste guglie rappresentavano i loro maestri, nonché gli elementi che padroneggiavano, diventando poi quelli che oggi conosciamo come i Meniir.

Tale fu la gioia di Tanas, Ariin e Jan nel vedere il loro sforzo finalmente ripagato con questo gesto che decisero di infondere il loro potere in queste magnifiche sculture, e insegnare ai loro protetti l'antica arte della magia. Sebbene questo fosse motivo di gioia e festeggiamenti, Kthar non la vide alla stessa maniera.

Egli trovava oltraggioso tutto ciò, la magia arcana era una dote, una virtù, non un oggetto da scambiare, meno che mai con un essere così misero come l'umano. Vani furono i suoi tentativi di dissuasione verso i suoi fratelli. Egli aveva visto nell'umano un'ombra, una sfumatura grigia, che poco lasciava spazio alla gioia e alla pace. Vedeva nell'uomo una minaccia, sentiva che, se avessero ottenuto troppo potere, presto o tardi gli si sarebbero ritorti contro. Tuttavia i suoi fratelli non vedevano ciò che vedeva lui, derisero le sue sensazioni e lo accusarono di provare addirittura invidia verso quella nuova razza.

Fu allora che Kthar, accecato dalla rabbia, decise di prendere in mano la situazione. Utilizzando le parole proibite dell'Antica Lingua, richiamò a se il potere dei gelidi venti del nord, scagliando sulla terra che per millenni aveva protetto, una tormenta di ghiaccio, capace di congelare persino le fiamme del più impetuoso degli incendi.

Innumerevoli furono le morti degli umani. Il gelo privò loro dell'acqua, del fuoco, distrusse le loro capanne, rese sterile la loro terra, e i pochi che riuscivano a scampare una morte da gelo, morivano di stenti. Vani furono gli sforzi dei tre fratelli; tentarono incessantemente di contrastare il maleficio di Kthar, ma ciò che è stato detto in Lingua Antica non può essere revocato se non dall'oratore stesso.

Fu così che decisero di fare il loro ultimo e più grande dono a quella razza appena nata e quasi estinta.

Tanas, Ariin e Jan, armati di volontà ferrea, scalarono i più alti monti del nord, piantarono i loro talloni in quelle vette aspre e ghiacciate e usarono i loro imponenti corpi per contrastare i venti gelati. Kthar osservava il loro sforzo da lontano. Era l'unico in grado di porre fine a quel massacro, ma non pensava che i suoi fratelli avrebbero rischiato la vita per delle creature tanto inutili.

L'idea dei tre fratelli funzionò. Il gelo smise di artigliare la loro terra, dando la possibilità agli umani rimasti di riprendersi e di poter sperare di nuovo. Per sette giorni i tre rimasero su quelle vette, e più il tempo passava, più la loro pelle veniva ricoperta da un sottile strato di ghiaccio.

La mattina del settimo giorno, alle prime luci dell'alba, lo straziante urlo di dolore di Kthar annunciò l'orrenda tragedia. I suoi tre amati fratelli, alla fine, avevano davvero sacrificato la loro vita per gli umani, morendo congelati nel loro tentativo disperato, formando tre alte colonne di ghiaccio che brillavano come diamanti alla luce del sole.

Amare furono le lacrime di Kthar, che non appena si rese conto di ciò che aveva fatto, annullò subito il maleficio e scomparve, in preda al dolore, nelle lande desolate a nord, da dove provenivano i suoi stessi venti glaciali.

A lungo gli umani piansero i loro salvatori, ma se questi erano riusciti a insegnarli a sopravvivere in quel mondo avverso, l'unico tributo che potevano offrire loro era quello di iniziare a vivere. Fu così che chiamarono quella terra Tanàriinjan, in onore dei tre che li avevano protetti, e cominciarono a creare nuove capanne e villaggi, continuando a professare il rispetto per la natura e gli elementi, e continuando ad adorarli, a modo loro, tramite i Meniir. Col passare dei secoli, quella terra prese il nome di Tanària. I giganti non furono dimenticati, e la loro leggenda vive anche grazie ai Tre Giganti, la montagna più alta che occhio umano possa scrutare, le cui vette squarciano il cielo stesso.

Per quanto riguarda Kthar, molti affermano che lo stesso gelo che ha ucciso i suoi fratelli gli abbiano consumato le carni e il cuore, e che ora risieda nelle terre del Manto Innevato di Kthar, perennemente ghiacciate dall'alone di lutto e vergogna che, ancora oggi, il gigante rilascia attorno a se.[...]

Tratto da :
"Leggende e Cultura Folcloristica di Tanaria
Parte Terza".

Capitolo 1
A Caccia

Avanzava con passo deciso nella gelida oscurità della notte. La luna splendeva nel cielo, piena e bellissima, e la luce argentea si rifletteva nei banchi di neve accumulati sulla strada e sui rami degli alberi. Non un rumore interrompeva il regolare incedere dei suoi stivali sulla neve, non un suono o un lamento. Doveva fare freddo, dalla bocca di Claide fuoriusciva una densa nube di condensa a ogni respiro, ma lui non poteva saperlo, dopotutto non lo soffriva più.

Avanzava senza sosta nella neve che ricopriva il sentiero, immerso nei suoi pensieri. Doveva essere faticoso, ma non mostrava segni di stanchezza, né di affanno; Purtroppo anche questo era un lusso che gli era stato tolto.

L'acuto stridio di una civetta interruppe il filo dei suoi pensieri. Un lungo brivido percorse la sua schiena, la sua mano corse d'istinto al fagotto che portava legato dietro le spalle, celato dal suo lungo mantello di stoffa nera e sudicia. Seguì con lo sguardo la planata di quel rapace che come uno spettro freddo e silenzioso, continuò per la sua strada indisturbato, scomparendo nell'ombra.

Viaggi del genere lo lasciavano sempre turbato, scosso, e da quando le Voci si erano fatte più intense, addirittura paranoico.

Si diede dell'idiota per essere scattato così, dopotutto, chi avrebbe mai potuto ferirlo? Riprese il suo cammino, cercando di aumentare il passo, sino a quando, dal tenue strato di nebbia che aleggiava nell'aria, non comparve la luce di un lume acceso, e l'imponente profilo oscuro delle mura che cingevano la sua meta.

Più si avvicinava, più dettagli giungevano al suo occhio, sino a notare l'entrata della città: un cancello in legno massiccio, con tanto di battenti e cardini in ferro ancorati ad un muro di cinta freddo e cupo. Era un'immagine che dava un senso di autorità e potenza, avrebbe potuto scoraggiare qualsiasi assalitore, o almeno qualsiasi uomo normale. Infatti, Claide non fu colpito dalla stazza del cancello, né sorpreso o intimorito. In verità, rimase alquanto scocciato: odiava le porte chiuse, gli davano un senso di discriminazione e di esclusione. Per tutta la sua vita non aveva fatto altro che cercare di inserirsi, di sentirsi parte di qualcosa.

Il lume che aveva notato proveniva da una lanterna adagiata ai piedi di quello che sembrava una guardia, seduta su uno sgabello traballante proprio di fronte all'entrata e coperta da pesanti pellicce brune, mentre sonnecchiava satolla di chissà quale tra i tanti liquori prodotti nel regno.

«Che seccatura...» mormorò stizzito.

Si avvicinò lentamente, sperando che il colpo di sonno di quell'ubriacone gli consentisse di entrare inosservato. Man mano che si avvicinava, notò vari particolari, come lo stemma del terzo feudo sulla cotta di maglia della guardia: un cavalluccio marino color porpora posto di fronte a due tridenti incrociati, simbolo inconfondibile della grande potenza navale che il terzo feudo rappresenta, o almeno rappresentava. Il viso paffuto dell'uomo era circondato dalle maglie del suo camaglio, e sotto il naso rosso e a patata cresceva una lunga e ispida barba color cenere che, se non fosse stato per qualche rivolo di bava che schizzava a ogni ronfo, avrebbe celato completamente la bocca. Claide non si lasciò distrarre da quella scena penosa e cercò di aggirare il prode guardiano senza fare rumore, ma le sue speranze furono mandate in fumo da due cani di grossa stazza, neri come la pece, che spuntarono da due nicchie poste ai lati del cancello alle spalle della guardia, sbavando e ringhiandogli contro.

Reagì quasi d'istinto, stufo ormai che le cose non andassero, almeno per una volta, come vorrebbe lui.

Un lieve bagliore rosso, rapido come un fulmine, baluginò da sotto il suo cappuccio, illuminando debolmente lo spazio attorno a loro. I cani reagirono immediatamente, fuggendo verso il cancello, artigliandone il legno e guaendo come cuccioli terrorizzati. La guardia si riprese dal suo torpore, messa in allarme da tutto quel baccano improvviso.

Si alzò in piedi, forse troppo in fretta, perdendo quasi l'equilibrio e accecandosi con la luce della lanterna prontamente alzata. Imbracciò una lancia che teneva vicino al suo fianco con mano tremante e la puntò verso Claide, indietreggiando incerto sulle sue gambe tremanti.

«Chi siete? Cosa volete?» disse boccheggiando e biascicando. Un tanfo di marcio e alcol investì Claide che, cercando di non farsi tramortire da questo, alzò le mani in segno pacifico.

«La prego di non agitarsi buon uomo» disse Claide con voce calma e profonda «le mie intenzioni sono pacifiche. Sono solo un messaggero, vengo dal villaggio di Pen ma credo di essermi perso».

«Per tutti i Titani! Colosso, Cerbero! State zitti!» lo interruppe la guardia sbraitando contro i cani che tentavano ancora di trovare riparo all'interno delle mura «Che diavolo vi prende?!».

«Se posso permettermi buon uomo...» disse Claide con una certa impazienza «come le ho detto vengo da Pen, il viaggio è stato lungo e credo di essermi perso... non sarebbe possibile entrare per trovare riparo?».

La guardia lo guardò storto a lungo, tirando su col naso più volte. Oltre a essere ancora intorpidita, probabilmente vedeva pure doppio.

«Giù il cappuccio, straniero!» disse con una certa nota di paura.

Claide ubbidì, e alla debole luce della fiammella, s'intravide il volto di un ragazzo di poco più di vent'anni. Aveva i capelli castani che gli coprivano la fronte sino alle sopracciglia arcuate e leggermente sporgenti, spettinati a causa del cappuccio. I suoi occhi erano sottili e perfettamente simmetrici, di un verde smeraldo e dalle palpebre pesanti, forse un po' troppo maturi per la sua giovane età. Il naso era chiaramente stato rotto in passato, ma la sua forma appena un po' tozza non imbruttiva, anzi, aggiungeva una nota di mascolinità, unita agli zigomi duri, ad una mascella squadrata e a delle labbra rosee e sottili. L'unica nota che suggeriva la sua giovane età era l'assenza di pelo sulle guance; nessuna rasatura poteva essere così perfetta.

La guardia rimase sgomenta del suo giovane aspetto. Quella che aveva sentito era una voce adulta, profonda e matura, non quella di un giovane sbarbatello.

Nonostante l'aspetto di Claide l'avesse preso in contropiede, l'uomo non perse l'occasione.

«Ragazzo, ma cosa ti salta in mente?! Avrei potuto ucciderti sai? Questa non è mica un giocattolo» disse agitandogli sotto il naso la punta della lancia «Per questa volta ti lascio passare, ma che non si ripeta mai più!»

«Assolutamente no... signore...» disse Claide trattenendo l'impulso di scaraventare via quella guardia con un gesto della mano.

«Anche se puoi non significa che devi...» si rimproverò.

La guardia si voltò ed iniziò a sbloccare i battenti.

«Dannati giovani d'oggi...» borbottava «E' tutto un gioco per loro... bastonate, ecco che ci vuole!».

Claide calò di nuovo il cappuccio, alzando gli occhi al cielo, pensando a cosa sarebbe successo se solo avesse potuto rivelare la sua vera natura, e a quanto questo avrebbe giovato al suo umore.

La guardia aprì il cancello e i due cani sparirono nell'ombra, fuggendo con la coda tra le gambe.

«Tornate qui maledetti bastardi!» gridò tra uno sputo e l'altro.

«La ringrazio di nuovo» disse Claide oltrepassando il cancello, inevitabilmente divertito e forse un po' appagato da quello scena.

Fece i primi passi nella città. Ricordava bene come era nei tempi andati: la Splendida, la Sicura, la Ricca Kimir, ma da quando la linea di sangue dei feudatari era stata interrotta da un parente troppo avido, la città era andata in rovina, tanto che ora l'unico nome che poteva avere era la Squallida Kimir.

Claide rimase schifato dalle condizioni della città: le pietre che lastricavano le strade erano umide, coperte di muffa, fango e muschio; escrementi di cavalli e buoi abbondavano nelle banchine e negli angoli, non una grata fognaria era libera. Tutto era umido e bagnato a causa della neve, ma la città intera era così sporca che persino il suo candore si trasformava in un verdone stagnante. L'odore era insopportabile, se non fosse stato per la sua maledizione, che gli impediva anche di avere fame o sete, avrebbe già vomitato. Non che qualcuno non ci avesse già pensato, visti i vari resti sparsi per le strade.

«Nemmeno i ratti vivrebbero in un posto del genere» pensò.

Tutto il terzo feudo ormai era ridotto in questo stato. Il regno di Tanaria era diviso in quattro grandi feudi, i cui nomi derivavano da personaggi famosi e di spicco nella nobiltà, morti da tempo e da tempo dimenticati. Il primo, detto Feïm, conteneva il palazzo del Re, nonché l'intero corpo di guardia reale e la cattedrale dei Titani. Il più ricco dei quattro, essendo esteso su terreno vulcanico, era provvisto di terre fertili bagnate del fiume Tirs. Il secondo, detto Qajàr, conteneva la sede centrale dei mercati e delle banche, nonché i migliori scribacchini e le migliori biblioteche di Tanaria. Ogni carovana del regno che trasportasse merci preziose di sicuro sarebbe passata per una delle sue città. Era il fulcro dell'economia di tutto il regno, ma era segretamente governato da mercanti pomposi, avidi, e presto sarebbe caduto in rovina. La storia si ripete, e Claide lo sapeva più di tutti.

Il terzo e il quarto feudo invece erano i più poveri. Il

terzo, Triam, essendo una terra bagnata dall'oceano, in origine era una potenza navale, si potevano trovare i migliori pesci di tutta Tanaria, le migliori imbarcazioni e, perché no, anche i migliori bordelli del regno. Ma alla fine anche questo era caduto, per colpa dell'uomo che non si ferma davanti a niente, che vuole sempre di più. Il quarto e ultimo, Lothis, era quello che aveva già attraversato una crisi e che ora stava riemergendo dal fango.

Secondo Claide, era l'unico che non meritava di cadere in rovina. Essendo il più lontano da Feïm, era rimasto estraneo alle questioni di potere o politiche e contava sopratutto su allevamento e agricoltura. Era popolato da gente onesta che lavorava la terra e viveva semplicemente, senza chiedere di più alla natura. Ma soprattutto, pur rimanendo ufficialmente della fede del regno, adorava la natura, ovvero il flusso magico che trabocca nell'aria, acqua, terra e fuoco. Era grazie a quelle potenti forze che potevano avere la terra fertile, il vento docile, l'acqua tutto l'anno e vivere in un clima mite.

Essendo però il più isolato dei feudi, le notizie di attacchi e i rinforzi dell'esercito ci mettevano settimane ad arrivare. Fu così che quando l'intero feudo venne assediato dalle Teste di Salamandra, una banda di fuorilegge cruenti e sanguinari, la notizia degli attacchi arrivò due settimane dopo il loro inizio a corte, e dopo altre due arrivò l'esercito in soccorso, solo per scoprire che il quarto feudo era ormai perduto. Claide sapeva bene che si sarebbe ripreso, è nella natura umana sopravvivere, ma non riusciva ad immaginare come sarebbe potuto accadere a quella città.

Cercando di non scivolare nel lastricato ghiacciato e sudicio, si diresse alla locanda che dava sul fronte della piazza subito dopo l'entrata. Sul ciglio della porta avvertì l'odore acre di bruciato, birra e sudore. Il suo udito sviluppato poteva udire anche attraverso i muri ed ascoltare le singole conversazioni. Nessuno all'interno della locanda sembrava avere la voce della sua preda, quindi decise di entrare. La porta cigolò sui cardini, regalandogli l'attenzione di tutti i presenti che si voltarono per scrutarlo.

Fortunatamente per lui, nessuno indagò troppo a fondo, perché tutti ripresero a parlare dei propri problemi, la paga troppo bassa, il figlio ribelle, la moglie fedifraga del vicino; a volte odiava avere queste capacità.

Si diresse al bancone. Sotto la luce delle torce e del camino, si potevano notare meglio gli stracci che aveva addosso: cappuccio calato e lungo mantello nero, che scendeva sino a terra; stivali alti sino al ginocchio, di cuoio spesso e scuro, che si assicuravano miracolosamente al polpaccio grazie ad alcune cinghie vecchie e malconce; i pantaloni di stoffa pesante color mogano erano bagnati fradici e strappati in diversi punti. Portava una camicia bianca, infilata dentro i pantaloni, ma era impossibile notarla, coperta da una tunica nera senza maniche, lunga sino alle ginocchia e da una corazza leggera piena di ammaccature e ruggine.

Batté qualche colpo nel bancone col pugno guantato di pelle nera, e dal retrobottega fece capolino un uomo basso e grassottello. Aveva la testa completamente pelata e dei baffoni che, secondo Claide, servivano per compensare la calvizie.

«Desidera?» chiese l'oste, mentre si puliva le mani in un grembiule che poteva solo insozzarle ancora di più.

«Gradirei un caraffa di Fuocaspina se possibile, ed una stanza per passare la notte...» rispose Claide

«Niente stanze per gli stranieri» disse l'uomo, con voce fredda.

«Siete proprio sicuro di non avere neanche una branda?» rispose mentre rivolgeva all'oste uno strano sorriso «Solo per una notte che danno potrebbe arrecarvi?».

Mentre parlava, Claide stava prendendo dalla sacca che portava appesa ad un cinturone una strana moneta d'oro: i bordi erano frastagliati e incrostati di sangue, con le punte aguzze e taglienti; una faccia della moneta riportava un teschio con la mascella spalancata, quasi stesse urlando di dolore, nell'altra faccia aveva la mascella chiusa, con una strana angolazione, quasi avesse un ghigno stampato in faccia. Qualsiasi cosa fosse quella moneta, non appena Claide iniziò a giocherellarci proprio sotto il naso dell'oste, questi rabbrividì da capo a piedi. Iniziò a sudare freddo, accumulando piccole perle umide che colarono dalla sua testa lucente e i baffi presero a tremare. Dopo essersi leccato le labbra secche, rispose.

«Oh... B-Beh ora che ci penso... dovrei avere una stanza libera! Le f-farò portare subito la Fuocaspina e... e non s-si disturbi per pagare, stanotte offre la casa!».

Il volto di Claide si illuminò in un sorriso tutt'altro che sincero.

«Signore non può nemmeno immaginare quanto le sia grato! Che i Titani la benedicano! Anche se forse così non potrei più farle visita, non trova?» rispose Claide, con quel sorriso ormai maligno.

L'oste divenne completamente cereo e si avviò di corsa in retrobottega, sparendo per il resto della serata. Claide si accomodò in un tavolo appartato, divorato dai sensi di colpa e tartassato dai suoi stessi pensieri.

«Cosa mi prende?»
«Ho esagerato... E se avvertisse le guardie?»
«Questi viaggi mi lasciano sempre irritato, devo darmi una calmata».

Per non pensare più alle sue colpe, o non l'avrebbe finita più, Claide si prese un momento per esaminare la stanza. L'intera struttura si presentava su due piani: il piano terra era completamente in pietra, compreso il camino, con qualche tavolo rotondo in legno sparso, anche se evidentemente l'oste non teneva ordine nella sala, infatti i suoi clienti abituali avevano spostato i tavoli in modo da formare un grande gruppo di front al fuoco, ed ora ridevano e scherzavano su chissà quali balle inventate. La sala non era così piccola, ma nemmeno abbastanza grande, ed era immersa nel fumo del focolare e delle pipe accese. Alla destra si trovavano le scale per andare al piano superiore per le camere.

Ora che osservava meglio, Claide riusciva a notare le cortigiane all'opera. Non era difficile capire chi erano, bastava escludere le donne non corazzate col trucco in viso ed era fatta. Sperava solo che la notte sarebbe riuscito a rilassarsi un po', col suo udito fine avrebbe potuto udire qualcosa di spiacevole, per chi vuole riposare si intende.

Come ordinato, una ragazzina dai capelli castani e dalle guance trapuntate di lentiggini gli portò una tazza colma del liquore ambrato. La Fuocaspina era una bevanda ad alto grado alcolico, solo i veri veterani della sbronza osavano bagnare le proprie labbra con quel fuoco liquido. Era un estratto di una pianta che cresceva solamente alla fine del passo dell'orso, vicino al grande deserto. Il suo nome derivava proprio dalle caratteristiche della pianta da cui veniva estratto, dai fiori di un giallo e rosso sgargiante e dalle spine cremisi e lunghe un palmo. Bastava un solo sorso per mandare al tappeto il più grosso tra i bevitori incalliti, ma se si aveva una gola abbastanza allenata, dopo il forte bruciore si poteva assaporare il vero gusto della Fuocaspina, misto tra il dolce e l'aspro, come se si stesse mandando giù dell'ottimo miele bagnato con qualche goccia di limone. Era il suo liquore preferito.

Grazie alla sua maledizione non poteva ne ubriacarsi, ne avvertire la potenza di quell'alcol scaldargli le membra, così poteva gustarselo sino alla fine, osservando e, soprattutto, ascoltando.

Non gli interessava quello che stavano dicendo, gli interessava lo scorrere della vita, cosi lento, noioso, placido e ripetitivo, ma allo stesso tempo così oscuro, emozionante, nostalgico per lui. Quella gente avrebbe potuto incontrare la propria morte quella sera stessa, o magari l'indomani. Eppure nessuno di loro sembrava preoccuparsene, si godevano semplicemente i piccoli piaceri della loro breve vita, incuranti del proprio destino. Si lasciò trasportare così tanto dal filo dei suoi pensieri da ritrovarsi a provare persino una goccia di invidia verso quegli sconosciuti, cosa che lo turbò non poco.

Quando gli portarono la chiave della stanza non perse ulteriore tempo, si alzò e, senza attirare troppe attenzioni, si avviò al piano di sopra. La camera era l'ultima nel corridoio in cima alle scale, il più lontano possibile dalle altre. Proprio un toccasana per chi non vuole sentirsi escluso.

«Cosi impari ad esagerare, vecchio rimbambito» si rimproverò.

La stanza non era niente di che, il tetto era in legno umido, da cui cadevano piccole gocce d'acqua che avevano formato delle pozze sul pavimento e avevano reso fradicio il letto di paglia. Provò a sedersi comunque. Non era scomodo, era avvolto in due sacchi di juta e coperto con delle lenzuola grigie e vecchie, ma almeno non pungeva. L'unico problema era l'umidità che aveva reso maleodorante la paglia e, di conseguenza, le coperte, ma a Claide non importava, aveva visto posti peggiori.

Curiosando nella penombra della stanza sprovvista di candela, intravide il profilo di una cassapanca e di una lastra d'acciaio lucidata, usata a mo' di specchio. Proprio quello che gli serviva. Decise di togliersi almeno il mantello e la tunica. Appese il primo alle ante della finestra per far colare via un po' di acqua, poi si tolse la corazza, la tunica e lo strano oggetto longilineo avvolto nei panni. Su quest'ultimo indugiò un momento, per poi adagiarlo alla parete scuotendo la testa. Dalla bisaccia tirò fuori degli attrezzi da erborista e iniziò a preparare uno strano composto nero. Finito il procedimento, con un bastoncino vergò degli strani glifi sulla lastra d'acciaio. *«Bene è tutto pronto».*

Fece qualche passo indietro, stese il braccio in avanti

col pugno chiuso e iniziò a recitare una litania in una strana lingua. Le parole cariche di potere perverso echeggiarono nell'aria e una nube verde si raccolse attorno alla mano del braccio teso. Claide spalancò gli occhi, le iridi erano rosse e le pupille verticali come quelle di un gatto. Quando usava il Bagliore non si potevano notare, il lampo cremisi non permetteva di distinguere questi particolari, ma quando usava la magia nera si poteva vedere lo sguardo della sua vera natura. Aprì il palmo della mano terminando l'incantesimo e un globo di nebbia verde si infranse contro la lastra. La sfera urtò la superficie dello specchio, che prese lentamente a diventare nera, come se dell'inchiostro fosse stato versato in una pozza d'acqua limpida. Presto la macchia si sparse coprendo tutta la lastra, e fu allora che le rune vergate in precedenza presero fuoco, brillando rosse come la lava e lanciando bagliori vermigli che illuminarono la stanza.

Aveva appena creato un Velo, una piccola finestra tra due mondi: quello dei mortali, e quello dei demoni. La macchia nera si diradò per lasciare spazio ad una visione orripilante: un ammasso di muscoli alto almeno venti piedi, pelle color sangue, braccia lunghe sino alle ginocchia, torace ampio e villoso, mani munite d'artigli, un collo taurino che reggeva la testa con due corna d'ariete. Occhi completamente neri come la pece, naso schiacciato come se un maglio l'avesse colpito, mascella grossa e sporgente che mostrava una chiostra di denti aguzzi. I grugniti che produceva la creatura potevano solo dare un senso ancora più goffo e rozzo, ma tutto insieme incuteva un senso di inferiorità e timore. Era venuto il momento di contattare i "datori di lavoro". Era venuto il momento di contattare i demoni.

Capitolo 2
Il Dannato

La visione che rifletteva lo specchio era tutt'altro che amichevole. Il panorama che si scorgeva non era altro che un'enorme caverna, dalle pareti rocciose rosse e roventi per via del mare di lava che illuminava l'intero spazio circostante. Più caldo di un vulcano o del sole stesso, l'anticamera dell'inferno rendeva l'idea di come doveva essere il resto di quel mondo maledetto.

Il demone stava di profilo rispetto a Claide. Era seduto su una roccia, le mani in grembo reggevano una frusta che si adagiava docile ai suoi piedi da bestia nudi e pelosi, il grugno rivolto verso alcune strane formazioni della grotta che sfioravano il pelo della lava. Talvolta si potevano udire delle grida di dolore, più umane che demoniache. A quegli urli disperati, Claide non si era mai abituato.

Diede un colpo di tosse per attirare l'attenzione del demone, il quale si voltò di scatto con un grugnito. Non appena riconobbe chi lo stava chiamando, un ghigno comparve su quell'enorme faccione spaventoso.

«Giudice! Non ti aspettavo così presto! Hai già completato il tuo incarico?» Chiese.

Nella sua voce gutturale si poteva sentire tutto il disprezzo e il sarcasmo che covava per Claide.

«No, non ancora. Ti ho contattato per chiederti alcune informazioni sull'anima da prelevare».

«Tsk! Mezzosangue, ancora oggi mi chiedo perché le Venerabili stringano patti con voi umani... Cosi piccoli e deboli.. Puah! Che spreco di potere»

«Bada a come parli Carceriere! Sarò pure un senza-corna, ma godo di un potere superiore al tuo! Porta rispetto!» Claide stringeva i pugni e serrava la mascella. Gli occhi ancora rossi sputavano veleno.

Erano anni che quel piccolo demone non gli portava il rispetto che meritava e nel'ultimo periodo sopportava ancora meno le critiche di quell'essere. Lui non poteva nemmeno immaginare cosa si provava durante le visioni.

«Mhpff, chiedo venia Giudice» rispose con un sorriso beffardo e chinando il capo «Quali informazioni vi servono?»

Il gesto fece infuriare ancora di più Claide. Nel mondo dei demoni, mostrare la gola alzando il muso era un segno di sicurezza di sé o di rispetto tra i demoni che avevano un grado superiore al semplice guerriero. Chinare il capo, puntando quindi le corna, era un grave gesto di sfida. Non certo di scuse. Ma questa volta Claide lasciò correre, la magia lo stava prosciugando più del solito.

«Sono giunto a Kimir, come ordinato dalle Voci, ma questo porto è grande e voglio finirla alla svelta! Dimmi dove posso trovare il Dannato, affinché possa adempiere al suo pagamento»

Il demone prese in mano una lapide di ossidiana e, borbottando qualche rapido incantesimo, tracciò una runa sulla superficie lucente, facendo comparire segni e glifi di una lingua che Claide ancora non capiva.

«Il Dannato si trova ad est della città, nei quartieri bassi. Vedo la sua dimora, semplice e fetido fango e paglia, ma non ne vedo altre simili attorno ad essa. Può bastare Giudice?».

«Ti ringrazio, a breve riceverai un altro carcerato».

«E chi li conta più ormai, giorno dopo giorno ne arrivano sempre di più Giudice, chi mi assicura che voi stiate facendo il vostro lavoro?» aggiunse con un sorrisetto beffardo, e dopo una serata andata male, la classica goccia che fa traboccare il vaso non manca mai.

Claide sbarrò gli occhi, ora dall'odio aveva l'omicidio nello sguardo. Le labbra erano così strette da essere diventate bianche. Il potere dentro di lui aumentò a dismisura, un'aura nera lo circondò, come se fosse avvolto da delle fiamme oscure. L'oggetto avvolto nei panni vibrò e fremette, quasi eccitato.

«Ho ucciso più io di tutte voi ignobili creature!» Sputò fuori. Il braccio ancora teso era tremante. Fu allora che Claide la liberò. Strinse il pugno e distolse di colpo il braccio. Tutta la magia si riversò nello specchio. Ci fu un lampo di luce verde e poi più nulla. Silenzio.

Claide ansimava sul posto, le braccia stese lungo i fianchi. Della lastra di acciaio era rimasto un cumulo di metallo fuso ancora fumante. Cercò di calmarsi, respirò a fondo una... due... tre volte. Prese l'oggetto avvolto negli stracci. Lo liberò.

Alla flebile luce della luna, si delineava una spada dalla strana fattura. L'impugnatura era coperta di teschi urlanti. Il pomolo rappresentava il teschio di un demone a quattro corna, mentre la guardia era elaborata e intricata come quella di una schiavona o di uno stocco.

La lama, però, era diversa, aveva il filo solo da un lato, e la punta curvava verso l'alto. Sull'altro lato erano presenti delle dentellature, utili a tritare ossa e carne. Era un'arma fine e brutale al tempo stesso, di classe, adatta ad un cavaliere, ma anche rozza e grottesca. Bellissima. La luce della luna ne illuminava le venature argentee che ricoprivano l'intera elsa. Mentre la lama era interamente d'acciaio, o almeno sembrava fatta di quel materiale. Brillava quanto l'elsa, ma sembrava molto più resistente. Era magnifica. Claide la impugnò e porto la guardia di fronte al viso.

«Stiamo diventando scorbutici con gli anni, vero?» sussurrò.

La spada, ovviamente, non rispose. Si avvertì solo una strana sensazione nell'aria, come se qualcuno li stesse osservando. Claide sorrise, abbassò l'arma e la rinfoderò.

Dopo averla riavvolta, si stese nel letto fradicio. Gli sembrava di essersi adagiato nelle sabbie mobili e questo fu il suo pensiero fisso per un bel paio d'ore.

«Stupido letto... e stupida maledizione... Darei la mia

anima per farmi una bella dormita... ah già... se la sono già presa...».

La malinconia lo assalì per il resto della notte e quando le prime luci del sole fecero capolino dalla finestra si alzò di cattivo umore. Come sempre da più di un secolo, ormai.

Tastò il mantello e la casacca ancora appesi, erano umidi, ma non grondavano come l'altra sera.

Si vestì esattamente come prima, cappuccio calato, spada nascosta e uscì dalla sua stanza. Il sole era appena sorto, non un'anima si aggirava per la locanda. Resti di bile erano accumulati attorno ad alcuni tavoli. Notti pesanti per certi mariti. Uscì dalla locanda e fuori la situazione era più o meno la stessa. Un silenzio di tomba aleggiava in tutta la città, non un ratto squittiva, non una foglia si muoveva. *«Qualcosa non va»* pensò.

Si avviò verso la parte est, i sensi in allerta, le orecchie tese, ma nemmeno il suo finissimo udito captava qualcosa. Ora che osservava meglio, non c'erano nemmeno le guardie di ronda, né le sentinelle sul muro di cinta.

Continuava a camminare, i tacchi dello stivale che schiacciavano le lastre di pietra erano l'unico rumore che lo accompagnava. Tutto d'un tratto il rumore assordante di un'anta che si chiudeva. Claide alzò lo sguardo, la mano sotto il mantello, gli occhi stretti come fessure, invisibili sotto il cappuccio calato. Dall'altra parte della finestra, scorse solo il viso di una donna, gli occhi sbarrati dalla paura, il petto che si alzava e si abbassava freneticamente. Claide si tranquillizzò. *«Ieri sera ho esagerato... ora tutti sanno che sono qui... poco male,se hanno così paura non ci saranno battibecchi con le guardie».*

Riprese il suo cammino, attraversò vie, vicoli, strettoie, curve. Quella città non aveva un minimo di ordine. Tutte le case erano ammassate le une sopra le altre, le nuove sulle vecchie, negozi su botteghe, tutto! E la sporcizia regnava ovunque. *«Ma come si fa a vivere cosi?»*. Ogni volta dimenticava perché la odiasse tanto, ed ogni volta gli bastavano poche ore per ricordarlo. Il resto della sua marcia fu accompagnata da mormorii oltre le porte e altre ante che sbattevano, nonché dal tocco del suo stivale a terra. Il silenzio non si era ancora levato; la città intera, non solo come persone, ma anche come mura, roccia e sporcizia, sembrava in attesa di qualcosa.

Giunto nei bassifondi, si dovette coprire il muso con un lembo del mantello. Le strade non erano più lastricate, ma puro fango, neve e feci. Le case erano poco più che ruderi, alcune non avevano neanche le finestre, altre cadevano letteralmente a pezzi. Più di una volta scorse la carogna di qualche cane randagio, dalla pancia gonfia e dalla pelle marcia, e ciò lo spinse ad aumentare il passo, stufo di quel tanfo e di quell'incarico.

Vide la casupola in lontananza, anche se chiamarla pure capanna era un complimento.

Pareti in fango e paglia, le finestre non erano altro che buchi sorretti da quattro assi in legno. La porta era formata da alcune tavole inchiodate tra loro, rette da dei cardini arrugginiti aggrappati miracolosamente ad un palo. Il tetto doveva essere concavo, o forse doveva mancare proprio, perché di neve accumulata sopra non c'era nemmeno la traccia.

Giunto alla soglia provò a bussare, ma la porta era solo socchiusa e arrivato a quel punto, troppe formalità non facevano che allungare la cosa. Decise di entrare e dentro la situazione non migliorò. Il tetto in effetti mancava e così pure il pavimento, o forse c'era, sepolto sotto la neve accumulata nella notte.

Alle pareti non era appeso nulla. Non un'icona sacra, né un cerchio di magia bianca o una reliquia benedetta. Nella stanza c'era solo un buco che in passato doveva essere servito da camino, una mensola con delle bottiglie impolverate e un fagotto di stracci che, in qualche strano modo, era rimasto al riparo dalla neve.

«Ora si che c'è qualcosa di strano»

Claide si allarmò. Lui era stato mandato lì perché i demoni non potevano farlo. Perché gli uomini pensano di raggirare i termini dei contratti, costruendo semplici santuari o benedicendo le loro case, in modo da tenere lontano le creature e non adempiere al loro pagamento.

Così mandavano lui, a riscuotere. Di solito doveva superare barriere protettive, combattere contro guardie del corpo, o inseguire qualche nobile piagnucoloso. Ma in questo caso, perché? Perché non c'era niente da abbattere, da combattere, da inseguire? Perché non c'erano santuari, o benedizioni o reliquie? Perché i demoni non si erano presentati di persona e avevano mandato lui a prendere l'anima del dannato? Mentre nella sua testa centinaia di possibili risposte nascevano e morivano al tempo stesso, qualcosa attirò la sua attenzione.

Il fagotto di stracci si mosse. Fece qualche passo indietro e sguainò la spada, facendo cadere le bende rosse che l'avvolgevano sulla neve. Puntò la lama verso la cosa che stava per uscire da quell'impacco di panni sporchi, anche se non era una cosa, ma un chi. Dal fagotto fece capolino prima una testa, poi si liberò tutto il corpo.

Goffamente, l'uomo uscì dal suo rifugio e si alzò per pararsi di fronte a Claide, il quale sul viso aveva stampata un'espressione confusa e sgomenta. L'uomo che aveva davanti doveva avere almeno sessant'anni, era molto magro, vestito di stracci, le mani callose e la pelle floscia arrostita dal sole. Gli occhi grigi e incavati, i capelli arruffati gli circondavano le tempie e la nuca formandogli una corona di bianca vecchiaia. L'uomo stava cercando di mettere a fuoco Claide, ma non passò molto prima che capisse.

«Finalmente sei giunto, Giudice...» disse con un sorriso, la voce era stanca e velata, ma con una nota di sollievo immenso che lasciò Claide ancora più perplesso. Chi poteva essere felice di morire?

«Ti ho aspettato tanto sai? sono contento che abbiano mandato te e non quelle.... cose» continuò, rabbrividendo sulle ultime parole «Ho dismesso il santuario circa un mese fa, prima che arrivasse l'inverno e avevo paura che arrivassero loro... ma non potevo più aspettare... però eccoti qui, finalmente! Ora, ti prego, lasciamo perdere i convenevoli, e.... proseguiamo».

Detto questo, alzò lievemente le braccia e mostrò i palmi, chinando la testa. Sembrava un invito al verdetto finale. Ma Claide voleva delle risposte.

«Chi siete?» chiese.

«Non conosci il mio nome?» chiese il vecchio alzando il capo «No... a cosa ti servirebbe giusto? Beh, io sono Fenrir, è un onore stare al tuo cospetto, Giudice...»

«Perché avete dismesso i santuari?»

«Beh, quando mi sono accorto che tu non arrivavi più, ho pensato che il mio non fosse un caso abbastanza importante per te.... quindi ho buttato via tutto e ho aspettato che i demoni venissero... ero stufo di aspettare»

«Ogni anima ha egual peso e valore sulla mia bilancia... Mi aspettavate?» Claide era sempre più confuso, era la prima volta in tre secoli che gli capitava una cosa del genere: qualcuno che accettava il pagamento.

«Certo giudice... Da più di cinque anni... dopo... dopo aver stretto il patto... e aver perso tutto»

«Tutti ottengono qualcosa dal contratto, nessuno lo fa per niente. Quale è stata la vostra ricompensa?»

«Angoscia, Giudice... Rimorso, dolore, angoscia, rabbia... e una vita da meschino, vissuta nel rimorso...» Fenrir chiuse gli occhi per un attimo. Gli strinse in una morsa di dolore e un'unica lacrima solcò le guance aride del suo viso. Claide voleva fermarsi, ma era troppo confuso... confuso e curioso per finirla qua.

«Raccontatemi, Fenrir, qual è stata la vostra storia» disse, abbassando la spada.

Fenrir lo guardò per un lungo periodo, gli occhi lucidi al colmo delle lacrime. Sembrava disperato, sembrava desiderare di finirla e di pagare per qualche oscuro motivo. Poi chinò di nuovo il capo e cominciò a raccontare.

«Tempo fa... vivevo qui, in questa capanna, con mia figlia Janine... avevamo un fuoco caldo, e abbastanza cibo da riempirci la pancia... Io coltivavo la terra, lei tesseva sciarpe, camicie, scialli, sia per noi, sia per il mercato. Era bellissima, i capelli color oro, più brillanti delle spighe di grano mature e gli occhi verdi come l'erba di primavera... vivevamo bene, o almeno abbastanza bene per un contadino! Poi venne lui...» fece una pausa, in cui la sua voce divenne sprezzante e carica di rabbia, per poi calmarsi, svuotato anche da queste ultime forze «Era appena arrivato, promosso a capo pattuglia. Era arrogante, violento, brusco... e voleva lei... per quante volte lei lo abbia rifiutato, lui la voleva ancora di più. Un giorno... l'aggredì e tentò... di portarle via la sua purezza. Io li scoprii e infilzai il suo braccio con il mio forcone. Questo lo fece infuriare a tal punto da colpire persino Janine mentre cercava di colpire me. Lei se la cavò, ma io ero furente. Non so cosa mi sia preso. Volevo vendetta… Una sera, mentre tornavo a casa dalla locanda, uno straniero di passaggio mi avvicinò… Il capo delle guardia aveva cercato di nascondere quello che era successo, non voleva ammettere di essere stato ferito da un contadino, ma la voce si era comunque sparsa per tutta Kimir… costui mi chiese quanto valesse la mia vendetta, e cosa avrei dato in cambio di un modo per attuarla… Io risposi che avrei dato qualsiasi cosa pur di punire quel maiale, e lui mi diede una pergamena, su cui erano scritte tutte le istruzioni per evocare i demoni e stipulare un accordo, con la promessa che un giorno sarebbe tornato e avrebbe riscosso la sua ricompensa… Inizialmente fui spaventato anche solo all'idea di compiere un atto del genere, ma la rabbia aveva avvelenato il mio giudizio, e così compii il rituale. Loro vennero, così spaventosi, ripugnanti e carichi di promesse. Mi chiesero la mia anima, ma mai avrei immaginato che il prezzo sarebbe stato ben più alto...»

Claide iniziò a capire. Solo alcuni stregoni oscuri conoscevano le formule per il rituale, ed era pratica comune di alcuni di loro trarre in inganno uomini disperati in cambio di carne fresca.

«Fenrir... ho sentito abbastanza...» disse.

«No! ho tenuto tutto dentro, per dilaniarmi e rimproverarmi... ora non ce la faccio più a nascondermi ancora! Quel porco bruciò per tre giorni e tre notti nelle fiamme nere, senza morire, soffrendo sino all'ultima scintilla... Nulla poteva spegnerlo, né la neve, né l'acqua... io stesso ci provai il terzo giorno... quando tutto finì, tornai a casa, felice di poter dare la notizia a Janine, di poterle dire che finalmente chi le aveva fatto del male era morto... Ma al suo posto, posato sul tavolo, trovai solo un pezzo di carta sgualcito, che riportava le uniche parole che non riesco a dimenticare di quei mesi assurdi... *Qualsiasi cosa...* Fu allora che capii... provai a rivolgermi alle autorità, ma dopo quello che avevo fatto, tutti in città mi evitavano come la peste! Mi sono arreso quando sono stato minacciato di essere accusato di negromanzia... Quel bastardo mi aveva ingannato! Così costruii il santuario... ed il resto sino ad ora... beh lo sapete» chiuse il racconto portando il mento sino al petto.

«Chissà quanto ha dovuto soffrire... non ha forse già pagato per il suo errore? Dopotutto, se non fosse stato per quel verme, nulla di tutto ciò sarebbe accaduto» si sorprendeva a rimuginare Claide. Poi un'idea folle, l'unica seconda possibilità che solo un Giudice, in quanto tale, aveva. Poteva assolverlo.

«Mastro Fenrir, per quanto io abbia lasciato una scia di sangue dietro di me in tutti questi anni, io sono un Giudice di nome e di fatto e, come tale, posso decidere di assolverti dalla tua pena e lasciarti libero di viver»

«NO!» Inveì Fenrir, gli occhi sbarrati dalla paura «No! Ti prego! Non farlo! Io voglio pagare! Per colpa della mia stupidità Janine ha passato chissà quali indicibili sofferenze! Mia figlia è morta a causa mia! Non vivrò mai il resto dei miei giorni, perché sono morto nel momento stesso in cui ho letto quel biglietto! Ti prego, ti supplico Giudice, fa quel che devi!»

Fenrir arrivò persino ad inginocchiarsi, stringeva la casacca di Claide con le mani e quasi piangeva dalla disperazione. Claide era sempre più sbalordito.

«Se desiderava tanto la morte, come mai non ha posto fine alla sua vita con le sue stesse mani?»

Poi alla fine capì. Posò una mano sulla spalla di Fenrir e lo aiutò ad alzarsi.

«E sia, Mastro Fenrir, io mi prendo la tua anima come pagamento al patto di sangue di cinque anni fa. E ti condanno, come pena per il ritardo, a cinquemila frustate, prima di bruciare in eterno» Fenrir non diede segni di debolezza. Deglutì il groppo in gola formatosi in precedenza e fece un cenno col capo

«Accetto di buon grado la tua pena»

Claide posò la mano sul petto dell'uomo e aggiunse.

«Posso però, come uomo, decidere la tua morte. E non sarà dolorosa come molti dei miei condannati. Sarà rapida, come un sonno ristoratore dopo una grande fatica. Accetta almeno questo regalo, non come Giudice, ma come in parte uomo»

Fenrir sembrò essere un po' contrariato ma, alla fine, guardandolo con gratitudine, accettò. Claide pronunciò un paio di parole, e l'energia vitale di Fenrir iniziò a scorrere lentamente, risalendo nel suo braccio e depositandosi nel petto di Claide.

Fenrir chiuse piano gli occhi, come se si stesse per addormentare, poi il suo corpo senza vita si accasciò tra le braccia di Claide.

Togliersi la vita sarebbe stato troppo facile e gli sarebbe servito solo a mostrarsi ancora più meschino agli occhi di sua figlia. Affrontarlo con coraggio, invece, era l'unico modo per riscattare se stesso e la memoria di Janine.

Capitolo 3
Requiem

Claide teneva ancora il corpo di Fenrir tra le braccia. Lo ammirava, cercava di scrutarlo, cercava di capire da dove poteva venire una tale forza di volontà. Lo posò delicatamente sulla neve e rimase ancora un po' ad osservarlo. Dopo aver rinfoderato la lama e riavvolto l'arma nelle bende, uscì fuori e si diresse verso il retro della casa. Fenrir aveva parlato di un campo, nei dintorni doveva essercene uno.

Come intuito da Claide, dietro la casa c'era un piccolo fazzoletto di terra, ma era più uno spiazzo di fango e neve che un campo coltivato. *«Ha smesso di prendersene cura tempo fa... forse subito dopo la scomparsa della figlia... poco male»* pensò.

Con un movimento della mano, come se stesse scacciando un insetto, fece volare via la neve, formando un rettangolo verticale di terra a misura d'uomo. Iniziò a pronunciare uno strano incantesimo, ma questa volta le parole non suonavano blasfeme, perverse o sinuose. Avevano un suono dolce, melodioso, come se fossero una preghiera. Emanavano calore, non disagio. Claide stava benedicendo il campo.

Con un altro gesto della mano, fece volare via circa due piedi di terra, creando una fossa abbastanza profonda. Tornò nella casa e prese in braccio il corpo di Fenrir, lo portò sino alla tomba e lo adagiò piano nella fossa. Con la magia riempì la tomba di terra e iniziò a tracciare dei strani simboli con l'indice sopra di essa.

«Qui riposa Mastro Fenrir, padre di una figlia e uomo d'onore» pronunciò mentre tracciava le rune, il potere che fluiva dalla punta delle sue dita illuminava ogni solco «Che tu, o profanatore di tombe, cadda nella miseria e sfortuna, se solo tenterai di scalfire questo sacro luogo».

Terminò il disegno con un lungo cerchio, poi si alzò e stese le braccia verso l'esterno. Con dei movimenti di un direttore di orchestra, fece convogliare tutta la neve sopra la tomba, per poi farla solidificare in una colonna di ghiaccio, usata a mo' di lapide. Sulle pareti gelide, si potevano intravedere le parole pronunciate da Claide prima. Ora quello non era soltanto un posto benedetto, ma anche maledetto.

Era un luogo inaccessibile sia per le forze del bene, sia per le forze del male. Solamente lui si sarebbe potuto avvicinare. Era il primo caso di fulcro di potere artificiale, un centro dove gli spiriti non erano accettati, un punto fuori dallo spazio e dal tempo mortale. Era il primo caso di straordinario aumento di potere che Claide aveva ottenuto in più di trecento anni di uccisioni, contratti e battaglie. Trecento anni da mezzo demone.

Trecento anni da Giudice di Sangue.

Capitolo 4
Persi nel bosco

Il momento del ritorno era sempre il più noioso, ma anche il più atteso. Quando partiva alla ricerca di un nuovo dannato, non vedeva l'ora di trovarlo e di finirla subito. Aspettava con ansia il momento finale, quello dove non doveva preoccuparsi di niente, quando doveva solo tornare indietro, consegnare l'anima e godersi alcuni giorni di riposo.

Doveva ammettere, però, che nel momento in cui iniziava la caccia, aveva uno scopo, un motivo per viaggiare. Quando invece tutto terminava, era spinto a vagabondare senza una meta precisa, più per noia che per necessità.

«Questa volta andrò a visitare un luogo che non vedo da tempo... le cascate che formano il Tirs magari... o i Campi di Fuoco del deserto a ovest... però basta girovagare come un mendicante» si ritrovò a pensare. Il viaggio di ritorno, comunque, non era una passeggiata.

C'era da camminare certo, ma l'anima bisognava consegnarla direttamente al Carceriere e un Velo poteva solo far passare le immagini da un mondo a l'altro, non la carne. Per la consegna bisognava aprire un portale per l'inferno.

Claide era già uscito dalla città da un pezzo e percorreva una strada che conduceva alle terre di Lothis. Nonostante il sole, la neve era ancora abbondante sui rami e nelle rocce, ma sulla strada si era completamente sciolta, lasciando uno strato di fango scivoloso, rigato dalle ruote dei carri.

Camminò senza sosta per quattro giorni, sino a quando non raggiunse il confine con Lothis. Non si fermava quasi mai la notte, era solo una perdita di tempo, ma dopo quella marcia forzata iniziava ad avvertire un po' di stanchezza. Aveva una gran resistenza, ma anche lui sentiva il dolore fisico prima o poi. Alle prime luci del mattino, decise di fermarsi nel bosco e riposare un po', e quando il sole sarebbe stato alto nel cielo avrebbe ripreso il suo cammino. Si sedette su un ceppo marcio e si tolse dalle spalle il cinturone e la spada. Rimase qualche minuto osservando il terreno, ascoltando i rumori della natura. In realtà stava cercando di captare suoni di animali o bestie feroci, oppure di persone.

Voleva poter stare tranquillo almeno quando riposava le gambe e non avendo captato nulla, si mise ad osservare la foresta. L'aria era carica di umidità e una fitta nebbia ricopriva il terreno. Il muschio era ovunque e in alcuni casi aveva preso il totale controllo degli alberi, pendendo addirittura dai loro rami. Era una foresta antica che molti avrebbero definito tenebrosa o lugubre, ma a Claide sapeva di casa, perché lui si sentiva vecchio come quelle piante.

L'urlo di una bambina lo fece riprendere dai suoi pensieri. Tese l'orecchio ancora qualche minuto, pronto a scattare.

«Aiuto!» sentì.

Senza perdere tempo, afferrò cinturone e spada e iniziò a correre. Più veloce di qualsiasi umano, superava ostacoli, radici e rami con un'agilità inaudita, puntando dritto verso l'origine del grido. La sua corsa si arrestò ai piedi di un albero enorme. La cima era invisibile per via della nebbia, ma Claide era sicuro che anche senza la nube, sarebbe stata quasi impossibile da scrutare. A differenza di tutti gli altri alberi, questo non aveva foglie sui suoi rami grossi e contorti. Sembrava morto, ma scaturiva una strana forza che faceva pensare il contrario.

La mole era impressionante, il diametro era largo quanto una piccola casa e chissà a quale profondità si spingevano le radici. Claide annusò a fondo l'aria.

«*Spiriti...*» pensò.

Estrasse la spada e si legò le bende intorno alla vita per non perderle. Si mise a ispezionare la circonferenza dell'albero. Era pieno di nodi e fessure, tutta la base era frastagliata, forse per via delle enormi radici. *«Se è come penso, qui dovrebbe esserci un simbolo, una runa, un cristallo...»*

Continuò a ispezionare l'albero senza alcun risultato. Stava per ripetere tutto il perimetro quando un rumore alle sue spalle attirò la sua attenzione.

Si voltò di scatto; appollaiato su un tronco morto, stava un corvo che lo osservava. Claide aguzzò la vista per capire meglio, quel corvo aveva qualcosa che non andava. Era cieco da un occhio e molte piume mancavano, lasciando chiazze di pelle grigiastra. Provò ad usare il Bagliore per spaventarlo, ma questo non sortì alcun effetto.

«Non morto» disse a denti stretti.

Quando il Bagliore non funzionava era perché la vittima non apparteneva più al mondo mortale e non aveva più nessuna anima.

Digrignò i denti, ora sapeva benissimo cosa lo aspettava dentro quell'albero e aveva appena trovato la chiave per la serratura. Come se gli avesse letto nel pensiero, il corvo gli si avventò contro, mirando agli occhi con becco e artigli. Era veloce, ma non quanto Claide. Con un affondo della spada, gli trapassò il petto mentre era ancora in volo, infilzandolo.

Il corvo naturalmente era ancora vigile e ostile, i non-morti si potevano uccidere in un solo modo. Dalla mano che reggeva la spada, Claide fece scaturire delle fiamme, che avvolsero la lama incenerendo il volatile. Finalmente, qualcosa nell'albero si sbloccò. Con un lieve tremolio nel terreno, l'enorme pianta iniziò a contorcersi ed aggrovigliarsi su se stessa. Le fessure e le venature che Claide aveva visto prima, non erano formate dalle radici, ma dalla corteccia accartocciata dell'albero. Ora, qualche strano incantesimo lo stava riportando alla sua forma originale.

La mole rimase comunque enorme, ma al centro si era formata un'entrata che dava su una fossa buia. Claide non perse tempo, se davvero era come sospettava, l'autrice di quel grido non aveva molto da vivere. Entrò nel varco e iniziò a percorrere una lunga discesa di gradini di pietra, inoltrandosi sempre di più nella fossa. Arrivato al termine della chiocciola di scale, si ritrovò di fronte una grotta naturale. Alle pareti erano appese delle fiaccole e il soffitto era coperto da dei fumi tossici, provenienti dalle erbe che bruciavano nei bracieri sparsi per la grotta.

Sul fondo della caverna si trovava una casa fatta di legno marcio e decadente e di fronte all'entrata c'erano due bambini, un maschio e una femmina, in compagnia del motivo per cui Claide si era precipitato così di corsa nel buco: una megera. Le megere non erano streghe normali. Erano più degli esseri, delle creature maligne, che da umane avevano stretto dei patti con il regno dei morti. A differenza dei demoni, però, gli spiriti di quel regno non volevano l'anima di chi li chiamava, ma il corpo. Con la possessione, la strega non solo acquisiva una lunga vita, ma dei poteri sovrannaturali con cui poteva controllare persino il tempo o la mente delle sue vittime. Purtroppo la possessione consumava molto il corpo, infatti quella che si trovava davanti non era solo vecchia, ma anche praticamente decomposta.

La megera non era altro che uno stato intermedio, in cui una moltitudine di spiriti possedevano un solo corpo sino alla sua decomposizione, per poi unirsi in un unico e potente essere etereo e vagare nel mondo dei vivi come Lich.

Questa megera era prossima alla trasformazione, ma Claide non se ne preoccupò poi molto. Dopotutto, mieteva anime dannate da tre secoli, un pugno di spiritelli arrabbiati in più non lo spaventavano, quello che lo preoccupava era ciò che stava facendo.

Per mantenere gli spiriti in quel mondo, periodicamente doveva offrire un'anima pura al regno dei morti. Di solito si offriva un bambino, erano più ingenui e più facili da attirare, ma allora cosa ci faceva la bambina lì? Claide iniziò ad avanzare con la spada in pugno.

Man mano che si avvicinava, il quadro della situazione si faceva più chiaro. Con una mano teneva sotto ipnosi la bambina che la guardava confusa, con l'altra stava rubando l'essenza vitale del bambino, per poterla offrire in dono agli spiriti che la possedevano. Claide continuò a camminare, quando arrivò a meno di tre falcate si fermò. La megera alzò il volto e aprì gli occhi vitrei. Muovendo la testa a scatti come un uccello, fiutò l'aria alla ricerca dell'intruso che aveva avvertito. La creatura disgustava Claide: era seminuda e la pelle gli si afflosciava addosso come un sacco vecchio e lercio, mancando in alcune parti e lasciando intravedere la carne marcia e le ossa.

Era calva, aveva le unghie lunghe e sporche, che la facevano assomigliare ancora di più al corvo che aveva bruciato prima.

«Chi osa?!» sibilò con la sua voce acuta e gracchiante «Chi osa profanare questo luogo?»

Continuò ad annusare l'aria, muovendo a scatti la testa. Alla fine lo individuò.

«Tu! Sciocco mortale! Come hai osato profanare la mia dimora?»

Claide non rispose, rimase lì, ben saldo sulla gambe, mantenendosi inespressivo. La megera annusò l'aria ancora una volta.

«Un demone? Cosa ci fai in questa dimensione essere infernale? Nessuno ti ha evocato!»

Rimase in silenzio. La megera annusò ancora e ancora l'aria. Poi un ghigno malefico gli si stampò in faccia.

«Aah, sei per metà umano! Chi sei? Un piccolo ometto che ha stretto un patto con quelle bestie? Ti credi potente non è vero? Scommetto che non sai nemmeno chi ti trovi davanti!» Claide ascoltava il monologo della megera, impassibile ad ogni parola, aspettando qualsiasi mossa ostile da parte della creatura.

«Noi siamo l'incubo di ogni vivente! Credi di avere delle possibilità perché mi vedi da sola? Ah! Dentro questo contenitore, si trovano più di cento spiriti irrequieti e grazie a questa anima pura potremo acquisire il potere superiore! Hai capito ora dove sei finito? Non hai disturbato un solo spirito, ma cento spettri pronti a divorarti!»

Claide non riuscì a trattenersi e rise di gusto.

«Poveri sciocchi! Cosa ci fate in questo mondo? Non è il vostro... Vi consiglio di tornare nel vostro reame, prima che vi prenda chi di anime ne ha divorato più di voi!»

Rispose con voce calma e tranquilla. Un'espressione confusa prese il posto del ghigno sulla faccia della megera.

«Un Giudice? No! Non è possibile! Non puoi essere Lui!»

La voce della megera iniziò ad avere tonalità multiple, come se tutti gli spettri che conteneva stessero parlando all'unisono.

«Forse potrei evitare a quel poco cervello putrido che vi è rimasto di spremersi troppo se vi mostrassi...» disse mentre infilava una mano sotto la corazza «questa...».

Appesa ad una catenella che stringeva in mano, penzolava una fiala fatta di un vetro molto spesso, chiusa con un tappo metallico, della stessa lucentezza della sua spada. All'interno della boccetta, si avviluppava uno strano fumo bianco e denso, che si avvolgeva su se stesso, ruotava e si divideva per poi ricongiungersi. La megera annusò l'aria e tremò.

«Non tutti la riconoscono... ma voi, che siete in forma ottima per adagiarvi qui dentro, di sicuro saprete di cosa si tratta».

La megera ora aveva gli occhi sgranati, le labbra tremavano, la bocca semichiusa in cerca d'aria, lasciava intravedere i denti aguzzi e marci.

«G-Giudice! No! Non puoi essere tu! Non puoi essere Claide!»

Claide sorrise.

«Lasciate andare quelle anime! Ora appartengono a me!»

«No! Tu non sei lui! Tu non rovinerai la nostra ascesa a questo mondo! Tu essere insignificante!»

La megera urlava e sbraitava. Lasciò il controllo sulla bambina e scagliò un dardo di fuoco verso Claide. Prontamente, egli lo respinse, bloccandolo con una barriera invisibile creata dalla sua mano libera. La megera era sempre più spaventata.

«Tu! Non puoi avere il potere di fermarci! Tu! Tu non sei lui!»

«Silenzio!» Tuonò. «Io sono Claide! Giudice di Sangue del Regno Infernale! Tutta Tanaria è *mio* territorio da più di trecento anni! Ho imbrigliato anime più potenti di voi! E ora voi state intralciando il mio cammino! Sparite dalla mia vista!» scandendo bene ogni parola, Claide aumentò il potere della barriera, causando un'onda d'urto che colpì in pieno la megera, mandandola a sbattere violentemente contro le pareti di legno alle sue spalle.

Quando si accasciò al suolo priva di sensi, l'incantesimo che controllava i due bambini si dissolse, e Claide afferrò al volo il maschietto prima che potesse cadere a terra. Lo adagiò piano sul pavimento e andò a controllare la bambina. Sembrava ancora confusa, in stato di shock, ma non aveva nemmeno un graffio e stava bene.

Prima che potesse voltarsi per controllare se quella bestia fosse davvero morta, una strana scarica di energia attraversò l'aria. Il tempo parve rallentare, i sensi di Claide iniziarono ad offuscarsi, dimezzando la sua percezione della realtà. Alle sue orecchie arrivava solo il frusciare dell'aria nei suoi polmoni ed il battito del suo cuore, accompagnati da uno stridio forte e acuto. L'immagine della caverna iniziò prima a tremolare, poi ad oscurarsi, partendo dagli angoli della sua vista, sino a scomparire del tutto. Ciò che vedeva e percepiva attorno a se non era altro che una cappa di buio pesante. Poteva vedere la sue mani, i suoi piedi, ma tutto il resto era stato avvolto dalle tenebre, come se fosse stato ammantato da una notte senza luna.

La voce della megera riecheggiò nell'aria in una risata malefica. Provò a voltarsi ma era inutile, non poteva vedere nulla oltre il suo naso.

«Credi davvero che avresti potuto finirmi cosi?» disse lei.

Claide non poteva fare altro che stare in guardia, pentendosi di aver lasciato la spada a terra un attimo prima.

«Bambini di ogni età, donne, giovani uomini, una moltitudine di anime pure sono state consumate per la nostra ascesa! Credi di poter fermare ciò che da decenni stiamo portando avanti solo con la tua spavalderia?»

Il colpo arrivò senza preavviso. Rapidi ed invisibili, gli artigli della megera graffiarono il suo braccio destro, strappandogli le maniche e procurandogli quattro tagli profondi e sanguinanti.

Con un verso di dolore, Claide si strinse la ferita. Fece un balzo indietro in quel mondo oscuro che la megera aveva creato per intrappolarlo e scostò la mano coperta di sangue per controllare il danno. Con sua grande sorpresa ed orrore, la pelle tutta attorno alle ferite aveva preso ad invecchiare. I tagli erano diventati purulenti, sempre più rughe iniziavano a diramarsi per tutto l'arto, atrofizzandone i muscoli e rendendolo inutilizzabile. La megera rise di gusto.

«Ora morirai Claide! Ti ammazzerò lentamente, ti strapperò da quel trono di onnipotenza su cui ti sei adagiato! Capirai che i demoni non sono nulla in confronto a noi!»

Un altro assalto arrivò senza che potesse fare nulla, questa volta rivolto alla parte sinistra del volto. Avvertì distintamente le unghie affondare nella sua carne, deturpando l'occhio e la guancia. Questa volta il dolore fu più insopportabile, obbligandolo a coprirsi istintivamente il viso col braccio sano in un grido di dolore. Come prima, avvertiva la pelle del viso formicolare, mentre i muscoli cedevano e l'occhio sinistro sprofondava nel buio. Provò a reagire, recitando prontamente alcuni incantesimi offensivi, senza sortire alcun effetto. Aveva già affrontato degli esseri simili in passato, sia megere che Lich, ma non aveva mai commesso l'errore di sottovalutarli, non sino a quel giorno.

«Qui ci sono alcuni spiriti antichi sai? Loro hanno visto tutto Claide… tutti i tuoi peccatucci, tutte le tue colpe! Ti va di divertirti insieme a noi?»

Claide ringhiò. Questa volta riuscì ad intercettare la direzione del colpo. Scartò di lato con una rotolata che fece gridare di dolore le sue ferite, evitando il colpo diretto alle spalle, ma la megera non si perse d'animo ed iniziò ad incalzarlo.

Dopo una serie di balzi e schivate, Claide riuscì a mettere a segno un calcio tirato alla cieca. Avvertì il rumore del costato della megera incrinarsi, seguito dal suo grido di dolore.

«Persino nel vostro piccolo gioco perverso riesco a ferirvi, siete ancora sicuri di avere qualche speranza?» disse, tentando di far parlare la creatura.

La megera rise di gusto.

«Non puoi vincere Giudice, non questa volta!»

Il tempo rallentò ancora. L'aria si fece pesante, i suoi movimenti divennero lenti, tanto che anche solo muovere un dito poteva richiedere diversi secondi. L'attacco della megera arrivò di nuovo, rapido e potente, e questa volta diretto ai tendini delle sue ginocchia.

Il tempo riprese il suo corso, le sue gambe cedettero costringendolo in ginocchio in un altro grido di dolore. Le cosce gli tremavano, debilitate dalla maledizione che quelle ferite portavano con loro.

La megera si materializzò dalle tenebre di fronte a lui. I suoi occhi lo scrutavano con uno sguardo compiaciuto, le labbra allungate in un ghigno beffardo.

«Povero Claide… tutti quei nobili grassi, quei mercanti, contadini… quei deboli umani che hai affrontato ti hanno rammollito non è così? Da troppo tempo non affrontavi un nemico degno di questo nome» disse con voce glaciale.

Claide gli rivolse un sorriso di scherno e sputò sangue ai suoi piedi.

«Nemico? Per me, sei a malapena allenamento!»

«Oh eccola qua! La tua famosa sfrontatezza! La tua sicurezza, il tuo ego! Non ti si è già ritorto contro in passato? Non ha già ucciso qualcuno?»

«Mi spiace, non ho tenuto una lista» disse sarcastico.

La megera non diede peso al suo tono ed iniziò a tracciare un percorso nell'aria con le dita lunghe e avvizzite. Dal nulla iniziò a delinearsi il profilo di una figura femminile.

Più curve e linee disegnava, più dettagli andavano a comporre la sagoma, che si stava tramutando in una figura dolorosamente familiare per Claide.

Portava i capelli lunghi, corposi e leggermente mossi, neri come le ali di un corvo. Aveva gli occhi chiusi e la pelle candida come la neve. Il viso era delicato ed ingenuo come quello di una ragazzina, le guance appena rosate, dello stesso colore delle sue labbra a cuore.

«Ti ricordi di Hirina, non è vero?» disse la megera in tono malizioso.

Alla vista della sagoma, Claide avvertì il peso opprimente del senso di colpa sul petto. La gola gli si chiuse in un groppo ed il suo corpo prese a tremare.

«Ho per caso toccato una ferita ancora aperta? E' passato tanto tempo!» disse lei ma Claide non l'ascoltava.

Aveva chiuso gli occhi, cercando di riprendere il controllo sui pensieri che ormai vagavano imbizzarriti, tornando alla notte di quasi centottanta anni addietro. Tra tutti i ricordi, passati e presenti, le immagini e i suoni che gli scorrevano dietro le palpebre serrate, uno in particolare riuscì a scuoterlo, quello del grido di una bambina, lo stesso grido che aveva udito nel bosco poco prima di mettersi in quel guaio, il grido della bambina che in quel momento stava rischiando la vita.

Poteva davvero permettersi una tale fine? Dopo tutto ciò che aveva fatto, le vite che aveva preso, poteva davvero lasciarsi sfuggire l'occasione di poterne salvare una? Ma soprattutto, poteva davvero lasciare che un aberrazione, una creatura perversa come una megera, lo mettesse in ginocchio e lo umiliasse usando i suoi stessi fantasmi del passato?

«No!» ringhiò.

La rabbia invase il suo corpo. La furia omicida pervase la sua mente, scacciando via ogni ferita ancora aperta, lasciando solo lui e la sua sete di sangue.

Spalancò gli occhi, scatenando il Bagliore alla sua massima potenza, illuminando di luce cremisi persino quella dimensione oscura. La megera reagì subito al suo potere, producendo un grido di disperazione acuto e terrificante, intrappolata ormai nel suo sguardo.

Claide si rimise in piedi ringhiando, le ferite maledette, ormai quasi guarite dal suo potere manifestato, non erano più un problema.

«Voi...» sputò a denti stretti «Voi... come osate giocare con questioni che non vi competono... dove trovate il coraggio, o la sicurezza, per permettervi di addentrarvi in un territorio troppo vasto e pericoloso per delle semplici anime tormentate!»

Afferrò per il collo l'essere, obbligandola a incrociare il suo sguardo ancora più da vicino. La megera gridava e si dimenava, tentando di graffiarlo ancora, ma Claide non sentiva più alcun dolore, solo il ronzio sordo del sangue che pulsava nelle tempie.

«Oh... Avete proprio esagerato... vi siete spinti davvero troppo oltre... non ci sarà inferno, redenzione o limbo per voi... voi non meritate di esistere... meritate solo il vuoto, l'oblio! E sarò io a scagliarvici dentro!»

Il potere liberato dal Bagliore, ormai, andava ben oltre il semplice terrore che poteva infondere. Tolti tutti i suoi limiti, il suo sguardo da Giudice poteva scrutare, rivoltare, annientare l'anima, e per un essere che di anime ne conteneva più di cento, l'effetto era devastante.

Con un ultimo grido straziante, la megera iniziò a consumarsi dall'interno, sino ad esplodere in un tripudio di fiamme, membra e ceneri, lasciando nel pugno serrato di Claide solo un mucchietto di materia fumante. Delle anime contenute all'interno, non c'era più traccia. Tremava ancora, scosso dalla rabbia e dai ricordi, ricordi che sarebbero dovuti rimanere sepolti dove stavano, senza riemergere mai.

La dimensione in cui lo aveva intrappolato si dissolse, riportandolo nella caverna, nell'esatto punto in cui era prima. Sbatté le palpebre alcune volte per riacquistare lucidità. L'occhio sinistro aveva recuperato la vista e non sentiva più i muscoli atrofizzati, segno della sua guarigione accelerata. Si controllò il braccio e tastò il retro del ginocchio e il volto. Le ferite erano ancora aperte, ma la pelle era tornata giovane e avevano smesso di sanguinare, nel giro di una notte sarebbe guarito del tutto.

Gettò un'occhiata ai due bambini: lei era ancora in piedi di fronte a lui, con lo sguardo chino e perso, mentre lui giaceva ancora privo di sensi.

Recuperò l'arma e si caricò i due in braccio, una volta fuori di lì avrebbe pensato a come aiutarli, ma in quel momento la sua priorità era abbandonare quel luogo di morte e dolore.

Capitolo 5
Richiesta d'aiuto

Non appena fece il primo passo fuori da quella grotta, l'albero che ne sorvegliava l'ingresso iniziò a imputridire, sino a crollare e seppellire l'entrata di quell'antro malefico. Claide portava i due bambini in braccio e marciava deciso verso sud. Non aveva una direzione precisa, la sua mente era altrove, persa nei ricordi.

Un movimento della bambina lo riportò alla realtà, a quanto pare si stavano riprendendo. Li posò delicatamente vicino ad un albero, con la schiena adagiata al tronco. La bambina si stava stropicciando gli occhi, mentre il bambino sbatteva debolmente le palpebre. Non potevano avere più di nove, dieci anni ciascuno. Lei fu la prima a parlare.

«Chi sei?» chiese.

«Io? Nessuno... E voi chi siete? Dove sono i vostri genitori?»

«Io mi chiamo Marianne e lui è mio fratello Rick. Abitiamo nel bosco, con i grandi... ma forse non dovrei dirtelo...» La bambina guardava le ferite nell'occhio inorridita, senza avere la minima idea di quello che era appena successo.

«Non ti ricordi nulla di ciò che è avvenuto prima? O dei giorni precedenti?»

La bambina continuava a guardarlo con terrore, ma dopo un po' si decise a parlare.

«Ricordo che siamo andati nel bosco, in questa stagione si possono trovare tante bacche e.... una signora ci ha avvicinato...»

«Non era una signora!» Il fratellino, Rick, si era appena ripreso «Era una strega! Voleva mangiare me e mia sorella!»

«Non era una strega, era qualcosa di molto, molto più pericoloso...» gli rispose Claide.

Entrambi i bambini lo guardavano senza capire. Claide si

rivolse al maschietto.

«Ti chiami Rick giusto?»

«Mh mh, si!»

«Bene Rick, dimmi, tu cosa ricordi?»

Il ragazzino gli raccontò di come questa strana vecchia li avesse avvicinati nel bosco, lui aveva intuito il pericolo, ma la sorellina sembrava non vedere chi in realtà si trovavano davanti. Gli parlò di come li avesse portati di fronte ad un grande albero, e poi più nulla.

«Mmmh, capisco...» disse Claide mentre si grattava il mento «e tu cosa ricordi Marianne?»

«Io... non ne sono sicura... ricordo di una donna, non di una vecchia.... diceva... diceva...» La bambina stava trattenendo le lacrime, il groppo in gola le impediva di parlare.

«Credo che...» intervenne Rick «la strega… stesse fingendo di essere nostra madre…»

«E come fai a saperlo?»

«Perché Marianne non la smetteva di chiamarla mamma...».

Rick abbassò lo sguardo. La sorella ancora singhiozzava. Ora, finalmente, Claide capiva. Il maschio serviva per il sacrificio, la femmina come adepta, da trasformare in un'altra megera a tempo debito.

«Che futuro orribile...» pensò.

Si tolse il cinturone e lo sistemò da una parte, poi si slegò le bende dalla vita e le porse a Marianne per asciugarsi le lacrime. Lei fece di no con la testa, prese l'orlo del vestito e si asciugò con forza gli occhi, poi prese a guardarlo con quei due zaffiri azzurri.

«E tu invece chi sei?» gli chiese di nuovo.

«Sono un avventuriero... per caso passavo qui vicino e sono riuscito a sottrarvi da quella creatura... ora dimmi, dove si trova casa vostra?»

La bambina ancora non rispondeva, il fratellino invece lo guardava con sospetto. Anche questa volta, fu lui a parlare per primo.

«Noi non abbiamo più una casa... abitiamo accampati nella foresta, insieme ai grandi… ma non saprei dirti dove...»

«Accendono un fuoco nel vostro campo?»

«Si certo! Ma ora sarà spento, è quasi sera…»

Per Claide era sufficiente.

«Aspettate qui...»

Si allontanò di qualche passo, quello che cercava era uno spiazzo, una parte della foresta dove gli alberi erano più radi o la nebbia meno fitta. Dopo un breve cammino, trovò uno sperone di roccia che si innalzava di qualche braccio, non era un granché ma poteva bastare. Con pochi balzi riuscì ad arrampicarsi sino in cima, e da lassù, appollaiato come un falco, fiutò l'aria, alla ricerca di qualsiasi traccia di fumo.

Riconobbe innumerevoli odori: la muffa che assaliva i tronchi più vecchi, le spore dei funghi liberate nell'aria, l'umidità che trasudava dalla nebbia, persino l'odore del manto di foglie secche nel terreno, sino a quando il suo naso non venne sfiorato da un leggero odore di bruciato, più o meno a sud-ovest della sua posizione. Con un salto scese dal suo trespolo, e raggiunse a passo svelto i bambini.

«Ho trovato il villaggio» disse, ma le parole gli morirono in bocca.

Rick era in piedi che si reggeva la mano, da cui uscivano tante piccole perline di sangue. Ai suoi piedi la moneta d'oro che aveva terrorizzato l'oste, il cinturone con la bisaccia aperta poco più lontano da loro.

«Che hai fatto?» Claide corse verso di lui e gli prese la mano.

«Tu ci hai mentito! Non sei un avventuriero! Sei un servo del demonio!» gli disse in tutta risposta Rick. Claide lo guardò per qualche tempo prima di rispondergli.

«E allora? Per adesso sono l'uomo che vi ha salvato e l'unico che può riportarvi indietro!»

«Rick smettila! Forse ci può aiutare!» Intervenne

Marianne. Rick la fulminò con lo sguardo.

«E' cattivo non lo capisci?!»

«Ci ha appena salvati! Come può essere cattivo! Ragiona zuccone!» disse lei in tutta risposta, poi si rivolse a Claide «Uno come te sa combattere vero?»

Lui annuì piano, guardingo.

«Sappiamo come tornare al campo, vieni con noi ti prego! Forse sei l'unico che può aiutarci!»

Claide guardò la bambina senza capire, poi decise di lasciar perdere e controllò la moneta. Le dentellature che ne delimitavano i bordi era bagnati del sangue del ragazzino. Claide deglutì, quella non era solo una moneta, e sperava tanto che questo piccolo incidente non provocasse dei danni in futuro. Lasciò andare la mano del piccolo senza perderlo d'occhio.

«Stai tranquillo, ferite come queste guariscono subito, domani non ci sarà nemmeno il segno... » poi si rivolse alla bambina «Bene, ora sapete chi sono e che cosa faccio, non capisco a cosa può servirvi uno come me, sopratutto con le voci che circolano sul mio conto... ma vi riporterò a casa sani e salvi, almeno questo posso farlo»

Entrambi i ragazzini annuirono e, dopo che Claide ebbe risistemato le sue cose e avvolto la spada nelle sue bende vermiglie, lo guidarono sicuri nel bosco, portandolo a ciò che sembrava un accampamento di profughi.

In lontananza, si potevano contare almeno una ventina di tende, costruite con tele, pelli di animali, foglie, rami secchi e quant'altro.

Tutte le tende convergevano verso un punto centrale del campo, dove si notavano dei resti fumanti di un piccolo falò, attorno al quale erano seduti alcuni uomini, abbigliati male come le tende che abitavano. A notarli per primo fu un ragazzetto sui sedici anni circa, vestito di pochi stracci e con una sciarpa legata attorno alla testa. Questi sgranò gli occhi e corse verso una tenda forse un po' più grande delle altre. Dopo appena qualche secondo, venne fuori un altro uomo.

Era alto e nerboruto, completamente calvo e con una folta barba rossiccia. I due presero ad avvicinarsi e i bambini gli corsero incontro. Claide invece preferì rimanere fermo, tenendo una certa distanza, pronto a sparire nel folto della foresta alla prima occasione. Purtroppo per lui, questa opportunità non si presentò, perché la prima cosa che fece la bambina una volta raggiunto l'uomo nerboruto fu sussurrargli all'orecchio qualcosa che lo portò a fissarlo con sguardo duro e sospettoso.

«Forse è meglio se mi levo di torno...»

Fece quasi per andarsene ma venne chiamato da quella montagna d'uomo.

«Ehi! Tu! Prego avvicinati! Voglio parlarti!»

«Voglio? Bell'inizio, si capisce subito l'uomo ragionevole che è in lui» pensò esasperato.

Si avvicinò ai due, lentamente, senza aprire bocca o togliersi il cappuccio calato. Il ragazzo adolescente lo guardava un po' intimorito, era molto nervoso e non la smetteva di torcersi le maniche della camicia, ma l'uomo lo squadrava da capo a piedi, se anche provava paura, la nascondeva molto bene. A Claide piacque un po' di più per questo, finalmente un uomo di carattere.

«Marianne mi ha raccontato tutto... Piacere! Mi chiamo Torn, e lui è il mio assistente Sic! Non c'è bisogno che ti presenti... sappiamo già chi sei... sappiamo molto su di te...»

«Sul serio?» Claide sorrise «E cosa conoscete su di me? Quale cultura vi hanno portato le voci e le paure che da decenni l'Ordine impianta nelle vostre menti?»

«Ordine? Puah!» rispose Torn sputando a terra «Noi sappiamo che sei un combattente formidabile, e che quelli come te sanno il fatto loro! Del resto non ci interessa, ci basta questo!»

Claide era sempre più incuriosito.

«Cosa intendete dire?»

«Intendiamo dire, Giudice...» Intervenne una voce alle spalle dei due «Che a noi non interessa quale sia la verità sul tuo conto, se sei davvero il figlio di un demone o un fantasma tormentato, a noi interessa solo se con la spada ci sai fare quanto narrano le leggende»

Torn e Sic si divisero, per far spazio ad un terzo uomo. Costui era più vecchio di loro, ma la sua voce era forte, non secca come quella di Fenrir. Aveva gli occhi verde foresta, sopracciglia folte e pesanti, un naso tozzo e arcuato, dei capelli bianchissimi molto curati, come il pizzetto bianco che portava sul mento e che gli circondava la bocca.

«Il mio nome è Kort, sono l'attuale capo di questa piccola comunità di sopravvissuti, è un vero onore conoscere un guerriero del tuo livello, Giudice» disse chinando lievemente il capo

«Il piacere è mio mastro Kort. Forse voi potreste rendermi più chiara questa situazione, i due bambini mi hanno riferito che a voi servirebbe un piccolo aiuto, ma non saprei proprio che tipo di aiuto possa servire a voi o alla vostra gente da parte mia... »

«Mi segua, Giudice. Nella mia tenda staremo molto più tranquilli e al riparo da occhi indiscreti»

«Come volete...»

«Torn, assicurati che nessun altro venga a conoscenza della vera identità del nostro ospite, girano troppi superstiziosi nel campo...»

«Sarà fatto» rispose l'omone che, dopo essersi congedato inchinandosi e portandosi il pugno al petto, fece cenno a Sic di seguirlo, dirigendosi verso il gruppo di curiosi che si era formato e raccontando loro qualche scusa o storia per tenerli a bada.

Kort condusse Claide in mezzo al campo, il loro passaggio era accompagnato da occhiatacce e bisbiglii, ma Torn stava facendo un buon lavoro, infatti la maggior parte della folla si era ritirata nelle rispettive tende.

L'alloggio di Kort non era diverso dagli altri, forse era un po' più grande, ma l'interno era notevolmente spartano: la branda era un mucchio di foglie e paglia avvolto con delle pellicce morbide ma maleodoranti, il tavolo era formato da quattro assi di legno inchiodate su di un ciocco traballante, circondato da due sgabelli e su cui era stesa una mappa scarabocchiata che rappresentava la zona circostante. Il carboncino sbavava in molti punti e non permetteva di distinguere con chiarezza i vari dettagli.

«Prego» disse Kort indicandogli uno sgabello «Purtroppo non ho nulla da offrirle, ma non credo che le serva giusto?»

Claide inarcò un sopracciglio sotto il cappuccio. Prese lo sgabello più vicino all'uscita e si sedette incrociando gomiti e gambe, in attesa. Kort lo osservò per un po', si sedette anche lui e scrutò la mappa sul tavolo.

«Bene, Giudice... Prima di iniziare, vorrei ringraziarvi per aver salvato Rick e Marianne, sono gli unici due bambini rimasti della nostra comunità, ma vorrei sapere, piuttosto, come e da cosa li avete salvati...»

Ora Kort lo osservava interessato.

Claide gli raccontò tutto, del grido, del corvo, della megera e di come l'aveva sconfitta, tralasciando la parte in cui aveva perso il controllo, di come i bambini si erano ripresi dagli incantesimi e del suo cammino sino al campo. Kort l'aveva guardato sbalordito per tutta la storia, tranne durante la descrizione della megera, per cui aveva assunto un'espressione di disgusto e terrore.

Qualcosa, però, non andava. Durante tutto il racconto, Kort non sembrava affatto turbato, preoccupato o sorpreso della presenza di un tale essere nelle loro vicinanze, piuttosto sembrava innervosito e impaziente di ascoltarlo. Claide però sembrava non farci caso, ora aveva altro per la testa. Di che aiuto aveva bisogno questa gente?

«Sono sbalordito... avevo sentito parlare di questi... abomini... ma speravo che fossero solo leggende o racconti...

Vi devo ringraziare di nuovo, Giudice» concluse chinando il capo.

«Non lo faccia, o non la smetterà più, infatti non credo di essere qui solo per aver salvato i due marmocchi, giusto?»

Kort sospiro e chinò lo sguardo.

«Vero... ci guardi, Giudice... cosa vede in noi?» disse aprendo le braccia «Siamo tutti contadini, fabbri, cacciatori, mugnai, artigiani... non c'è un soldato tra la nostra gente... Quindi se non siamo un distaccamento dell'esercito, né degli zingari... Cosa?»

«Potreste essere banditi, ma loro si guadagnano da vivere depredando e derubando, dei contadini e degli artigiani non se ne fanno nulla...» rispose Claide «No... io in voi vedo un villaggio... avete i vostri mercanti, artigiani, contadini, e poi ci sei tu, il capo, dico bene?»

Kort annuì piano.

«Esatto...» disse lui «ma un villaggio non è composto da una ventina di persone, rintanate in tende e tutte di sesso maschile per giunta, suona anche male questo non trovate?» disse ammiccando «inoltre non ci sono campi da coltivare, né forge né botteghe... Per farvela breve, Giudice, noi siamo gli abitanti di Knevar, il villaggio di Lothis più vicino al confine... ha voglia di sentire una storia triste, Giudice?»

«Una in più o in meno, ormai cosa potrebbe cambiare?»

«Vi ascolto, mastro Kort...»

«Molto bene... erano i primi mesi di primavera, l'aria era fresca, la foresta brulicava di selvaggina, le nostre preghiere alla natura l'avevano fatta rinascere dall'inverno più bella e sana che mai... Sapevamo che tutto il Lothis, ormai, era stato preso, infettato dalle Teste di Salamandra, quei vili furfanti... Ma noi eravamo i più vicini al confine, ci sentivamo protetti... e ci sbagliavamo. Quando arrivò il tempo della semina, uno straniero si presentò alle nostre porte.

Diceva di essere un contadino di un villaggio vicino che, per miracolo, era sfuggito alle atrocità dei banditi e cercava rifugio almeno per una notte. Noi, naturalmente, lo accogliemmo, offrendogli pane, acqua e un tetto sulla testa. Nessuno di noi si immaginava che quell'uomo avrebbe rappresentato la sventura del villaggio. Durante la notte, ognuno di noi cadde in un sonno profondo, un sonno senza sogni, buio come la notte e denso come la pece.

Al nostro risveglio, non solo ci ritrovammo a lottare contro un forte mal di testa, ma anche contro le corde che ci legavano mani e piedi. Lo straniero si era rivelato essere uno stregone delle Teste, e dopo aver lanciato un incantesimo su tutti i cittadini, aveva aperto le porte a quei banditi... quelle bestie... Avevano diviso gli uomini dalle donne, i bambini dai vecchi. Si sono tenuti le nostre mogli e hanno trucidato di fronte a noi tutti i nostri bambini e gli anziani.

Poi hanno sfidato a duello qualche nostro compagno, ma quando uno di noi è riuscito a uccidere uno di loro, si sono infuriati e hanno deciso di giocare con le nostre vite, lasciandoci fuggire verso la foresta, inseguiti dal sibilo delle loro frecce. Solo la metà di noi riuscì a correre abbastanza veloce e a rifugiarsi in questa piccola radura... Ora il nostro villaggio è assediato da quei barbari, che sfruttano le nostre mogli, utilizzandole come cameriere o puttane. Non possiamo sopportare ancora questo oltraggio, quelle bestie devono essere scacciate! Noi siamo rimasti in pochi, poco più di venti ormai, ma siamo decisi e motivati! Vi prego Giudice, ci aiuti a riprendere ciò che è nostro!»

Kort concluse il discorso battendo il pugno sul tavolo, gli occhi sgranati lanciavano fiamme, pieni del suo desiderio di vendetta. Claide rimase pensieroso a lungo, indeciso se accettare o no. Prendersi la responsabilità di venti anime sulle spalle, portarle al macello contro un contingente di banditi protetti dalle mura di un villaggio. Riuscire a far sopravvivere tutti sarebbe stata un'impresa anche per lui.

«Voi mi state chiedendo...» disse calmo «di condurre la vostra gente, che non conta soldati tra le proprie fila, in battaglia e di vincere magari... per farla semplice, mi state chiedendo di portare delle bestie al macello, ma di evitare che queste muoiano»

Kort non se la prese per il paragone, capiva il rischio di quello che voleva fare e si limitò ad annuire deciso. Claide ci pensò ancora un po', per la prima volta, poteva decidere se uccidere oppure farsi da parte, non era costretto a farlo ed assumersi altre colpe.

«La decisione e la motivazione non trapasserà le loro corazze, vi serviranno armi, tattiche, vi servirà furbizia e astuzia, vi servirà essere preparati. Ed io vi preparerò».

Capitolo 6
Corsa agli armamenti

«Meraviglioso!» disse Kort con una nuova luce negli occhi «dovrò tenere un discorso con gli abitanti, dovrò dire loro che adesso che ci siete voi, forse avremo una speranza!»

«No! Non dite chi sono veramente!» lo interruppe Claide.

Kort lo guardava senza capire.

«So che molti di voi, qui a Lothis, siete estranei alla fede dell'Ordine... voi adorate solo le forze del nostro mondo, ed io lo rispetto e lo ammiro, ma si narrano storie e leggende su di me da più di trecento anni, non credo sia il caso di dirgli la verità, potrebbero non fidarsi...»

Kort annuì piano e ci pensò un momento.

«Cosa intendete fare allora?»

«Dovrete dire che vengo dal Feim e che faccio parte dei Cacciatori dell'Ordine. Magari non nutriranno un grande rispetto, ma almeno si fideranno di me e questo è importante!»

«Si, mi sembra sensato... C'è altro che volete sapere prima che vada?»

«Si, voglio molti più dettagli...»

Una volta uscito dalla tenda, Claide aveva raccolto abbastanza informazioni per elaborare un piano discreto ma efficiente, e mentre Kort mandava a chiamare i suoi compagni per far spargere la voce, mentalmente organizzava tutti i piccoli dettagli e particolari che li avrebbero aiutati a non finire crivellati prima ancora di dare inizio all'assalto.

«Se le informazioni di Kort sono esatte...» iniziò a pensare *«quelle canaglie non dovrebbero essere più di cinquanta... forse anche meno... il problema principale rimane comunque lo stregone, sempre ammesso che lo sia dato che, a quanto pare, nessuno lo ha mai visto formulare o praticare qualche incantesimo o magia... e se avesse usato dei fumi? O delle*

pozioni per addormentarli?Avrebbe potuto... Senza contare che il villaggio è circondato da una palizzata bella robusta, e nessuno mi assicura che quei banditi non l'abbiano rinforzata... e se avessero messo delle trappole? Devo assolutamente fare prima un sopraluogo da solo, non posso avere un quadro così confuso... l'unica cosa certa, per ora, è che il villaggio non ha torri, avamposti o campanili... nessun punto alto da cui vederci arrivare... è un inizio»

Rimuginando su ogni possibile tattica di guerra o di guerriglia, Claide camminava distratto nel campo. Quando l'idea venne, si meravigliò della sua stupidità per non averci pensato prima. Non poteva usare la magia nei pressi del villaggio, poiché se ci fosse stato davvero uno stregone, questi lo avrebbe avvertito subito, scoprendo la loro posizione. Ma se la magia era tenue e debole, come l'eco di una semplice preghiera, capire se dietro c'era uno stregone era assai più difficile. Con il piano d'attacco in mente, ora doveva solo preparare le truppe. Mentre girava per il villaggio, aveva intravisto un paio di tende diverse dalle altre, con attrezzi e strumenti posti all'entrata o nelle immediate vicinanze. Per prima scelse quella che pareva essere una piccola bottega di un fabbro.

Non era diversa dalle altre, fatta eccezione, però, per la magra forgia d'emergenza accanto ad essa. La forgia, se così poteva essere chiamata, era costituita da un grosso masso scolpito dalle intemperie con una superficie levigata, un barile con del liquido dentro e un piccolo fosso nel terreno che, coperto con una lastra di terracotta, doveva fungere da forno.

Claide trovò l'omone di nome Torn all'interno della tenda, mentre puliva alcuni attrezzi. A quanto pareva, il fabbro del villaggio era lui.

«E' permesso?» disse Claide avvicinandosi all'entrata. Torn si voltò e lo scrutò per un attimo.

«Non si bussa?» disse serio, prima di sfociare in una fragorosa risata «Prego, entra!».

Claide sorrise alla battuta, anche se tanta familiarità lo metteva sempre a disagio.

«Ho sentito la storia che sta mettendo in giro Kort» proseguì lui «bella mossa davvero... dimmi, cosa posso fare per te?»

Aveva lasciato perdere la pulizia di quelle che sembravano delle pinze e ora lo osservava, tenendo le mani aggrappate all'enorme cintura che gli cingeva la pancia larga ma soda.

«Kort vi ha detto cosa mi ha chiesto?»

Torn annuì deciso facendo tremolare la barba.

«Bene... Non potete vincere armati dei vostri pugni, vi servono delle armi, delle protezioni, qualsiasi cosa tu riesca a creare..»

Il fabbro lo guardò inarcando un sopracciglio per qualche secondo, prima di scoppiare nuovamente a ridere.

«Cosa devo sentire! Pensi che se avessimo le armi non ci avremmo già provato da tempo? Andiamo! Siamo fuggiti da lì con delle frecce che miravano al nostro culo, secondo te avevamo il tempo di portarci dietro asce, forconi, falci e quant'altro? Non abbiamo nulla qui! Io sono l'unico artigiano a possedere degli attrezzi... forse qualcuno di noi ha dei coltelli smussati... ma niente di più! Pensa che i nostri cacciatori usano punte di pietra per le loro frecce! Sono mesi che mangio pennuti, non sai quanto mi piacerebbe un bel cinghiale arrosto!»

Claide si morse il labbro, in un certo senso lo sapeva, però sperava in qualcosa di meglio.

«Il materiale potrei procurarvelo io, di questo non dovete preoccuparvi...»

Torn lo guardò ancora alzando il sopracciglio

«Va bene, ammettendo che tu riesca a procurarmi abbastanza ferro, non ho un crogiolo qui! E non saprei nemmeno costruirlo, di solito non fabbrico armi, io riparo attrezzi... forse creo qualche pinza ma di più non so fare...»

«Che mi dici delle asce? Non penserei mai a mettervi in

mano delle spade, servirebbero mesi, se non anni, per insegnarvi a usarle senza che crepiate, ma vivete nel bosco da una vita, quindi un'ascia dovreste saperla maneggiare no?»

Torn lo guardò un attimo pensieroso.

«Non è una cattiva idea! Certo! questo posso farlo, ma tu mi dovrai procurare del ferro, poi bisognerà fonderlo per ricavarne dei lingotti più o meno quadrati... se riuscirai a fare questo, io posso modellarlo e affilarlo...»

«Posso farlo, tenete pronti i vostri strumenti, tra due giorni avrete tanto lavoro da fare...»

Claide uscì dalla tenda lasciando il fabbro alle sue domande, prendendo la via che portava alle capanne dei cacciatori. Queste erano le uniche diverse dalle altre tende, infatti erano completamente fatte di rami e fronde, rette da alcune liane legate ai fusti delle sequoie circostanti e camuffate con fogliame e muschi, probabilmente per via delle vecchie abitudini che i cacciatori avevano tenuto dopo battute durate giorni. All'interno trovò quattro dei sei cacciatori di cui Kort gli aveva parlato. Erano tutti giovani e in quel momento stavano fabbricando qualche freccia per la caccia di quella notte.

«Buon pomeriggio signori» si presentò Claide.

Tutti alzarono il capo ma solo uno rispose.

«Oh.. buon pomeriggio *Ser* Cacciatore! Kort ha fatto sapere a tutti che siete qui, è un onore incontrarvi!»

Il ragazzo che aveva preso la parola poteva avere massimo sedici anni. Aveva il viso paffuto nonostante fosse abbastanza atletico, e portava dei capelli biondi corti e arruffati. A Claide fece quasi tenerezza, soprattutto per gli occhioni neri e ingenui con cui lo stava fissando mentre ancora reggeva in mano il sasso triangolare che stava sagomando sino ad un attimo prima.

«Il piacere è mio... Ma niente Ser per favore, non è il mio titolo»

«Oh... Certo, scusatemi! Ditemi, come possiamo esservi

d'aiuto?»

«Kort vuole riportare tutti a casa ed io voglio aiutarlo, ma tutti noi dobbiamo collaborare»

«Certo, assolutamente! Diteci solo cosa possiamo fare»

«Ora basta cacciare fagiani o tacchini, al villaggio servono pelli spesse e resistenti, sono sicuro che stanotte, quando andrete a caccia, troverete qualche bel cervo o qualche orso ad attendervi...»

Il ragazzo deglutì.

«Signore, mi dispiace ma... non possiamo... le nostre frecce sono rudimentali, non trapasserebbero mai la pelliccia di un orso! Finiremmo per farci uccidere!»

«Passami una delle vostre frecce...»

Il giovane ne prese una dal mucchio di quelle già pronte conficcate nel terreno e gliela porse. Claide afferrò la punta con il palmo e la strinse forte. Il flusso di potere magico avvolse la pietra di cui era fatta la freccia, avviando così una trasformazione che in natura avviene solo dopo milioni di anni, liberando un leggero fumo nero dal forte odore di legna bruciata. Quando Claide aprì la mano, la punta si era fusa col fusto. Alla base era diventata nera, ma scorrendo verso la punta la pietra andava a schiarirsi, passando dal bianco opaco sino a diventare trasparente e cristallina come l'acqua.

«Ecco, stanotte, prima di partire, radunatevi qui e portate tutte le vostre frecce. Questo materiale è più duro dell'acciaio e può trapassare un armatura senza sforzo, con queste non avrete alcun problema»

Il ragazzo guardò sbalordito la freccia, poi annuì per congedarsi e tornò frenetico al suo lavoro, cercando di intagliare più frecce possibili.

Ora aveva solo un altro paio di visite da fare: doveva andare a trovare il calzolaio del villaggio, e tornare da Kort per decidere il punto della situazione.

Trovò la tenda del calzolaio tra quelle più vicine al centro del campo. Anche la sua era fatta con pelli di animali ma, a differenza delle aspettative di Claide, fuori non si trovava alcun attrezzo per la concia, solo qualche laccio di pelle e pezzi di legno intagliati.

Scostò la stoffa che copriva l'entrata, trovando all'interno un uomo seduto in uno sgabello, intento a rammendare la suola di uno stivale.

«Voi dovete essere il calzolaio di cui mi ha parlato Kort» disse Claide.

L'uomo alzò la testa e strinse gli occhi per vedere meglio, era piccolo e robusto, dalle guance paffute e perfettamente rasate, con dei capelli neri e unti che gli cingevano le tempie e la nuca.

«Oh, quindi Kort si ricorda ancora di me? Si, sono io... mi chiamo Harnold, e tu dovresti essere il famigerato Cacciatore, giusto?»

«In persona...»

«Sospettavo una tua visita sai? Forza, di cosa hai bisogno?»

«Kort mi ha chiesto di darvi una mano per riprendervi ciò che è vostro, ma vestiti solo di stracci non andrete molto lontano... A tutti serviranno delle protezioni rudimentali, qualcosa che eviti che una ferita diventi troppo profonda»

«So dove vuoi arrivare» disse Harold riprendendo il suo lavoro «Non c'è abbastanza ferro nemmeno per una spada, figuriamoci per un'armatura... tu vuoi che conci le pelli necessarie per fabbricare delle giubbe, non è così?»

«Esattamente... mi serve che ogni abitante sia protetto, delle giubbe sarebbero perfette, anche poco lavorate... l'importante è che offrano meno carne possibile»

Harold lo guardò per qualche minuto.

«Si, mi sembri serio» disse «senti, vorrei davvero poterti aiutare, io sarei in grado di farlo, ma quali pelli dovrei usare? Quelle di coniglio? Al massimo bastano per fare un bracciale, figuriamo coprire tutto il busto di un uomo! E poi serviranno anche diversi lacci o cinghie, non abbiamo tutti la stessa taglia qui!»

«Le pelli arriveranno domani mattina all'alba… o almeno gli animali, il resto sarà compito dei cacciatori...»

«Ammesso e non concesso che quei orbi buoni a nulla riusciranno a uccidere qualcosa più grande di un pollo, non ho i miei strumenti qui! Ho solo questo pugnale, ma ho bisogno di un cavalletto, di erbe, radici, cortecce e di un barile per riuscire a lavorare!»

«Erbe e radici si possono trovare in natura e credo che il fabbro si sia costruito un barile per le sue riparazioni, potreste chiedergli come ha fatto... Ovviamente non posso promettervi che solo con buone intenzioni e parole d'incoraggiamento sarete pronti per una parata! Ma se neanche ci provate allora, tanto vale che iniziate a costruirvi pure un cimitero qui di fianco!»

Harold gonfiò il petto indignato ma sapeva bene che Claide aveva ragione. Rimase fermo a giocherellare con lo stivale che aveva in grembo, rimuginando su chissà quale altro ostacolo.

«Va bene! Ma sarà dura!»

«Come ho detto, non sarà un'impresa facile»

«No! Intendevo la pelle! Il cuoio! Non posso lavorarlo troppo, la pelle necessita di mesi e mesi di lavorazione per poter essere considerata tale, quello che ne uscirà sarà del cuoio molto grezzo, lo ripulirò dai brandelli di carne e lo terrò più tempo possibile in ammollo con qualche radice, ma sarà comunque duro e scomodo…»

«Non dovete ballarci dentro, dovete sopravviverci...»

Claide uscì dalla tenda lasciando il calzolaio da solo, mentre ancora borbottava una lista di strumenti che gli sarebbero serviti.

«Finalmente ho finito... manca ancora qualcosa prima di tornare da Kort».

Claide raggiunse il centro del villaggio, ormai era tarda sera e la gente iniziava a radunarsi accanto al fuoco per la cena. Seduto su un masso, aspettando la sua razione di cibo, trovò Rick. Claide perse un po' di tempo ad osservarlo, ma quando non notò nulla di anomalo, decise di avvicinarsi.

«Ti fa male?» gli chiese indicando il palmo dove si era tagliato

«Come? Oh... no, anzi guarda» rispose alzando la mano minuta. Dei segni lasciati dalla moneta non era rimasta traccia. Claide non sorrise comunque.

«Che ti avevo detto? Non sono ferite che rimangono quelle... se ti dovessi sentire male, o se dovessi avere strane sensazioni o fare strani sogni, vieni da me, intesi?»

Il bambino annuì, poi riprese a concentrarsi sul coniglio che arrostiva lento nel fuoco.

Claide lo lasciò alla sua fame e si diresse verso la tenda di Kort.

Trovò l'uomo al suo interno, mentre mangiava uno stufato di carne in compagnia di Torn. Dovevano essere molto amici, si ritrovò a constatare. Quando entrò, i due lo guardarono con aria sospetta, come se si aspettassero qualcosa da lui, ma quando videro che non aveva nulla da dire gli sorrisero e lo invitarono a sedersi con loro.

«Giudice! Prego entra, Torn mi stava giusto parlando delle tue visite a tutto il villaggio, non pensavo iniziassi cosi presto»

«Voglio solo poter continuare per la mia strada il prima possibile... come hanno reagito gli abitanti alla notizia dell'attacco?»

«Beh, alcuni ne sono rimasti turbati, nessuno ha mai combattuto... ma altri si sono stufati di vivere nella foresta, vogliono un tetto sopra la testa e un secchio dove cagare, quindi se ne sono fatti una ragione e ora sono pronti a tutto...»

«Tutti credono che io sia un Cacciatore, avete fatto un ottimo lavoro...»

«Credono a quello che gli dico io, perché voi non sembrate affatto un vero Cacciatore dell'Ordine!» rispose ridacchiando.

Claide lo guardò alzando un sopracciglio.

«Prego?»

«Oh andiamo Giudice, guardatevi! I Cacciatori non

godranno certo di una grande reputazione, ma sono comunque al soldo dell'Ordine stesso! Hanno armature di pelle e maglia lucenti e finemente lavorate, sempre ingrassate ed in ottime condizioni, girano armati sino ai denti per fronteggiare qualsiasi tipo di bestia, ma voi... siete vestito come un mendicante!»

Kort non aveva tutti i torti, Claide non cambiava quei vestiti da anni, il mantello era logorato dal tempo, gli stivali presentavano diversi buchi nelle cuciture, i pantaloni erano sporchi e logori nelle cosce e nelle ginocchia, la camicia era ancora sporca del suo sangue e strappata dove la megera l'aveva ferito e la sua corazza era ammaccata, piena di graffi e ruggine.

Claide buttò un occhio al suo abbigliamento

«Certo, non sembro un vero Cacciatore, ma non conta solo l'aspetto...»

«E invece si! Quando bisogna motivare e dare speranza ad un pugno di contadini spauriti l'aspetto, il carisma, la camminata, tutto conta! Voi date l'aria di un mendicante con una spada e con i vostri abiti lerci ispirate tutto, fuorché speranza, credetemi!»

«Cosa dovrei fare?»

«Magari un bel bagno, per cominciare... Per le vesti c'è poco da fare ormai, e di certo non abbiamo il tempo di vestirvi come un nobile, ma vi giuro su quanto è vera la foresta che ci circonda, che se riuscirete a farci tornare a casa, le regalo un intero baule di vestiti nuovi!»

Detto questo sia Kort che Torn scoppiarono in una fragorosa risata. Persino Claide, abbassando il mento, sorrise. Un gesto che lo lasciò stupefatto per molte notti a venire.

Rimasero ancora per un po' a parlare di come organizzare il villaggio per la battaglia, sino a quando l'ora di cena non fu passata da un pezzo. Fuori, tutti si erano ritirati, persino Torn si era congedato, lasciando il Giudice e Kort da soli.

«Kort, devo parlarvi di una cosa importante...» disse Claide con aria seria.

«Ditemi»

«Il villaggio non ce la farà mai se la natura che avete sempre adorato e rispettato non gli darà una mano...»

Kort si fece scuro in volto.

«Dove volete arrivare?»

«Dovete forzare le leggi naturali, la selvaggina che in questo periodo si trova ancora troppo verso sud... urge che si sposti immediatamente a nord, verso la nostra posizione...»

«Per quale motivo?»

«Ci servono per via delle loro pelli...»

«Mi state chiedendo troppo! Se uccidiamo gli animali che ora sono ancora addormentati, in primavera ci saranno meno nascite e rischieremmo di modificare troppo l'equilibrio dell'intera foresta! E poi ci vuole tantissimo potere per una cosa del genere, è più un incantesimo che una preghiera... sono uno sciamano non un mago»

«Deve farlo per la sua gente! Se non per la gente la fuori, fatelo almeno per le vostre mogli che stanno ancora attraversando l'inferno! E per i bambini che sono morti lì!»

Quest'ultima frase colpì particolarmente l'uomo che si torse le mani e si morse un labbro.

«Avete ragione...»

Si allontanò, dirigendosi verso la sua branda tirando fuori da sotto il mucchio di paglia una strana pietra. Era grigia e scheggiata come un normalissimo sasso, ma sulla superficie presentava delle venature di un verde pulsante. Claide la riconobbe quasi subito.

«Questo è un frammento del meniir della terra, la pietra dove la forza naturale della foresta nasce e muore ogni giorno, sino alla fine dei tempi. Ogni villaggio del quarto feudo ne possiede un pezzo, questo ci aiuta a sopravvivere anche se siamo isolati dal resto del mondo conosciuto. Con questa prego la natura e con questa posso fare ciò che mi hai chiesto, ma manca ancora un altro elemento...»

Kort si prese un po' di tempo prima di proseguire.

«Per una preghiera abbastanza potente, mi serve un sacrificio da offrire alla foresta. Io non ho potere, il mio sangue non servirebbe a nulla... Forse, la linfa di una matrona della foresta potrebbe fare al caso nostro, ma sono creature sacre, l'incarnazione vivente della natura stessa e... non so se me la sento di averne una sulla coscienza»

«Forse non sarà necessario»

Claide prese il pugnale dal tavolo e si incise un piccolo foro sul dito indice. Si avvicinò a lui e lasciò che solo una goccia cadesse sul frammento, prima di ritrarsi e asciugarsi il sangue.

«Ecco, il mio sangue dovrebbe contenere abbastanza potere...»

«Mh... si, potrebbe funzionare...» disse Kort osservando dubbioso la pietra «stanotte, i cacciatori dovranno darsi da fare. Io mi metto subito all'opera, voi cosa farete?»

«Devo incontrare i cacciatori ora, poi stanotte andrò a fare visita al vostro villaggio... state tranquillo, non fate quella faccia, so essere invisibile anche senza la magia, se necessario...»

Kort si rilassò un poco, ma rimase comunque teso solo all'idea. I due si congedarono ed entrambi non persero tempo. Kort iniziò subito il suo rituale, borbottando richieste e preghiere, mentre Claide tornò alla capanna dei cacciatori.

Mentre ripeteva il procedimento su ogni freccia, il più giovane tra loro gli fece una domanda

«Mi scusi signore, ma se con questo incantesimo potete rendere cosi potenti le frecce, perché non lo applicate sulle armi e corazze?»

Claide lo guardò da sotto il cappuccio per un attimo

«Questo non è un incantesimo, questa si chiama alchimia. L'alchimia non è altro che scienza mista a magia, infatti ora sto solo velocizzando un processo naturale che si può ottenere con ere ed ere di pressione e calore. L'alchimia può essere applicata solo alle leggi naturali già esistenti e la magia con cui si mescola deve simulare le condizioni che scatenano il fenomeno. In questo caso, posso fabbricare queste punte perché posso stringerle nel palmo della mano... con una corazza e una spada non posso farlo... inoltre avrebbero un peso notevole, sfido chiunque a maneggiare un blocco di pietra, per quanto tagliente e resistente possa essere»

I cacciatori si lasciarono scappare delle piccole risate nervose, probabilmente non avevano capito nulla di quello che Claide aveva detto, ma almeno non fecero più domande.

Una volta finito il lavoro con le frecce li lasciò alla loro battuta di caccia e si diresse in un punto lontano dal campo. Inspirò a pieni polmoni l'aria fresca della foresta, pensando a quanti anni erano passati dal suo ultimo rapporto così duraturo con altri esseri umani. Forse erano decenni, o secoli, nessuno poteva dirlo.

Ora Claide doveva essere concentrato solo sul suo prossimo compito: infiltrarsi nel villaggio. Doveva entrare, osservare, e uscire senza farsi notare, senza usare magie. Un compito rischioso, ma era un passo essenziale. Si tolse il cinturone e la spada, li posò al centro di un tronco cavo, lontano da occhi indiscreti. Poi prese da una tasca la mappa che Kort gli aveva fornito durante la cena, dirigendosi verso il villaggio perduto di Knevar.

Capitolo 7
Alla battaglia Giudice!

Il buio della notte avvolgeva la foresta come un manto di pura oscurità che copriva ogni oggetto o suono. La nebbia lieve, perennemente presente, rendeva il suo compito ancora più arduo. Non potendo utilizzare la magia per aumentare le sue capacità visive, fece totale affidamento al suo udito, reso fine non dalla magia, ma bensì dalla sua metà demoniaca. Procedette cauto per diversi minuti quando finalmente localizzò il suo obiettivo.

Poco più a nord del campo, a circa mezza giornata di cammino dal confine, la foresta era squarciata da una pianura abbastanza ampia in cui si ergevano un pugno di case, circondate da pali di legno grossi e contorti: il villaggio di Knevar.

Grazie ai suoi sensi sviluppati, a meno di cinquanta piedi era riuscito a fiutare il forte odore di legna che arde che sgorgava dai comignoli che riusciva a scorgere in lontananza.

Tuttavia, per sua sfortuna, i banditi avevano adottato qualche precauzione in più, decisione mossa forse dalla vicinanza col confine, forse da semplice paranoia. Lungo tutto il perimetro della palizzata avevano scavato un piccolo fossato, sfruttando il dislivello per creare una pendenza che avrebbe reso lento e goffo qualsiasi tentativo di scalata. Di fronte all'esile cancello poteva scorgere delle barricate rudimentali, tenute insieme da pietre e sacchi di terra, e che probabilmente fungevano da postazioni di guardia. Fortunatamente, i tetti delle case sembravano sprovvisti di sentinelle, e non notava alcun tipo di trappole nei dintorni, anche se non ci avrebbe messo la mano sul fuoco. Nonostante la sua abilità, anche lui aveva dei limiti, e individuare trappole in mezzo all'erba alta, a notte fonda e con la nebbia, era semplicemente impossibile persino per il Cacciatore più esperto.

La palizzata era formata da pali di legno alti qualche spanna in più di un uomo medio e larghi poco più di un piede. Erano tenuti insieme da alcune corde che li legavano tra loro e culminavano in punte rozze e scheggiate.

«Bene» pensò.

Claide si avvicinò il più possibile, cercando comunque di restare ancora nascosto dalla vegetazione. Il cancello era in assi di legno, chiuso da una pesante catena, non sembrava robusto, ma gli impediva la visuale della piazza interna, cosa alquanto scomoda. Due banditi in dormiveglia gli facevano da guardia, poggiati pigramente ai pali di legno con la testa che ciondolava sul petto al ritmo del loro russare. Ipotizzando che la guardia fosse semplicemente adagiata dietro uno dei sacchi, decise di procedere.

Seguì il perimetro del villaggio verso la sua destra, tenendosi basso tra le felci. Una volta che il cancello scomparve dal suo campo visivo, uscì dal suo nascondiglio e si diresse verso la palizzata.

«Uno... Due... Tre... Quattro...»

Silenzioso come la morte, avanzava rapidamente stando accovacciato, sino a portarsi al di sotto della recinzione. Il terreno in pendenza e smosso alla base, minacciava di cedere ad ogni suo tentativo di avvicinamento, rischiando di fargli fare troppo rumore. Fortunatamente per lui, la parete di una delle case, in un punto vicino, spezzava la linea dei pali, offrendogli una superficie perfetta su cui arrampicarsi.

Anche se la pietra era umida e scivolosa, grazie alla sua forza sorpassarla non era un problema. Fece qualche passo indietro per prendere la rincorsa, prima di balzare in avanti, superando il fossato e artigliando le tegole del tetto per non cadere di sotto, provocando un baccano infernale.

Attese qualche minuto col cuore in gola, concentrandosi sino al massimo delle sue capacità, pronto a sparire al minimo rumore. Per un tempo che gli parve interminabile, l'unico rumore che avvertiva era il ronzio sordo del sangue che gli pulsava nelle tempie, così decise di procedere. Con un ultimo sforzo, riuscì a issarsi sul tetto, ritrovandosi al di sopra di quel letto di tessere in terracotta, che crocchiavano al minimo tocco.

«*Speriamo sia disabitata...*» pensò maledicendo tutti i Titani ad ogni passo.

La casa aveva solo un piano e questo gli impediva di avere una visuale completa sul resto delle abitazioni.

Da quello che poteva vedere, il villaggio era formato da una trentina di case, più alcune botteghe, un granaio e forse quella che sembrava una stalla. Poche di queste case erano illuminate da una luce all'interno, debole e tremolante come quella di una candela. L'unico edificio che sembrava abitato era il più grande, posto più o meno al centro del villaggio. Da quel lato, poteva vederne solo una fiancata munita di due finestre chiuse con portelloni in legno, da cui scaturiva una luce forte e vivace di un focolare. Probabilmente era proprio da li che proveniva il fumo che aveva fiutato poco prima.

Aguzzando la vista, poteva scorgere sui tetti più alti le sagome di alcuni banditi armati d'arco. Ne poteva contare sei, massimo sette, e stavano tutti o pigramente seduti con la schiena contro il comignolo, o in piedi mentre spostavano il peso da un piede all'altro annoiati.

Saltando agile da un tetto all'altro, riuscì a scendere in un vicolo buio e nascosto. Attese diversi minuti nel suo nuovo nascondiglio, ma non udì alcun rumore di passi, segno che probabilmente i banditi non facevano delle ronde. Spostandosi cauto tra i vicoli bui, esaminò ogni casa che rimaneva fuori dalla zona illuminata delle strade. Ogni tanto doveva nascondersi dalla visuale degli arcieri, ma il suo mantello ancora portava alcuni benefici, permettendogli di confondersi nell'ombra grazie al suo cupo colore.

Mentre tracciava la sua mappa mentale del villaggio, scorse un insegna in legno di quercia molto interessante. Era stata scolpita da un grosso pezzo di corteccia ed intagliata per riportare un incudine ed un martello. Avvicinandosi, notò che la bottega portava un grosso spazio aperto sul lato, in cui erano stati costruiti un grosso forno, una mola ed un tavolo da lavoro, al fianco del quale si ergeva una pesante incudine nera e dall'aspetto vissuto.

Abbozzò un sorriso, contento della sua fortuna nell'aver trovato proprio la bottega di Torn. Controllò che la via fosse libera dal raggio visivo delle sentinelle e scivolò rapido dall'altra parte della strada. Nel cortile, dove Torn lavorava, si trovava una grossa porta di legno, aggrappata ancora per miracolo ai cardini in ferro, sfondata già da tempo da quei barbari.

Imboccò l'entrata e fece i primi passi all'interno: lo stabile era buio e polveroso, al suo lato destro, sull'altro lato della casa, stava un letto di paglia ampio e molto largo, dall'aria spartana e scomoda. Al centro della stanza si trovava un tavolo, che era stato ribaltato e lasciato a terra con una gamba spezzata, buttato giù probabilmente da un calcio. Sul pavimento in terra battuta erano sparsi cocci di vasi, stoviglie, e quella che forse prima era una credenza, e che ora giaceva fatta a pezzi ai piedi della parete di fronte a lui, molto probabilmente cannibalizzata per ricavare legna da ardere.

Procedendo a tentoni, ispezionò ogni angolo della casa, cercando qualsiasi cosa somigliasse ad un attrezzo, o ad un baule salvatosi dalla furia dei banditi. Per più di dieci minuti rimase immerso nel buio, muovendosi cauto per non urtare qualcosa. Stava per andare via a mani vuote, quando qualcosa cigolò sotto il suo peso, appena sotto i piedi del letto.

Chinandosi piano, scostò la terra del pavimento, rivelando una tavola in legno che copriva un nascondiglio segreto. Sorrise all'astuzia del fabbro mentre rimuoveva il coperchio, scoprendo il suo piccolo tesoro: qualche gioiello, pergamene e orpelli appartenenti a ricordi del passato, ed alcuni attrezzi da fabbro avvolti in un panno, tra cui uno stampo in argilla per lingotti. Soddisfatto per il bottino, mise tutto dentro un sacco che aveva trovato in un angolo e fece per andarsene, quando un rumore di passi lo inchiodò in quella posizione.

Appena fuori dalla casa, qualcuno si stava trascinando nel cortile, mentre canticchiava stonato uno strano motivetto, interrotto ogni tanto da qualche rutto o lamento. Attese con le orecchie tese sino allo stremo, tanto da provare dolore non appena udì lo scroscio del contenuto della vescica dell'uomo. Questo lo rassicurò anche se solo in parte, dopotutto non era stato scoperto, ma l'adrenalina in corpo era ancora tanta. Evitò di uscire per spezzare il collo a quel maiale, dato che la morte di uno dei banditi avrebbe sicuramente mandato in allerta l'intera banda, e attese paziente sino a quanto la cantilena che ripeteva non fu abbastanza lontana.

Riprese la sua ricognizione, restando nascosto nell'ombra di vicoli e strade a lungo, osservando e memorizzando gli spostamenti degli arcieri. Dopo un paio d'ore, completò il suo giro turistico, imparando la disposizione delle case e capendo finalmente come mai solo quell'edificio al centro era illuminato e trafficato. A quanto pareva, quella era la casa lunga del capo del villaggio, luogo perfetto quindi per oziare e bivaccare sino a tarda notte. Come detto da Kort, le Teste di Salamandra avevano fatto prigioniere le donne, e mentre stava acquattato ad una parete sul limitare della piazza, più di una volta gli era capitato di vederle uscire dalla taverna per gettare fuori qualche secchiata d'acqua sporca e piscio. Erano stremate, avevano gli occhi cerchiati, la pelle pallida e le guance scarne. Fece anche uno sforzo enorme per non intervenire quando vide un bandito trascinare una giovane donna dentro una casa.

«Ho visto abbastanza... ora ho quello che mi serve per non commettere errori... godete pure del trono su cui vi siete adagiati, perché presto verrete scaraventati a terra a calci» pensò con rabbia.

Scalò di nuovo una delle case e superò con un balzo la palizzata, atterrando agilmente con una rotolata. Iniziò a correre, tenendo bassa la testa, sino a quando non riuscì a mettere una buona distanza tra lui ed il villaggio. Quando tornò al campo era ormai l'alba. Riprese la spada ed il cinturone e fece un giro tra le tende, quando qualcosa attirò la sua attenzione, qualcosa che destò dal sonno tutti i cittadini ancora addormentati.

Un coro di grida di giubilo iniziò ad espandersi nell'aria. I primi curiosi misero il grugno ancora paralizzato dal sonno fuori dalla loro tenda, non passò molto prima che realizzassero chi stesse facendo tutto quel baccano.

Dal lato sud del campo, i primi cacciatori iniziavano a fare capolino dal folto della foresta. Alcuni di loro cantavano, altri ridevano, mentre portavano, caricati su brande di fortuna, animali di vario genere, tra cui giovani cervi, qualche cinghiale, e quattro di loro addirittura un orso grosso quanto un bue, trascinato grazie a delle corde robuste. Sui loro volti erano dipinti sorrisi ed espressioni soddisfatte.

«*Ser* Cacciatore!» lo chiamò il ragazzo del giorno prima «Avevate ragione! Non so come sia possibile, ma la foresta gremita di selvaggina! Tutti questi animali dovrebbero essere all'estremo sud del regno! Tra le bestie abbiamo addirittura intravisto una Matrona! Non so proprio come sia possibile, la foresta ci ha benedetti!»

Claide era turbato, gli orsi potevano rappresentare un problema, ma una Matrona era decisamente troppo! Pensò che il suo sangue era stato troppo potente per un rito semplice come quello, pensiero che sfiorò sicuramente anche Kort, anche lui accorso con il resto degli abitanti dopo qualche attimo.

«Come è possibile? Queste bestie dovrebbero essere già in letargo...» Bisbigliò Claide avvicinandosi all'uomo.

«Troppo sangue...» disse confermando le sue paure.

«Ma come è possibile?! Era solo una goccia!»

«... Troppo... Sangue!»

Kort lo guardava dritto negli occhi, preoccupato dai risvolti che avrebbe potuto avere quell'azzardo.

Il villaggio rimase in attività per tutti i giorni seguenti. Kort, ogni mattina, passava a parlare con tutti, cercando di spronare ed infondere coraggio alla sua gente, preparandoli per ciò che stava arrivando; Harold, ancora incredulo per tutta quella materia prima, era riuscito a costruire qualche cavalletto da concia, facendosi aiutare da alcuni falegnami, e passava le giornate a ripulire pelli, lavarle, affumicarle sopra un fuoco di erbe particolari e poi immergerle in una fossa, colma di un liquido derivato da acqua e varie cortecce; Torn aveva razziato il campo, prendendo qualsiasi oggetto di ferro riuscisse a trovare, che fosse un utensile, un attrezzo, fibbia o semplice ciarpame; i cacciatori portavano instancabilmente nuovi animali, sino a quando il loro bottino non tornò alle normali lepri o pennuti, fabbricavano frecce pronte per poter essere potenziate con l'alchimia, e aggiustavano il loro tiro, utilizzando tronchi intagliati come bersaglio.

Persino quelli che erano semplici contadini non stavano con le mani in mano, e quando non aiutavano i vari artigiani nelle loro mansioni, tenevano in allenamento il loro corpo con vari esercizi fisici, per poi impugnare grossi rami di legno, sagomati a dovere, e provare alcuni scambi, talvolta sotto la guida e le istruzioni di Claide.

Acqua e cibo ormai non mancavano di certo al campo, e tutti potevano lavorare portando il loro corpo allo stremo, per poi rifocillarsi e riposare e cominciare daccapo il giorno dopo

Passò all'incirca un mese. Al posto dei villici spauriti e senza speranza, erano nati degli uomini determinati, lontani forse dall'essere guerrieri, ma abbastanza preparati da non cadere al primo assalto. Claide ormai aveva dimenticato la sua consegna "speciale", preso da quel fiume di ardore e determinazione, ed ora stava nella tenda di Torn, per esaminare ciò che era riuscito ad accumulare, sia cercando nel loro campo che nella boscaglia circostante.

«Giudice, questo è tutto quello che sono riuscito a trovare, non è molto, ma è molto più di quello che ci si può aspettare da un campo di profughi…»

Torn sorrideva soddisfatto, mentre guardava il cumulo di ferraglia presente ai suoi piedi. Si potevano trovare cardini, vecchie fibbie, chiodi, un piccone, una zappa, la lama di un aratro e addirittura una tagliola. Non era molto, ma era qualcosa.

«Torn, ottimo lavoro... aiutami a mettere tutto in un sacco, bisognerà trasferire la vostra forgia altrove, lontano da questo posto»

«Cosa hai in mente Giudice?» domandò sospettoso.

«Lo vedrete, mandate a chiamare Kort, ci serve anche lui»

Mentre Torn trasportava il sacco pieno di ferraglia, Claide con un braccio reggeva il barile carico d'acqua salata, con l'altro portava il masso levigato che fungeva da incudine, seguiti a ruota da Kort e Sic, il giovane assistente.

Camminarono verso ovest, sino a raggiungere una parte della foresta spoglia dagli alberi, con un grosso masso proprio nel centro.

«Lasciate pure il sacco, qui andrà bene, ditemi dove posizionare l'incudine e potremo procedere»

«Certo, ma prima dovrai spiegarmi cosa hai intenzione di fare, o non saprò come muovermi...»

«Con la magia dovrei riuscire a ricavare un crogiolo da questo» rispose Claide battendo una mano sulla formazione rocciosa «in modo da poterci fondere il metallo e ricavare i lingotti che ci servono»

«Ma non ho gli stampi adatti per questo! Pensavo fosse abbastanza chiaro!»

Claide aveva aspettato tre settimane per quel momento, forse per non rischiare di accelerare le cose, forse perché, dopotutto, provava una sorta di piacere nel sorprendere le persone, rendendole anche solo per un momento più felici. Da sotto il mantello, dietro la schiena, tirò fuori il sacco che aveva recuperato al villaggio, slegando i lacci che lo assicuravano al cinturone.

«Ricordate la ricognizione che ho fatto al villaggio il mese scorso? Beh, ho omesso di dirvi che per caso sono passato nella vostra bottega… credo che questi vi possano servire»

Torn ammirò il contenuto del sacco con occhi lucidi. Accarezzò con mani tremanti quelli che sembravano i suoi ricordi, per poi liberare dalla stoffa i suoi amati attrezzi, esaminandoli con cura sotto la luce del sole.

«Giudice… non mi aspetto che tu capisca la mia gioia… ciò che mi ha sempre definito in tutta la mia vita è stato sempre il mio mestiere… Poter toccare di nuovo questi oggetti, mi fa sentire l'uomo più ricco del regno!» disse lui concludendo con una delle sue fragorose risata.

Mentre Torn si riprendeva dalla commozione, Kort si decise a prendere la parola.

«Devi ancora dirci cosa hai intenzione di fare, Giudice»

«Bene… Prima di tutto, devo specificare che non credo che a questa distanza lo stregone del villaggio riesca ad intercettare la mia magia, e, anche se fosse vero, non potrei comunque utilizzarla per tenere un fuoco acceso e vivo tanto a lungo da fondere il metallo, o rischierei di essere troppo debole per ciò che verrà dopo… la mia idea forse è un po' folle, ma sono sicuro che funzionerà, e tutto parte da una bella tempesta… tempesta che sarete voi a procurarmi, Kort»

L'uomo lo guardò sgranando gli occhi, realizzando quale fosse il piano.

«Non potete controllare i fulmini! Sono instabili e troppo potenti! Fidatevi, neanche noi sciamani possiamo prevederli»

«Non sarò io a controllarli» lo interruppe Claide «sarà lei...»

detto questo, tirò fuori dai bendaggi la sua spada che sembrava vibrare e fremere impaziente.

«Non è stata forgiata con un metallo presente in questo mondo, attirerà i fulmini imbrigliandone l'energia, tenendoci al sicuro, e senza riportare alcun danno»

Kort lo guardò scettico prima di fare spallucce.

«La spada è vostra...» Concluse.

I quattro si misero al lavoro. Sotto le istruzioni di Torn, Claide creò il crogiolo, utilizzando nuovamente l'alchimia, generando un getto d'acqua che scavò e plasmò il masso che avevano scelto, andando a formare una sorta di catino grezzo e largo tre spanne. Grazie alla sua spada e a tanta forza, ne forò la base, passando da parte a parte la parete cilindrica, spessa tre pollici, per poi mettere al suo interno una certa quantità di metallo. Chiuse il tutto con una pesante lastra di pietra trovata nei dintorni, conficcando la sua spada esattamente al centro del crogiolo. Dopo appena tre ore, tutto era finalmente pronto.

«Mastro Kort, quando vuole...» Disse

Kort annuì ancora poco convinto e chiuse gli occhi. Muovendo impercettibilmente le labbra, pregò la natura e le forze elementali che da una vita serviva. Non dovettero aspettare molto prima che da nord iniziarono a comparire le prime nuvole grigie e cupe, cariche di pioggia e sospinte da un vento improvviso. In un attimo il cielo fu completamente invaso, e una pioggia battente iniziò a flagellare le loro teste.

Claide non perse tempo. Si avvicinò deciso al crogiolo ed iniziò a pronunciare la formula di un incantesimo. Accompagnando le parole con precisi movimenti delle mani e delle braccia, dopo qualche minuto alzò il palmo verso il cielo, scagliando un globo azzurro carico di energia contro le nubi. Queste reagirono subito alla magia, caricandosi del suo potere ed iniziando a baluginare con una serie di lampi e rapidi tuoni. Attese l'istante giusto, quello in cui l'aria è così carica da far rizzare i peli sulla nuca, prima di abbattere il suo pugno sul terreno. Un potente e abbagliante fulmine seguì il suo movimento, squarciando il cielo e andandosi ad infrangere contro il pomo della sua spada, che vibrò vistosamente. Il rombo fu assordante, e anche se la lama non aveva permesso all'energia di disperdersi, tutti in quel momento rabbrivirono.

Le gocce che battevano sulla roccia iniziarono a sfrigolare e metallo fuso colò piano dal foro.

«Torn, presto! Lo stampo!» gridò Claide, cercando di sovrastare il rumore della pioggia e dei tuoni.

Torn scattò come una molla. Reggendo ì due pezzi di argilla con le pinze, e aiutato da Claide fece colare il ferro liquefatto all'interno dello stampo. Una volta finito, lo immerse subito nell'acqua salata che sfrigolò liberando una nube di vapore. Lasciò il metallo a raffreddare per qualche minuto, prima di farlo riemergere ed estrarre il loro primo tozzo e rozzo lingotto di ferro.

Lavorarono tutto il giorno e tutta la notte, sino a quando il crogiolo non esplose, scagliando centinaia di frammenti di roccia incandescente dopo l'ultimo fulmine. Riuscirono comunque a fondere tutto il metallo che avevano, e dopo che Kort ebbe disperso le nubi, crearono un forno simile a quello del loro campo, che Claide tenne perennemente alla giusta temperatura con la magia. Ogni lingotto venne arroventato, battuto e modellato più e più volte, portando al limite le capacità di Torn e i nervi di Sic.

Dopo ventisei ore di lavoro, i tre erano riusciti nell'impresa. Tornati al campo, sopra il tavolo alla tenda di Torn, erano presenti tredici accette di ferro rozze e primitive non ancora affilate.

Torn aveva le occhiaie e Sic era crollato sul pavimento, pesantemente addormentato.

«Ora le affilerai con la tua magia?» chiese Torn con un filo di voce.

«No... attirare fulmini e lanciare fiamme per quasi un giorno intero ha provato anche me...» rispose Claide col fiato spezzato «è meglio se ora ci prendiamo tutti una bella giornata di riposo... e domani mattina procederemo ad ultimarle...»

Torn fece una smorfia e annuì. Claide lo lasciò riposare e uscì dalla tenda. Era stanco, ma soddisfatto. Su ventisette persone, tredici erano armate con un'accetta leggera e un piccolo scudo rotondo che i falegnami avevano creato qualche giorno prima, e cinque di queste avevano pure un pugnale; i cacciatori formavano i nove tiratori essenziali per il piano che aveva ideato; quelli rimasti senza una vera e propria arma si erano dovuti arrangiare, costruendo clave e randelli con tozze e acuminate pietre incastonate ad un capo di un ramo, o creando una fionda primitiva ma abbastanza efficace, usando vecchi stracci ricavati dalle maniche dei vestiti, per roteare e scagliare dei sassi a forte velocità. Sicuramente non era uno strumento letale quanto arco e frecce, ma aveva visto alcuni di loro sferrare qualche colpo di fortuna, spezzando in due un ramo spesso tre pollici, ed era altrettanto certo che provare una cosa del genere in piena fronte sarebbe stato tutt'altro che piacevole. Ormai, tutto era pronto, tutti erano in ansia e nessuno poteva sapere con certezza come sarebbe andata la battaglia.

Claide passò il resto della giornata a discutere con Kort per perfezionare il suo piano ed organizzare il pugno di truppe che avevano a disposizione. L'uomo era sicuramente stanco e provato ma cercava comunque di stare al suo passo. Una volta finito era ormai pomeriggio e i due, con grande sollievo di Kort, si congedarono, chi per riposare, chi, come Claide, per prepararsi al meglio. Si diresse a sud est del campo, trovando una piccola radura a qualche minuto di cammino, dove passò il resto della sera semplicemente seduto a far niente, recuperando le forze magiche, immaginando vari scenari dello sviluppo della battaglia e sperando con tutto se stesso di non dover ricorrere al suo potere per risolvere la situazione, dato che non poteva prevedere la reazione degli abitanti alla vista del mostro che portava dentro.

Le ore passarono lente, portando con loro la notte. La

luce della luna calante proiettava deboli riflessi argentei sulle fronde più alte degli alberi, creando giochi di luce simili a ghigni malefici, come se delle creature oscure lo stessero osservando dalle ombre della foresta. Se fosse stato un tipo superstizioso, probabilmente avrebbe visto una moltitudine di cattivi presagi là in mezzo, fortunatamente però non lo era affatto, e senza accorgersene era passato ad osservare con insistenza tali ombre, sfidandole ad uscire dal folto, testando il loro coraggio nel mettersi contro uno come lui, ma erano solo ombre e, ovviamente, queste rimasero ferme, ad osservarlo e a ridere dei suoi pensieri.

Il giorno seguente il campo era coperto da una cappa di tensione. Torn si era svegliato all'alba, fresco e riposato, e per tutte le ore del mattino sino alle prime del pomeriggio aveva lavorato sodo, riempiendo il campo del continuo stridere del ferro contro la pietra. I cacciatori tendevano i loro archi, saggiandone la robustezza, Harold finiva di ingrassare le giubbe, i falegnami preparavano le impugnature per le accette ed il resto degli abitanti cercava o di tenere la mente impegnata, o di tenere caldi i muscoli.

Neanche Kort era tranquillo.

Aveva indossato la sua giubba sopra una vecchia tabarda color fango, lunga sino al ginocchio, e passava di tenda in tenda per verificare che tutti fossero pronti. Quel giorno tutti mangiarono nella propria tenda, in silenzio, rimuginando sulla sorte che avrebbe potuto incontrare quella notte. La sera, Claide, Kort, Torn e pochi eletti, ripassarono il piano d'attacco, in modo da poter essere poi divulgato al resto degli abitanti senza creare troppa confusione. Dopo ore e ore interminabili giunse il momento di prepararsi, e mentre il sole tramontava, inondando ogni cosa con la sua luce calda e morente, al centro del campo una folla di contadini, artigiani e cacciatori bardati per la battaglia si accumulava, radunandosi per lo scontro che avrebbe segnato la loro vita.

Quando furono tutti pronti, Kort, circondato da Claide e Torn, fece qualche passo verso la folla, prendendo la parola.

«Compagni... Amici, fratelli miei... Per quanto tempo siete stati vittime delle vostre stesse paure? Per quanto tempo avete sofferto incubi e notti insonni, rivivendo nei vostri pensieri quei tenebrosi e dolorosi ricordi che portiamo ogni giorno sulle nostre spalle?» Il tono della sua voce era grave e carico di rabbia, risentimento e tristezza «Per quanto tempo avete sofferto il gelo nelle vostre ossa al calar del sole? Rimpiangendo il vostro tetto, le vostre quattro mura e il vostro focolare? Per quanto tempo la memoria, la nostalgia delle vostre mogli, dei vostri familiari hanno attanagliato le vostre viscere? Fiaccando il vostro corpo e il vostro spirito?»

Nessuno riuscì a rispondere a quelle domande, pesanti come macigni nei loro animi. Tutti si limitarono a chinare il capo, stringere i pugni e digrignare i denti, soffocati dal groppo in gola della loro frustrazione.

«Per troppo...» proseguì Kort «davvero troppo tempo abbiamo subito le conseguenze delle angherie di quelle... bestie... Siamo stati derubati, ci hanno preso non solo le nostre case, le nostre fortune... siamo stati privati della nostra vita! E questo, amici miei, è un crimine che potrà essere ripagato solo con il sangue!

Stanotte, quando per la prima volta nella vostra vita leverete in alto gli scudi, e combatterete fianco a fianco con i vostri fratelli, ricordate il sangue dei caduti... il sangue dei vostri amici, dei vostri parenti, periti a causa di un gioco crudele per il diletto di quegli animali! Assassinati ingiustamente da quel pugno di ladri pidocchiosi, che ora profanano le vostre case, mangiano il vostro cibo e si dissetano con il vostro vino! Tenete bene a mente i loro volti, e per ogni goccia di sangue innocente spillata, fate in modo che ne sgorghi cento volte tanto! Quelle Teste di Salamandra hanno un grosso debito nei vostri confronti, ora è giunto il tempo di riscattare... Ed il tasso sarà la loro morte!»

Kort concluse il discorso alzando il pugno al cielo, che venne seguito da grida infervorate e colpi di scudo. Claide, stupito, rivolse un cenno di assenso a Kort, che sorrise di rimando, prima di tornare ad osservare quel mare di rabbia e risentimento che aveva innescato.

Ultimati gli ultimi preparativi si misero in marcia. Procedettero lenti, in modo da non fare troppo rumore. La foresta era sprovvista di sentieri e più di una volta qualcuno calpestò qualche ramo secco, o fece ruzzolare alcune pietre, obbligandoli a fermarsi ed attendere, prima di riprendere il cammino.

Arrivarono al limitare degli alberi che il buio era ormai calato, avvolgendo ogni uomo o arbusto in un manto di tenebra.

«Kort, ora tocca a te..» sussurrò Claide.

Il vecchio chiuse gli occhi e pregò ancora una volta, attirando una nebbia densa e fitta su tutto il villaggio e sulla foresta circostante, rendendo impossibile anche solo vedere ad un palmo dal naso.

Procedettero in fila, ognuno con la mano sulla spalla del compagno più vicino, con Claide alla testa della coda, che contava a mente il numero di passi da fare prima di raggiungere la palizzata. La nebbia attutì tutti i rumori, coprendo i rami spezzati e gli scricchiolii che alcuni continuavano a produrre. Una volta giunti, Claide divise il contingente in tre piccoli gruppi.

«Voi percorrete il perimetro della palizzata sino a trovarvi al lato ovest, voialtri invece percorrete il perimetro per qualche passo ancora, fermandovi a metà tra il primo gruppo e quelli che rimarranno qua. Torn tu vai con il primo gruppo, Kort guida il secondo. Vi ho spiegato quali case sono abitate dai banditi, abbattete qualche palo ed entrate nel villaggio… fate ciò che deve essere fatto. Riuniamoci nella piazza tutti insieme!»

«E agli arcieri sui tetti non ci hai pensato?» gli domandò

uno del gruppo.

«Ho diviso i cacciatori in modo che ce ne siano tre per gruppo... ricordatevi, eliminate solo gli arcieri della vostra zona, non pensate agli altri! Forza muoviamoci!»

Silenziosi, si dispersero per prendere posizione. Claide, intanto, ascoltava i loro passi e i loro respiri, e quando sentì il primo gruppo che iniziava a smuovere qualche palo, diede l'ordine.

«Forza! Voi due, pensate a togliere questi alla mia destra» disse indicando due uomini abbastanza forzuti «Io penserò a questi»

Gli uomini ubbidirono subito. Sfruttando una piccola passerella in legno per superare la terra smossa, iniziarono a smuovere piano i tronchi della palizzata, sino a liberarli dalla morsa del terreno. Claide naturalmente era molto più rapido, afferrava i pali con entrambe le mani e li sradicava senza fatica, posandoli da una parte senza fare rumore. Una volta aperto un varco abbastanza grande per permettere a tutti di entrare senza far chiasso ripresero a muoversi.

«Due guardie sul tetto di quella bottega, eliminateli!» disse piano. I cacciatori annuirono, incoccando le loro frecce e scoccandole con precisione mortale, tipica di chi era abituato a bersagli lesti e schivi. Le frecce, modificate dall'alchimia di Claide, trapassarono la giubba, la carne e le ossa senza fatica, lasciandosi dietro il cadavere del bandito e sparendo nell'oscurità.

I cacciatori guardarono compiaciuti le facce incredule dei loro compaesani. Claide alzò gli occhi al cielo.

«Forza muoviamoci!»

Attraversarono altri due vicoli, guardie e arcieri erano ovunque. Claide ne strangolò alcune, mentre i cacciatori ne uccidevano altrettante. Con la nebbia improvvisa la sorveglianza sembrava essersi inasprita.

Dopo alcuni minuti, finalmente giunsero alle case abitate. Claide spiegò il piano agli altri.

«Qui dentro dormono le canaglie che danno il cambio nei turni di guardia, abbiamo ucciso gli arcieri perché non avevamo scelta, ma è da vigliacchi e assassini uccidere qualcuno nel sonno. Li legheremo e daremo loro una bella botta in testa per tranquillizzarli un po', non voglio spargimenti di sangue se non sono necessari! Intesi?»

Inizialmente i cittadini lo guardarono senza capire, poi dopo uno sforzo enorme annuirono.

«Devono odiarli molto per ciò che gli hanno fatto... in fin dei conti non posso dargli torto» pensò, ma non voleva aggiungere troppo sangue sulle sue mani, era già abbastanza quello che aveva.

Entrarono negli edifici e, come previsto, vi trovarono i banditi immersi in un sonno pesante. Il procedimento era semplice, in due li tenevano gambe braccia e uno tappava loro la bocca, poi il furfante veniva legato e rimandato nel suo sonno ristoratore con un colpo di scudo, o di stivale. Fu un procedimento lungo, alcuni riuscirono a gridare prima di ritrovarsi un panno in bocca, ma in quel caso, bastava dare loro una botta prima di averli legati e il problema era risolto.

Passarono delle ore, ma finalmente tutte le case erano state controllate e ripulite. Sul limitare della piazza si potevano contare una ventina di prigionieri ancora storditi.

«Speriamo che a Kort e Torn sia andata altrettanto bene» pensò cupo in volto.

In risposta ai suoi pensieri, dopo pochi minuti di tensione, da altri due vicoli che incrociavano la piazza iniziava a intravedersi una piccola folla, e quando vide che Torn addirittura portava due prigionieri in spalla, sorrise.

«Sta diventando un'abitudine questa... dovrò starci attento» pensò tornando serio.

Neutralizzate anche le guardie all'ingresso, i cacciatori pensarono agli ultimi arcieri sui tetti. Ora mancavano solo quelli all'interno della casa lunga. Claide fece sistemare i prigionieri sotto una fiaccola accesa e dispose i suoi uomini in modo da circondarne l'entrata. Con i cacciatori sui tetti, pronti a crivellare chiunque fosse uscito da quella porta, e una dozzina di persone con armi sguainate e scudi parati, la situazione sembrava volgere a loro vantaggio.

Claide sguainò la sua lama, legandosi le bende alla vita. Si avvicinò con calma alla porta indeciso sul da farsi, poi, inaspettatamente, bussò. La chiacchiera continua che si poteva udire al di fuori si interruppe, si sentì qualche bisbiglio e qualche sedia strisciare sul pavimento, e non appena un rumore di passi sembrava avvicinarsi all'entrata, bussò ancora, questa volta col tacco del suo stivale.

Con un calcio abbatté la porta, scaraventandola sull'altro lato della stanza insieme al bandito che stava per aprirla. Tutti i banditi al suo interno presero a fissarlo sbigottiti, cercando di capire chi fosse e cosa fosse successo. L'odore di birra e di sudore era nauseante.

«Toc, toc...» disse Claide con un mezzo sorriso.

La banda di canaglie si riprese dallo shock iniziale e sguainarono le loro armi, catapultandosi verso l'intruso, urlando inferociti. Claide fece qualche passo indietro, con la spada in pugno, aspettando che i banditi si rendessero conto in quale razza di trappola fossero incappati.

Il primo che uscì, un tipo tarchiato e barbuto, diede una rapida occhiata nei dintorni, ma non fece in tempo ad avvisare gli altri che una freccia gli trapassò lo stomaco, lasciandolo a terra gorgogliante nel suo stesso sangue. Velocissimo, il cacciatore ne incoccò un'altra.

I nemici ormai erano usciti tutti e avevano formato un cerchio. Nessuno perdeva di vista nessuno, i banditi controllavano le mosse degli abitanti, mentre Kort e i suoi uomini li tenevano sotto tiro. Persino quelli armati di fionde iniziarono a far roteare la loro arma, caricando il colpo. Claide prese la parola.

«Buonasera gentili signori, non so se vi ricordate di questi umili uomini che ora vi tengono sotto tiro. Forse quando li avevate conosciuti, erano contadini, artigiani, del tutto innocui e pacifici... andiamo, ancora niente?»

I banditi gli risposero con grugniti e digrignando i denti, come delle bestie in trappola. Tuttavia, uno di loro era ancora rimasto in disparte.

Portava dei pantaloni in pelle marroni, coperti sino al ginocchio da degli stivali militari, ed una giubba scamosciata turchese che lasciava scoperte le maniche ampie e voluminose di una camicia bianca di lino. Sulla spalla sinistra portava una mantella verde con ricami color oro, che gli cingeva pigra la spalla per poi tuffarsi alle sue spalle sino al retro delle cosce. Dall'aspetto curato, quasi di un nobile, aveva preso ad avvicinarsi ai suoi compagni, con passo calmo e tranquillo, mentre batteva piano le mani tempestate di anelli d'oro e d'argento, passando con lo sguardo Claide ed il resto dei cittadini. Aveva dei lunghi capelli neri e mossi, legati in un ordinato codino, il pizzetto ispido e a punta gli cingeva le labbra lunghe e sottili, tirate in un sorriso malizioso. Il naso gobbo e arcuato separava due occhi piccoli e astuti, neri come la pece, soppalcati da delle folte sopracciglia del medesimo colore. Dal viso triangolare e dalle orecchie leggermente a punta, quell'uomo sembrava proprio il più pericoloso in quella banda di bruti e sanguinari, forse per la luce maligna che aveva negli occhi, forse per il puzzo di magia nera che Claide aveva fiutato.

«Bravo... bravi tutti...» commentò lo stregone con voce sinuosa «Davvero, ormai vi davo per morti da mesi, ma siete duri a crepare... Oh, non così duri, siete la metà di quelli che sono sopravvissuti al nostro piccolo giochino, giusto?»

La provocazione colpì alcuni di loro che digrignarono i denti e strinsero le armi.

«Calmi...» disse Claide.

Lo stregone volse la sua attenzione su di lui.

«Non mi ricordo di te...» disse guardandolo di sbieco «Tu non sei uno di loro vero? Quindi hanno trovato un uomo con le palle, e di colpo hanno pensato di essere tutti guerrieri, prodi e coraggiosi dico bene? E' così che è andata?»

Lo stregone scrutò ogni singolo abitante con sguardo critico e divertito.

«Allora dimmi, uomo incappucciato, chi sei?»

«Cosa se ne fa' un uomo morto di un nome?»

Lo stregone rise di gusto.

«Non saprei, ma te lo dirò comunque… io sono Utrir, capo di questa banda di canaglie! Vuoi sapere perché, tra tutti questi bruti, sadici animali, hanno scelto proprio me come guida?» chiese fingendo estrema tranquillità, prima di alzare il braccio verso uno dei cacciatori nel tetto alle loro spalle e stringere la mano come se volesse strangolarlo.

Il cacciatore puntato mollò la presa sull'arco afferrandosi la gola. Boccheggiante e alla ricerca disperata d'aria, la sua faccia divenne presto paonazza, mentre i compagni vicino a lui perdevano in un attimo tutta la spavalderia che avevano acquisito, allontanandosi e guardando terrorizzati il loro amico soffocare.

«Semplice» riprese Utrir «la mia magia è la più potente di tutto il Lothis! Potrei uccidervi tutti solo con un gesto della mia mano! Ma credo che preferirò divertirmi un po' prima che»

Non ebbe il tempo nemmeno di finire la frase che Claide era già di fronte a lui. Con uno scatto innaturale coprì la distanza che li separava e sollevò di peso Utrir, afferrandolo per la gola.

Lo stregone lasciò andare il cacciatore e afferrò d'istinto la mano di Claide. Guardandolo con odio, con l'ultimo fiato che gli restava nei polmoni, artigliò il volto del Giudice e borbottò una rapida formula. La parte sinistra del viso che aveva toccato prese a ribollire e ad imputridirsi, diventando nera e purulenta. Claide lasciò Utrir urlando di dolore e tenendosi il viso tra le mani. Lo stregone rise.

«Avevo sentito parlare di voi! Usate la magia per

potenziare le vostre abilità fisiche! Ma cosa ve ne fate dei muscoli quando basta un solo tocco per uccidervi?» disse divertito.

La folla di banditi guardava Claide con un'espressione di trionfo sul viso, ridendo di lui, mentre i cittadini erano terrorizzati.

Dopo qualche attimo, però, le risate si interruppero, e l'espressione di trionfo sparì dai loro volti.

«Devi stare attento, piccolo mago...» Disse Claide scoprendosi il viso, la faccia quasi completamente sana, un ghigno malefico stampato in volto e gli occhi rossi da demone «Giocare con le maledizioni può risultare pericoloso, se non sai come gestirle!»

Quando Claide finì la frase, Utrir sputò sangue nero e denso, preso da un improvviso attacco di tosse.

«Figlio di... Cosa mi hai fatto?!» disse urlando tra un attacco e l'altro, cadendo in ginocchio e afferrandosi l'addome.

«Ciò che tu hai fatto a me, ma in un modo molto... molto più brutale» ghignò Claide. La sua faccia era totalmente guarita e i suoi occhi brillavano di una luce rosso sangue. Prese lo stregone per la collottola e lo obbligò a mettersi in piedi. Rivoli di sangue gli colavano sui guanti, ma a lui poco importava. Si avvicinò piano al suo orecchio, mentre le convulsioni iniziavano ad impadronirsi del corpo di Utrir.

«Mai giocare con chi non si conosce, stregone... Porgete pure i miei saluti a Xaret, dite che è stato il suo emissario a mandarvi...» bisbigliò.

Utrir, una volta realizzato chi si trovava d'avanti, sbarrò gli occhi terrorizzato e cercò di divincolarsi, ma Claide gli spezzò il collo con un colpo secco, facendolo finire a terra ad affogare nel suo stesso sangue, scosso ancora dai tremori. La voce di Kort risuonò dietro di lui.

«Uomini! Carica!» disse, agitando la sua arma verso i banditi.

Con un grido, tutti i paesani si fiondarono sul nemico,

agitando le accette in aria e calandole sul primo che gli si avventava contro. I cacciatori fecero in tempo ad ucciderne alcuni, ma quando nemici e alleati si mescolarono nella battaglia si videro costretti e calare gli archi e aspettare che la situazione si calmasse un po'.

In un primo momento, Claide si ritrovò ad osservare la battaglia, senza prenderne parte. Osservava come uomo si accanisse su uomo, come una razza potesse autodistruggersi con tanta violenza. Tutta la piazza non era altro che un coro di urla, grida, di ferro contro ferro, legno contro legno, di carne lacerata e di corpi che si ammassavano. Più che una battaglia, sembrava una rissa, ma in quel caos di corpi e rumori cacofonici, Claide vide il vero senso, e non era la vendetta o la rabbia che molti cittadini mostravano in volto, ma era il diritto alla vita e la voglia di libertà.

Impugnò saldo la sua spada e si gettò nella mischia. Mentre assaltava e parava, ebbe l'opportunità di scorgere Torn e Kort. Torn impugnava un maglio a due mani e lo roteava minacciosamente, sfondando scudi e frantumando crani. Combatteva alla cieca, come la maggior parte dei suoi uomini; Kort era di tutt'altra pasta, scudo e ascia erano un'unica arma. Mentre parava un assalto, abbatteva la sua accetta sulla spalla di un altro nemico, poi, mentre spaccava il naso ad un nuovo avversario, lanciava l'accetta verso il primo, sfondandogli la gabbia toracica. Dopo aver sfilato il pugnale dallo stivale, riprendeva a combattere, spezzando il collo con potenti colpi di scudo, o infilzando i nemici con la sua lama.

La sua era una danza di morte grezza e rozza, ma pur sempre efficace. Il vero maestro, però, rimaneva Claide. La sua non era solo una danza di morte, era un requiem per ogni avversario che gli si avvicinava.

Claide parava, deviava e attaccava, mai a caso, mai alla cieca, sapeva esattamente dove colpire. Uccideva nemici su nemici e utilizzava quelli che aveva già ferito come scudi umani per pararsi dagli assalti successivi. Incrociare la lama con lui era un ottimo modo per suicidarsi.

Nulla sembrava fermarlo, quando i banditi iniziarono ad essere in minoranza, fece incastrare la lama del suo avversario nella gabbia della sua spada, torcendogli il polso e rubandogli l'arma. e armato di due lame, continuava a falciare e trucidare chiunque gli si ponesse di fronte.

Quando la battaglia finì, entrambe le sue armi erano grondanti di sangue. Per tutto lo scontro, la sua spada non aveva fatto altro che vibrare e fremere eccitata e più sangue la bagnava, più questa diventava affilata e mortale. Claide diede un'occhiata al resto del gruppo. Alcuni erano a terra, altri si stringevano delle ferite superficiali. Incrociò lo sguardo di Kort che aveva lasciato lo scudo per reggersi un fianco ferito. Costui ricambiò lo sguardo a lungo e annuì soddisfatto.

«Ce l'abbiamo fatta» pensò.

Capitolo 8
L'altra faccia della moneta

Ogni cosa nel villaggio si fermò: Kort e i suoi uomini guardavano spaesati i cadaveri riversi a terra. Tutti in quel momento realizzarono di aver conseguito la vittoria, ma a che prezzo? Tra il sangue e le budella di quei banditi si potevano scorgere i corpi senza vita dei loro compagni caduti, alcuni dagli occhi ancora sbarrati in un ultimo grido di disperazione.

Claide era abituato alla morte e stava pulendo la sua spada dal sangue sull'orlo del mantello del suo ultimo avversario. Anche se poteva sembrare crudele, rimaneva cinico di fronte a scenari del genere.

«I morti sono morti, piangere, disperarsi e pentirsi non li riporteranno in vita» disse tra se e se. Diede un rapido sguardo ai sopravvissuti. Una buona parte degli abitanti era ancora in piedi, chi ferito, chi un po' ammaccato.

Le grida di dolore sopraggiunsero non appena si ripresero da quella specie di torpore, riecheggiando tra le strade del villaggio. Molti chinavano la testa e piangevano, altri, incuranti delle ferite, alzavano i corpi dei loro amici da quel bagno di sangue stringendoli a sé, gridando ogni sorta di maledizione al cielo.

Le urla di dolore e i pianti, però, avevano smosso qualcosa all'interno della locanda.

Inizialmente, una timida testa ricoperta da capelli rossi e arruffati, aveva fatto capolino dalla porta sfondata. Claide sapeva di chi si trattava, aveva sentito i loro respiri affannosi durante la battaglia, ma Kort di certo non poteva immaginarlo e la sua espressione di gioia pura quando vide le loro donne sane e salve, fu impareggiabile.

Il vecchio corse da loro, la camicia rossa di sangue nel fianco ferito.

«Elise! Figlia mia!» disse, mentre abbracciava una delle

ragazze.

Il suo entusiasmo aveva attirato le attenzioni di tutti e ora la maggior parte di loro si fiondava verso la locanda, chi per salutare la moglie, chi la figlia, chi la sorella o la cugina. L'euforia dell'attimo però non distolse le attenzioni dai morti. Subito dopo essersi ricongiunti tutti gli abitanti lavorarono per dare degna sepoltura ai corpi dei loro amici e gettare nel fango i cadaveri dei banditi caduti e dello stregone. I prigionieri, invece, furono portati lontano nel bosco da un gruppo di volontari guidati da Torn.

L'alba arrivò in fretta e tutti salutarono il nuovo giorno. Molti piangevano ancora, felici di poter riabbracciare la persona che amavano, oppure in lutto per un compagno perso. L'unico che stava in disparte era Claide, lui non aveva nessuno da piangere, almeno non in quel posto.

La mattinata fu dedicata totalmente ai funerali, i festeggiamenti si aprirono invece la sera con un banchetto per tutto il villaggio, lontano dalla piazza principale ancora sporca di sangue, naturalmente. Sistemarono un numero impressionante di tavoli e panche e servirono tutto quello che era avanzato nelle dispense del villaggio, più le scorte prese dal campo. Si potevano trovare prosciutti, carni varie arrostite, frutti e ortaggi.

L'unico aspetto positivo dell'invasione dei banditi era stato il particolare approvvigionamento di birra e vino. Quello che mancava in otri d'acqua, era colmato da barili di alcolici forti e amari.

Dopo qualche ora in cui tutti saziarono il proprio appetito, alcuni uomini iniziarono ad organizzare vari giochi e prove di forza, per poi proseguire con sfide, scommesse, balli e canti, e più birra scorreva, più queste attività si facevano frenetiche e spassose.

Claide non poteva ubriacarsi, la sua parte demoniaca bruciava ogni singola goccia d'alcool che ingeriva, ma aveva mangiato, anche se non gli portava alcun bene, e ora assisteva con trasporto a tutta quella vita gioiosa che scorreva di fronte a lui. Partecipò pure ad una prova di forza, ma quando riuscì a battere senza fatica Torn, in una sfida a braccio di ferro, il resto degli uomini iniziò a guardarlo a metà tra la sorpresa ed il sospetto, ricordandogli che non tutti li conoscevano la sua vera natura, e obbligandolo a farsi da parte.

Claide era sorpreso da tanta ilarità e gioia. Quella gente lo faceva sentire così partecipe che anche lui iniziava a sentirsi felice, ubriaco di sorrisi e risate. Non un ricordo maligno interruppe la sua serata, ma qualcosa doveva andare storto, la tragedia dopotutto era parte intrinseca della sua esistenza.

Una voce lo distrasse dai festeggiamenti.

«Giudice! Presto vieni!» lo chiamò Kort.

Claide si diresse verso di lui ancora sorridente.

«Ditemi»

«Ho un regalo per voi... coraggio entrate!»

Si avviarono verso la casa lunga del villaggio, che era stata prontamente ripulita e sistemata nel pomeriggio. L'entrata dava su un confortevole salotto, arredato in modo semplice ma in modo caldo ed accogliente. All'interno vi trovò Torn, che stringeva col suo enorme braccio la vita di una giovane donna dai capelli corti castani e dalla pelle diafana, affiancati dalla giovane che Kort aveva chiamato figlia. Questa aveva gli occhi gonfi e arrossati per il pianto, ma la sua bellezza rimaneva mozzafiato. Era magra e dal collo allungato, aveva i capelli biondo platino, lunghi e raccolti in una treccia. Sul naso piccolo e delicato, si poteva intravedere una spruzzata di lentiggini, ma quello che colpiva di più della giovane fanciulla erano i suoi occhi, grandi e di un blu intenso.

Claide di solito non badava a certe cose, il distacco e la freddezza che aveva acquisito nel tempo non lasciava spazio a questo tipo di relazioni, ma dopo aver lavorato a stretto contatto con gli uomini di quel villaggio, qualcosa in lui era cambiato. Infatti, la bellezza e l'aria innocente della fanciulla lo distrassero per tutto il tempo in cui si trovò in quella stanza.

«Ti presento Elise, mia figlia!» disse Kort indicandola con una mano «Sua madre se n'è andata anni fa, con l'attacco al villaggio ho temuto di perdere anche lei... Fortuna, però, che non è successo» concluse prendendo per le mani la figlia e sorridendole.

«Vi ringraziamo messere» disse Elise con un inchino «Tutte le donne di questo villaggio vi ringraziano»

«E' stato un piacere aiutare Kort e la sua gente...» rispose Claide garbato e un po' goffo.

«Come avete fatto a resistere alla maledizione di quel potente stregone? Deve avervi fatto un gran male...»

«Basta parlare del passato ora!» la interruppe Kort «Giudice! Vi ho fatto una promessa qualche giorno fa! E io mantengo le promesse... aspettate qua»

Detto questo, Kort si diresse in un'altra stanza della casa. Claide si volse verso Torn, il quale era occupato a vezzeggiare la giovane donna che teneva ancora stretta.

«Ho visto la tua furia in battaglia, mastro Torn...» disse Claide «Ora capisco cosa ha potuto scatenare tanta foga...»

Torn gli sorrise fiero.

«Ben detto! Giudice, lei è Rina, la mia compagna di vita da molti anni» disse.

La moglie sorrise imbarazzata, poi si presentò.

«E' un piacere conoscerla, è inutile dire quanto le sono grata per avermi riportato mio marito tutto d'un pezzo»

«Suo marito ha dato prova di saper badare a se stesso...» disse Claide chinandosi lievemente «mi creda!»

Torn gonfiò il petto e alzò il mento fiero.

«Queste parole mi onorano Giudice! Soprattutto se sono dette da un guerriero del vostro stampo! Ho visto come vi siete mosso in battaglia... o almeno ho provato a farlo, la vostra lama era così veloce da essere invisibile, tranne nel momento in cui spillava il rosso dai nemici... siete un guerriero, uno stratega e un uomo formidabile»

Claide abbassò il mento imbarazzato, nascondendosi ancora di più nel cappuccio, nessuno lo aveva mai lodato prima.

Kort tornò proprio in quel momento, portando tra le braccia delle vesti nuove e pulite. Claide all'inizio non capì, ma ci pensò il vecchio a rinfrescargli la memoria.

«Ecco Giudice! Come promesso! Vesti nuove e pregiate! Su forza non fate quella faccia e andate nell'altra sala a cambiarvi!»

Claide era ancora più imbarazzato.

«Non staranno diventando un po' troppo invadenti?» pensò, poi decise di dare la colpa alla sua ignoranza sui rapporti sociali e accettò il dono.

Passò qualche minuto, ma quando Claide tornò nella stanza, di fronte agli occhi dei presenti si ergeva un uomo nuovo.

Cappuccio nero calato, un mantello in lana nuovo di zecca del medesimo colore opaco gli copriva le spalle; sotto portava una blusa scamosciata nera, lunga sino alle ginocchia, con doppia fila di bottoni in argento che correvano lungo il petto, ornata con dei ghirigori fini color oro che culminavano al centro del torace con intricate volute; alla vita era avvolto un cinturone di cuoio color testa di moro, largo circa una spanna, spesso e tenuto fermo da grosse fibbie di ferro, con una fascia di seta rossa che correva per tutta la sua circonferenza per poi scendere sino alle ginocchia. I pantaloni erano di stoffa ruvida e resistente, adatta a chi viaggia parecchio, di un cupo color nocciola. Gli stivali erano di ottima fattura, interamente in cuoio, con un leggero tacco sotto al tallone ed una serie di cinturini ai lati dei polpacci con delle fibbie argentate. Aveva i suoi soliti guanti, scuri e graffiati, ma sopra di essi aveva applicato dei lunghi bracciali in cuoio dello stesso colore della cintura, borchiati con rivetti in acciaio. Le braccia erano coperte dalle maniche di un ampia camicia in cotone bianca, tenuta stretta al braccio con dei nastri neri posti poco sotto la spalla.

La spada era sistemata al fianco, pronta per essere sfilata. Claide sembrava un vero cavaliere nero, un nobile, un emissario di sventura, persino senza la sua corazza ammaccata. Solamente l'oscurità dei suoi vestiti e il senso di timore che incuteva la sua nuova figura.

Tutti i presenti lo guardavano sbalorditi, nessuno di loro riconosceva più lo straccione che gli aveva aiutati. Kort fu quello che richiuse la bocca per primo, prendendo la parola.

«Diamine... Mi inchinerei di fronte a voi se solo mi chiedeste di farlo... Ora si che dà la giusta impressione sulla gente!»

«Vi ringrazio davvero, mastro Kort» Disse Claide guardandosi i vestiti «Vi saranno costati una fortuna, è tutto davvero molto bello e di ottima qualità... Mi sembra un po' eccessivo...»

«Sciocchezze! Ci avete ridato la nostra vita! Questo non è nulla!» disse Kort agitando la mano.

Elise continuava a fissarlo di sottecchi, aveva uno strano sguardo, mentre Torn e Rina, dopo lo stupore iniziale, avevano ripreso a guardarsi negli occhi e a sussurrarsi qualcosa all'orecchio.

«Vogliamo vedere il volto del nostro salvatore! Andiamo Giudice, solo per questa notte! Si tolga il cappuccio» Disse Kort sorridendo.

La richiesta catturò addirittura l'attenzione dei due sposini, che ora lo fissavano attenti e in attesa.

Claide sospirò. Prese i lembi del cappuccio e lo abbassò piano. Il suo aspetto lasciò tutti a bocca aperta.

Alla luce delle candele che illuminavano la stanza, si presentava il volto di un ragazzo che non poteva avere più di venti, ventidue anni. I capelli castani medio lunghi erano spettinati e gli coprivano la fronte con piccole ciocche ondulate, gli occhi verdi brillavano sotto le sopracciglia lineari, il naso schiacciato, fratturato chissà quanti anni addietro, le labbra erano rosee e sottili, fiancheggiate da una mascella larga ricoperta da un sottile filo di barba rasata color rame.

Tutti sembravano sorpresi dal suo aspetto, perché anche se il viso era fresco e giovane, era tradito da uno sguardo profondo, penetrante. Uno sguardo di chi ha vissuto tanto, davvero tanto a lungo, dalle palpebre pesanti e dall'espressione inquisitoria.

Persino la sua voce tradiva il suo aspetto, tutti si aspettavano un uomo di almeno quarant'anni, ma di certo non un ragazzo così giovane.

«Santo cielo...» disse Kort «Al mio confronto, sembrate poco più che un ragazzo»

Claide fece un mezzo sorriso.

«Ecco perché preferisco portarlo calato» disse, al suono della sua voce tutti rabbrividirono, era come vedere un bambino con la voce di un uomo vissuto «Il mio aspetto tradisce il mio animo... quello almeno continua a invecchiare...»

Rina ed Elise lo guardarono spaventate

«Ecco perché lo chiami Giudice...» intervenne Rina «Tu sei il Giudice di Sangue!»

Claide la scrutò un attimo, vedeva la paura nei suoi occhi, ma non diffidenza o disprezzo. Elise, invece, chinava la testa, rossa come la fascia nuova di Claide.

«Si, mia signora, sono colui che è stato dannato...»

Rina deglutì e strinse più forte Torn.

Lui le prese la mano e le disse a bassa voce

«Non pensare a quello che raccontano i messaggeri degli altri feudi, cara... Ricordati che hai di fronte l'uomo che mi ha riportato da te sano e salvo»

Questo sembrò addolcire la donna, anche se Claide ne fiutava ancora il timore.

Kort batté le mani e interruppe il silenzio pesante che si era creato.

«Basta parlare! Ora ho mantenuto la mia parola! E credo che sia arrivato il momento per tutti di salutarci! Domani è un nuovo giorno e avremo tutti un gran da fare!»

Claide si congedò e uscì dalla casa sollevando di nuovo il cappuccio. Non sapeva dove andare, quindi decise di fare un giro tra le vie del villaggio. Notò che molte persone stavano rientrando dalla festa ormai conclusa, avviandosi verso le loro abitazioni in compagnia di una donna o sorretti da alcuni amici, incapaci di camminare per via dell'alcool.

Non era sicuro di quante volte fosse passato per quelle strade, ma finalmente aveva tempo per pensare e per stare da solo con se stesso. Si chiedeva come avrebbe fatto ora quella gente e trascorrere una vita normale dopo un trauma simile, e se li avrebbe mai rincontrati. A questo pensiero infilò una mano dentro la camicia e tirò fuori la strana ampolla che portava appesa al collo. La nebbiolina bianca che si muoveva placida e calma, sospinta da correnti immaginarie, era ancora li, come se lo stesse osservando. Claide sospirò, era ora di tornare a lavoro.

Decise di voler salutare almeno Kort, ma quando fu in vista della piazza grande accadde qualcosa che lo turbò. Stava per uscire dalle ombre dei vicoli, quando vide Kort trascinare Rina per un braccio, in una delle traverse vicine appartate. Lei sembrava infuriata mentre lui invece farfugliava agitato qualcosa.

Man mano che si avvicinava, notava che i due si guardavano spesso alle spalle, per assicurarsi che nessuno stesse ascoltando. Claide si avvicinò abbastanza per riuscire a captare la loro conversazione. Poggiò la schiena al muro, nascondendosi tra le ombre.

«Rina, cerca di capire! Era l'unico modo! A quest'ora non staremmo qui!»

«Stupido e sciocco vecchio! Come hai potuto prendere una decisione simile?! Tutte noi ci fidavamo di te!»

«Sciocca donna! Pensi di poter essere ancora qui se non

avessi preso questa decisione drastica?!»

«Dannazione Kort! Stai parlando dei nostri bambini!»

Claide si fece più attento, Rina era vicina alle lacrime e Kort era troppo agitato.

«Zitta! Vuoi che tutto il villaggio ci senta?! Ascolta, Rick e Marianne sono stati fortunati! Non ho scelto l'ordine! Abbiamo sempre tirato a sorte!»

«*Ma cosa diavolo sta dicendo?*» pensò senza capire.

«Tirato a sorte?! Hai lasciato la vita dei nostri bambini al fato?»

«No! Il loro fato era già segnato! Alcuni hanno semplicemente avuto più tempo di altri! Rina, ascoltami! Se non li avessi sacrificati alla creatura ora saremmo tutti morti! Conosci le leggende, era l'unico modo!»

Claide sgranò gli occhi. Ora capiva, ora quadrava. Kort non era preoccupato della presenza della megera, perché già sapeva. Ora capiva come avevano fatto a sopravvivere con una tale mostruosità nelle vicinanze. Avevano semplicemente pagato l'affitto.

«Sei un mostro!» riprese Rina «Sei un lurido mostro! Tutti voi lo siete! Avete preferito mandare al macello dei bambini innocenti! I nostri bambini! Piuttosto che rischiare la morte! Siete solo dei bastardi, cani rognosi! Domani tutte al villaggio sapranno cosa siete diventati!»

Kort caricò la mano per colpire Rina in volto, ma il suo braccio venne afferrato al volo da Claide. Il vecchio si voltò verso di lui e la paura si instillò nei suoi occhi.

«Verme bastardo, hai approfittato dei miei servigi, mi hai abbindolato con le tue menzogne, dando la colpa della tua codardia agli uomini che ho trucidato per te... hai sporcato le mie mani di sangue che non mi appartiene... hai sacrificato vite innocenti, le stesse vite che io credevo di vendicare...» Claide sibilava ogni parola, caricandola di rabbia e furia.

«Aspetta Giudice! Non è come sembra!» Provò a interromperlo Kort

«Taci!» Inveì Claide. Con uno scatto improvviso della mano, spezzò in due il braccio di Kort che ancora teneva stretto, producendo un rumore secco simile a quello di un ramo quando viene spezzato. Kort urlò di dolore, mentre Rina osservava la scena ammutolita e spaventata.

«La tua anima è più sporca di quelle che di solito porto ai miei padroni!» continuò imperterrito Claide, pensando a Fenrir «come dovrei comportarmi di fronte a tanto putridume?!» disse, facendo pressione sull'osso fratturato.

Kort gridò ancora.

«Ti prego, Giudice, ti supplico! Non uccidermi! Ho sbagliato! Ma ero disperato! Tu dovresti saperlo! Con mostruosità del genere non si ragiona! I bambini erano l'unico modo di tenerla buona! Cos'altro avremmo potuto fare?»

«Quello che ho fatto quando ho sentito Marianne gridare nel bosco, avreste dovuto prendere qualsiasi oggetto somigliasse ad un'arma e l'avreste dovuto piantare nel cranio della creatura che vi minacciava... tu mi disgusti, avevo un'alta opinione di te, ti credevo un uomo. Ora so che sei solo un vecchio, un sudicio vecchio verme... Prega le forze che veneri di non incontrarmi mai più nel poco di vita che ti rimane o potrei accorciarla ancora!»

Detto questo, Claide scaraventò l'uomo a terra, qualche metro più in là. Si volse verso Rina che lo guardava pietrificata, chiedendosi se doveva essere felice per aver bloccato Kort o intimorita dalla sua rabbia.

Claide tirò ancora di più il cappuccio e chinò il capo.

«Giuro che non lo sapevo...» disse.

Lasciò Rina alle sue lacrime e tutto il villaggio alle sue colpe. Uscì da quel posto che aveva salvato e che ora lo disgustava, chiedendosi se ci poteva essere mai fine all'infamia umana.

«I demoni, per quanto subdoli possano essere, hanno di certo molto più onore di questa povera razza... almeno loro sono delle bestie per natura... gli uomini hanno sempre avuto

tra le mani un potere inimmaginabile, un potere che richiede volontà, coraggio e dedizione per poter essere usato... ma comportarsi da vili animali, ammazzandosi l'un l'altro, è molto più semplice... l'essere umano ha sempre rifiutato la vita, accontentandosi di sopravvivere... che tristezza...»

Amarezza e delusione accompagnarono Claide per tutto il resto del suo viaggio a sud, verso il cuore del Lothis. La sua frustrazione creava un'aura di disagio attorno a lui che scacciava ogni essere vivente. I suoi cinque giorni di marcia, infatti, furono accompagnati solo dal silenzio totale, neanche gli insetti osavano avvicinarsi, i cervi fuggivano e i passeri volavano via, lasciando in fretta e furia il loro nido. Quando finalmente arrivò a destinazione, cercò di riprendersi dalla sua brutta esperienza. Non poteva mostrarsi debole, non ora che, dopo giorni di cammino ininterrotto, doveva compiere un viaggio ancora più lungo, doveva raggiungere il Regno Infernale e incontrare faccia a faccia i demoni.

* * * *

Capitolo 9
Una piega inaspettata

Stavano tutti là, riuniti nell'ala grande della sala del trono, mentre battibeccavano e discutevano aizzati come cani rognosi di fatti noiosi e irrilevanti: problemi con il potere, con il commercio di anime, con i demoni nomadi delle Lande.

Le loro voci gutturali e altisonanti riecheggiavano tra le pareti fredde dell'ampia grotta oscura e cupa che sosteneva le fondamenta della Cittadella Nera, il palazzo scolpito direttamente nella colonna di ossidiana che sorreggeva l'intera struttura conica del suo regno: l'Inferno.

Sviluppato in Cerchie, partendo da poco sotto la superficie, si trovava l'anticamera: un enorme cratere di lava fumante in cui venivano gettate le anime dannate, pronte per essere poi portate alla Cerchia inferiore: la fossa dei segugi. Là i dannati venivano continuamente scuoiati, smembrati e dati in pasto ai segugi, delle bestie demoniache simili a mastini glabri e scheletrici, dedite solo a divorare e sbranare. A seguire, si trovavano diverse Cerchie in cui i demoni erano divisi per numero e tipo di corna, in modo da distinguerli per casta, partendo dalla polla degli schiavi e mercanti, seguendo alla casta dei guerrieri, dei Tan minori e dei sommi Tan, sino ad arrivare all'ultimo livello, il girone più oscuro e profondo, chiamato semplicemente Budello. Il nome derivava dagli innumerevoli cunicoli sparsi per l'enorme grotta che portavano chissà dove, ed al centro di questa si trovava proprio la Cittadella, costruita per ospitare le Braccia del Re, nonché gli alloggi del sovrano stesso.

La sala del trono si trovava alla base e sorreggeva l'intera struttura. Era un'ala buia, stantia, illuminata solo dai rivoli di lava che colavano attraverso le pareti dai livelli superiori, e che in quel momento illuminavano i loro grugni con bagliori vermigli e tremolanti. Tutti i sommi Tan avevano preso parte a quella raccolta, radunata per un motivo che ora sembrava dimenticato, perso tra quelle insulse chiacchiere e tediose lamentele.

Ognuno aveva qualcosa di cui vantarsi o di cui lamentarsi, da approvare o da discutere, ma per Xaret tutto questo sprofondava nell'insulso, nel banale, nello scontato. Il cinismo per lui era una virtù, era un segno di grande solidità d'animo.

Il cinico riesce sempre a vedere le cose dal punto di vista più oggettivo e razionale, non si lascia influenzare da nulla, se non dalla sua mente e dal suo intelletto. Il cinico è più forte perché non si lascia dominare dal mondo che lo circonda, anzi è lui a dominarlo. E per il Re dei demoni, non lasciarsi dominare da ciò che lo circondava, era fondamentale.

Questa volta, però, qualcosa era riuscito a incuriosirlo, tanto da convincerlo ad ascoltare le parole di un sudicio piccolo demone carceriere. I carcerieri erano demoni che, nonostante un numero di corna adeguato, non possedevano alcuna dote particolare, non erano ne forti e brutali nel combattimento, ne abbastanza acuti per dedicarsi alla magia, e la sola idea di parlare ad un elemento così inutile della società lo disgustava, ma era un Re e sapeva benissimo che se non avesse ascoltato anche i più insulsi e deboli demoni, questi si sarebbero ribellati, obbligandolo a trucidarne almeno un centinaio per rimetterli in riga. Tuttavia, c'era qualcosa di diverso questa volta.

Non molto tempo prima, infatti, aveva avvertito una strana presenza, un picco di potere improvviso nel mondo dei mortali. Aveva subito pensato ad un risveglio momentaneo da parte dei Meniir, quei sassi maledetti erano totalmente fuori controllo e nessuno poteva prevedere i loro risvegli, ma era troppo anomalo e ancora poteva avvertirne la presenza, come un leggero prurito dietro la nuca.

Quando venne a sapere che uno dei carcerieri dell'anticamera aveva notato qualcosa di strano nel mondo mortale, il suo primo pensiero fu di tagliargli le corna e gettarlo nelle fossa dei segugi, ma quella fastidiosissima sensazione lo convinse a trattenersi, decidendo così di ascoltare quel rifiuto infernale. L'unico punto debole di Xaret era la curiosità.

Si portò le mani munite di artigli grossi e neri alla fronte per soddisfare un lieve prurito di impazienza e diede uno sguardo ai presenti. Il generale Agraar sedeva sullo scranno alla sua destra, perfettamente calmo e controllato come al solito, con i possenti arti superiori adagiati sui braccioli in freddo diabase e lo sguardo basso, fisso in un punto imprecisato. Aveva solo due corna, ma erano le più grosse e dure di tutto l'inferno, e le punte erano state bagnate nel krot, un materiale brillante, simile all'argento dei mortali, ma duro e resistente come la roccia. La lunga e ispida criniera di peli nero pece correva lungo la schiena ricoperta da muscoli gonfi e tesi. Nonostante il numero ridotto di corna, Agraar aveva sempre dimostrato di possedere una forza ed una furia omicida in battaglia fuori dal comune persino tra i demoni. Tra i suoi sottoposti c'era chi lo chiamava Shaerbekrr, nel mondo mortale preferivano chiamarlo "Il Macellaio".

Alla sua sinistra, invece, si trovava Serbrar, il capo dei demoni stregoni. Xaret considerava discreta la sua magia, ma era il migliore in tutto il regno, escluso lui ovviamente. Non era particolarmente alto o nerboruto e le sue fattezze erano celate dalla lunga veste macchiata di sangue incrostato, probabilmente spillato da tutte le sue cavie, e dal cappuccio calato che gli oscurava il volto, lasciando fuoriuscire solo due lunghe e affusolate corna che compivano un'ampia curva prima di raddrizzarsi in due lance letali.

Il resto della sala era presidiata dai vari Tan, ovvero gli esponenti della nobiltà demoniaca, demoni superiori che si erano distinti particolarmente nelle loro rispettive Cerchie, assumendone il comando.

I demoni avevano formato un piccolo semicerchio attorno al motivo di tanta cagnara: il carceriere. Xaret non lo aveva nemmeno ascoltato, era talmente insignificante che lo irritava solamente guardarlo. Alle sue orecchie erano arrivati nient'altro che echi delle sue parole:

Aveva iniziato a parlare della situazione dell'anticamera e di come lui lavorasse sodo ogni giorno. Chiacchiere e chiacchiere, così tante che aveva una voglia infrenabile di spezzare in due il collo di quel piccolo e indegno demone, e stava quasi per farlo se non avesse udito il resto.

Aveva iniziato a parlare del mondo mortale, di un certo Claide, di un Velo, di una forza magica fuori dal comune e di un luogo sacro e maledetto, qualcosa che somigliava in tutto e per tutto ad un fulcro di potere. Il carceriere aveva appena raccontato una certa storia, una storia che a Xaret sembrava assurda, ma che aveva fatto scattare quel sesto senso che gli aveva permesso di ascendere al trono più di un millennio orsono.

Era stata proprio quella storia ad accendere gli animi turbolenti dei demoni presenti, accusando il carceriere di farneticare, accusandosi l'un l'altro per aver deciso di dare ascolto ad un demone minore, riportando alla luce vecchie beghe o rancori e cercando come sempre di apparire più forti e potenti di quanto in realtà non fossero.

«Tacete» mormorò il Re con tono calmo e pacato, la voce simile al rombo di una frana.

Tutti nella sala si zittirono all'istante, concentrando la loro attenzione su di lui.

Xaret posò lo zigomo alla mano stretta a pugno e guardò a lungo il piccolo demone dall'alto del suo trono.

«Mi sono dimenticato il tuo nome, carceriere» disse con noncuranza. Il demone sembrò interdetto.

«Rag'saar mio signore...» rispose mostrando il collo in segno di sottomissione.

«Sai almeno di cosa stai parlando, Rag'saar?»

Il demone tentennò un po' prima di rispondere alla

domanda

«S-Si mio signore! Certo!»

«Allora hai solo intenzione di prenderti gioco di noi Rag'saar, perché i fulcri di potere sono zone in cui forze primordiali opposte si incontrano con tale violenza da fondersi, annullando all'istante ogni altra forza presente nelle loro strette vicinanze e creando un punto estraneo a ogni altra legge del mondo ospitante, che siano dello spazio o del tempo... Un tale punto energetico è già raro da trovare in mondi superiori come il nostro, o quello degli Spettri o dei nostri rivali, ma trovarlo nel mondo dei mortali è quasi impossibile! Tu mi stai dicendo che qualcuno lo ha addirittura creato?»

Il demone era visibilmente in difficoltà, poteva tenere testa agli insulti e alle risate di scherno, ma la pacatezza, l'apatia e la logica di quel Re senza sentimenti non solo lo spiazzavano, ma davano una visione distorta del suo stesso pensiero, facendolo apparire ridicolo e inutile. L'abilità oratoria unita al temperamento di Xaret, erano un'arma ancora più letale delle sue quattro corna a corona.

«Mio signore, vi assicuro che mai potrei prendermi gioco di vostra altezza... ho osservato Claide tramite il Velo, l'ho visto con i miei occhi mio signore! Ha sepolto il dannato, poi ha creato una lapide dal ghiaccio e un attimo dopo un'esplosione di energia ha creato il fulcro! Lui non sembrava nemmeno affaticato o spossato! Si è semplicemente voltato e se n'è andato!»

«Aspetta, chi è questo Claide?»

«E' l'attuale servo mezzosangue mio signore, Il Giudice di Sangue che usiamo per recuperare i dannati che non adempiono...»

«Io non ho investito nessun mortale ultimamente per essere nostro servo... oltretutto, se non ricordo male, anche l'ultimo servo si chiamava Claide, tutta questa storia mi sembra sempre più ridicola e falsa»

«No mio signore, il Claide di cui parlo è lo stesso che ricordate voi»

Xaret aggrottò la fronte.

«Ma stiamo parlando di più di trecento anni fa»

«trecentodiciassette anni fa mio signore, lui morì all'età di vent'anni, la rinascita avvenne qualche mese dopo»

Xaret riprese la sua posizione annoiata.

«Stai parlando di eventi impossibili *carceriere*, nulla può creare un fulcro di potere e i Giudici non hanno mai vissuto così a lungo, vivono al massimo un centinaio d'anni. La maggior parte di loro impazzisce a causa del loro stesso potere e si tolgono la vita... e anche se questo non dovesse accadere, il corpo umano non è fatto per contenere due essenze! Nonostante la lunga vita e l'eterna giovinezza, prima o poi torna a essere quello che era: polvere! Il patto con i Giudici non è stato fatto per premiare le anime dandogli una seconda occasione ma per avere più anime senza perderne nemmeno una, visto che prima o poi lo stesso Giudice ritorna»

Il demone ormai aveva perso ogni convinzione

«Mio signore... questo è quello che ho visto...»

Xaret sbuffò, quel piccolo demone diceva delle cose assurde, ma quel suo strano presentimento era ancora li.

«Carceriere non ho dubbi sul tuo buon lavoro, ma nessun demone può creare un fulcro di potere, figuriamoci un mezzo demone! Quello che dici non ha senso! Torna al tuo lavoro e non convocare più il Consiglio per affari di questa natura!»

Rag'saar, però, che di natura era sempre stato troppo spavaldo, fece il suo ultimo errore.

«In verità, mio signore, io mi aspettavo una sorta di ricompensa...»

Xaret lo guardò socchiudendo le palpebre, trafiggendolo con quei suoi occhi oscuri ridotti a fessure, cercando di capire se fosse serio o se avesse solo voglia di fargli perdere altro tempo. Stese il braccio e con un semplice gesto della mano fece fare un giro completo alla testa del demone, spezzando ossa, nervi, tendini, legamenti ed annullando ogni tentativo di guarigione rapida, il tutto accompagnato da un sonoro schianto secco e dal rumore di membra dilaniate che riecheggiarono tra le pareti fredde e impassibili.

Il corpo del demone si accasciò a terra, per poi essere trascinato fuori dalle guardie all'ingresso. Xaret riprese la sua espressione annoiata e si rivolse agli altri demoni

«Miei seguaci, a quanto pare tutto questo è stato solo un falso allarme... vi prego di tornare alle vostre faccende e vi porgo le mie scuse per l'inconveniente»

Alcuni demoni alzarono il mento in segno di saluto, altri semplicemente si voltarono e si avviarono verso l'uscita, continuando a borbottare tra loro. Persino Serbrar si alzò e, dopo una riverenza palesemente ostentata, gli voltò le spalle e si diresse verso la sua rispettiva ala. Solamente uno rimase esattamente dov'era: Agraar.

Xaret attese che tutti fossero usciti dalla sala attraverso l'enorme portone in pietra prima di parlargli.

«Agraar, tu non vai?»

Questi grugnì scoprendo la chiostra di denti e zanne che adornavano le sue fauci.

«Puoi farla agli altri, Xaret, ma io sono cresciuto con te, abbiamo scalato la vetta del potere insieme... so come sei fatto... tu sai qualcosa non è vero?»

Xaret lo guardò a lungo prima di rispondere, ricambiando lo sguardo lanciato da quegli occhi piccoli e neri che lo osservavano attenti. La fronte ampia e sporgente era aggrottata nel tentativo di captare i pensieri del Re, mentre il grugno schiacciato rimaneva contratto in un'espressione di offesa per il suo tentativo di raggirarlo. Per lui non provava nulla, né affetto, né simpatia. Semplicemente era uno dei pochi demoni che riusciva a non annoiarlo.

«Non ti sfugge niente... » disse con ironia «Forse ho intuito qualcosa, ma prima preferisco consultarmi con le

Venerabili...»

Agraar grugnì ancora.

«Capisco... niente di preoccupante spero»

«E' solo un presentimento»

«Allora mi devo preoccupare» aggiunse Agraar con un mezzo sbuffo mentre si ergeva nei suoi sette piedi di altezza.

«Ti lascio allora... non trattarmi più come uno di quei pomposi demoni nobili... sai bene che non sono come loro»

Detto questo si diresse verso l'uscita, con le spalle chine sotto il peso dei muscoli e le enormi braccia penzoloni, lasciando Xaret ai suoi pensieri. Il Re attese ancora prima di abbandonare a sua volta la sala. Entrare in contatto con le Venerabili non era uno scherzo, doveva avere un motivo valido o ne avrebbe pagato con la vita. Il suo istinto gli diceva che qualcosa era in movimento, qualcosa di grande certo, ma non sapeva se questo avrebbe comportato un vantaggio o un pericolo.

«Il mio istinto mi ha sempre aiutato... Potrò fidarmi anche questa volta?» si ritrovò a pensare, poi scrollò subito la testa

«Il Re dei demoni che dubita delle proprie capacità? Questo mai...» e senza stare troppo a rimuginare, si alzò dal trono e si diresse verso la sala delle Venerabili.

Non era facile arrivarci, ma la sua magia gli permetteva di seguire le tracce di potere che emanavano. La grotta era situata nel punto più profondo del Budello, protetta da un dedalo di cunicoli e corridoi. Solo un demone superiore poteva arrivarci, demoni minori o creature di altra natura non sarebbero riusciti a superare neanche il primo svincolo, tanta era il potere carico e oscuro che permeava da quelle pareti porose.

Si diresse al ponte che collegava il fianco della Cittadella alle frastagliate e roventi pareti del Budello. Sull'altro capo vide subito l'imboccatura che pareva osservarlo con rimprovero. Erano passati secoli dall'ultima volta e, nel profondo, sapeva che la sua era stata mancanza di rispetto. Percorse un'infinità di cunicoli, diramazioni, calandosi addirittura giù da una rupe, sino a raggiungere il fondo, superando il labirinto e trovandosi di fronte all'imponente cancello di roccia nera e lucente. Mise l'enorme mano su un'anta e spinse forte, spostando la pesante lastra ed entrando nella sala.

La grotta era piccola e poco illuminata: di forma circolare, sembrava essere un enorme cupola costeggiata da diversi cristalli rosso sangue e vene di krot, in cui al centro s'innalzava una strana colonna di un materiale roccioso bianco opaco, con vicino un piccolo altare. Xaret si addentrò piano nella sala, con passo quasi solenne, portando il mento alto in segno di grande rispetto. Si fermò di fronte alla struttura ed estrasse il coltellaccio dal cinturone che portava in vita.

Con un movimento secco e violento si fece un lungo taglio sul palmo. Non un'espressione di dolore sfiorò il suo viso, doveva mostrarsi degno. Posò la mano ferita sull'altare, osservando il sangue che scorreva lento sulla nera ossidiana, creando numerosi rivoli che correvano all'interno di diverse scanalature, andando a formare un intricato disegno geometrico.

Non appena tutti i segni sull'altare furono colmati dal suo sangue nero e denso, la colonna di fronte a lui iniziò a pulsare di una luce cremisi, rivelando la struttura per quello che era: un enorme cristallo di roccia che in quel momento stava brillando di una luce purpurea e abbagliante. Il potere che emanava era inaudito, così forte e presente nell'aria che a Xaret si rizzarono i peli sulla schiena. Non passò molto, prima che una miriade di voci riempirono i pensieri del Re.

«Infine il Re cieco si è destato!»

Sbottarono le Venerabili all'unisono. Xaret inclinò lievemente la testa senza capire.

«Venerabili, mi stavate aspettando?»

«Da tempo aspettavamo la tua venuta! Non è saggio farci attendere!» risposero le sue dee con voce carica di collera.

Xaret strinse i pugni.

«Chiedo umilmente perdono, Venerabili, ma ora ho un regno da governare, non ho più la libertà di un tempo»

«Scuse!» inveirono le Voci, provocando una leggera fitta di dolore nella mente del Re. Ogni volta che le loro parole risuonavano nella sua testa, il timbro della loro voce cambiava, come se diverse entità distinte stessero parlando a turno.

«Il potere ti ha rammollito!»

«Ti sei adagiato sul tuo trono di pietra e hai scordato quali sono le tue priorità!»

«Hai avuto bisogno di un tuo suddito per destarti dal tuo torpore!»

«Sei caduto in basso Xaret!»

Xaret digrignò i denti, era infuriato, mai nessuno gli aveva parlato così, ma non poteva fare nulla, le Venerabili erano una forza primordiale e, come i Meniir per il mondo mortale, avevano dato origine al piano Infernale. Lui era una pulce in confronto a loro.

«Mi assumo tutte le colpe e chiedo umilmente il vostro perdono...» rispose incrociando i pugni al petto ed alzando il mento «Sono qui ora a causa di strane voci che circolano sul mondo mortale… Io stesso ho avuto uno strano presentimento qualche rivoluzione fa… cosa sta accadendo?»

«Nel mondo mortale non è accaduto nulla... per ora...»

«Ma ciò che accadrà se continuerai a essere così negligente...»

«Distruggerà ogni tuo sforzo fatto sino ad ora»

Xaret passò sopra l'insulto, capendo che forse qualcosa davvero non andava.

«Riguarda il mezzosangue inviato in quella dimensione?» chiese seguendo il suo presentimento.

«Il lume della ragione finalmente risplende nella tua mente...»

«La situazione è più grave di quanto pensi!»

«Non è altro che una pedina, come potrebbe mai causare

dei problemi?»

«Una pedina che ha mangiato troppi pezzi...»

«Un pedone non potrà mai diventare un alfiere!» sbottò Xaret seccato.

«Ma può mettere sotto scacco un Re!»

Le fitte di dolore si fecero più intense, Xaret per poco non si morse la lingua nel tentativo di controllare lo spasmo.

«Ora ascolta piccolo Re...»

«Il tuo Giudice è diventato qualcosa che va oltre persino la nostra comprensione...»

«Secoli di servizio impeccabile, ma solo per pochi anni egli ha sfruttato appieno il potere che gli abbiamo conferito...»

«ora cammina e respira, nonostante abbia da secoli passato il suo tempo...»

«un paradosso vivente... che ha accumulato abbastanza potere da mettere in discussione persino la tua carica!»

«Come è possibile questo?»

«Ragiona, piccolo Re!»

«L'anima umana, per quanto impura, ha un potere eccezionale...»

«Il potere di assorbire tutto ciò che la fortifica, che si parli di semplici emozioni o flussi magici puri e pulsanti...»

«Ed il tuo Giudice per lungo tempo è stato a contatto non solo con la sua parte demoniaca, ma anche con migliaia di altre essenze...»

«intrappolate, anche se per poco, all'interno di una semplice fiala...»

«Quel poco è bastato anche solo per un piccolo pezzo...»

«Non vorrete dire che...»

«Esatto, piccolo Re...» risposero con tono compiaciuto.

«Da quando esistiamo, mai abbiamo potuto osservare una simile aberrazione, qualcosa che sfugge ad ogni controllo ed equilibrio, qualcosa che potrebbe distruggere ogni mondo della realtà...»

«Qualcosa che potrebbe comunque tornarci tanto utile...»

«In che modo?»

«Perché stringiamo i contratti con quei sudici mortali?»

La domanda lasciò Xaret interdetto.

«Per corrompere il loro mondo, e perché le loro anime sono delle ottime catalizzatrici di potere» disse titubante.

«No!»

«Ormai il nostro obbiettivo è andato perso nelle ere, e persino noi stesse stavamo quasi per dimenticarcene...»

«Ora, però, il tuo piccolo servo ci offre l'opportunità per mettere finalmente fine a questa guerra che dura da troppo tempo ormai!»

Xaret sgranò gli occhi. I ricordi di quello che gli sembrava un epoca fa riaffiorarono nella sua mente: tutti i suoi studi, le sue ricerche e gli stratagemmi, tutto per tenere in pugno il popolo e ottenere il favore delle Venerabili, per ottenere il suo trono. Tutto per quell'unico obiettivo, che sembrava quasi una storiella, la visione di un folle, a cui un tempo credeva ciecamente e che ora aveva completamente dimenticato.

«Vedo finalmente che hai capito...»

«Ora ascolta piccolo Re...»

«Il tuo Giudice rappresenta una vera e propria minaccia, persino tu dovrai stare attento!»

«Ma se eseguirai i nostri ordini alla lettera potrai mettere fine alla sua vita con le tue stesse mani ed arrogarti il titolo che ti spetta...»

«ci siamo capiti?»

Xaret gonfiò fiero il petto, onorato di essere il demone che le Venerabili, eoni orsono, avevano profetizzato: colui che porrà fine alla guerra, che segnerà il destino di tutto il suo popolo, che scatenerà finalmente l'interno Inferno sui mortali.

«Si, ho capito perfettamente...»

* * * *

Capitolo 10
Riunione

«Quanto dovrò aspettare ancora?» pensò spazientita. Era seduta da più di un'ora su una gelida panca di pietra nella cattedrale a Gunea, la capitale del Feïm. La gente le passava di fronte senza degnarla di uno sguardo, alcuni affrettavano il passo addirittura. Iris abbozzò un sorriso *«Le persone mi temono come la peste a quanto pare»*.

La convocazione era arrivata pochi giorni dopo il suo ultimo incarico, la cosa la lasciava alquanto stizzita, ma non poteva rifiutarsi. Doveva recarsi immediatamente a Gunea per un consiglio d'urgenza con tutti i più alti esponenti della nobiltà di Tanaria, ed ora eccola là, seduta nella penombra ad aspettare quel pomposo Gran Sacerdote Talus, che mai si sarebbe scomodato troppo per farla adagiare comoda.

«Questa volta mi sente...» pensò infuriata.

Attese ancora per qualche minuto, mentre la cattedrale si svuotava sempre di più, quando finalmente vide un'inserviente dirigersi verso di lei. Non gli diede nemmeno il tempo di aprir bocca, semplicemente si alzò e si diresse verso la sacrestia. L'inserviente boccheggiò per qualche attimo, indeciso sul da farsi, per poi seguirla a grandi falcate.

All'interno della sacrestia Iris riconobbe tutti: Duscan, il loro nuovo giovane Re, Talus, e tutti i vassalli dei vari feudi più qualche sacerdote leccapiedi che mai si sarebbe perso l'occasione di ungere il loro grande capo. *«A quanto pare mancavo solo io... così Talus avrà una scusa per riprendermi».* Al suo arrivo, tutti si voltarono per guardarla.

«Ah! Iris! Vedo che anche per questioni d'urgenza ti fai attendere» Disse Talus guardandola con disprezzo. Indossava una delle tonache da cerimonia, tutta bianca con orlature d'oro.

«Immaginavo...»

«Sono stata chiamata solamente ora, in effetti sono io che attendo da tempo là fuori»

«Dovevi presentarti qui di tua spontanea volontà! Non posso sapere sempre dove sei o cosa fai, non sono il tuo tutore!»

«Tanto mi avresti ripreso comunque perché non posso fare come mi pare»

«Mi perdoni Gran Sacerdote, vedrò di stare più attenta» disse ingoiando il rospo

«Mh... Bene! Ora che la Cacciatrice ci ha onorato con la sua presenza» continuò Talus rivolto agli ospiti «Possiamo dare inizio al consiglio»

«In effetti» prese Duscan «vorrei sapere il motivo di tanta urgenza, sono un uomo impegnato Talus, lo sai bene»

«Sire mi dispiace averla scomodata, ma alcuni recenti avvenimenti hanno portato alla luce dei fatti che necessitano l'attenzione di tutti»

«Non proprio tutti Talus!»

Da una porta in fondo alla stanza entrò un uomo anziano, forse sulla settantina, che portava una lunga veste grigia stretta in vita. La barba cresceva incolta, tanto lunga che l'uomo doveva portarla legata alla cintura per non spazzolare il pavimento.

«Illustre, cosa ci fa qui?» disse Talus usando un tono lascivo

«Cosa ci faccio qui? Mio caro Talus, sono stato io a convocare il Consiglio, la vera domanda è: cosa ci fa tutta questa gente qui»

Tutti i presenti si scambiarono occhiate torve, eccetto Iris che rimase ferma al suo posto, scrutando il vecchio da sotto il cappuccio calato.

«Mi pare di aver chiesto espressamente del nostro sovrano e la Cacciatrice, non tutti questi pomposi galli cedroni con i loro valletti scansafatiche e i tuoi fedeli cuccioli... prego, dunque, a chiunque si sia sentito colpito dalla mia ultima affermazione, di lasciare la stanza, grazie» concluse sorridendo e trapassando con i suoi occhietti grigi tutti quei visi paonazzi dall'indignazione e dall'offesa ricevuta.

I nobili vassalli gonfiarono il petto, come dei galli a cui si erano arruffate le penne, e imboccarono l'uscita mormorando lamentele.

Il vecchio attese che tutti gli ospiti indesiderati lasciassero la sala, per poi prendere ad osservare Iris che ancora stava perfettamente immobile al suo posto.

«Dunque è lei la ragazza di cui mi hai parlato»

«*Ragazza?*» pensò

«Esattamente Illustre, Iris, anche se impulsiva e indisciplinata, si è dimostrata la migliore Cacciatrice dell'Ordine... si dice superi persino le abilità dei Cavalieri, ma io non darei troppo peso a queste... voci» concluse Talus guardandola con evidente disprezzo.

«Non credo che sia il caso di sottovalutare la nostra amica qui presente» riprese il vecchio sempre sorridendo «Perdonami, sono stato maleducato, il mio nome è Orth... non posso dirti altro purtroppo... sappi solo che io sono il motivo per cui sei qui oggi... con chi ho il piacere di parlare?»

«Vi hanno già riferito il mio nome»

«Scopriti il volto quando parli con l'Illustre!» sbraitò Talus

Iris serrò la mascella; quanto avrebbe voluto sferrargli un bel pugno sul naso! Afferrò i lembi del cappuccio e lo abbassò con riluttanza.

Alle luce dei bracieri si mostrava una giovane donna, probabilmente sui vent'anni. Il cappuccio aveva scoperto una corposa treccia color castano chiaro che si perdeva sotto il mantello, un viso dai lineamenti morbidi e delicati, labbra carnose e rosee, occhi di uno strano colore, tra il grigio e il viola, sormontati da sua sopracciglia arcuate che avevano assunto un cipiglio impertinente. Di sicuro Iris era davvero bella, ma qualcosa nei suoi atteggiamenti altezzosi e nel suo sguardo inquisitorio incuteva un senso di inferiorità e di disagio.

Persino Duscan le aveva dato una rapida occhiata,

cercando di non farsi notare. Talus, invece, continuava a guardarla con disprezzo e disgusto, mentre l'unico che sembrava provare interesse era Orth, che la guardava sbalordito.

«Talus mi ha parlato delle vostre abilità, ma non della vostra bellezza!» disse con un sorriso caldo e cordiale.

«Vi ringrazio, ma vi prego di non parlarne con nessuno... attiro già troppe attenzioni così come sono» rispose cercando di mantenere un tono non troppo irrispettoso. Non sapeva spiegarsi il perché ma quel vecchio le ispirava fiducia.

«Oh, comprendo perfettamente» disse Orth ammiccando «ed è proprio per la sua riservatezza che si trova qui... Mi dica, ha mai sentito parlare dei "Giudici di Sangue?"»

Quando quel nome risuonò nella stanza tutti, eccetto Iris, rabbrividirono, perfino il giovane Re Duscan, che gonfiò il petto e prese la parola

«Di quali blasfemie stiamo parlando? Pronunciare quel nome in un luogo sacro è una bestemmia! Talus, chi è costui?!»

Talus non rispose alla domanda, era rosso in volto e si torceva nervosamente le mani, anche un cieco avrebbe capito che moriva dalla voglia di dirlo. Iris lo guardò e non poté trattenere una smorfia di disgusto che non passò inosservata agli occhi di Orth.

Ma questi, invece di riprenderla, si lasciò scappare un sorrisetto e le strizzò l'occhio.

«Mio caro Duscan... Non fate quella faccia, non siete il mio sovrano» riprese Orth verso il Re «Capisco che tutto questo ora potrà sembrarvi bizzarro o blasfemo, ma se mi lasciate un po' di tempo per analizzare e approfondire le conoscenze della signorina qui presente a riguardo, le prometto che tutto le sarà reso chiaro e limpido come uno specchio... Ma torniamo a noi, Iris... Dicevo, cosa sa sui "Giudici di sangue"?»

Iris deglutì prima di rispondere, quel nome dava fastidio persino ad una come lei.

«So che sono delle bestie infami, che si cibano della vita dei mortali per il Demonio e che uccidono senza pietà...»

«Che i Titani ci proteggano!» sbottò Orth indignato. Il cambio repentino di atteggiamento lasciò tutti basiti. «Davvero avete una conoscenza così barbara dei Giudici?! Talus! Può spiegarmi cosa diavolo insegnate ai vostri Cavalieri e Cacciatori? A raccogliere le fragole?» disse mentre trafiggeva Talus con gli occhi che sputavano fiamme. Il Gran Sacerdote si era fatto talmente piccolo che pareva poter scomparire da un momento all'altro. Iris era divertita da quella scena. *«Finalmente quel pallone gonfiato ha quel che si merita! Il vecchio non è poi così male»* pensò.

«Re Duscan, lei ha ricevuto un'adeguata educazione?» disse Orth, ormai paonazzo

«In verità...» prese Duscan «Io ho ricevuto l'educazione dell'Ordine... tutto quello che so sui... Giudici... lo ha appena riassunto perfettamente la Cacciatrice»

Orth era furente, guardava Talus con rabbia e vergogna in attesa di una spiegazione che non sarebbe mai arrivata. Il Gran Sacerdote aveva affondato il mento nel petto e si torceva le mani sudate, incapace di incrociare lo sguardo del vecchio.

Orth sbuffò e si coprì gli occhi con il palmo della mano, si massaggiò un po' le tempie e riprese a guardare Iris con l'espressione dell'uomo più felice della terra.

«Bene...» disse «Vorrà dire che vi dovrò raccontare una piccola storia, un po' noiosa forse ma vitale per il vostro compito... Talus?!»

«S-Si Illustre?»

«Potresti portare un paio di sedie? E, se non ti crea troppo disturbo, potresti andare alla cantina nella piazza grande e comprare del buon vino?»

«Ma... è dall'altra parte della città»

«Oh, non credo ti nuocerà sgranchire quelle gambe ossute» disse in tutta risposta Orth sorridendo.

«Si Illustre...»

Talus uscì dalla sacrestia, per fare poi ritorno con qualche sgabello, si congedò ancora una volta con Orth e lasciò i tre soli.

«Bene, ora che Talus è impegnato» riprese Orth «Possiamo procedere... Dato che la vostra istruzione è stata pressoché nulla sull'argomento, per cominciare vi racconterò una piccola storia»

Sia Duscan che Iris annuirono attenti.

«Splendido... la mia storia parla dei Giudici di Sangue... al contrario di quello che vi hanno insegnato, i Giudici sono molto più simili a noi di quello che la gente comune crede...»

Iris si fece attenta.

«Sapete... quando le forze primordiali crearono i quattro mondi della realtà in cui viviamo, si accorsero subito che le creature appartenenti a ciascun mondo non potevano viaggiare da una dimensione all'altra... tranne una razza: gli umani. Naturalmente le forze primordiali avevano una natura molto differente e, di conseguenza, i mondi creati erano diversi gli uni dagli altri... Abbiamo il Regno Infernale, caratterizzato dalla natura distruttiva delle forze che l'hanno creato, presenta temperature altissime e lande desertiche; persino i loro abitanti, i demoni, sono costretti a vivere sotto terra a causa dei loro soli che si alternano costantemente, infuocando la loro terra arida e sterile; Poi abbiamo il Regno dei Titani, o Eretrus, caratterizzato dalla natura benevola che l'ha creato. E' un mondo pressoché perfetto, dove ogni cosa è uguale, ordinata. Abbiamo il nostro mondo, il Regno Mortale, il più completo perché creato da quattro forze diverse che da tempo immemore collaborano: Terra, Fuoco, Aria e Acqua... L'unico difetto del nostro mondo è che le forze primordiali non sono di natura senziente, infatti i leggendari Meniir della natura non rispondono a nessuno, se non al normale corso degli eventi, e questo gli rende imprevedibili. Infine il Regno degli Spettri, il Vuoto, creato non da una forza primordiale, ma dall'energia negativa che le tre forze hanno liberato nella creazione dei loro mondi... Non per questo è un mondo inutile, viene rappresentato come l'opposto di tutti e tre i regni ed è abitato dalle anime di tutti gli esseri che sono stati maledetti o che sono rimasti legati ai loro rispettivi mondi attraverso un incantesimo o un oggetto»

«Mi scusi... Illustre?» lo interruppe Duscan.

«Oh la prego Duscan, chiamatemi Orth» rispose pazientemente.

«Orth dunque... Tutto quello che ci state dicendo non è niente di nuovo! Tra poco cosa aggiungerete? Che un tempo i demoni volevano allungare i loro artigli sul nostro mondo ma i Titani li hanno scacciati col loro sacro potere? Niente che l'Ordine non insegni già!»

«Vi chiedo per cortesia di non interrompermi e di non essere impaziente» rispose Orth voce atona «Ho detto che vi devo raccontare una piccola storia, ma per farlo ho bisogno di iniziare dal principio, da cose che entrambi già conoscete... ora se non le dispiace»

«Prego»

«Dunque, il nostro mondo fa gola alla forza primordiale infernale, noi in effetti abbiamo l'unica forza priva di volontà propria e quindi facilmente corruttibile. L'essere umano, inoltre, è una razza debole, in noi non scorrono potenti energie come nel caso dei demoni o dei titani. Fu così che le Ashens, le forze primordiali infernali, o Venerabili, come le chiamano i demoni, inventarono i contratti. Dannando e accumulando abbastanza anime umane avrebbero ottenuto il potere necessario per corrompere le forze del nostro mondo. I Titani si accorsero subito del loro piano e decisero per la prima volta di intervenire in nostra difesa, creando il potere dei santuari. Grazie a questo potere, una semplice icona sacra è in grado di consacrare l'area attorno ad essa, vietando l'accesso a qualsiasi demone. Fu così che gli esseri umani costruirono i primi altari, le prime chiese e luoghi di culto, ma i contratti non scomparvero. Infatti si era scoperto che dopo aver venduto la propria anima, bastava rifugiarsi in un luogo sacro per sfuggire ai demoni. Le Ashens naturalmente erano infuriate, questo complicava e rallentava di gran lunga il loro piano, ma sono comunque esseri intelligenti e inventarono qualcosa che i Titani non potevano contrastare: i Giudici di Sangue. Vedete, la nostra anima è unica nel suo genere... Per farvela breve, è come una spugna in grado di assorbire tutto ciò che la fortifica. In vita, l'anima di un essere umano è costantemente in contatto con il mondo che ci circonda... Se quest'anima vive in un ambiente malvagio, crudele, sanguinario, come quello che un qualsiasi assassino creerebbe attorno a sé, rimarrebbe condizionata da questo e, a causa della sua natura, verrà attratta nel Regno Infernale. Quindi le Ashens hanno pensato di fare un patto con queste anime malvagie, ridando loro la vita e chiedendo in cambio di legarsi ad una parte di essenza demoniaca. I Giudici non sono altro che mezzi demoni, hanno l'aspetto di un comune essere umano ma non invecchiano, non soffrono la fame o la sete, non hanno bisogno di dormire, hanno una grande resistenza alle fatiche e le loro ferite si rigenerano in modo sovrannaturale... Inoltre, hanno un'abilità innata per la magia nera, sono più veloci, più forti, hanno i sensi più acuti di qualsiasi altro essere umano; la loro parte umana gli permette di andare e venire dal Regno Infernale quando vogliono. Sono state le prime macchine per uccidere mai create, un abominio tra due razze che rendeva facile il lavoro alle Ashens..»

«Mi scusi, Orth» lo interruppe Iris «ma se erano così potenti, perché non fare una legione di Giudici? Avrebbero di sicuro conquistato il nostro mondo»

Orth ridacchiò.

«Vedi Cacciatrice, il nostro corpo non è fatto per sopportare la presenza di una forza tanto potente quanto l'essenza di un demone. I Giudici, per quanto forti e quasi invincibili, venivano sopraffatti dal loro stesso potere che ne consumava anima e corpo, riducendoli ad un mucchietto di polvere... il più vecchio ha vissuto circa centotrentadue anni»

«Ma allora» insistette Iris «Perché i demoni non univano la loro essenza con un'anima umana, il loro corpo avrebbe sopportato il potere e sarebbero riusciti a viaggiare tra i mondi»

«Un demone che lega la sua essenza con un'anima così impura come quella umana?» disse Orth alzando un sopracciglio «Non è nella natura di un demone e non avrebbero mai permesso alla loro stirpe di dipendere da un esercito di "luridi senza-corna", come ci chiamano loro»

Iris annuì e attese che il vecchio continuasse.

«Bene, credo di essermi dilungato abbastanza, ora sapete come è stato creato questo mondo, sapete perché esiste il male e sapete cosa è un Giudice di Sangue, ma a noi non interessa sapere cosa è un Giudice di Sangue, a noi interessa conoscere *il* Giudice di Sangue»

Sia Duscan che Iris lo guardarono senza capire.

«Esattamente trecentodiciassette anni or sono, quasi diciotto in verità, moriva in una cittadina del Feïm un violento criminale che per anni aveva dato filo da torcere alle guardie reali.... il suo nome era Claide... Neanche due mesi dopo la sua morte, qualcuno profanò la fossa comune e rubò la salma... almeno secondo i rapporti delle guardie... la nostra versione invece è un'altra»

Orth fece una piccola pausa per riprendere fiato.

«Claide aveva commesso degli atti così crudeli, solo per vedere soddisfatta la sua sete di sangue, da stuzzicare la curiosità delle Ashens... fu così che diventò anche lui un Giudice di Sangue che ancora oggi serve i suoi padroni, anche se con una strana riluttanza...»

«Ma Orth, lei ha appena detto che i Giudici non vivono troppo a lungo... che storia è mai questa?» intervenne Duscan.

«E' proprio per questo che voi siete qui... abbiamo meno notizie sull'attività di Claide di quante ne vorremmo, gli altri membri del gruppo che rappresento preferiscono non esprimere una loro opinione, tuttavia io ho sviluppato una piccola teoria personale... Credo che Claide abbia sempre rifiutato la sua parte demoniaca... Infatti, nei nostri documenti, non è stato mai riportato un rilascio plateale del suo potere, come d'altronde era già successo per tutti i suoi predecessori... Come se non bastasse, Claide spesso sparisce dalla circolazione per settimane e non siamo mai riusciti a scoprire dove si nasconde... Immagino che, col passare degli anni e a causa dello scarso utilizzo del suo potere, abbia trovato un modo per aggirare il suo limite, anche se ancora non ho idea di come abbia fatto... o se semplicemente questo sia possibile. Certo ho alcune idee, anche abbastanza differenti tra loro, ma non sono ancora pronto per rivelarle, anche perché non esistono tomi o documenti che abbiano mai registrato una cosa simile»

«Si potrebbe spiegare meglio?» Disse Duscan, corrugando le sopracciglia.

«Vedete Duscan, noi da sempre teniamo d'occhio i Giudici, ma Claide è qualcosa di diverso... nessuno ha mai visto gli effetti di un'esposizione prolungata ad un potere così grande come l'essenza demoniaca... Si possono fare supposizioni, teorie, e anche se venissimo a scoprire cosa comporta tutto ciò, le vere domande rimarrebbero: Come è potuto accadere? Perché lo ha fatto? E' il primo Giudice di Sangue senza limiti?» disse Orth guardando negli occhi i due «Domande la cui risposta può essere fornita solo da una persona...»

Iris sapeva dove voleva arrivare.

«Ma perché interessarsi a lui solo ora? Perché non lo avete cercato quando aveva già passato la sua media di vita?» chiese lei.

«L'Ordine non si è mai occupato dei Giudici... Mi duole ammetterlo ma, dato che i Giudici si sono sempre presi "cura" dei dannati, e che i dannati rappresentano una minaccia eretica da sradicare, abbiamo sempre lasciato che fossero loro ad occuparsene, solo per la paura o la pigrizia di non sporcarci le mani... Tuttavia questa volta è successo qualcosa, un piccolo evento che ha stuzzicato la nostra attenzione... Una settimana fa abbiamo registrato un picco di potere altissimo a Kimir, la capitale del Triam... Proprio dove viveva un presunto dannato...»

Iris e Duscan sgranarono gli occhi.

«Un potere che andava ben oltre un semplice Giudice, per quanto vecchio potesse essere... Data la natura anomala del potere, ho fatto parecchie pressioni per organizzare una ricerca, e ora eccovi qui»

Orth congiunse le mani di fronte al mento e prese qualche minuto prima di parlare di nuovo.

«Essendo Claide per metà umano, la sua anima potenzialmente potrebbe vivere così a lungo da assorbire un potere enorme, tanto da compromettere la sicurezza dei quattro mondi! Non sappiamo quali siano i suoi limiti, né quanto a lungo il suo corpo potrà resistere, ma quel che è peggio è che non sappiamo se lui sia effettivamente malvagio oppure solamente sfortunato... molto sfortunato... ed è qui che entrate in gioco voi, giovane Cacciatrice»

Iris fissò a lungo il vecchio, sperando con tutto il cuore di aver inteso male

«Signore, non credo di averla capita bene» disse.

«Capisco che può sembrare... folle come impresa... Dovrai rintracciare e convincere Claide a seguirti sin qui, in modo da darci l'assoluta certezza sulla sua natura e su quello che potrebbe causare... Con l'aiuto delle spie al servizio della corona dovrai trovare la sua posizione esatta, deve avere un posto dove andare quando non è a caccia di dannati, e conquistare la sua fiducia in tutti i modi possibili... Sappiamo che Claide non attacca e non uccide per divertimento, ma solo per difesa o per lavoro... non dargli motivo di attaccarti... va la sentite?»

Iris si morse un labbro.

«Dannazione! Qui non si parla più di cacciare megere,

orsi delle montagne, matrone o semplici banditi... Si tratta di un mezzo demone... di un Giudice di Sangue! Il protagonista di tutte le storie su bestie e fantasmi!Pensa Iris... rifletti...»

«Di sicuro è un lavoro molto diverso da quello che svolgo solitamente...» disse continuando a torturarsi il labbro.

«Oh beh, non c'è dubbio!» rispose Orth portando avanti il busto «so che sei la migliore Cacciatrice dell'Ordine! Talus racconta solo baggianate, io so Iris... so ogni cosa»

Orth la guardava dritto negli occhi, sembrava gli stesse leggendo l'anima.

«Decidi insomma, ma pondera bene la tua risposta» concluse infine.

Iris pensava a tutto ciò che poteva accaderle, sapeva benissimo a cosa andava incontro e fu tentata di rifiutare ma qualcosa la trattenne, era curiosa, voleva conoscere colui che stava portando tanto scompiglio nella vita quotidiana di Tanaria. E poi, ormai, non aveva più niente da perdere, era sola, e sola sarebbe rimasta.

«Ditemi solamente da dove devo cominciare!»

* * * *

Capitolo 11
Inferno

«Stupide zanzare!» Pensò Claide *«E stupida foresta! Stupida maledizione! Dannazione sono stufo di questa vita...».* Finalmente era arrivato, di fronte a lui si innalzava il Meniir della terra, uno sperone di roccia alto cinque braccia e largo almeno il doppio, attraversato da una miriade di venature color verde smeraldo che pulsavano e davano vita al mondo che le circondava. Il potere che emanavano era davvero impressionante.

Claide si concesse un minuto per godere di quella sensazione benefica. Erano giorni che camminava con passo spedito, cercando di sciogliere i nervi nella stanchezza fisica ma, per quanto incessante fosse il suo incedere, per quanto sentisse sforzare cosce e polpacci, questa stanchezza non arrivava mai, lasciandolo ancor più frustrato. *«Basta oziare, prima abbandono questa foresta meglio è, o la tentazione di tornare a Knevar diventerà troppo forte»* pensò.

Tirò fuori la misteriosa moneta, che altro non era che la chiave per l'Inferno stesso. La strinse nel palmo e piccoli rivoli di sangue iniziarono a fuoriuscire dalle sue dita, gocciolando sul terreno soffice ricoperto di aghi di pino in putrefazione. Iniziò a recitare piano un incantesimo, cercando di concentrarsi il più possibile e chiudendo gli occhi per non distrarsi. Man mano che andava avanti però, qualcosa di estremamente sbagliato iniziò a crescere. All'arrivo di Claide, il Meniir non aveva dato segni di vita, ma non appena il suo potere aveva cominciato a fuoriuscire, la roccia e la terra sotto di lui avevano iniziato a vibrare con una forza ostile, sconosciuta e antica. Le vene che avvinghiavano la fredda roccia si tinsero lentamente di un altro colore, passando da una luce verde smeraldo ad un ciano abbagliante. Claide non si accorse di nulla sino a quando non fu troppo tardi. Concluse l'incantesimo di trasporto e fece per toccare il Meniir con la mano insanguinata, in modo da attingere alla sua energia, quando accadde: il Meniir si attivò di colpo, liberando un'onda di pura energia che colpì Claide in pieno petto, scaraventandolo nel buio più totale.

Quando riaprì gli occhi la luce per poco non lo accecò, il sole batteva straordinariamente forte ed il vento gli riempiva la bocca di sabbia. Socchiuse piano le palpebre e cercò di mettere a fuoco: cielo infiammato da nubi vermiglie, un deserto ti terra arida e sabbia rossa che si estendeva sin oltre l'orizzonte e neanche l'ombra di qualsiasi forma di vita... era arrivato a destinazione, era arrivato nel Regno Infernale.

«Qualcosa è andato storto» pensò.

Si rialzò piano ed usò le fasce rosse che portava legate in vita per proteggersi il volto dalla sabbia che gli frustava gli zigomi. Di solito, quando viaggiava tra i mondi, cercava di materializzarsi subito ai cancelli dell'anticamera, ma questa volta era finito in chissà quale punto indefinito di quel mondo maledetto.

«Il Meniir deve aver avuto un risveglio proprio quando stavo per completare l'incantesimo... Dannazione!»

Claide si morse un labbro, non era saggio girovagare per le Lande. Non poteva sentire il caldo, ma la sua pelle poteva comunque rimanere ustionata dagli insidiosi raggi di quei soli perenni, doveva trovare un luogo in cui ripararsi e alla svelta. Diede una rapida occhiata allo spazio circostante, ma non trovò nulla che potesse aiutarlo ad orientarsi, solo sabbia e nugoli di polvere.

«Questa non ci voleva» pensò serrando i denti.

Il Regno Infernale era caratterizzato da enormi distese di deserto, non esisteva un fiume, un mare, un oceano a dividerle, solamente grotte, caverne e antichi crepacci, senza contare i tre soli rossi che si alternavano, inondando di luce continua quel mondo maledetto. Solo un luogo in quel posto era abitato: l'Inferno, che partiva dalla superficie sino ad arrivare al cuore del mondo, ma trovarne l'entrata in quel deserto sempre uguale, era come cercare un ago in un pagliaio, un pagliaio grande quanto tutta Tanaria.

Claide decise di muoversi, magari avrebbe captato qualcosa, magari qualche traccia di magia demoniaca da seguire sino all'entrata dell'anticamera. Camminò per qualche ora senza risultato, la sabbia iniziò ad insinuarsi tra le bende ed i calzoni e, per quanto fosse coperto, iniziava a sentire piccole fitte di dolore alla pelle ad ogni movimento, soprattutto sulle spalle e sulla nuca. *«Devo sbrigarmi o finirò abbrustolito»*.

Quando ormai le piccole fitte divennero un fastidioso ronzio continuo, captò qualcosa. Claide volse il capo alla sua sinistra, in attesa. Era sicuro di aver avvertito delle presenze venire verso di lui, ma erano strane. Non erano forti come quelle che emanavano i demoni a cui era abituato, ma erano così numerose da creare un'aura abbastanza potente da farlo preoccupare. Rimase fermo dov'era, gli occhi verdi rivolti verso l'orizzonte. Da un nugolo di sabbia e polvere spuntò in lontananza una comitiva di demoni che si avvicinava a forte velocità.

«Nomadi» pensò con un'imprecazione.

I Nomadi erano demoni minori sfuggiti alla schiavitù dell'Inferno, che vivevano in esilio nelle terre desolate del mondo in superficie.

Erano molto veloci, tanto da raggiungere Claide in pochi minuti. Tra urla e schiamazzi lo circondarono, puntando contro di lui lance e asce fatte d'ossa e pietra. Non erano particolarmente alti o nerboruti e tutti avevano le corna tagliate alla base, ma la loro forza stava nel numero. Claide poteva contare una ventina di demoni, tutti coperti da capo a piedi con strane pelli, lasciando scoperti solo gli occhi rossi. In alcuni punti spuntava la loro pelle nera cotta dal sole, a volte spaccata e bagnata dal sangue che sgorgava lento e denso. Tutti lo guardavano con intenzioni malevole, sibilando e sbraitando parole in un dialetto che non conosceva, sino a quando uno di loro non abbassò l'arma e decise di avvicinarsi. Claide rimase ancora saldo al suo posto, pronto a sguainare la spada.

«Chi sei?» disse il demone da sotto i brandelli di pelle e tessuti «Parla!»

Claide lo guardò dritto negli occhi, forse non lo avevano riconosciuto.

«Non voglio problemi»

«Ti ho chiesto» grugnì il demone portandogli la lancia al collo «Chi sei!»

Claide trattenne un impulso di rabbia, odiava sentirsi minacciato.

«Mi chiamo Claide, sono il Giudice di Sangue al servizio di Re Xaret»

Il demone sputò per terra.

«Sei il fedele cane senza-corna di quel Re nero! Dagli fratelli, prendiamolo!»

A questo comando tutti i demoni alzarono le armi e si gettarono su Claide urlando.

In un lampo sguainò la spada che fremette eccitata, parò una serie d'assalti, ma non stava combattendo con semplici umani, erano più veloci e più forti, ed erano tanti. Dopo qualche scarto ed una parata, riuscì a portare un paio di fendenti che trovarono le carni di quelle furie. Ne uccise qualcuno con dei rapidi ma precisi colpi e ne ferì molti, ma avevano una grande resistenza al dolore. Era in evidente difficoltà, gli attacchi provenivano da tutte le direzioni, combattevano come bestie affamate, senza dare un attimo di tregua. La punta di una lancia gli si conficcò in un fianco sino a scheggiargli l'osso, provocandogli una scossa di dolore che gli percorse la schiena. Claide digrignò i denti, erano anni che non sentiva un dolore così forte, erano anni che non si sentiva così vivo.

Le iridi si colorarono di rosso, le pupille divennero

verticali, il potere demoniaco sgorgò fuori. Un'onda d'urto scatenata dal potere di Claide respinse i demoni, mandandoli a gambe all'aria con un boato assordante. Claide fu rapidissimo, scagliò un globo di fiamme verdi e crepitanti che esplose al contatto col terreno, carbonizzando i demoni più vicini e scaraventandone altri ancora più lontano, raggiunse con uno scatto il demone che aveva preso la parola e lo infilzò prima che questo potesse riprendere l'equilibrio. La lama attraversò senza resistenza le interiora, venne deviata da una costola e trapassò il polmone del demone, spuntando a pochi pollici sotto la sua scapola. Era rimasta un'altra decina di demoni, alcuni avevano lasciato le armi e scappavano verso direzioni opposte, altri tentavano una nuova carica. Claide li sterminò tutti, decapitandoli con la spada o carbonizzandoli con la magia, sino a quando non rimase solo un superstite. Il demone, vedendosi da solo, decise di battere in ritirata.

Claide si lanciò all'inseguimento, la forza della paura aveva dato al demone una velocità fuori dal comune persino per lui. Fece per raggiungere il fuggitivo quando un altro nomade fece capolino da una duna in lontananza. Era più coperto degli altri e portava una lunga mazza d'ossa a due mani che usava a mo' di bastone da passeggio. Per poco non li raggiunse quando, senza nessun preavviso, il nuovo arrivato piantò la sua arma nel cranio del fuggitivo, uccidendolo sul colpo.

Claide arrestò la sua corsa a qualche passo da lui, guardandolo senza lasciare la presa sulla spasa; questi, però, invece di attaccarlo, sollevò la mazza da terra e portò l'altra mano sopra la testa, in segno di resa. Mantenne questa posizione sino a quando non lo raggiunse, nonostante il suo approccio pacifico non aveva la minima intenzione di abbassare la guardia. Quando il demone fu ad uno sputo da lui si decise finalmente a parlare.

«Basta spargimenti di sangue, Giudice, non voglio battermi con te» disse con la voce stanca e affaticata di un vecchio.

Claide non si fidò.

«E' stata la tua stirpe ad attaccare per prima, perché dovrei fidarmi ora?»

«Devi perdonare i miei fratelli, Giudice, erano giovani e non avevano ancora appreso il vero significato della parola "rispetto"» rispose il demone.

Claide lo guardò in modo sospetto. *«Anche se rinfodero la spada, ho sempre la magia con me... »*

Pulì la lama dal sangue nero con i guanti e la rinfoderò, ma non osò avvicinarsi neanche di un passo.

«Bene, vedo che ora possiamo parlare» disse il demone abbassando le braccia «Io sono Tark, capo del clan nomade K'tul nan-dir, siamo accampati a pochi passi da qui, non siamo ostili...»

Claide alzò il sopracciglio.

«Non appena mi sono identificato, i tuoi fratelli hanno alzato le armi contro di me, come fai ad affermare che il vostro non è un clan violento?» disse.

«Come ti ho già detto, quelli che hai ucciso erano giovani, evasi da poco dalla tirannia dell'Inferno, non capivano ancora che la violenza non è mai la via giusta, visto che proprio questa ci ha emarginato dal resto della nostra razza»

«Io non cerco problemi, sono diretto all'Inferno per consegnare un'anima, se potete indicarmi la via più breve per le porte dell'anticamera lascerò questo luogo e dimenticherò tutto ciò che è accaduto»

Tark lo guardò dritto negli occhi.

«Sei ferito Giudice...» disse lentamente. La sua voce ricordava il gracchiare di un vecchio corvo.

Claide si guardò il fianco in cui l'avevano colpito, il sangue continuava a colare sui calzoni, la ferita non accennava a rimarginarsi.

«Il sole ti sta ustionando...» continuò Tark «I tuoi poteri non stanno cercando di curare solo la tua ferita, ma ogni singolo brandello di pelle... se prima non smetterai di cuocere, la ferita ci metterà giorni prima di guarire del tutto, e tu non hai tutto questo tempo giusto?»

Claide digrignò i denti.

«Cosa proponi?»

«Seguimi, come ti ho detto il mio accampamento non è lontano, e sotto la mia protezione nessuno oserà neanche guardarti... Nella tenda potrai rigenerare la pelle dalle ustioni, e nel giro di qualche ora la tua ferita sarà praticamente guarita, permettendoti di viaggiare»

«E se mi rifiutassi?»

«Allora addio Giudice di Sangue, muori pure come un nessuno nelle Lande di questo mondo maledetto...» Tark fece per girarsi ma Claide lo fermò con un braccio.

«Portami al tuo accampamento...».

Camminarono ancora per qualche tempo, ad ogni passo il fianco di Claide lanciava fitte di protesta, ma non se ne curò. Sentiva i vestiti raschiare sulla pelle come se fossero fatti di aghi ed il ronzio doloroso si stava facendo sempre più insistente.

Tark non aveva mentito, il campo nomade si trovava ad appena cento passi, nascosto al centro di un cratere di sabbia e pietre. Si potevano contare una decina di tende, tutte fatte con ossa e pelli di animali, molto probabilmente di segugi, i fedeli mastini dei demoni. Come da parola, nessuno dei demoni osò neppure guardarlo, tutti davano una rapida occhiata a Tark, per poi voltarsi e pensare ai propri affari. La vista di quel pugno di tende tirate su alla buona e di quei demoni così avvizziti, dalle corna spezzate e dalla pelle martoriata dalle croste, che si aggiravano per il campo con occhi vacui e senza un preciso scopo, gli ricordò uno dei tanti campi profughi che aveva visto a Tanaria durante il suo primo secolo di servizio.

Quando un villaggio nel bel mezzo del nulla veniva assaltato e depredato dai cacciatori di schiavi o dai predoni, campi come quello erano all'ordine del giorno. I pochi sopravvissuti, troppo impauriti per tornare alle proprie case, organizzavano piccoli insediamenti con quel poco che avevano. Presto fame e malattie prendevano il sopravvento e tutto ciò che rimaneva di quei campi improvvisati erano tende lacerate, ossa e polvere. Per la fortuna di tutti quei poveracci che abitavano le zone più remote di Tanaria, con l'avvento della famiglia dei Vreon alla corona, da cui l'attuale Re discende, la schiavitù venne abolita, andando col tempo a cancellare dalla linea degli eventi certe tragedie.

Il suo solito senso dell'ironia fece capolino da un angolo della sua testa, destandolo da quei ricordi così cupi e pesanti e facendogli notare che, nonostante i nomadi avessero abbandonato e ripudiato l'Inferno, il loro insediamento rimaneva una replica sputata di quest'ultimo: Un cratere che si estendeva in profondità per qualche dozzina di braccia, strutturato in cerchi concentrici a cui corrispondevano diverse "caste" di nomadi. Quelli più in alto erano chiaramente i più giovani, quelli arrivati da poco. La loro pelle non era ancora cotta dal sole ed aveva conservato il tipico rosso. Andando più in profondità la condizione dei demoni si faceva sempre più selvaggia. La pelle era completamente nera e spaccata dal sole, vagavano ingobbiti sotto il peso delle pesanti pelli raffazzonate che portavano addosso e diventavano sempre più magri e prosciugati della loro essenza. Come se non bastasse, a rimarcare ancora di più la somiglianza con l'Inferno, la tenda del demone che lo stava scortando si trovava sul fondo del cratere, all'esatto centro di quelle specie di Cerchie, come a voler paragonare il loro capo clan Tark al Re degli Inferi.

«Il lupo perde il pelo...» pensò abbozzando un mezzo sorriso.

Una volta arrivati Claide poté tirare un sospiro di sollievo, il riparo da quei raggi cocenti iniziava già a farsi sentire. All'interno della tenda si potevano trovare pochi arredamenti, tutti fatti rigorosamente d'ossa e pietra, e molti,

molti trofei, tra cui resti di segugi, pelli, teschi di altri demoni e qualche teschio umano. Claide preferì non sapere come fossero giunti la, si sedette su un masso scolpito a mo' di sgabello e si tolse guanti e cappuccio. Osservò le mani, la pelle era rossa, cotta dal sole e cosparsa da alcune bolle, ma già in vari punti stavano comparendo delle chiazze rosee, segno che la rigenerazione stava procedendo senza alcun problema.

Tark non aveva ancora preso la parola. Si stava accomodando su uno scranno d'ossa e pietra, foderato con numerose pelli per renderlo più comodo. Quando si tolse il cappuccio finalmente Claide poté vederlo in faccia: aveva la pelle nera e grinzosa, le corna erano spezzate alla base, se ne potevano contare tre, e gli occhi erano di un rosso scuro, simile al colore del loro sangue.

Tark sostenne il suo sguardo per un po', scrutandolo e osservandolo, come se stesse cercando qualcosa in lui.

«Tu... sei molto più di questo non è vero?» gli chiese il demone senza alcun preavviso.

La domanda lo lasciò perplesso.

«Cosa intendi dire?» disse.

Un lampo di ragione baluginò negli occhi di Tark.

«Ah... Quindi sei, ma non sai di essere... ergo non sei...non ancora, forse... un giorno, magari»

Detto questo staccò un teschio di neonato dallo schienale del suo scranno e prese a giocherellarci.

«Spiegati meglio» insistette Claide. Quelle parole enigmatiche lo avevano confuso più del previsto. E irritato. Tark ridacchiò.

«Vedi... Io qui sono una specie di "guida"... non abbiamo qualcuno che ci comanda, ma per anzianità o per abilità di solito sono io che prendo le decisioni... Qui sono il più saggio, e la mia discreta abilità con la magia mi permette di vedere oltre le cose... Tu non ci riesci Giudice?»

«Anche io riesco a captare le tracce della magia, come ogni altro mago o stregone...»

Tark fece un gesto di impazienza con la mano.

«No... non intendevo questo... non sento solo la magia... sento il sangue che scorre, le ossa che scricchiolano, i muscoli che si gonfiano e si tendono... Sento ogni piccolo cambiamento e movimento nel mondo che mi circonda... In te sento tantissime cose... forse troppe, o forse no»

Claide inarcò un sopracciglio.

«Il sole deve avergli cotto anche il cervello»

«Cosa... senti in me?»

«Beh..» Disse Tark chinando lievemente il capo «Sento la tua magia... Ma è piccola, come se fosse giovane, ma brilla e splende come un faro... eppure così... limitata... Sento il demone che è in te, che scalcia e brama, che ha fame e sempre sarà affamato... Sento la tua parte così umana e così estranea... sento la sete della tua fedele compagna, che freme ad ogni singola goccia di sangue che cade per mano tua... e sento centinaia... migliaia di voci che gridano... urlano... fremono e battono per uscire...»

Claide ora lo riteneva definitivamente pazzo, lui in trecento anni non aveva mai avvertito nulla di simile e ora un vecchio demone rinnegato lo stava descrivendo come un'enorme taverna piena zeppa di gente. Pensandoci, gli scappò persino da ridere.

«Lungi da me prendermi gioco delle tue parole, *saggio* Tark, ma le cose che dici non hanno senso... Bisognerebbe avere un'anima davvero intricata, neanche un Lich potrebbe arrivare a tanto, per emanare delle simili sensazioni, ed essendo abituato ad avvertire simili presenze, me ne sarei accorto se qualcosa del genere si trovasse dentro di me» concluse Claide con mezzo sorriso

Tark continuava a fissarlo, domandandosi chissà cosa.

«Forse hai ragione, Giudice... Forse ho esteso troppo il mio potere e ho avvertito le povere anime che si trovano là sotto, nell'anticamera, a poca distanza da qui...»

«L'anticamera è così vicina?»

«Come ti ho detto, le porte non sono lontane da qui... se ti concentri potresti trovare tu stesso l'entrata... Ora però dimmi, come mai sei finito in un posto così sperduto e desolato?»

Claide si fissò le mani prima di rispondere, la maggior parte della pelle ora aveva riacquistato il suo normale colore.

«Un risveglio temporaneo dei Meniir ha deviato la mia traiettoria...» disse facendo spallucce.

«Ah... i Quattro... rispetto ogni singola forza primordiale, persino le creatrici del mondo dei Titani... ma i Quattro mi hanno sempre incuriosito... sono frequenti questi risvegli?»

«A dire il vero no... utilizzo il potere dei Meniir da circa trecento anni e non mi era mai capitata una cosa simile...»

«Trecento anni hai detto? Curioso...»

«Cosa c'è di strano?»

«Il fato, la vita, gli eventi, il volere delle Ashens... Tu, io, ogni cosa è strana a certi ma chiara per altri... ora riposa Giudice e concentrati, sono sicuro che riuscirai a trovare da solo la via...»

Detto questo Tark uscì dalla tenda, lasciando solo Claide. Le parole di quel vecchio lo snervavano.

«Costa troppo parlare in modo chiaro?» pensò con rabbia.

Decise di seguire comunque il suo consiglio. Si sedette a terra incrociando le gambe e si concentrò. All'inizio captò solo le presenze dei demoni in quel campo, quindi decise di andare oltre, come aveva detto Tark, ed espanse la sua mente. Per i primi tempi non captò nulla. Solo il vuoto, enormi distese di sabbia senza nemmeno l'ombra di una briciola di energia vitale di alcun genere.

Quando raggiunse i limiti della sua pazienza la percepì: una piccola fiammella di luce lontana. Man mano che si avvicinava, però, la luce si faceva più forte, sino ad illuminare l'intero ambiente che la circondava.

«Ce l'ho fatta!» pensò.

Si rimise in piedi e si sistemò di nuovo il cappuccio e i guanti. Il fianco non gli faceva più tanto male e le scottature erano completamente guarite. Fuori dalla tenda trovò ad attenderlo Tark che osservava l'orizzonte immerso nei suoi pensieri. Claide gli mise una mano sulla spalla per attirare la sua attenzione

«E' giunto il momento che io vada» disse da sotto le bende rosse che si era avvolto in viso.

«Bene, Giudice, vai allora, e adempi ai tuoi compiti...»

«Ti ringrazio per l'ospitalità e la gentilezza»

«Il rispetto non si chiede né si regala, lo si merita... e tu ti sei meritato il nostro» disse Tark chinando il capo «Addio, Giudice...»

«Addio»

Non seppe dire per quanto tempo avesse camminato, fatto sta che, dopo tanta fatica e pelle ustionata, riuscì a raggiungerle: alte tre volte un uomo medio, scolpite direttamente nella roccia, le Colonne del Dannato, sempre immobili nella loro posizione per segnare il punto preciso ove gioia e speranza muoiono inesorabilmente. Finalmente eccola, la Via del non ritorno, l'Antro della disperazione o, più comunemente, la Bocca dell'Inferno.

Capitolo 12
Promozione

Iniziò a scendere le scale con passo svelto, era stufo di quel posto. Sentiva di nuovo la pelle formicolare, ma nell'oscurità di quella grotta non avrebbe dovuto avere problemi di rigenerazione.

L'anticamera e l'Inferno non erano altro che questo: la prima era una grotta di medie dimensioni, inondata da un mare di lava in cui venivano gettate le anime dei dannati a bruciare per l'eternità; la seconda invece era un'enorme cava che scendeva verso il cuore di quel mondo, caratterizzata da cunicoli e spazi immensi che si potevano dividere dall'alto verso il basso in Cerchie, e per ciascuna di esse venivano assegnate le varie Casate per demoni minori e schiavi, per i demoni guerrieri, fosse dei cerbero e per i demoni nobili chiamati Tan; Dopodiché si arrivava alla Cittadella Nera, ovvero il palazzo reale, seguito dal labirinto delle sussurri, o più comunemente il Budello, e dalla sala arcana.

Claide non scendeva mai sino alla fine dell'Inferno, preferiva fermarsi all'anticamera, consegnare l'anima al Carceriere e teletrasportarsi via da quel posto, ma questa volta non andò proprio così.

Arrivò sul fondo della grotta, il mare di lava dominava la maggior parte del paesaggio e illuminava tutto l'ambiente. Per attraversarlo doveva usare un ponte di pietra che passava sul pelo del magma incandescente. Una volta arrivato dall'altra parte si sentì sollevato, non era raro che qualche dannato uscisse dalla lava per afferrare chiunque attraversasse quel ponte, portandolo giù per bruciare insieme a lui.

Di solito il Carceriere stava seduto su un grande masso, proprio di fronte all'entrata per l'inferno, ma questa volta Claide non vide nessuno.

«Che fine ha fatto? Non ho tempo per giocare» pensò.

Non fece in tempo neanche a dare un'occhiata ai

dintorni che due grosse guardie reali, due arieti, uscirono dalla fossa per l'Inferno. Erano alti più di otto piedi e larghi almeno cinque, corazzati da capo a piedi con pesanti piastre di krot lucente e brandivano delle possenti alabarde uncinate. Pensando ad un agguato fece correre la sua mano alla spada, ma i due bestioni si fermarono a qualche passo da lui e presero la parola.

«Giudice!» esclamò il bestione sulla destra «Re Xaret vuole vederti» la sua voce era così grave e tonante da rintronare sul suo petto.

Claide aggrottò le sopracciglia confuso.

«Sono qui solo per consegnare un'anima» rispose.

«Lo sappiamo Giudice, ma abbiamo il preciso ordine di scortarti immediatamente alla fortezza reale!»

Claide li guardò, erano impassibili, come se stessero leggendo e ripetendo la conversazione da un testo preparato. Si era aspettato almeno una smorfia, uno sbuffo, un piccolo segno rivelatore di disprezzo, ma i loro grugni erano orribili maschere di pietra, la loro disciplina era impeccabile.

«Andiamo allora...» disse togliendo la mano dall'arma.

Lo scortarono per tutto l'Inferno. Chiunque osava avvicinarsi si prendeva prima un'occhiataccia, poi un grugnito e, infine, un rovescio di alabarda se ancora non si levava dai piedi. Tutta la situazione stava iniziando a seccarlo, odiava quando qualcuno gli rovinava i piani, anche se era il Re in persona a farlo. Specialmente quando era il Re in persona.

La marcia sostenuta gli parve durare una vita, per poco non sospirò di sollievo quando videro finalmente i neri cancelli della fortezza. La struttura era impressionante, cinquanta braccia di torre verticale, le pareti in gabbro e basalto annerite dalla fuliggine e dure come il diamante, dalle superfici frastagliate e taglienti su cui venivano gettati i servi che non compivano bene il loro lavoro, come annunciato dai numerosi resti di sangue incrostato, carne putrida, ossa e vari resti di demone incastrati tra le crepe dentellate. Magnifica e inquietante al tempo stesso.

Le guardie lo lasciarono all'entrata e ripresero le loro postazioni di pattuglia. Claide c'era stato poche volte in quel posto, forse solo una, il giorno della rinascita, ma ricordava ancora bene il tragitto da compiere. Doveva arrivare sino all'ultimo piano, l'apice della fortezza, poiché era lì che si trovavano le stanze del Re.

Dopo aver attraversato un numero impressionante di scale, rampe, corridoi e altre guardie dai grugni increspati in ghigni rabbiosi, finalmente si trovò dinnanzi alle porte. Anch'esse erano in pietra, per un demone non sarebbe stato un problema entrare, ma Claide non aveva la pelle dura come quei mostri, e dovette usare la spalla e tutto il peso del suo corpo per provare ad aprirla.

Dopo un considerevole sforzo, si trovò all'interno degli alloggi, tre stanze quadrate collegate fra loro. La prima era quella dove si trovava e l'unica che avesse mai visitato. Ampia e illuminata dai bracieri, usata solitamente per accogliere visite e udienze private. Non aveva alcun tipo di arredamento, se non una serie di armi di vario genere appese alle pareti ed un tavolo in scisto rettangolare al centro della stanza, a cui sedeva colui che lo aveva convocato: Xaret, o come lo definivano i suoi sottoposti, il Re Nero.

«Claide! Da quanto tempo...» disse con quella voce atona, priva di ogni sentimento ma allo stesso tempo profonda, grave, gutturale e inquisitoria.

«Sire» disse Claide accennando un inchino col capo.

«Prego, accomodati... sono passati secoli, non è vero?»

«Trecentodiciassette anni Sire» Rispose accomodandosi su un masso levigato al lato opposto della tavola «Ma per voi non è che un battito di ciglia immagino...»

«Vero, ma nel tuo caso... è davvero tanto tempo...» disse fissandolo con quegli occhi neri come la pece che lo trapassavano sino a farlo rabbrividire. Claide non colse del tutto il senso dell'affermazione, ma voleva andarsene e decise di non prolungare la sua sofferenza.

«Mi avete convocato?»

«Si Claide... Come avrai notato, questa volta non sei stato accolto dal Carceriere... Sono tre secoli che lavori per noi Claide, non trovo giusto che, alla tua età, tu debba ancora misurarti con qualcuno dal rango così basso»

Un'espressione di disgusto accompagnò quest'ultima frase.

«Ma ho ancora l'anima con me, cosa ne devo fare?»

«Prego, dalla pure a me...» Disse Xaret allungando la mano. Solo il suo braccio era lungo dalla testa di Claide sino alle sue ginocchia ed era gonfio e teso come il collo di un bue. La mano tozza e protesa puntava verso di lui cinque grossi artigli neri e aguzzi.

Claide si tolse l'ampolla dal collo e fece per stapparla quando venne interrotto.

«Oh no, non c'è alcun bisogno che tu tenga ancora quel manufatto, non te ne servirai più» Disse Xaret prendendogliela dalle mani «Ah... un lavoro davvero eccellente... ho saputo che questa volta... hai seppellito il corpo»

«Nessuna regola vieta di farlo...»

«Certo Claide, ma hai frainteso, non volevo riprenderti... L'ho semplicemente trovato... curioso...»

Xaret prese nuovamente a scrutarlo, come in attesa di qualcosa. Claide perse ancora una volta la gara di sguardi e cercò di rompere il silenzio.

«Perché la Fiala non dovrebbe più servirmi?»

«Vedi... Nessun Giudice aveva lavorato per noi per così tanto tempo... ma tu l'hai fatto, non ti sei arreso... quindi ho deciso di concederti una... promozione» concluse Xaret unendo le punta delle dita. Claide alzò un sopracciglio.

«Non sapevo esistessero promozioni per noi senza-corna...»

«Ma certo che esistono! Ti ricordo che qui oltre alle corna conta il potere, e tu ne hai a sufficienza per salire di rango... Sarai sempre un Giudice di Sangue, ma avrai delle agevolazioni...»

«Che genere di agevolazioni?» Chiese Claide guardingo, non si fidava per niente di quella serpe troppo cresciuta.

«Beh... sono sicuro che le Ashens si sono fatte più violente ultimamente... non è vero?» disse guardandolo con un ghigno malefico.

«Non lo nego...»

«E scommetto che teletrasportarti qui ti costi un grande spreco di energie, senza contare il tragitto che dovresti fare per raggiungere questo posto»

«Non nego neanche questo...»

«Bene... Possiamo risolvere tutto questo Claide... d'ora in poi prenderai direttamente da me i contratti, la mia presenza non è paragonabile a quella delle Ashens, e non sentirai alcun dolore... inoltre» disse afferrando qualcosa da sotto il tavolo «Grazie a questa, le anime arriveranno direttamente all'Inferno, senza che tu venga qui ogni volta... Prendila pure, ma sta' attento, non è solo bene affilata...»

Xaret porgeva a Claide uno spadone enorme. Non era decisamente nel suo stile, ma aveva qualcosa che lo attraeva: era completamente fatto d'ossa, affilate come rasoi e dure come il marmo. Sembrava una lunga spina dorsale di qualche bestia, finemente lavorata e adattata per essere brandita. L'impugnatura era avvolta da strisce di pelle sagomate a regola d'arte. Proprio come qualsiasi altra arma prodotta da demoni e per demoni, mancava di guardia ed il pomo non era altro che la fine dell'osso stesso, da cui spuntavano tanti piccoli aculei acuminati. La lama era larga una spanna, dalla punta ricurva verso l'alto e attraversata da intricate ramificazioni vermiglie simili a piccole vene e capillari. Era come un enorme falcione, un falcione che proveniva dritto dalle viscere dell'Inferno.

Claide lo impugnò, nonostante la sua forza ne sentì comunque il peso anche se non era insostenibile. Provò a menare qualche fendente e sentì la sua spada vibrare di protesta nel fodero.

«Come funziona?» chiese Claide.

«Ogni volta che ucciderai qualcuno con questa, la sua anima arriverà dritta all'Inferno, senza vie d'uscita... è un'arma potente, che viene data solo ai demoni di alto grado, farebbe invidia a qualsiasi Ariete... inoltre, più è potente il demone che la impugna, più i suoi effetti saranno devastanti... avrai modo di provarla»

«Posso comunque tenere la mia spada?» chiese Claide portandosi la mano al fianco.

«Mphf, se proprio ci tieni, certo, perché no... ma se ucciderai con quella dovrai prelevare l'anima alla vecchia maniera... Io non posso mandare sempre le mie guardie a prelevarti dall'anticamera Claide, è già tanto se uso il mio tempo per darti i dettagli per il dannato, non usufruire troppo di questo tuo nuovo privilegio» concluse Xaret, quasi infastidito.

Claide notò questo strano cambiamento di tono nella sua voce. Doveva andarsene, doveva pensare al perché di tutta quella messa in scena, era da quando aveva messo piede in quella stanza che il suo sesto senso gli gridava all'orecchio che qualcosa non andava.

«E' tutto, Sire?» Disse senza mostrare segni di emozione.

«Sì, puoi andare ora... Prenditi un po' di tempo per riposare, ti contatterò io stesso... Ora va'»

Claide si alzò e, dopo un breve inchino, lasciò la stanza. Rimase fermo nel corridoio per un po', a riflettere, guardando lo spadone che gli era appena stato dato. Qualcosa stava succedendo, troppe coincidenze, troppi eventi casuali, qualcosa si stava muovendo, ma non aveva ancora il quadro completo per capire cosa.

Bagnò ancora una volta la moneta con il suo sangue e si teletrasportò usando la magia nera, accogliendo con sollievo la visione della radura del Meniir. Anche se lui non apparteneva a quel mondo, doveva ammettere che era l'unico che poteva considerare "casa".

Capitolo 13
Casa dolce casa

Si prese alcuni istanti per osservare la sua nuova arma. Era senza ombra di dubbio un oggetto di una manifattura sopraffina, ma i demoni non davano mai nulla senza un loro tornaconto, sospettava fortemente che ci fosse qualcosa sotto. A distrarlo dai suoi pensieri fu una figura grigia che accarezzava il Meniir. Claide voltò il viso di scatto, impugnando lo spadone. Questo, diversamente dalla sua vecchia spada, non ebbe alcun fremito, e non gli piacque neanche un po'.

La figura si voltò piano. Era un uomo molto anziano, indossava delle vesti lerce e logore, di un color grigio topo, strappate e rattoppate sui gomiti e sotto le ascelle. I pochi capelli grigi e radi gli coronavano una pelata rosata e grinzosa. Portava un pizzetto a punta che circondava ispido delle labbra sottili e grinzose. Nonostante fosse molto magro, la pelle floscia e cadente ammorbidiva i connotati spigolosi, da cui spuntavano due piccoli occhi grigi velati dalla cataratta che lo scrutavano attenti. L'uomo gli stava sorridendo, mostrando il numero incredibile di sette denti e mezzo, quasi divertito dalla sua reazione. Claide si tranquillizzò ed abbassò l'arma.

«Bene bene» disse il vecchio «Dunque sei tu».

Claide inclinò leggermente il capo.

«Come prego?»

«Sei tu che hai profanato il Meniir, non è vero?» insistette il vecchio. Claide capì che si riferiva a quando aveva assorbito l'energia del Meniir per potenziare i suoi poteri.

«Forse... Chi vuole saperlo?»

«Io, mi sembra ovvio» rispose il vecchio sorridendo ancora divertito.

«Ora basta, per oggi ho sopportato sin troppi giochetti...»

«Non ho tempo da perdere» disse con una smorfia «Non dovresti addentrarti nella foresta da solo vecchio, potresti imbatterti in qualcosa di molto pericoloso...»

«Come te, per esempio?»

Claide lo guardò dritto negli occhi.

«Esatto... ma sei fortunato, ho altro a cui pensare...»

Fece per voltarsi quando il vecchio riprese a parlare.

«Non è saggio spaventare i Meniir in quel modo... Giudice...»

Claide si fermò di scatto.

«Come mi hai chiamato?» sbottò.

«Mi hai sentito... Non è saggio spaventare così i Meniir... ma forse è così che doveva andare...»

Claide sbuffò, era stufo marcio di questo atteggiamento.

«A quanto pare tutti sanno qualcosa che io non so!» pensò prima di rispondere.

«Senti vecchio, devi avermi scambiato per qualcun altro, sono solo un viaggiatore stanco... molto stanco! Ora devo riprendere il mio cammino, quindi se non ti dispiace...»

Claide attese una sua risposta, ma il vecchio continuò a sorridere e si voltò di nuovo ad accarezzare e mormorare al Meniir. Claide alzò gli occhi al cielo sbuffando e si rimise in marcia. Ad ogni falcata le domande che si erano accumulate nella sua testa iniziarono a scemare, permettendogli di concentrarsi solamente sulla sua destinazione, l'unico posto in tutto il dannato mondo conosciuto dove non doveva recarsi per lavoro, dove poteva nascondersi da occhi indiscreti e riposare: casa sua.

La casa di Claide si trovava nel Triam, su di una scogliera che si affacciava sul mare. Più che una casa, era una baracca abbandonata. Claide non aveva mai pensato di sistemarla, a lui piaceva così, si sentiva vecchio, ed un posto fresco e giovane lo avrebbe fatto sentire a disagio. Casa sua non era solo il posto in cui andava per riposare, ci teneva anche alcuni suoi "trofei", si esercitava con l'alchimia e, anche se ormai non lo faceva più da tempo, ammazzava la noia tirando qualche stoccata a manichini fatti di tronchi e paglia.

Tuttavia quel posto per lui significava molto di più. Oltre a essere la sua "oasi di pace", quello era il punto dove tutto era finito ed iniziato. Dove il vero Giudice era comparso per la prima volta.

Il viaggio risultò calmo e tranquillo, Claide decise di seguire le strade invece di tagliare per la foresta, per evitare di imbattersi ancora in bambini in pericolo, banditi o damigelle in difficoltà. Per la strada non incontrò quasi nessuno, al massimo qualche lupo, ma sapeva bene che sino a quando lui avesse rispettato il loro territorio, loro avrebbero rispettato lui. Il sole era bello alto, la primavera ormai era arrivata, l'aria era fresca e frizzante. Claide amava la primavera, tutta la natura era in festa, persino i fiori mostravano i loro nuovi colori sgargianti. Tutto sapeva di vita, proprio quella che gli era stata tolta e che non riavrà mai più. La primavera lo faceva sentire nostalgico, triste ma in modo melenso, e ciò non gli dispiaceva.

Ci mise sei giorni ad attraversare la foresta settentrionale del Lothis, le strade allungavano di molto il tragitto, ma camminando giorno e notte riuscì comunque a non impiegarci più del necessario. Appena si addentrò nel Triam avvertì subito il sale nell'aria. Quella terra era semplicemente magnifica, nel Feïm e nel Qajàr era l'uomo a dominare, nel Lothis la natura coesisteva in equilibrio con l'uomo, ma a Triam la natura dominava ogni cosa. Il vento portava sino all'entroterra il profumo dell'oceano. Era fertile e arida al tempo stesso. In alcune zone l'acqua dolce creava polle cristalline e ruscelli che accompagnavano esplosioni di vita, tra selvaggina e piante dalle foglie verdi simili ad aculei, in altre invece l'acqua era così salata che non permetteva a niente nei dintorni di nascere e crescere. Quella terra lo rispecchiava molto e forse era proprio per questo che tutto aveva avuto inizio là.

Claide si fermò poche volte, specialmente durante quei pochi tramonti in cui si poteva già intravedere il sole affondare tra le spume all'orizzonte, anche se la maggior parte del tempo aveva continuato ad osservare con attenzione lo spadone, sotto le frequenti vibrazioni di protesta della sua spada. Voleva conoscerne ogni pollice, per capire quali benefici potevano trarne i demoni, ma non riusciva a trovare nulla, era un'arma del tutto nuova e ignota per lui.

Dopo altri tre giorni di cammino arrivò a destinazione. Il sole stava già sfiorando il pelo dell'acqua all'orizzonte, infiammando le onde e la scogliera di riflessi cremisi e dorati. A circa trenta passi dallo strapiombo di roccia calcarea levigata si ergeva una vecchia casetta in legno, con le assi divorate dai tarli e spaccate. Era una vecchia baracca per pescatori, in disuso da chissà quanti anni, senza vetri alle finestre e con un'unica porta che sembrava reggersi sui cardini per miracolo. Claide tirò un sospiro di sollievo appena la vide, affrettandosi a raggiungerla. Aveva solo una stanza, completa di tavolo, una credenza, un vecchio camino in argilla ed un pagliericcio coperto da pelli di coniglio conciate. Tutto era rimasto come lo aveva lasciato, sul tavolo erano sparse mappe e vecchi fogli di carta, il camino aveva ancora i moncherini di ciocchi vecchi chissà quanti anni, nella credenza c'erano ancora tutte le sue pozioni e i suoi ingredienti per i vari rituali ed al muro stava ancora appesa la sua daga.

Quell'arma aveva una storia interessante, apparteneva ad un pirata che duecento anni prima aveva terrorizzato le coste di Tanaria. Il pirata aveva stretto un patto con i demoni, ma invece di chiedere potere o ricchezza, in cambio della sua anima aveva chiesto un'arma più forte di qualsiasi altra spada o ascia mortale, un'arma potente ma leggera, in grado di assorbire l'energia vitale delle persone e di liberarla in potenti attacchi di magia nera. Fu così che il pirata ottenne quel coltello, dalla lama lunga quanto un piede e mezzo e larga due pollici, molto simile alla sua spada da Giudice per fattezze e forgiata con lo stesso metallo infernale, il krot. Un'arma da Giudice di Sangue nelle mani di uno spietato pirata.

Ma il pirata era anche furbo. Dopo aver ottenuto lo strumento di morte, fuggì in mare e protesse il suo vascello con un santuario. Fu così che i demoni mandarono lui. In meno di tre giorni dalla scadenza del patto, la nave e l'intero equipaggio si ritrovarono in fondo all'oceano. Claide, però, aveva deciso di tenersi l'arma come piccolo trofeo, all'insaputa dei demoni.

Sparsi per la casa se ne potevano trovare altri, tutti con un valore storico o emotivo, o con fregi e orpelli che semplicemente stuzzicavano la sua attenzione. Vecchie tavole di pietra con incisioni in Lingua Antica ormai indecifrabili, strane ossa o interi piccoli scheletri di creature morte da così tanto tempo che la carcassa si era fusa con la pietra, cristalli e minerali dai colori più sgargianti, ma l'oggetto che valeva più di tutta la storia di quel mondo si trovava fuori, accanto alla casa.

Claide posò spada e spadone sopra il tavolo, si tolse il cinturone, la bisaccia ed il mantello, posandoli in modo ordinato sull'unica seggiola della stanza. Ogni movimento era lento e preciso, quasi stesse eseguendo un rituale sacro. Prese un bastoncino di legno per pulirsi le unghie e si pettinò i capelli arruffati con le mani. Lisciò i vestiti e usò un panno abbandonato lì da secoli per ripulire gli stivali. Uscì di nuovo dalla casa e si diresse verso il lato sinistro. In una stretta striscia di terra, libera da erbacce o rovi, si trovava una piccola lapide con alcune incisioni rudimentali. Claide si fermò a qualche passo da essa e mise un ginocchio a terra, chinando il capo e chiudendo gli occhi.

«Sono tornato di nuovo... per te... per dirti ancora una volta... mi dispiace» mormorò alla lapide.

Allungò la mano verso uno stelo secco posato sulla terra fredda. Una scintilla di energia si trasferì da Claide all'erbaccia, che prese vita trasformandosi in un bellissimo giglio bianco.

Una lacrima cadde al suolo, l'unica lacrima che una

volta all'anno, da trecento anni, aveva il diritto di solcare il suo viso.

* * * *

Capitolo 14
La Cacciatrice

Erano passate tre settimane dalla convocazione, e nonostante le informazioni che le spie reali e i libri di Orth le avevano fornito era ancora in alto mare.

«Come è possibile che un singolo uomo mieta un così alto numero di vittime e sparisca senza lasciare traccia, come se non fosse mai esistito?» pensò Iris alla luce della candela nella sua stanza.

Aveva minacciato, corrotto, interrogato, tutto solo per sapere quello che sapeva già, il Giudice non si può ne trovare ne combattere, è lui che trova te. Aveva pensato anche di vendere la propria anima, in modo da attirarlo, ma si era accorta subito che non sarebbe stata una buona idea. Era stanca e stressata, i continui buchi nell'acqua iniziavano a darle sui nervi e, oltretutto, la gente aveva iniziato ad avere paura anche di lei.

L'ultima posizione conosciuta di Claide era a Kimir, la capitale del Triam, una città tanto corrotta quanto squallida. Si era recata lì già da tre giorni e non aveva ancora scoperto nulla, se non delle voci su un viaggiatore che aveva terrorizzato l'intera città. Tuttavia, dopo una serie di discussioni con un piccolo oste grasso e calvo, il fato aveva voluto che una vecchia signora la illuminasse su una zona della città abitata da mendicanti e contadini in cui stava succedendo qualcosa di strano, ed era proprio lì che aveva intenzione di recarsi alle prime luci dell'alba.

Alloggiava alla locanda sulla piazza grande chiamata La Spuma Dorata, lo squittire dei ratti e il fetore del letto l'avevano privata del sonno per due notti di fila. Era stanca e frustrata e non vedeva l'ora di andarsene. *«Almeno oggi devo riuscire a riposare, se domani troverò qualcosa dovrò subito mettermi in marcia e mi serviranno tutte le energie di cui avrò bisogno».*

Si sedette a terra incrociando le gambe, dato che non riusciva a dormire almeno avrebbe provato a meditare, in modo da far passare velocemente la notte e riuscire a rilassare e distendere i nervi. La meditazione era una tecnica che aveva imparato durante l'accademia. Un Cacciatore in piena caccia non poteva perdere tempo a dormire, anche perché la caccia poteva durare giorni. Con questa tecnica non ci si sente riposati come dopo una bella dormita, ma si recuperano un po' di forze e le ore "morte" passano più velocemente del solito. Si concentrò sul suo respiro e chiuse gli occhi. Il battito del suo cuore iniziò a scandire il tempo, ogni cosa iniziò a rallentare e a distorcersi, tutti i sensi si intorpidirono, sino a quando non riuscì ad avvertire solo lo scorrere del sangue nelle sue vene.

Iris aprì gli occhi, era già l'alba. Il sonno era passato del tutto, ma il fisico era ancora stanco e provato dalla marcia serrata a cui era costretta.

«Almeno la mia mente ora è fresca e lucida, ragionare sarà molto più semplice».

Si alzò stendendo per bene i muscoli delle gambe affusolate e stiracchiando la schiena intorpidita, si avvolse nel mantello e lasciò la locanda, accogliendo l'aria fresca mista al tanfo di urina e sterco che iniziarono a pungerle il naso. Si diresse verso i bassifondi, non distavano molto dalla locanda, ma la desolazione che la città presentava alle prime luci del mattino sembrò allungare la strada.

Raggiunti i quartieri poveri si diresse verso le fattorie, seguendo una stradina fanghigliosa e tempestata da pozze torbide che le riflettevano in viso i primi raggi solari. La vecchia non era stata chiara, le aveva detto solo che avrebbe capito da sola di essere arrivata a destinazione. Iris odiava i messaggi criptici, li trovava inutili, ma questa volta dovette ricredersi, perché quando vide cosa stava spaventando i cittadini capì cosa intendeva la vecchia e non trovò parole migliori delle sue per descriverla.

La neve si era sciolta da un pezzo, la primavera ormai era arrivata ma, dietro una vecchia capanna in fango e legno ormai distrutta, in un raggio di appena qualche braccio, erano ancora accumulati banchi di neve soffice e candida da cui spuntava una colonna di ghiaccio opaca che rifletteva i raggi solari con bagliori accecanti. Nei giorni in cui era stata in città il sole era sempre stato alto ed il cielo sempre sereno, eppure in quell'unico punto ancora nevicava.

«Che stregoneria è mai questa?» pensò.

Si avvicinò piano, pronta a balzare via al più piccolo segnale di pericolo, ma anche quando ormai fu talmente vicina da affondare i talloni nella neve alta sino al suo ginocchio, nulla parve palesarsi. Notò delle rune incise sul ghiaccio. Le esaminò con attenzione, accorgendo presto che quello che stava leggendo era un epitaffio. Capì immediatamente di cosa si trattava. Orth l'aveva avvertita, quando un Giudice si espone è solo per lavoro, ma era rimasta comunque sorpresa per aver trovato la tomba di uno dei Dannati. In tutta la storia di Tanaria mai un Giudice aveva seppellito una delle sue prede.

«Perché lui sì? Cosa aveva di così importante questo semplice contadino?»

Iris decise di tornare alla locanda, nella zona non aveva trovato nulla, come al solito, ma il ritrovamento della tomba le diede nuova speranza. Decise di inviare un messaggio ad una delle spie del Re, ci sarebbero voluti giorni ma avrebbe aspettato. Ogni volta che il Giudice prendeva un'anima, doveva tornare all'Inferno per consegnarla, e questo le dava un po' di tempo per individuare la sua prossima preda. La notizia di un rito di magia nera si spargeva sempre molto velocemente nel regno e le spie di certo potevano sapere qualcosa.

* * * *

Capitolo 15
Un nuovo incarico

Erano passati cinque giorni dalla sua "promozione". Claide si era goduto le ore di riposo sino all'ultimo, dedicandosi all'alchimia, alla botanica, agli addestramenti di magia e a tutti quei suoi piccoli passatempi che occupavano sempre questi periodi morti. Poi era arrivata la visione.

Era immerso nei suoi pensieri, quando aveva sentito una voce che lo chiamava. All'inizio si era allarmato, poi aveva notato le venature dello spadone illuminarsi di un rosso cupo e pulsante, a quel punto aveva capito. Dopo aver impugnato l'arma, aveva visto chiaramente Xaret. La visione non aveva provocato nessun dolore, anzi, era stata più nitida del solito.

Doveva dirigersi a Greta, una cittadina nel Qajàr, dove un generale in congedo dell'esercito aveva stretto un patto con i demoni per non perdere forza e vigore e combattere ancora. Ora il suo tempo era scaduto e si era barricato nella sua magione, benedetto da alcuni monaci dell'ordine dei Giusti del posto. Claide aveva vissuto centinaia di situazioni del genere e si era messo in marcia stanco e annoiato. L'unica cosa che lo aveva spinto a raggiungere il Dannato era la curiosità per la sua nuova arma.

Essendo più grande della sua vecchia spada non poteva nasconderla facilmente sotto il mantello, quindi aveva deciso di avvolgerla in stracci e panni per nasconderne le fattezze e legarla in diagonale sulla vita, tenendola dietro la schiena. Non era una soluzione comoda, ma se la teneva leggermente inclinata il mantello riusciva a nascondere la maggior parte della lama. Aveva lasciato la *sua* spada a casa, posta in modo ordinato sul tavolo, e si era allontanato accompagnato da un profondo senso di disagio, con il cuore pesante quanto il piombo. Quella spada era sempre stata la sua unica compagna di viaggio, sapeva bene di aver lasciato indietro una parte di se.

Il viaggio fu piacevole, era riuscito a convincere una carovana di mercanti a condividere la strada sino al confine con il Qajàr. In quella regione faceva decisamente più caldo e le pianure erano cosparse di erba alta e dorata. Durante il cammino si fermarono parecchie volte, ma ogni volta che ciò accadeva sentiva lo sguardo di qualcuno sul collo, come se lo stessero braccando, ed una strana sensazione lo spingeva a continuare. La cosa lo stressava parecchio, odiava sentire la fretta di fare qualcosa, sapeva benissimo di avere tutto il tempo del mondo ma non capiva comunque da dove provenisse quella sensazione.

Il viaggio all'Inferno lo aveva cambiato. Si sentiva più fiacco, meno motivato. Sentiva il bisogno di muoversi, di destarsi, di sentirsi vivo, ma qualcosa lo bloccava. Era come se l'incontro con Xaret avesse risvegliato in lui una strana forza che ora premeva per uscire. Claide non si era mai sentito così ed era molto preoccupato. *«Forse anche i Giudici muoiono un giorno... forse sto semplicemente morendo».*

L'idea gli sembrava troppo bella per essere vera, e proprio per questo la scartò subito. Lui era stato condannato a una vita di sofferenze e la morte non poteva liberarlo da questa maledizione.

Ogni volta che partiva per un incarico del genere eseguiva precise azioni che ormai erano diventate una sorta di rituale. Preparava corpo e mente, doveva essere freddo per non incappare in sentimenti troppo umani per il suo compito, doveva distendere e allungare tutti i muscoli in caso di fuga, poi preparava vari veleni o unguenti che gli sarebbero potuti tornare utili, come sonniferi, tossine paralizzanti o semplici allucinogeni da usare per creare qualche diversivo. Ogni cosa doveva essere organizzata nei minimi particolari, dall'entrata in città al primo contatto, sino all'uccisione e alla fuga. Non doveva incontrare nessun altro, doveva avere la strada libera da qualsiasi sorta di pericolo. Preferiva sempre una fuga silenziosa ad uno spargimento di sangue.

Arrivò a Greta nel tardo pomeriggio, non era il momento migliore per entrare in città, c'era ancora troppa gente in circolazione, ma almeno avrebbe evitato guai con le guardie e sarebbe passato per un semplice viandante. Superò senza difficoltà i cancelli, sorridendo in modo benevolo ai picchieri di fronte alle mura. Questi risposero e ripresero impassibili a fare il loro lavoro. La città era affollata, i mercanti gridavano ancora le loro ultime offerte del giorno, le donne riportavano a casa i loro bambini e gli uomini stavano iniziando a dirigersi verso le taverne, sventolando sotto il naso degli amici il frutto dell'affare giornaliero.

Claide si confuse tra la folla, cercando di non lasciare che lo spadone fuoriuscisse troppo dal mantello, e si diresse verso la locanda più vicina. Questa era molto diversa da quella di Kimir. Il piano terra era ampio e ben illuminato, i tavoli erano puliti e ordinati e le inservienti sfrecciavano da una parte all'altra della stanza. I bardi suonavano e cantavano allegre ballate sul loro piccolo palco al lato opposto dell'enorme camino ancora spento con flauti e liuti, ed i vari clienti alzavano i boccali di birra e andavano a ritmo con la musica tra urla, rutti e schiamazzi.

Nessuno badò a lui questa volta e ne fu sollevato. Uccidere un eroe di guerra non era uno scherzo, se qualcuno avesse notato la sua presenza in un attimo avrebbe potuto ritrovarsi l'intero corpo di guardia della città alle costole. Decise di sedersi e ordinare da bere, si tolse persino il cappuccio per non attirare troppi sguardi. Il salone brulicava di vita. La musica prodotta dai bardi, le risate, le grida e le calde luci dei candelabri in ferro battuto appesi alle pareti rendevano l'atmosfera calda e ospitale.

Claide ordinò qualcosa da bere e chiese una stanza, pagando in anticipo con le monete che aveva recuperato da casa, le sue ultime reminiscenze di un tempo in cui era solito prendere qualcosa dai Dannati. Durante l'attesa rimase piacevolmente in ascolto del motivetto popolare che i bardi avevano appena iniziato ad eseguire. Si trattava di una canzone abbastanza comune, allegra e senza tempo, eseguita in quell'occasione da un flauto di canna, un tamburello basco ed un liuto.

Tutti e tre i bardi erano abbastanza giovani ma sapevano ciò che facevano. Il flautista era un tipo moro e riccioluto, dai lineamenti freschi e di primo pelo, vestito con un farsetto dalle maniche a sbuffo turchese con ricami rossi ed un paio di calzoni aderenti color ocra. Suonava con allegria e trasporto, scandendo in maniera magistrale il ritmo senza ovviamente privarsi di mandare di tanto in tanto qualche occhiolino alle signore sedute in prima fila, che non la smettevano di ridacchiare e di sventolarsi coi loro fazzoletti di seta. Il tamburino sembrava avere la sua stessa età, vestiva con una tunica verde smeraldo completamente slacciata sino all'ombelico e muoveva il petto a ritmo del suo strumento mostrando il torso glabro e abbronzato. A differenza del suo compare, però, le sue attenzioni sembravano rivolte verso un gruppo di giovani ragazzi, forse degli accademici dalle città vicine a giudicare dalle loro vesti, e alcuni di loro non sembravano disdegnare. Il liutista sembrava il più vecchio dei tre. Portava dei lunghi capelli biondi raccolti in una coda e tenuti in ordine da una fascia di cuoio. Vestiva una semplice camicia dalle maniche a sbuffo in lino, come il suo compare tenuta generosamente slacciata, e delle brache borgogna lunghe sino al ginocchio. A differenza degli altri due, però, si limitava a sorridere al pubblico e a tenere il tempo col piede poggiato a terra mentre se ne stava appollaiato su uno sgabello al centro del palco.

La locanda era gremita, bastava dare una rapida occhiata per vederne di ogni tipo. Due tavoli di fronte a lui stava seduto un omone dalle guance rosse e paffute che rideva tanto forte da farsi venire le lacrime agli occhi, in compagnia dell'amico decisamente più sobrio intento a raccontare una storia che doveva essere esilarante. Ciò che l'omone non aveva notato era che sopra il suo chaperon verde pisello qualcuno aveva edificato una piccola torretta fatta di gusci di noce che minacciava di crollare ad ogni suo spasmo, provocando timide risate persino alle inservienti che non la smettevano di fare avanti e indietro per riempirgli il boccale di sidro che continuava a versare sul pavimento. Al suo fianco aveva un gruppo di uomini totalmente ubriachi, vestiti in abiti umili, da lavoro, che si tenevano spalla contro spalla e ondeggiavano al ritmo della musica, sbraitando quelle che secondo loro erano le parole della canzone, ma che in realtà non erano altro che un'accozzaglia di *oh*, di *ah* e di *nah-nah* male assortiti. Vicino al bancone si trovava persino una coppia di lanzichenecchi. Inizialmente Claide si era allarmato, i due uomini erano armati sino ai denti e sembravano abbastanza navigati, potevano benissimo essere al soldo del suo obiettivo, ma per tutta la serata non avevano fatto altro che centellinare dell'acquavite di segale e giocare svogliatamente con delle carte sgualcite, segno che probabilmente non avevano nessuno che pagasse per il loro divertimento.

Claide si gustò la birra che aveva ordinato e rispose con un sorriso sincero all'occhiolino lanciatogli dalla ragazza che l'aveva servito. Rimase al tavolo a lungo, quasi per tutta la notte, godendosi la serata e facendosi sfuggire qualche risata sommessa quando l'ennesimo ubriacone cascava giù come un sacco dopo essersi alzato troppo velocemente. Man mano che la notte avanzava la locanda iniziò a svuotarsi, i contadini dovevano tornare a lavoro da lì ad un paio d'ore, ed i ricchi mercanti dovevano tornare dalle loro mogli.

Attese ancora qualche minuto, nella visione aveva visto alcune persone collegate al Dannato e se fosse riuscito ad individuarne almeno una avrebbe potuto obbligarlo a parlare, ma non riconobbe nessuno e decise di ritirarsi nella stanza che aveva richiesto.

Anche in quella cittadina le camere erano spartane, ma almeno il letto era asciutto ed il pavimento pulito e privo di escrementi. Si stese nel letto e attese che la luna finisse il suo corso. Passò le ultime ore della notte pensando ai vari modi per adempiere il suo compito. Sapeva bene che la residenza del Dannato era ben sorvegliata e non poteva addormentare tutti, o avrebbe messo in allarme i maghi di tutta la zona. A volte pensava che sarebbe stato bello poter essere come le leggende popolari lo descrivevano, un animale assetato di sangue che portava distruzione ovunque, gli avrebbe di certo semplificato il lavoro, ma aveva già perso metà della sua umanità e voleva preservare al meglio la parte che gli restava.

Alle prime luci dell'alba aveva pianificato un paio di modi per uccidere il generale ma aveva bisogno di altre informazioni per procedere, quindi decise di prepararsi e uscire per fare un giro in città, con un po' di fortuna avrebbe trovato qualche simpatico chiacchierone in grado di dirgli tutto quello che voleva sapere e agire di conseguenza.

Capitolo 16
Duello

Claide uscì dalla locanda non appena udì il primo vociare dei passanti. Decise di perlustrare prima i bassifondi e le stradine più isolate della città, dove la gente di solito non doveva niente a nessuno, sperando di trovare qualche chiacchierone, ma a parte bisbigli e occhiatacce non riuscì a trovare nient'altro.

Scoprì che anche in quella cittadina esisteva la povertà; infatti, nella parte più a est, trovò qualche vecchia catapecchia di legno, in forte contrasto con le abitazioni in pietra e mattoni dei quartieri benestanti, dove si aggiravano povere anime dallo sguardo spento o gruppi di orfani che cercavano in ogni modo di aggrapparsi alla sua bisaccia.

Fece un giro completo di tutta la zona, visitò la biblioteca del posto ed entrò in qualche negozio spacciandosi per un mercante ambulante, dirigendosi infine nella piazza centrale dove si teneva il mercato.

La folla era impressionante. Tutti avevano qualcosa da dire, da urlare e da contrattare. Si muovevano costantemente, dando rapidi sguardi ai banchetti e scegliendo con precisione assoluta il prodotto. Le voci dei mercanti sovrastavano di tanto in tanto quella cacofonia assordante, gridando le loro offerte o semplicemente cercando di attirare altra clientela. Tutto quel fracasso era una tortura per l'udito sviluppato di Claide, ma evitò di tapparsi le orecchie, inclinò leggermente la testa e cercò di proseguire con disinvoltura.

Si calò il cappuccio e cercò di ascoltare qualche informazione che poteva tornargli utile. Ogni tanto s'intratteneva con qualche mercante, o con qualcuno del posto, e cambiava argomento della discussione incentrandolo sul suo vero obbiettivo, passando abilmente dalla stranezza di qualche frutto esotico, ai nuovi prezzi, a chi se li poteva permettere concludendo con lo stimato Garan, l'ex generale.

Alla fine del suo giro di ciance era sicuro di una cosa, tutta la cittadina era dalla sua parte, tutti lo stimavano e ne avevano un grande rispetto, sia per il suo alto grado, sia perché tempo addietro aveva salvato quella gente da una setta di banditi e anche per le sue qualità di uomo d'onore, giusto e leale.

Claide aveva scoperto varie cose, ma erano tutte informazioni vaghe. Ad esempio era venuto a sapere che ogni tanto Garan usciva per stare in mezzo alla gente, per salutarli e acquistare qualcosa al mercato di tanto in tanto. Sapeva anche che era scortato, ma alcuni parlavano di due guardie semplici, altri di quattro alabardieri più due soldati travestiti da civili, alcuni affermavano di aver visto addirittura balestrieri sui tetti. Dopo alcune delle sue più lunghe e noiose conversazioni, la stima delle guardie stava degenerando in interi plotoni e Claide decise di lasciar perdere, sapeva che era protetto e tanto gli bastava.

Cercò di racimolare tutte le informazioni che aveva ottenuto e di abbozzare le fondamenta di un piano quando un grido d'allarme lo distolse dalle sue riflessioni.

«Fermate quel ladro! Mi ha derubato!»

Claide si voltò verso l'uomo che continuava ad agitare le sue braccia, facendo svolazzare le ampie maniche della sua tunica a bande viola e blu. Il mercante puntava dritto verso la folla e continuava a sbraitare e ad agitarsi. Claide si voltò verso la direzione in cui stava guardando e scorse qualcosa di basso e piccolo sfrecciare tra le gambe dei passanti. Solo aguzzando la vista si accorse che il fuggitivo era un bambino che correva con un'espressione terrorizzata stringendo al petto la refurtiva.

Claide sapeva già come sarebbe andata a finire, aveva assistito ad un sacco di episodi come quello. In un attimo le guardie di ronda gli furono alle costole, sino a quando una di loro non riuscì a sbarrargli la strada e afferrarlo per i fianchi, sollevandolo e arrestando la sua corsa. Il bambino non la smetteva di scalciare senza lasciare la presa sull'oggetto che aveva rubato.

Si creò un cerchio attorno a loro, liberando abbastanza spazio da permettere di vedere cosa stesse succedendo. Claide si fece spazio tra la folla sino ad arrivare al limitare del cerchio, notando che l'oggetto che il bambino teneva tanto stretto era una semplice mela rossa con una manciata di noci che continuavano a sgusciare fuori rimbalzando sul pavimento. La guardia che lo reggeva digrignò i denti e lo spinse con forza verso il suolo, facendogli cedere le gambe e mettendolo in ginocchio, il tutto accompagnato dal suo gemito di dolore. Il viso dei curiosi che si erano radunati erano impassibili, come se una scena di tale violenza fosse naturale, aspettando qualcosa di più, qualcosa che però quel giorno non sarebbe mai arrivato.

Infatti Claide, non appena vide lo sfogo della guardia, spinse gli ultimi tre bifolchi che gli bloccavano la strada e, mentre si rimetteva il cappuccio, si diresse a grandi falcate verso i due. Immediatamente le guardie misero le mani alle spade, ma lui non se ne curò. Procedendo deciso, spinse via la guardia del bambino e aiutò quest'ultimo a rimettersi in piedi, dandogli di nuovo la mela che intanto era scivolata dalla presa delle sue mani.

Le guardie reagirono praticamente subito. Sfoderarono le armi e lo circondarono, mentre quella che Claide aveva spinto via prese la parola.

«Allontanati subito, pezzente!» disse digrignando i denti.

Claide non la degnò di uno sguardo e si rivolse al bambino. «Tutto bene?» disse.

«Si» Rispose il bambino, ancora più spaventato di prima.

«Ci penso io» lo rassicurò Claide.

Si voltò verso le guardie che ormai erano furenti e mostrò i palmi delle mani per far capire che non aveva cattive intenzioni.

«Calma signori, calma...» iniziò a spiegare «Possiamo

risolvere tutto come persone civili»

Le guardie lo guardarono sospettose ma non abbassarono la guardia, una di loro prese la parola.

«Non sono affari che ti riguardano, forestiero! Torna alle tue faccende!»

«Ma perché tanta violenza? Non è stato assolutamente commesso alcun crimine»

«Oh altro che invece!» Gridò il mercante che aveva dato l'allarme, ormai sul ciglio dello spiazzo «Quel piccolo bastardo mi ha derubato!»

«Oh andiamo, non è il caso di utilizzare un linguaggio tanto scurrile» disse Claide voltandosi verso di lui «Questo bambino ha solo fame, di sicuro non ha preso questa mela per recarvi danno, ecco se proprio ci tenete, ve la pago io»

Il mercante era evidentemente sconcertato, di sicuro avrebbe voluto vedersi fatta giustizia, piuttosto che ripagato di una semplice mela.

Anche le guardie sembravano abbassare la guardia a quella proposta, quando una voce profonda e graffiata spezzò il silenzio da dietro la folla di curiosi.

«E questo cosa risolverebbe?!»

Claide si voltò verso l'origine di quella voce e pian piano vide la folla aprirsi, formando un corridoio umano verso un uomo di mezza età, con una cotta di maglia tirata a lucido e una spada a una mano e mezza dalla guardia placcata in oro che penzolava dalla sua cintura. L'uomo era affiancato da due guardie leggere, aveva i capelli grigi e corti, un tipico taglio militare, la barba era perfettamente rasata, e nonostante le rughe ormai radicate agli angoli degli occhi trapelava dal suo portamento una sensazione di forza e vigore, come se avesse molti più anni in meno di quelli che dimostrasse. Claide capì subito chi fosse il nuovo arrivato, e mentre Garan avanzava verso di lui con passo deciso, si sistemò meglio il cappuccio, oscurando del tutto i suoi tratti.

Garan prese di nuovo la parola.

«Cosa risolverebbe comprare il cibo a questo bambino? Forse i suoi genitori non lavorano abbastanza da potersi permettere una mela?» disse.

Il bambino prese la parola

«Non so chi siano i miei genitori...» rispose il bambino. Claide non seppe dire se fosse più imbarazzato o sprezzante.

«Mi dispiace davvero, ragazzo...» Disse Garan rivolgendosi a lui «Ma le leggi esistono per essere applicate, non per perdonare chi vive in situazioni... poco agevoli»

Il tono della voce era calmo e affabile, aveva un carisma ed una sicurezza di sé degna di un esponente militare.

«Questo bambino ha agito così solo perché aveva fame, non merita almeno un briciolo di comprensione, proprio perché non ha nessuno che si prenda cura di lui?» intervenne Claide.

«Beh, tutti noi abbiamo fame, o mi sbaglio?» Disse Garan rivolgendosi alla folla, che annuì decisa, sempre più presa dalle parole del loro eroe «Ma non per questo rubiamo! Ci sono altri modi per ottenere quello che si vuole, modi più onesti...» disse rivolto a Claide questa volta «Sono sicuro che se noi adesso lo lasciassimo andare, non solo daremmo un cattivo esempio, ma nuoceremmo tutte quelle brave persone che per potersi comprare quella mela passano il loro tempo ai campi ogni giorno... Questo ragazzo non ha mai avuto nessuno che gli insegnasse il bene o il male, o un po' di disciplina... Le leggi esistono non solo per regolare una società, per distinguerci dalle bestie, esistono anche per insegnare ai nostri giovani virtù come la responsabilità... Se voi ora comprate quella mela, domani il ragazzo tornerà qui e ruberà di nuovo... Se invece sarà punito per il suo crimine e passerà qualche giorno in prigione, come è giusto che sia, di sicuro imparerà la lezione, o forse sbaglio?»

La popolazione iniziò a fare cenni di assenso e a sostenere il generale. *«Vuole davvero rinchiudere un bambino solo per rafforzare la sua immagine da paladino della giustizia? Non ci posso credere…»*

«Volete davvero che questo *bambino* soffra ancor più di quanto la vita gli stia già facendo subire? Le prigioni non sono di certo il luogo più ospitale della città, e voi volete punirlo solo per aver ceduto alla fame? Se davvero volete fare giustizia, prendetelo con voi! Insegnategli un mestiere e la vostra tanto acclamata disciplina, fateglì guadagnare il pane come una persona onesta!» lo interruppe Claide.

Garan parve non apprezzare la sua determinazione e si rivolse ancora al popolo.

«Brava gente di Greta, lascio decidere a voi… Dobbiamo perdonare questo ragazzo? Andando contro le leggi che ci regolano e ci proteggono? Che determinano i nostri stessi principi? La legge deve essere uguale per tutti, se noi rifiutiamo questo concetto, allora tanto vale che i nostri figli vadano a rubare nelle case dei nostri vicini! Volete abbracciare il caos? Oppure, secondo voi, è meglio che per questa volta il ragazzo impari la lezione? Impari che rubare è reato oltre che sbagliato e che comporta delle conseguenze? Rubare in tenera età è la via per diventare banditi e spietati assassini, proprio come quelli che hanno osato attaccarci tempo fa, volete che la storia si ripeta, che il nucleo del male che ci ha attaccato nasca proprio qui? E tornando a voi, forestiero…» disse Garan tornando su Claide «Ho dato la mia spada, il mio scudo, la mia vita e la mia anima a questa città… ho servito questa gente con tutte le mie forze per riportare l'ordine e la pace… Darei lo stesso per questo ragazzo, ma che vita avrebbe con me? Non sono un padre e ho tanto altro a cui pensare: guerre, schermaglie, tattiche, consigli, riunioni, non ho il tempo di insegnare un mestiere, altrimenti sarei già alle caserme! Dopo che passerà una settimana in cella, il ragazzo potrà prendere in considerazione l'idea di arruolarsi nell'esercito! Anche se è ancora giovane, la caserma lo farà crescere in fretta e forse un giorno arriverà persino a difendere l'onesto mercante che oggi ha derubato… Non vi sembra una via decisamente migliore?»

concluse.

La folla era totalmente rapita da quell'uomo e lo acclamava come un vero eroe, solo Claide riusciva a vedere l'ingiustizia in quello che aveva appena detto. Le caserme erano forse peggio delle prigioni, i più giovani non avevano meno di quattordici anni e venivano trattati come schiavi, pestati e denigrati dai veterani, un bambino di massimo otto anni, figlio di nessuno, sarebbe stato il giocattolo preferito da tutti in quel posto, persino dagli altri ragazzini. Garan proponeva una carriera militare, ovviamente da un generale non ci si poteva aspettare altro, più carne fresca da comandare. Il popolo ormai vedeva solo il futuro descritto da lui: un ragazzo giovane e forte che aveva preso la via della grandezza; nessuno vedeva invece quel povero bambino, prima terrorizzato e dilaniato dai ratti nelle segrete, poi malmenato e sfruttato in una caserma e, infine, ucciso e trucidato come uno dei tanti alla prima battaglia inutile degli esseri umani.

«Perché nessuno vede mai la verità?» pensò Claide.

«Ma certo... Generale dell'esercito, grande guerriero, mente ottusa, non ci si poteva aspettare altro da un uomo come voi... Ovvio, la carriera militare, perché se ammazzi per conto tuo sei un assassino, ma se indossi un'uniforme sei un eroe!»

«Ora basta!» tuonò Garan «Hai parlato sin troppo forestiero! La nostra città ti ha accolto e tu, per ripagarci, intralci la nostra giustizia e ci insulti con la tua lingua biforcuta! Non tollererò più un'altra parola! Ho difeso l'onore di questa città anni fa e lo difenderò di nuovo! Spero che la lama che nascondi sia affilata come le tue parole forestiero, perché ti sfido a duello!» disse.

Tutti i presenti esultarono e si rivolsero a Claide con fischi e parole di scherno.

Claide chinò il capo, lo spadone si era spostato leggermente durante il suo scatto di prima e questo aveva fornito al generale una scusa perfetta: *«Non potevo pretendere troppo da un ex soldato, il cui onore sta solo nell'affondare la lama per primo nel corpo dell'avversario... se è un duello che vuole, un duello avrà».*

«Accetto la tua sfida» disse Claide mentre una rapida scintilla cremisi baluginò nei suoi occhi «Ex Generale Garan!»

Garan lo guardò per un attimo confuso, il Bagliore era stato minimo, abbastanza da far rizzare i peli sulla nuca, o da far capire chi era davvero colui che aveva appena sfidato, ma parve non farci troppo caso, forse pensava di avere ancora tempo.

«Bene... Domani all'alba, ci sfideremo qui...» disse con aria persa prima di allontanarsi con le sue guardie del corpo.

La piccola folla di curiosi si diradà in fretta, tutti andarono a raccontare ad amici e parenti che il loro grande protettore, all'alba dell'indomani, avrebbe sfidato un comune forestiero, tutti compreso il bambino orfano che almeno era riuscità a dileguarsi quando la discussione aveva iniziato a scaldarsi. Tutti erano sicuri che il vincitore sarebbe stato Garan, con anni di battaglie alle spalle, ma come sarebbero andate le cose se tutti avessero scoperto che il "comune forestiero" era segnato da trecento anni di omicidi?

Claide era rimasto scocciato dalla piega degli eventi. Certo, smaniava di dare una lezione a quel pallone gonfiato e di concludere in fretta il suo lavoro, ma tutti i suoi predecessori avevano iniziato il loro declino con esecuzioni in pubblico o sbandierando ai quattro venti la loro natura, e lui non voleva di certo iniziare ora. Non si perdonava neanche il fatto di aver ceduto così facilmente alla sua provocazione, erano anni che reprimeva la sua rabbia ma questo non lo giustificava. Si sentiva come un ragazzino che aveva appena deciso di fare a botte, una decisione a dir poco immatura per uno della sua età.

Da una parte però questo duello gli dava un'ottima variante per compiere il suo lavoro. I duelli erano regolati dalle leggi ed il vincitore non era perseguibile penalmente in caso di morte dell'avversario. In questo modo avrebbe potuto evitato l'intero esercito regolare alle costole per aver ucciso una delle loro leggende viventi.

La gente di Greta lo evitava o lo guardava con astio, tanto che il locandiere della notte prima si era addirittura rifiutato di cedergli nuovamente la camera, costringendolo a passare la notte all'addiaccio. Certo per lui non faceva alcuna differenza, ma avrebbe sicuramente preferito una piccola stanza appartata alle panche della piazza principale.

La notte passò lenta e noiosa, quasi come se non fosse successo nulla, come se non gli importasse di quello che era appena successo. Claide si sistemò a gambe incrociate e sfoderò lo spadone. Sotto i riflessi argentei sembrava ancora più macabro, come se stesse impugnando la colonna vertebrale di qualche strana bestia uscita dagli abissi più profondi, con ancora del sangue incrostato che ne delineava le venature rossastre. Chissà cosa avrebbero pensato l'indomani, vedendo che il "comune forestiero" impugnava un'arma degna dei peggiori racconti dell'orrore. Al pensiero fece spallucce, se il generale che tanto adoravano non li avesse traditi tutti stringendo un patto con i demoni, si sarebbero risparmiati parecchie notti insonni.

I primi raggi del sole fecero capolino dalle tegole dei tetti spioventi, illuminando i ciottoli delle strade ed i blocchi di arenaria della piazza.

Claide iniziò già a prepararsi per la fuga, stringendo i cinturini degli stivali e sistemando la fascia rossa attorno alla vita in modo che non si sciogliesse. Sistemò il mantello poco sopra le sue clavicole, così da poter rinfoderare subito l'arma dopo il duello senza privarsi del tutto della copertura che gli offriva. Passò le seguenti due ore attendendo l'arrivo del pubblico e del suo sfidante, in piedi in mezzo alla piazza, immobile come una statua. Garan non si fece attendere.

Era seguito da una piccola folla di curiosi che lo incoraggiavano e gli davano il loro supporto, e che naturalmente non si privarono di fischiare Claide non appena videro lo videro già in posizione. Garan portava la cotta di maglia del giorno prima coperta da una giubba rivettata, dei guanti di cuoio e degli stivali alti con ginocchiere in ferro. In mano teneva pronta una spada a una mano, l'elsa era di semplice acciaio, ma era decorata con sottili trame d'oro e dei piccoli zirconi azzurri ai lati della guardia.

Non appena vide Claide ancora col cappuccio calato non perse l'occasione per schernirlo ancora di fronte al suo pubblico.

«Che uomo è colui che ha il coraggio di sputare giudizi e sentenze senza nemmeno scoprire il suo volto? Abbassatevi il cappuccio, così che tutti possano vedere il volto della vergogna!» disse sbraitando.

Claide sbuffò, questo avrebbe preferito evitarlo. Si tolse lentamente il cappuccio, scoprendo il suo viso da ragazzo appena diventato uomo e i suoi occhi vecchi di secoli. Tutti rimasero a bocca aperta, senza riuscire a concepire che l'immagine dell'uomo vissuto, grezzo, del balordo che avevano immaginato poco si intonava con quella del ragazzo che stava di fronte a loro, senza ancora un pelo sulla faccia e dalla pelle fresca e liscia. Garan non si fece sfuggire neanche questo.

«Cosa?! Mi prendete in giro? Vi siete permessi di insultare e criticare la vita di questa brava gente quando ancora non avete vissuto la vostra? Quell'arnese che tentate di tenere nascosto almeno lo sapete usare?» disse con un ghigno di scherno.

«Così mi deludete, generale» tutti rabbrividirono al suono di quella voce troppo profonda per un ragazzo così giovane.

«Proprio voi, che avete combattuto in ogni angolo del regno, dovreste sapere che un guerriero non lo si può giudicare solo dall'aspetto fisico»

«Non dire sciocchezze ragazzo!» disse Garan infastidito dal suono così anomalo di quella voce «Ieri avrei creduto che queste parole fossero dettate dalla preparazione e dall'esperienza, ma vedendoti ora credo che siano solo segno di spavalderia e arroganza, e ti posso assicurare che uccide più quella di cento lame! Io ho una reputazione da difendere, tu devi ancora fartene una... Rinuncia ora al duello prima di farti male sul serio!» disse fermandosi a qualche passo da lui, la spada lungo il fianco, sicuro di aver già vinto.

Claide gli sorrise e sfoderò lo spadone con una mano sola, mettendosi in guardia. L'intera folla trattenne il respiro e tutti iniziarono a indicare la lama e a bisbigliare terrorizzati. Persino Garan sgranò gli occhi e portò d'istinto l'arma di fronte a sé.

«Se è così tanto sicuro di vincere, perché non iniziamo? Oppure è lei che dovrebbe rinunciare questa volta?» disse Claide.

Garan degluti rumorosamente e sputò per terra.

«Te ne pentirai, ragazzo!»

Il generale si fiondò su di lui con un balzo, alzando la spada in aria. Le gambe erano ben salde sul terreno ma la posa era troppo scoperta, un errore tipico nelle reclute, una finta perfetta nei gradi più alti.

Come aveva previsto, Garan piroettò su se stesso all'ultimo momento, trasformando il fendente dall'alto in un pugno di quarta. Claide era dieci volte più veloce di un uomo normale, per lui non fu un problema contrastare l'attacco, ma qualcosa andò storto.

Roteò rapido lo spadone per parare l'attacco con un pugno di prima in seconda, ma quando la sua lama incontrò quella di Garan non avvertì nulla, neanche un minimo contraccolpo. La traiettoria del suo spadone continuò indisturbata, tagliando l'acciaio come fosse burro e affondando nelle carni e nelle ossa di Garan, tranciandogli via la parte superiore aprendogli il busto dal fianco sinistro sino alla spalla destra. Il sangue sprizzò ovunque, inzuppando Claide da capo a piedi e imbrattando tutto il pavimento in pietra.

Grida di terrore riecheggiarono nella piazza, la folla era impazzita e cercava di scappare in qualsiasi direzione, mentre le guardie accorrevano per circondare Claide.

Lui era come paralizzato, non udiva alcun suono, la sua mente era piena solo dalla vista dei due moncherini e del sangue che guadagnava terreno sino a bagnargli le punte degli stivali. Dopo qualche secondo, il corpo mutilato iniziò a incenerirsi, lentamente, insieme al sangue che ormai colava ovunque. Persino le macchie che avevano inzuppato Claide da capo a piedi iniziarono a sparire, trasformandosi in finissima cenere che andava a depositarsi sullo spadone, sparendo nelle venature che si erano illuminate di un rosso incandescente.

Quando l'intero cadavere venne assorbito da quella lama maledetta Claide si riprese di colpo, accorgendosi di essere circondato da punte di picche e lance. Senza nemmeno pensarci, scattò all'indietro, spinse con forza una delle guardie e corse a rotta di collo verso l'uscita. Non era mai stato così rapido e veloce, non aveva mai provato così tanta paura, paura nel non sapere cosa fosse accaduto.

Capitolo 17
Sospetti

Non sapeva per quanti giorni avesse corso, il sole e la luna si erano alternati in una danza continua e infinita, portando luce e ombra ad intervalli regolari. Intervalli che Claide non aveva nemmeno notato dato che ogni cosa si era ridotta al battere incessante della sua fuga forsennata.

Non sapeva neanche da cosa stesse scappando. Aveva visto migliaia e migliaia di morti, assistito a brutali omicidi, sacrifici, rituali, aveva ucciso, distrutto in nome dell'essenza stessa del male.

In effetti, forse sapeva da cosa scappava. In tutti i suoi anni di "vita" aveva ucciso con consapevolezza, con le idee chiare su cosa stesse facendo e su come sarebbe andata a finire. Trucidare un uomo, per quanto questi possa essere malvagio, era un atto malsano e sbagliato, una cosa che Claide non si era mai sognato di fare. Chiunque fosse il Dannato, il rispetto per i morti era una cosa che aveva imparato sin troppo bene.

«Non doveva andare così» pensò.

Il brutale effetto che lo spadone aveva avuto su Garan lo aveva sconvolto. Sapeva bene di essere un assassino, ma non si riteneva un macellaio.

Si fermò solo quanto lo strano ronzio che aveva nelle orecchie si fece insopportabile. Da quando era scappato da Greta aveva avuto questa strana sensazione, come se qualcuno lo chiamasse ma senza udire alcuna voce. Agli inizi lo aveva semplicemente ignorato, ma ora che si era fatto più insistente ciò era divenuto impossibile.

Arrestò la sua corsa alle soglie di una foresta, probabilmente si trovava al confine tra il Qajàr ed il Lothis, a piedi dei Colli delle Streghe. Cercò di calmarsi ed iniziò a massaggiarsi le tempie, cercando di dare sollievo al ronzio che continuava a martellargli il timpano. Seguendo semplicemente l'istinto, impugnò lo spadone, che si accese di una luce rosso sangue, permettendogli di sentire la voce che da giorni lo chiamava nella sua testa.

«Claide! Finalmente! Perché continuavi ad ignorarmi così?»

Riconobbe subito la voce gutturale e tonante: Xaret.

«Cosa è questa *cosa* che mi hai dato?» sbraitò al nulla attorno a lui.

«Calmati ora Giudice, mi aspetto dei nervi più saldi da uno del tuo rango!»

Claide inspirò a fondo.

«Mio *signore*» disse digrignando i denti «Chiedo perdono per il mio comportamento, ma l'effetto che il suo… dono… ha avuto sul Dannato mi ha lasciato… mi ha confuso, che stregoneria è mai questa?»

«Immaginavo che saresti rimasto colpito dalla forza devastante della tua nuova arma… Vedi Giudice, quella spada non è solo intrisa di magia nera, è fatta con le ossa di un antico Re dei demoni, non esiste niente di simile nel tuo mondo, niente che possa contrastare il suo filo…»

«Perché non me lo avete detto subito? Avrei agito in modo diverso!»

«Si, ho visto come hai svolto il tuo lavoro… certo hai apportato qualche modifica al tuo consueto metodo, ma è stato comunque impeccabile. L'anima è arrivata integra e salva e non ci sono resti del corpo. Questo dovrebbe essere un vantaggio per te, o sbaglio? Se non c'è un cadavere non c'è l'omicidio»

«Peccato che mezza cittadina ha assistito a quello che ho fatto, presto tutto il regno conoscerà il mio volto, questo renderà il mio lavoro estremamente più difficile!»

«In effetti sarebbe stato meglio se tu lo avessi fatto con più discrezione, una persona scomparsa è meglio di un morto, ma comunque hai ucciso il Dannato in un duello leale, se non sbaglio nel tuo mondo non può essere considerato come crimine...»

«Dannazione, questo non c'entra! È male uccidere qualcuno in quel modo!»

«Che la morte sia brutale, lenta, dolorosa o rapida, non cambia il fatto che si tratti sempre di morte! Non fare il melodrammatico ora e ascoltami bene, ho un altro contratto per te»

«Così presto?»

«Non hai più il peso di dover tornare ogni volta qui per consegnare le anime, ora puoi svolgere molti più contratti... e poi le Venerabili impiegano più tempo nel mettersi in contatto con te, io invece sono collegato direttamente con loro, essendo un loro figlio. Per fartela breve, tutti i contratti che normalmente avresti ricevuto li riceverai semplicemente molto più in fretta... Ora ascolta, vicino a dove ti trovi esiste un vecchia chiesa, creata per i pellegrini che migliaia di anni fa dovevano nascondersi dai nostri adoratori. Ora è abitata da una setta di stregoni, il loro capo, Falion, anni fa ha stretto un patto con noi, la sua anima per un significativo aumento di potere. Ora è arrivato il momento di riscuotere»

«Sembra un classico... Dammi la posizione esatta»

«La conosci già, per questo motivo inconsciamente ti sei diretto verso la chiesa, ti basterà concentrarti per vederla chiara di fronte a te»

«Posso usare la magia nera per prendere la sua anima?»

«Assolutamente no! Non hai più la fiala, l'anima andrebbe persa o danneggiata! Ti ho dato quell'arma per un motivo!» sbraitò Xaret.

Claide sbuffò ma era il suo nuovo destino e doveva accettarlo. Per fortuna sapeva adattarsi bene ai cambiamenti.

«Va bene sire, presto avrai una nuova anima tra le tue fila di Dannati...»

«E questa volta non fuggire e non ignorarmi, è già abbastanza seccante dover entrare nella tua mente, non prolungare inutilmente questa tortura!»

«Come desidera»

Detto questo, il ronzio e la sensazione svanirono, lasciando la mente di Claide stranamente libera e leggera. Se non fosse stato per l'inconveniente della sua arma, la sua nuova posizione quasi iniziava a piacergli. Niente più emicranie o spasmi, e le visioni rimanevano molto più impresse nella mente.

Come aveva detto Xaret, gli bastò qualche minuto per concentrarsi e focalizzare con chiarezza l'ubicazione del suo obiettivo, divinando con chiarezza la strada da percorrere ed il volto del Dannato. Per un attimo gli sembrò persino di averlo già visto. Era molto vecchio, il viso segnato dall'età impietosa lo rendevano quasi decrepito, comunque non diede troppo peso a quella sensazione. Di vecchi stregoni ne aveva visti a dozzine, la magia nera non era mai stata un toccasana per la pelle.

Senza perdere tempo si incamminò verso est, tagliando fra alberi e arbusti. Durante la sua marcia, che durò appena una notte, pianificò bene come questa volta avrebbe svolto il suo lavoro. Non poteva usare neanche il minimo della sua forza e avrebbe dovuto cercare di ferire la sua vittima, anche solo un piccolo taglio sul fianco, tutto pur di evitare di trasformare la chiesa in un lago di sangue. Sperava solo che lo stregone e i suoi adepti non si mettessero a scagliare maledizioni a destra e a manca, o avrebbe dovuto combattere e non sapeva ancora quanta forza doveva impiegare per evitare uno scempio.

La storia dello stregone bramoso di potere era una delle più vecchie del mondo. I soliti maghi umani dovevano aspettare decenni di studio e pratica intensi prima di governare completamente alcuni degli incantesimi più potenti. Alcuni dovevano addirittura sperare di vivere almeno cento anni prima di definirsi veri e propri maghi, anziché semplici fattucchieri o incantatori. Fortunatamente la magia allunga di poco la vita di chi la pratica, ma se non si è davvero portati al massimo si può raggiungere l'ottantina e non sapere nemmeno accendere un fiammifero.

Grazie alla sua immortalità, Claide poteva praticare la magia per tutto il tempo che voleva, abituando il suo essere a questa potente forza, tanto che ormai era diventato uno stregone provetto. Conosceva addirittura alcuni degli incantesimi arcani, magie che erano andate perdute e che aveva ritrovato per caso nei suoi viaggi. Alcuni incantesimi potevano permettergli di evocare il fuoco nero, le fiamme che bruciano in eterno senza consumare le carni ma che provocano un costante e atroce dolore. Altri invece potevano addirittura cambiare l'aspetto del suo corpo per un breve periodo, a patto che si avesse un po' di sangue della vittima da impersonare, ed infine il suo preferito, l'incantesimo per prendere l'anima di un qualsiasi essere dotato di essa senza provocare alcun dolore e infliggendo una morte molto simile a quella naturale. Aveva usufruito più di una volta di quel particolare incantesimo ed era sicuro che avrebbe fatto gola a molti negromanti capaci, per questo aveva bruciato il tomo dove lo aveva trovato, stampandosi in mente l'esatta formula da non divulgare mai con troppa leggerezza.

Arrivò al limitare della radura alle prime luci dell'alba. I raggi del sole sfioravano delicatamente il campanile ed il profilo della vecchia chiesa, filtrando là dove parti della muratura avevano ceduto e proiettando una cupa ombra sulle fronde degli alberi. Il posto era stupendo, la luce solare faceva risplendere di riflessi color smeraldo le foglie ed il sottobosco, l'edera ed i vecchi arbusti che artigliavano le pareti rocciose della chiesa davano l'impressione che questa fosse direttamente spuntata dal sottosuolo, squarciando il manto erboso che ricopriva il terreno. Solo guardarla dava una sensazione di pace, di riposo, di luogo magico e benevolo, era incredibile che in un posto del genere si fosse praticata della magia nera, macchiando quell'oasi di pace perfetta.

Claide procedette a passi lenti, godendosi quello spettacolo magnifico, cercando di rallentare l'arrivo del momento che avrebbe rovinato tutto. Spadone alla mano, si diresse verso il vecchio portone di legno massiccio. Fece quasi per aprirlo ma questi si spalancò da solo, quasi invitandolo a entrare, traballando sui cardini allentati e producendo un cigolio acuto e stridulo.

Claide strinse più forte lo spadone e avanzò, entrando nella navata principale della chiesa. L'interno era in penombra, alcune zone erano illuminate dai raggi che si tuffavano dai fori sul tetto, altre da dei bracieri che ardevano ai lati della sala. Nonostante questi fossero sistemati a intervalli regolari, la luce rimaneva comunque troppo poca per illuminare del tutto le mura di pietra e i vari banchi di legno posizionati in file parallele ordinate.

Dopo aver fatto i primi passi verso il tabernacolo sul fondo si accorse di non essere solo. Quattro figure cupe e ammantate di grigio uscirono dalla penombra, tenevano le mani congiunte, il loro incedere era lento, quasi cerimoniale. Claide alzò lo spadone mettendosi in guardia, ma una delle figure si avvicinò comunque, mettendo le mani in mostra in segno di resa.

«Buongiorno Giudice» disse con voce calma mentre si scopriva il volto «Io mi chiamo Isaac, loro sono Andros, Firiel e Esma, non siamo qui per combattere o per farti del male, lo giuro…»

Claide esaminò attentamente il suo volto, non era vecchio, ma aveva di sicuro raggiunto la mezza età, sul suo viso non c'era espressione di menzogna, anzi, gli occhi erano benevoli e comprensivi… e lucidi.

«*Forse hanno accettato il contratto…*» pensò. Dopotutto non sarebbe stata la prima volta.

Claide abbassò l'arma e rispose con voce atona.

«Sapete perché sono qui, ditemi dove si trova il Dannato e andrà tutto bene»

«Oh non si agiti per piacere, qui nessuno vuole ostacolarla» disse «Credo che si riferisca a Falion giusto? Il nostro membro più anziano, prego mi segua»

Detto questo gli diede le spalle e si incamminò lungo la navata. Gli altri tre stregoni lo seguirono, ma mantennero comunque una certa distanza, troppo impauriti per avvicinarsi.

Dopo un attimo di titubanza Claide decise comunque di seguirlo, anche se fosse stata una trappola con l'arma che si ritrovava nulla poteva fermarlo.

In fondo alla navata, seduto su uno scranno di legno massello, stava seduto il vecchio della sua visione. Gli occhi erano persi nel vuoto, pensando a chissà cosa o pentendosi del passato, comunque sia non reagì neanche quando ormai Claide fu ad un passo da lui. Alzò piano la testa e lo fissò negli occhi.

«Come è stato il viaggio?» chiese con la sua voce velata di stanchezza.

«Ma che razza di domanda è?» pensò Claide confuso.

«Sai chi sono?» disse in tutta risposta.

«Oh certo, lo so bene direi, e tu sai chi sono io… so perché sei qui, ma perdona la mia insistenza, nulla ti vieta di fare un po' di conversazione prima di strappare l'anima dalle mie carni, quindi ripeto, come è stato il viaggio?» replicò Falion con un sorrisetto enigmatico.

Per Claide questa situazione stava iniziando a diventare bizzarra.

«Se non ti secca troppo» disse serrando la mascella «Gradirei finire al più presto quello che devo fare, non sono dell'umore adatto per iniziare una conversazione con un vecchio che sta per morire»

«Il tuo caratteraccio non è cambiato, ma forse è così che deve andare…»

A queste parole gli altri quattro stregoni chinarono il capo e serrarono i pugni, non condividevano l'idea del loro mentore ma non sembravano avere intenzione di interferire. Claide, d'altra parte, era stato colpito dalle parole che aveva pronunciato il vecchio, le aveva già sentite, ma non riusciva a ricordare dove.

«Bene allora» disse scacciando quel suo dubbio insistente, voleva andarsene da lì, ricevere Xaret e pretendere qualche giorno di tregua. Preparò lo spadone per un affondo e attese che il vecchio fosse pronto.

Quest'ultimo si alzò, spalancò piano le braccia e chiuse gli occhi.

«Quando arriverà il giorno, non indugiare Giudice...» Disse piano.

Claide non se ne curò, era stanco, stressato e non aveva assolutamente voglia di giocare al lavaggio del cervello con lui.

Affondò piano lo spadone nel cuore di Falion. Come previsto riuscì a trapassarlo senza alcuna difficoltà, ma questa volta evitò di imbrattare tutto il pavimento di sangue. Come a Greta, il corpo di Falion iniziò a incenerirsi quando ancora questi esalava il suo ultimo respiro, guardava Claide non con terrore, ma con disperazione, un sentimento così strano per un uomo che aveva accettato il suo destino lo colpì più del previsto.

Il corpo svanì del tutto ed i quattro stregoni che avevano assistito in silenzio si voltarono ed iniziarono a pregare chissà quale entità superiore. Claide rimase al suo posto, osservò ancora l'immagine vivida di quegli occhi che avevano gridato disperatamente qualcosa, una richiesta che non era di aiuto, ne di conforto, ma di un qualcosa che non riusciva a comprendere, come non riusciva a capire nulla di quella situazione, così anomala, così diversa dal solito. In quel momento Claide si accorse che le cose gli stavano sfuggendo di mano e non sapeva perché. Per la prima volta si sentiva perso, in balia delle decisioni di un destino alla deriva.

Capitolo 18
La caccia riprende

Per più di un giorno aveva galoppato a briglia sciolta, lanciando il castrone verso un piccolo villaggio senza dargli tregua, allertata da un avvenimento senza precedenti.

Quando Orth l'aveva contattata tramite un suo seguace alla locanda di Trevia, aveva capito subito che qualcosa non andava. Grazie al velo che le aveva evocato era riuscita a notare subito il profondo turbamento che trapelava non solo dalla sua espressione, ma anche dalla voce.

Quando poi aveva pronunciato quelle parole lei non aveva perso tempo, era montata subito a cavallo e si era diretta a Greta, senza fermarsi, senza dormire o mangiare, con quella frase che ancora le rintronava in mente: "E' stato ucciso un innocente".

All'alba del secondo giorno decise di fermarsi per qualche ora, il cavallo era stremato, ogni muscolo sembrava in preda a terribili convulsioni e non appena aveva frenato la sua corsa l'animale si era accasciato al suolo, godendo finalmente di quella tanto attesa pausa. Anche Iris era stremata, la corsa l'aveva provata molto, sentiva dolori in tutto il corpo e si accasciò vicino al cavallo.

«Mi dispiace, ma era necessario...» gli sussurrò all'orecchio mentre gli accarezzava la criniera.

Il cavallo sbuffò in tutta risposta e riprese a godersi i primi raggi solari.

Aveva deciso di fermarsi vicino a un piccolo laghetto, in modo da avere acqua per lei e per l'animale, ed era intenzionata a riprendere il viaggio non appena il sole avrebbe raggiunto il suo punto più alto.

Slegò la sella e la sistemò da una parte, poi prese la sua bisaccia da viaggio e tirò fuori una pelliccia pesante, sistemandola a terra in un punto all'ombra di qualche timido arbusto, poi si avvicinò al lago e riempì la sua borraccia di acqua fresca.

Dopo aver preso una lunga sorsata si sedette a gambe incrociate sulla pelliccia. La schiena e le natiche doloranti le impedivano di assumere una posizione abbastanza comoda, ma si concentrò comunque e riuscì ad entrare in meditazione.

Mentre ogni muscolo si riposava e smetteva di pulsare, ripensò alle parole di Orth.

"«Iris devi dirigerti immediatamente al secondo feudo, nella cittadina di Greta! È successo qualcosa di terribile!»

«Lui è stato avvistato?»

«Si, ma non è lui il motivo di tanta urgenza...»

«Cosa può esserci di più importante?»

«E' stato ucciso un innocente...»

«Cosa?!»

«E' la prima volta nella storia di Claide, non ha mai assassinato nessuno oltre ai suoi obbiettivi, ma soprattutto non ha mai ucciso in pubblico! Questa volta ad assistere all'omicidio c'erano più di venti persone e la vittima è l'ex generale Garan, non uno sconosciuto qualunque. Ne hai mai sentito parlare?»

«Sì, conosco la sua fama... ma perché proprio lui?»

«Non ne siamo sicuri, abbiamo solo sentito delle voci a riguardo. Sembra che durante un duello Claide abbia letteralmente trucidato Garan. Questo complica le cose, le morti in duello non sono perseguibili penalmente ma la gente di Greta chiede comunque vendetta... Quando arriverai lì, molto probabilmente non ti faranno entrare, o ti guarderanno con sospetto, presentati come membro dell'Ordine ed esibisci il tuo stemma dei Cacciatori... Dovresti riuscire a calmare un po' gli animi e a ottenere qualche informazione utile...»

«Sarà fatto...»

«Va' Iris, ti prego corri come il vento, tutto il Circolo qui è molto preoccupato, abbiamo paura che sia troppo tardi... tu sei la nostra unica speranza...»"

Quando riaprì gli occhi venne accecata dalla luce del sole che ormai aveva quasi raggiunto lo zenit. Si stiracchiò prima le braccia, il collo e la schiena ancora un po' doloenti, poi distese piano le gambe, sciogliendo i muscoli delle cosce ed i polpacci. Si allungò qualche secondo sino a toccarsi le punte dei piedi, prima a gambe unite e in seguito divaricate, per poi alzarsi completamente.

Quasi ogni minimo dolore di quella mattina era sparito completamente ma, nonostante i pensieri e i riflessi fossero lucidi, iniziava ad avvertire il bisogno di una bella dormita, la meditazione non può sostituire del tutto il sonno.

Si tolse il mantello e la giubba di pelle, strinse la treccia che si era allentata durante la corsa sfrenata e si diresse verso il lago. Trovò il cavallo in piedi su una riva, mentre beveva avidamente. Sorrise, contenta di vederlo ancora in piedi nonostante l'enorme sforzo, poi si inginocchiò e immerse completamente la testa nell'acqua. Avvertì subito l'azione del freddo che pian piano le intorpidiva il viso, iniziando da un leggero formicolio sugli zigomi e sulla punta del naso, per poi espandersi sulle guance, sulla fronte e sulle orecchie, fino a fargli perdere completamente la sensibilità. A quel punto tirò su la testa e lasciò che le gocce d'acqua le colassero lungo la schiena e il petto, bagnandole la maglia di lino e provocandole leggeri brividi di freddo.

Il sonno era passato completamente, si sentiva sveglia e piena di forze. Una volta indossati di nuovo corpetto e mantello, prese dalla bisaccia una mela un po' avvizzita e la divise in due, dandone una metà al cavallo e tenendo per sé l'altra.

«So che non è molto, ma resisti sino a stasera, va bene?» disse Iris. Il cavallo sbuffò di nuovo e finì presto quella misera colazione.

Lei divorò in pochi morsi la sua parte e sistemò di nuovo la pelliccia dentro la bisaccia, per poi legarla alla sella pronta da issare alla cavalcatura. Con un movimento fluido si mise in groppa al cavallo e riprese il viaggio, questa volta senza spingere troppo l'animale, non voleva rischiare ancora di ucciderlo.

Era stata fortunata, la città di Trevia era uno dei pochi insediamenti eretti a poca distanza da tutti i confini del regno, rendendola facile da raggiungere da qualsiasi direzione.

Odiava aspettare, essere in missione e non fare nulla, ma senza indizi o prove non poteva fare altro. Durante i suoi giorni di inattività aveva letto molto, si era documentata il più possibile sui Giudici di Sangue e sulle forze che governano i quattro mondi, tutte informazioni generosamente donate da Orth per facilitarle il compito. Ciò che l'aveva colpita durante il suo studio era stato l'apprendere che esistevano almeno tre dozzine di tomi sui Giudici e solo una decina parlavano dei predecessori di Claide.

Quel mostro era stato ovunque, guerre, battaglie, omicidi, scaramucce, ogni evento che aveva causato uno spargimento di sangue portava la sua firma. Non esisteva un solo luogo che lui non avesse visitato senza lasciare una scia di sangue. Più di cinque battaglie erano state risolte proprio perché lui aveva ucciso uno dei comandanti e tante altre erano state compromesse a causa sua. Una delle grandi guerre civili di Tanaria aveva visto uno sbilanciamento delle parti perché lui aveva fatto piazza pulita di mezzo esercito che si era messo in difesa del proprio generale. Non aveva ucciso solo soldati, anche stregoni, negromanti, sacerdoti, pirati, banditi, bestie come streghe, megere e, addirittura, qualche Lich, gli esseri più ripugnanti e potenti al mondo.

Ovviamente la lista di morte non si fermava ai criminali, aveva ucciso anche cittadini normali, mercanti, nobili, contadini, artigiani, in rari casi anche donne. Iris sapeva bene che tutte quelle persone avevano venduto la propria anima per vendetta o per benessere personale, che ormai erano irrecuperabili e quello poteva essere il loro unico destino, non esiste la redenzione quando stringi un patto con i demoni, ma non riusciva comunque a mandare giù il fatto che tutta questa gente fosse morta senza che l'Ordine fosse mai intervenuto. Orth le aveva spiegato che da sempre l'Ordine sapeva cosa facevano i Giudici, e li lasciavano libertà di manovra solo perché se non ci avessero pensato loro allora ci avrebbero pensato i cavalieri, ma lei comunque era sicurissima che ai familiari di quelle migliaia di persone questa scusa non bastasse.

Nonostante la serie di omicidi, il vero Claide rimaneva comunque un mistero. Per più di trecento anni aveva servito il male in persona, eppure era riuscita a trovare una miriade di buchi e falle nella sua documentazione che le impedivano di affermare con certezza che questo Giudice fosse definitivamente malvagio. Aveva troppe domande per la testa, si chiedeva perché non sfruttava mai il suo vero potere? Perché non uccideva mai innocenti? Perché perdeva almeno due giorni di tempo a studiare la vittima se poteva ucciderla con uno schiocco di dita? Dove andava nel tempo che trascorreva tra un contratto e l'altro? Perché, se non usa il suo potere, ha accettato di diventare un Giudice?

Avrebbe voluto rispondere a tutte queste domande con "perché è un pazzo, un sadico, uno sbruffone, un omicida, un criminale, un mostro senz'anima o sentimenti", ma sapeva bene che non erano le risposte giuste. Qualunque fosse il motivo di tutti questi suoi strani comportamenti, lo avrebbe scoperto solo quando avrebbe dato un'occhiata sotto a quel cappuccio che, a quanto dicevano le sue descrizioni, era sempre calato.

Arrivò a Greta al tramonto, giusto in tempo visto che le guardie stavano già chiudendo i cancelli. Il cavallo ansimava, nel tardo pomeriggio aveva rallentato di molto la sua andatura, quasi non reggeva più neanche il suo peso. Iris era a pezzi, erano quasi due giorni che non dormiva e in pancia aveva solo la mezza mela e qualche bacca trovata durante il viaggio.

«Prima di indagare e fare domande mi ci vuole un pasto caldo, il sonno può ancora aspettare» pensò.

Arrivata sulla soglia dei cancelli smontò da cavallo e si diresse verso una delle guardie. Questa mise subito la mano sulla spada e sollevò il braccio sinistro

«Alt! Identificatevi!» disse con sguardo serio.

Iris frugò in una piccola sacca che portava sempre appesa alla cintura, tirando fuori una moneta di bronzo con sopra il simbolo dell'Ordine, un corvo appollaiato su un cerchio fatto di vimini intrecciati.

«Sono una Cacciatrice, sono qui per cercare alloggio e indagare sull'omicidio del generale Garan»

La guardia osservò bene lo stemma e annuì deciso.

«Era ora che qualcuno si scomodasse! Prego entrate, vi consiglio di andare alla locanda La Mela Verde, non è la più vicina, ma quella nelle immediate vicinanze è chiusa per lutto cittadino»

«Vi ringrazio, il mio cavallo dove può riposare?»

«Prego, lo dia pure a me, starà nelle stalle della caserma, non c'è luogo più sicuro»

«Questi sono per il disturbo» disse Iris porgendo qualche moneta d'argento alla guardia «si assicuri che venga trattato bene, ha bisogno di mangiare, di bere e di riposare…»

La guardia annuì e prese le briglie dell'animale, conducendolo oltre i cancelli per poi sparire in una delle stradine laterali. Iris si diresse verso la piazza principale e seguì alcune indicazioni verso la locanda che gli era stata consigliata. Trovarla non era stato difficile, l'edificio era imponente, interamente in legno e con tre piani di stanze, molte delle quali già illuminate dal lume di candela.

Quando entrò tutti i clienti, nessuno escluso, si voltarono per osservarla, con espressioni torve e sospettose. Aveva già sentito il vociare vivace fuori dalla porta, ma non appena aveva messo il piede oltre la soglia ogni singola persona si era ammutolita subito.

«Qui sono ancora tutti molto nervosi... meglio non dare troppo nell'occhio» pensò.

Si avvicinò al bancone senza degnare di uno sguardo i presenti che seguivano attenti la sua camminata. L'oste la stava aspettando, nascondeva le mani dietro il bancone, probabilmente stava impugnando un banale pugnale di ferro, pronto ad agitarlo contro la straniera che si era appena presentata alla sua porta. Iris fu molto cauta, cercò di rimanere tranquilla gli si avvicinò.

«Buonasera, vorrei sapere se ci sono stanze libere, e in tal caso mi piacerebbe avere un pasto caldo e una tinozza d'acqua riscaldata» disse scandendo piano le parole. L'oste la guardò torvo.

«Chi siete? Da dove venite?» chiese nervosamente.

«Ecco...» rispose Iris mostrando lo stemma «Sono una Cacciatrice dell'Ordine, vengo dal Triam e sono qui per indagare sull'omicidio del generale Garan»

«Perché non hanno mandato un Cavaliere?» sbottò uno dei clienti seduto vicino al focolare «lo sanno tutti che i Cacciatori si occupano dei lavori meno importanti!»

Iris sfilò dal suo corpetto un pugnale da lancio, si voltò di scatto e lo scagliò tra le gambe di quel tizio. Il coltello si conficcò sulla sedia a pochi centimetri dai suoi genitali, vibrando minacciosamente.

«Le rammento, buon uomo, che sta parlando ad una autorità reale! Quello che ha appena detto potrei considerarlo come oltraggio e farla rinchiudere in cella per qualche giorno, e nessuno di noi vuole questo, giusto?» disse Iris stizzita.

L'uomo impallidì, insieme al resto dei presenti.

«Ascoltatemi tutti, sono qui per fare giustizia, mi hanno mandato per catturare l'assassino e portarlo ai piedi del re in persona! So che il mio Ordine non è ben visto, ma credo che sappiate bene che colui che sto cercando non è del tutto umano e i Cacciatori sono specializzati nello scovare le bestie... se collaborate tutti presto potrete andare alla capitale Gunea per guardare con i vostri occhi quel mostro appeso a una trave con una corda intorno al collo… non è forse questo quello che volete?»

Molti dei presenti annuirono, gli altri erano troppo impauriti per fare qualsiasi tipo di movimento

«Bene, cerchiamo quindi di collaborare tutti, in questo modo sarete stati anche voi a catturare quell'assassino, vendicando la morte del vostro eroe…»

«Mi sembra la cosa migliore da fare…» intervenne l'oste che ormai aveva tolto le mani da sotto al bancone «Avete capito tutti no? Basta ora con quegli sguardi, tornate ai vostri affari! Cacciatrice… mi stava dicendo che le serviva una stanza»

«Si, ma per prima cosa un pasto caldo…»

«La carne sta iniziando a scarseggiare, delle carovane di rifornimenti sono state attaccate, abbiamo solo stufato di cavolo e cipolla, patate rosse bollite e un po' di formaggio di capra»

«Andrà bene, nella mia stanza si può avere una tinozza d'acqua calda? Stia tranquillo, posso pagarle tutto»

«Certo, gliene farò preparare una immediatamente, ecco…» disse l'oste porgendole una chiave in ferro battuto «Si trova all'ultimo piano, sarà quella tutta in fondo sulla destra… le faccio portare la sua cena, e quando avrà finito nella sua stanza troverà già la tinozza pronta»

«La ringrazio»

Finito le ordinazioni, Iris andò a sedersi ad un tavolo, non troppo distante dal resto della clientela ma non così vicino da incoraggiare qualche cittadino a farle delle domande, ora voleva solo riposare, il lavoro poteva aspettare.

Dopo una decina di minuti arrivò la sua cena, servita su un enorme vassoio fumante. Divorò tutto molto rapidamente, durante il viaggio non si era accorta di quanta fame avesse, lasciando nel piatto solo le croste del formaggio.

Bevve avidamente dalla brocca d'acqua che le avevano portato e si diresse verso le scale.

La stanza che le avevano dato era davvero accogliente, il letto era imbottito con della lana lavorata, le coperte erano forse un po' ruvide ma molto calde, vicino alla finestra si trovava una piccola cassettiera con uno specchio, un vaso di fiori di campo e due o tre candele accese. Al centro della stanza era stata portata una tinozza placcata in bronzo, piena d'acqua calda e fumante.

Iris chiusa a chiave la porta e tirò fuori da una piccola bisaccia qualche fiore secco di lavanda e un olio vegetale che preparava lei stessa. Versò i fiori nell'acqua calda insieme all'olio e iniziò a spogliarsi, lasciandosi scivolare il mantello di dosso, slacciandosi la giubba e i bracciali in pelle. Si tolse gli stivali, la maglia di lino e i pantaloni, poi si immerse completamente nella tinozza, godendo del tepore dell'acqua. Una volta che si fu rilassata, si slegò la treccia e si immerse completamente, osservando i capelli che pian piano iniziarono ad ondeggiarle attorno al volto.

Rimase in ammollo sino a quando l'acqua non iniziò a freddarsi, poi usò una delle lenzuola per asciugarsi, si rivestì e si distese nel letto sotto le coperte più grosse. Aveva i capelli ancora umidi, ma non se ne curò poi molto, il letto si stava riscaldando e lei era abituata a campeggi e brande da caserma, quella stanza le sembrava una reggia e un cuscino bagnato era l'ultimo dei suoi problemi. Si assopì quasi subito, stremata dal viaggio che aveva affrontato e sognò strane bestie, labirinti e demoni.

La mattina seguente si alzò presto, si rivestì in maniera ordinata e sistemò nuovamente la treccia. Prese il mantello e uscì dalla stanza. Nella sala principale non c'era quasi nessuno, chiese all'oste qualche pezzo di pane per la colazione e pagò la stanza e il bagno caldo. Ringraziò per la cortesia e uscì dalla locanda. Sapeva che Garan aveva delle guardie del corpo che probabilmente avevano assistito allo scontro, quindi si diresse verso la sua magione. Si trovava a nord della cittadina, era un palazzo anche più grande del borgomastro, quasi un piccolo castello con un giardino che sembrava una radura.

Le guardie all'ingresso la fermarono come da manuale ma una volta spiegato chi fosse e perché si trovasse li la lasciarono passare, anzi quasi la spinsero dentro. A quanto pareva la famiglia del generale voleva assolutamente delle risposte.

Ad accoglierla fu il capitano del corpo di guardia, un tizio alto e nerboruto di nome Leo Halfingaar che era stato con il generale nei suoi ultimi giorni di vita ed aveva visto tutto. La fece entrare in una delle stanze del piccolo castello e si accomodarono su panche di legno finemente lavorate e foderate con cuscini di seta azzurra. La stanza era riscaldata da un'enorme camino incassato nella parete, ogni tanto qualche inserviente si insinuava silenziosamente nella sala per attizzare i carboni ardenti.

«Bene» disse Leo congiungendo le mani, la sua armatura a piastre strideva ad ogni piccolo movimento «finalmente il re si degna di prestarci attenzione…»

«Il re veramente non c'entra, io sto servendo l'Ordine… per le leggi reali le morti in duello non sono punibili penalmente… Tuttavia, per l'Ordine, l'assassino di Garan non dovrebbe passeggiare tra noi…» Rispose Iris.

«Dannazione, quello non era un duello leale!» sbottò Leo «io ho visto tutto!»

«Raccontatemi cosa è successo, nei minimi particolari…»

«Tutto è avvenuto qualche giorno fa, stavo accompagnando il generale giù per le strade di Greta, di tanto in tanto voleva partecipare alla vita dei cittadini, diceva che serviva per tenere il morale della gente alto… arrivati nei pressi della piazza grande, quella dove teniamo il mercato, sentiamo un gran baccano e accorriamo subito. Fu allora che lo vidi per la prima volta. Un vagabondo vestito quasi completamente di nero, col cappuccio calato e una strana arma che fuoriusciva da dietro la schiena. Stava difendendo un orfano dalle guardie, che a quanto pare lo volevano arrestare per il furto di una mela... Non mi guardate cosi!» si interruppe notando l'espressione di scherno di Iris «La legge deve essere uguale per tutti! Io stavo per intervenire, ma Garan mi ha fermato e ha preso la parola... Ha iniziato a calmare la folla, era bravo in queste cose, sapeva come prendere i cittadini, per poi rivolgersi allo straniero. Lui diceva che non era giusto che un bambino venisse arrestato perché aveva fame, ma Garan ha cercato di farlo ragionare... cercò si spiegargli che la legge non si infrange, indipendentemente dall'età, se ai bambini è concesso di rubare allora basterebbe mandare i nostri figli al mercato, visto che tutti abbiamo fame... Lo straniero non ascoltò una parola, lo accusò di essere un uomo vile e senza cuore, il generale per difendere il suo onore lo ha sfidato a duello e fu allora che notai... qualcosa...»

«Cosa intendete dire?»

«Non ne sono sicuro, aveva sempre il cappuccio calato e non lo si vedeva bene in volto... ma credo di aver visto... come due bagliori rossi... come se gli occhi di quel... mostro... si fossero illuminati per un brevissimo istante... ma è stato solo per un momento, non ne sono affatto sicuro...»

«Continui con il suo racconto...» disse Iris sempre più attenta, ormai non aveva dubbi, quella era l'arma preferita di Claide, il Bagliore.

«Il duello era stato programmato per l'alba del giorno dopo... quella mattina il generale non era per niente preoccupato, forse non aveva notato quello che avevo visto io, o forse si ma lui aveva visto così tante cose strane nella sua carriera che non se n'era curato troppo. Uscimmo con un po' di ritardo forse, ma la moglie lo aveva trattenuto per qualche momento, intimandogli di fare attenzione... Povera Elaine, non può nemmeno immaginare il suo dolore una volta ricevuta la notizia» Leo fece una piccola pausa «Quando arrivammo alla piazza lo trovammo li, in piedi, perfettamente al centro, nello stesso stato in cui lo avevamo trovato il giorno prima, ci sembrò che non avesse neanche dormito. Garan gli intimò di togliersi il cappuccio, durante un duello devi guardare dritto negli occhi il tuo avversario... Io, se solo avessi saputo cosa avrei trovato li sotto, non gliel'avrei mai chiesto... Il viso era quello di un ragazzo, giovane e fresco, poteva avere massimo vent'anni... ma la voce... e quegli occhi... erano da brividi... il suono della sua voce era troppo profondo per un ragazzo di quell'età, le giuro che pensavo avesse almeno quarant'anni! E gli occhi, non erano rossi come me li ero immaginati... aveva gli occhi verdi ma... erano strani... erano penetranti e antichi... sembrava avesse vissuto centinaia d'anni... Può credermi pazzo se vuole, ma quell'uomo sembrava l'unione tra il corpo di un ragazzo e l'anima di un vecchio... Sembrava addirittura più vecchio e esperto del generale, con quello sguardo così pesante, vissuto... Il generale derise il suo aspetto da ragazzino, ma io lo conoscevo... era turbato quanto tutti gli altri... si avvicinò a lui e si mise in guardia... Lui in tutta risposta estrasse da dietro la schiena questo orrore d'arma che non saprei nemmeno come descrivere. Garan naturalmente attaccò, nulla lo obbligava ad aspettare i suoi comodi, e poi tutto successe così in fretta che solo pochi di noi riuscirono a vedere realmente cosa fosse accaduto... Garan attaccò con una finta laterale, ma lui fu velocissimo... troppo veloce. In meno di un secondo roteò quell'arma, quell'abominio uscito da chissà quale antro oscuro e... tranciò di netto il generale... facendolo a pezzi...» Leo chinò il capo e strinse i pugni

«Aspetta» disse Iris «Hai detto che l'arma era... un abominio?»

«Già» disse Leo, sorpreso che fosse interessata all'arma «Era uno spadone a due mani, a giudicare dalla lunghezza, ma non aveva guardia, era come un enorme falcione, fatto interamente d'ossa...»

«Mm-mmh.... Continui il racconto...»

«Inizialmente tutto sembrava essersi fermato, nessuno di noi capiva bene se quello che vedevamo era successo davvero... poi il cadavere mutilato del generale iniziò a cambiare... Diventando come cenere, per poi venire letteralmente assorbito da quell'arma malefica... le giuro che non sto esagerando!»

Iris era sbigottita, nella documentazione di Claide non era mai stato descritto un avvenimento del genere.

«E' incredibile... dopo cosa è successo?»

«Dopo noi abbiamo provato a fermarlo, lo avevamo quasi circondato, ma con una rapidità disumana ha scaraventato via due dei miei uomini ed è corso verso l'uscita. Abbiamo provato a stargli dietro ma era troppo, troppo veloce! Ha superato i cancelli con un balzo ed è corso a sud, verso la foresta... Noi lo abbiamo inseguito a cavallo, ma lui è riuscito comunque a sfuggire dal nostro raggio visivo. Ci siamo fermati al limitare della foresta, poi abbiamo deciso di rientrare, per ripristinare l'ordine... Le posso fare una domanda, Cacciatrice?»

«Certo»

«Lui... quel vagabondo... non era umano vero? Era come una di quelle bestie che narrano i racconti dell'orrore... Ne ho sentite di storie nel corso della mia vita ed ho assistito ad un sacco di fatti strani... nessuno uccide cosi, tantomeno corre tre volte più veloce di un cavallo... neanche uno spettro...»

«Non posso dirvi nulla a riguardo» disse Iris cercando di apparire mortificata «Dovete capire, se si trattasse davvero di quello che intendete voi, l'intera popolazione andrebbe nel panico totale e nessuno vuole questo...»

Leo annuì.

«Vi posso solo dire...» proseguì Iris «Che siete stati fortunati ad essere ancora in vita... e che probabilmente voi avete ragione, riguardo ai vostri sospetti... ma la prego di non dire niente a nessuno...»

«Immaginavo... stia tranquilla, capisco benissimo la

situazione»

«La ringrazio... Ora devo andare, se stava correndo davvero così veloce non si sarà occupato di nascondere le tracce, se ho fortuna forse riuscirò a trovare una pista... Grazie per l'aiuto capitano Halfingaar, l'Ordine e sua maestà Duscan in persona le sono estremamente grati»

Leo si alzò e portò il pugno al petto.

«Dovere Cacciatrice... venga, la accompagno»

Leo scortò Iris fuori dalla magione, congedandosi rapidamente e tornando ai suoi doveri. Iris si diresse verso le caserme, pagò lo stalliere e riprese il suo cavallo che era di nuovo fresco e riposato. Adorava quell'animale, era forte, robusto, resistente, un vero combattente.

Uscì al galoppo dalla città e si fiondò verso sud. In testa aveva decine di domande. La descrizione di Claide era esatta, vestito quasi completamente di nero, cappuccio perennemente calato, bagliore rosso dagli occhi, sguardo penetrante, voce profonda, molto più vecchia per uno della sua età, ma la sua arma era una spada, non uno spadone, ed era fatta di un materiale simile all'argento, non d'ossa. Un'altra cosa che le dava filo da torcere era il cadavere che si trasformava in cenere. Claide non lo aveva mai fatto, lasciava sempre il cadavere dove lo aveva ucciso e si limitava a prendere la sua anima. Raramente lo seppelliva e mai ne aveva addirittura assorbito uno prima d'ora. Doveva mandare subito un messaggio a Orth, spiegandogli i suoi dubbi e riferendogli ogni minimo particolare di quel racconto, prima però voleva accorciare le distanze col Giudice, ora che aveva una traccia non voleva perderla.

Capitolo 19
Corsa contro il tempo

Anni e anni di caccia le avevano dato una buona abilità nel seguire le tracce e Claide ne aveva lasciato più del necessario. La sua corsa doveva essere stata davvero forsennata, rami spezzati, piccoli arbusti, terra smossa, persino solchi profondi un palmo tanto era stata la forza impressa nelle falcate. A Iris era parso di inseguire un cavallo imbizzarrito, non un essere umano.

Le tracce la condussero nei pressi di una vecchia chiesa fatiscente ma dalla bellezza mozzafiato. Il verde si era completamente impossessato di lei, dando l'impressione che fosse spuntata dal suolo e non edificata dall'uomo, ma non aveva tempo per ammirarla, Claide aveva un vantaggio di almeno quattro giorni su di lei e, considerando il fatto che non si sarebbe fermato per nutrirsi o riposare, presto sarebbero diventati sei.

Si avvicinò con passo felpato al vecchio portone di legno e spinse piano: l'interno era completamente in penombra, alcuni bracieri erano stati spenti da poco, tranne quelli in fondo alla navata, che proiettavano alcune ombre tremolanti su un tabernacolo raffigurante una qualche sorta di divinità dimentica, insieme a decine di candele e ceri posti tutti attorno ad un vecchio scranno. Iris sguainò piano il pugnale, non era sola. Vicino a quella massa di cera colante stavano chine tre figure in tuniche grigio topo vecchie e logore, talmente immobili e immerse nelle loro preghiere che sino ad un attimo prima Iris le aveva scambiate per dei cumuli di stracci.

«Quello puoi metterlo via» disse una voce femminile dal tono candido e gentile alla sua destra.

Iris sobbalzò per lo spavento e si mise in guardia, piegando lievemente le ginocchia pronta a scattare. Di fronte a lei si trovava una donna dal corpo e dalla testa avvolti negli stessi stracci usurati che portavano gli altri tre.

«Chi sei?» sibilò Iris sospettosa senza abbassare il pugnale.

«Mi chiamo Esma, sono una degli Adoratori… Non so se hai mai sentito parlare di noi, comunque sia ti assicuro che non abbiamo intenzione di farti del male» rispose lei con voce calma e rilassata.

Iris cercò nei suoi ricordi, si, aveva già sentito parlare di loro.

«Voi siete… gli stregoni dei Meniir giusto?»

«Si, ma noi preferiamo chiamarci Adoratori… gli stregoni piegano e sfruttano la natura per soddisfare i propri bisogni, noi adoriamo un singolo elemento, e soddisfiamo solo il suo volere, mai il nostro...»

Iris abbassò l'arma e rifletté intensamente. Finalmente i ricordi sembravano tornare a galla, quelle persone adorano i Meniir e praticando un tipo di magia che in qualche libro ricorda di aver letto come passiva. Usare la magia, se non per volere dei Meniir stessi, era peggio dell'omicidio per loro.

«Se Claide è stato qui… com'è possibile che gente come questa abbia stretto un patto con i demoni? A meno che…»

«So a cosa stai pensando…» la voce di Esma interruppe il filo dei suoi pensieri «ma questo non è il luogo adatto per parlarne… tu sei la Cacciatrice vero?»

Iris spalancò gli occhi.

«Si… ma tu come fai a saperlo?»

«Ti spiegherò tutto, ma ti prego di non alzare la voce e di seguirmi senza aprire bocca, non voglio che i miei confratelli sospettino qualcosa»

Iris annuì e la seguì verso una stanza alla sinistra della navata. La porticina in legno vecchio e marcio era talmente stretta e bassa che dovette accovacciarsi e tenersi ben stretta pugnale e daga per riuscire ad entrare. Non appena furono dentro Esma chiuse la porta e si avvicinò al focolare acceso, le fiamme ardevano pigre illuminando a malapena gli angoli di quella piccola sacrestia usata a mo' di studio.

«Stai cercando il Giudice, non è così?»

«Si... gli sto dando la caccia, è stato qui non è vero?»

«Si... Qualche giorno fa è arrivato, abbiamo avvertito la sua presenza oscura e pressante da tese di distanza, ogni cosa in lui era contro natura... io e i miei confratelli eravamo pronti a riceverlo»

«Cosa voleva da voi?»

«Quello per cui è stato maledetto, voleva l'anima del nostro maestro, Falion...»

«Ma, non capisco...» disse Iris corrugando le sopracciglia «Voi servite i Meniir, il vostro maestro come avrebbe potuto praticare una magia così opposta alla vostra? Non vorrai dirmi che...»

«Già...» Proseguì Esma con tono grave «Il Giudice ha sottratto un anima che non era marchiata dalle grinfie dei demoni... Falion era innocente»

Iris sgranò gli occhi.

«E' impossibile...» disse.

«Oh, è possibile eccome, conoscevo Falion da quando avevo dieci anni, per trent'anni ho lavorato al suo fianco, so con assoluta certezza che non ha mai praticato una magia simile... e poi noi siamo diversi dagli altri stregoni, quando qualcuno pratica la magia nera, fa qualcosa che va contro la natura, e noi avvertiamo tutto ciò che può minacciare l'equilibrio dei Meniir... se davvero avesse praticato un rito simile, noi tutti ce ne saremmo accorti...»

«Un altro innocente...» disse Iris pensando ad alta voce, Esma la guardò senza capire.

«Un altro?» chiese.

«Vengo dal villaggio di Greta, anche li il Giudice ha preso l'anima di un uomo che non aveva mai stretto un patto con i demoni... Lavoro per conto dell'Ordine, quando qualcuno evoca un demone loro riescono sempre a scoprirlo... e l'uomo che ha ucciso non era nella lista...»

Esma fece una piccola pausa, con lo sguardo perso nel

vuoto.

«Mesi fa, Falion aveva avuto una visione, sapeva che un giorno il Giudice sarebbe venuto a prenderlo... ci ha ordinato di non fare nulla, perché nella sua visione era così che doveva andare, quello che aveva visto era il corso naturale degli eventi e tutto si sarebbe risolto... Capisci bene che noi abbiamo giurato di non fare o rivelare mai nulla che potesse mettere a rischio il corso degli eventi, e forse con questa discussione io stessa lo sto alterando, ma Falion qualche settimana fa mi ha chiamata in disparte e mi ha detto che, quando sarebbe arrivato il momento giusto, io dovevo ricordarmi tre parole... Andil, Shermisan, e Orth...»

Per poco la mascella di Iris non rotolò ai suoi stessi piedi.

«Hai detto... Orth?»

«Si... sai cosa significa?»

«E' il nome di chi mi ha mandato alla ricerca del Giudice... forse lui sa cosa sta accadendo... devo contattarlo subito...»

Esma rise sommessamente. Iris la guardò in faccia e si accorse delle lacrime che stavano solcando piano il suo volto, brillando di riflessi dorati alla luce del fuoco.

«Falion... anche da morto continui a darmi lezioni...» si asciugò le lacrime e ricambiò lo sguardo di Iris «Posso aprire un velo se vuoi, non è una magia che va contro natura, diciamo che è nei limiti di cosa ci è concesso fare» fece un'altra risata «se gli altri mi vedessero ora mi caccerebbero via... ma Falion ha visto anche me nella sua visione, si fidava di me e ora io mi devo fidare di lui...»

Detto questo prese da una cassapanca un vassoio d'argento tirato a lucido, grande abbastanza per riflettere solo il viso di una persona. Pronunciò una breve formula e si fece da parte per fare spazio a Iris.

«Fai in fretta, non posso tenerlo aperto a lungo»

Iris annuì e prese il vassoio dalle sue mani. La superficie argentea non rifletteva più il suo volto, o i bagliori del fuoco, bensì una massa scura e in continuo movimento, simile all'ombra di una bestia marina pronta a fare capolino da quella fine piastra di metallo. Dopo qualche secondo la massa scura iniziò a diradarsi, formando il profilo di un viso umano. Man mano che l'incantesimo faceva effetto, il volto di Orth iniziava sempre più a delinearsi, sino a comparire come se fosse proprio di fronte a lei. Quel giorno sembrava più vecchio di altri cent'anni, la barba era in disordine, gli occhi erano gonfi e cerchiati di nero, aveva l'aria distrutta.

«Orth, sono io! Cosa è successo?» chiese preoccupata.

«Salve mia cara… non ti preoccupare, ho passato gli ultimi giorni rinchiuso in biblioteca, sepolto da libri e antichi tomi… l'aspetto che ho serve solo a ricordarci che non sono più giovane e aitante» rispose facendole l'occhiolino come suo solito «Ma dimmi, come hai fatto a usare il velo? Hai scoperto qualcosa?»

«Sono ospite degli Adoratori nel Lothis, una di loro ha aperto il velo per me, c'è qualcosa che devi sapere assolutamente…»

Orth si fece subito serio, notando l'espressione preoccupata di Iris.

«Ti ascolto…»

«Sono stata a Greta… Garan ha sfidato a duello Claide dopo una discussione, e Claide lo ha ucciso… sembra che abbia cambiato… metodo…»

«Cosa intendi dire?»

«Non usa più una spada, ha usato uno spadone, ma non saprei come descriverlo…»

«Io sì» li interruppe Esma «Non era un'arma appartenente a questo mondo, in effetti quell'arma non potrebbe nemmeno entrare nel nostro mondo… Sembrava fatta interamente d'ossa ed emanava una potente aura malefica…»

«Hai sentito?» chiese Iris rivolta a Orth.

«Sì… credo di aver già letto di questi oggetti… ma sono sicuro che questa non sia la parte sconvolgente, dico bene?»

«Già… Una volta che Claide ha trucidato Garan con un sol

colpo, il cadavere è stato assorbito dall'arma, niente fiala, niente magia... solo cenere...»

Orth sgranò gli occhi.

«No... questo non è possibile...»

«Ti ricorda qualcosa?»

«Purtroppo si, ma ho bisogno di saperne di più prima di avanzare delle ipotesi... c'è dell'altro?»

«Si... Claide ha ucciso un altro innocente...»

L'espressione di Orth cambiò da sbalordita a confusa e poi tremendamente turbata.

«Chi?»

«Il maestro di questi Adoratori, si chiamava Falion... I suoi discepoli non hanno fatto nulla per fermarlo sotto ordine di Falion stesso... diceva che tutto questo doveva accadere... e poi ha rivelato a Esma, la discepola che mi sta aiutando, tre parole... una di queste è il tuo nome...»

«Fammela vedere...»

Iris lasciò il posto a Esma.

«E' un piacere fare la vostra conoscenza mia signora...» disse Orth, cordiale come sempre «La notizia della vostra perdita mi addolora tremendamente... ditemi cosa vi ha detto il vostro maestro, ve ne prego...»

Esma fece un respiro.

«Prima che iniziasse a dirci di non fare assolutamente nulla se qualcuno si fosse presentato per ucciderlo, mi disse che al momento giusto avrei dovuto rivelare tre parole... credo che questo sia quel momento...» fece un'altra pausa e si schiarì la gola «Mi disse Andil, Shermisan, Orth... Orth è il suo nome, quindi chi sono gli altri due?»

Il terrore invase gli occhi di Orth, che prima di parlare si inumidì le labbra.

«Non c'è tempo da perdere...» disse con un filo di voce. «Iris, Claide quanti giorni ha di vantaggio?»

«Quattro o cinque... Che sta succedendo?»

«Non c'è più tempo, devi tornare immediatamente nel

Feïm! Devi volare Iris! Vai dal sacerdote dell'Ordine alla città di Trean, digli che ti mando io e chiedi di portarti immediatamente da Andil! Io devo fare una ricerca ora. Se ricordo bene, e credimi spero di sbagliarmi, noi, Tanaria, tutto il mondo è in grave pericolo! Ora vai!» Disse urlando le ultime parole, poi chiuse il collegamento e Esma si appoggiò a un tavolo col fiato corto. Iris guardava ancora la superficie del vassoio che era appena tornata alla sua normale lucentezza, paralizzata e col cuore a mille. Non aveva mai visto Orth così preoccupato, nemmeno quando le aveva raccontato del rischio che rappresentava Claide per il loro mondo. Ora, a quanto pareva, quel rischio era diventato un pericolo certo, e lei doveva assolutamente fare come aveva detto Orth: doveva correre il più in fretta possibile verso Trean.

«Non ho tempo da perdere» disse Iris «Grazie per l'aiuto Esma, davvero…»

«Non preoccuparti… a quanto pare è così che doveva andare…» disse Esma con un sorriso triste «Aspetta…»

Uscì dalla stanza e tornò poco dopo con in mano mezza forma di formaggio, pane nero, un po' di carne secca ed un piccolo otre di quella che doveva essere acqua.

«Sei in viaggio da giorni e ora devi fare la stessa strada a ritroso, non so cosa stia succedendo e non posso nemmeno immaginare cosa potresti trovare alla fine del tuo cammino, ma credo che almeno dovresti arrivarci nutrita ed in forze… spero basti, non abbiamo molto» disse mentre le passava ogni cosa.

«Grazie ancora, non so cosa avrei fatto senza di te… Ora devo andare, grazie di tutto Esma, sono sicuro che Falion sarebbe fiero di te…»

Esma le sorrise e uscì di nuovo dalla stanza, questa volta per tornare ai suoi alloggi. Iris lasciò la chiesa praticamente di corsa, caricò le nuove provviste nella sua bisaccia da viaggio, montò in groppa e partì al galoppo verso nord. Il Lothis distava sei giorni di marcia serrata dal Qajàr, quattro senza dormire. Sapeva che erano comunque troppi, ma doveva comunque tentare.

Due innocenti, un'arma che emanava un aura demoniaca, due strani nomi e Orth che sembrava sconvolto, queste ragioni le bastavano per spingere il suo corpo e quello dell'animale al limite.

* * * *

Capitolo 20
Il fardello di un Giudice

Claide si avvicinò con i piedi nudi alla riva, l'acqua cristallina scorreva impassibile, spinta dalla forza della corrente. Dopo aver preso un bel respiro si tuffò, infrangendo il pelo dell'acqua che pian piano iniziò a lavare via le fatiche di quei giorni dal suo corpo. Si aggrappò ad una pietra sul fondo per non essere trasportato via e lasciò che la corrente gli scorresse attraverso i capelli e lungo la schiena, facendosi massaggiare da quella lieve pressione sulle spalle e sul viso.

Una volta esaurito il fiato riemerse ed uscì dal fiume, calpestando l'erba verde che gli solleticò le piante dei piedi. Si tirò i capelli all'indietro e si distese sul prato, lasciando che il sole e la sottile brezza primaverile asciugassero il suo corpo.

La luce del sole colorava le sue palpebre di rosso, dopo un po' presero a pizzicare ma non se ne curò, adorava quei momenti, momenti in cui poteva essere un uomo normale che si godeva i primi raggi primaverili in una giornata di pace assoluta. Chissà se l'aria fosse già calda in quel periodo, o se l'acqua gelida del fiume unita alla leggera brezza lo avrebbero fatto rabbrividire. Erano tutte sensazioni ormai a lui estranee, da tre secoli non sentiva più il dolce brivido provocato da una goccia lungo la schiena o il caloroso abbraccio dei raggi del sole. Avrebbe dato qualsiasi cosa per poter avere di nuovo quelle sensazioni, persino la sua anima.

«Ah già, quella l'ho già persa» pensò. Bastò questo pensiero per rovinargli il momento. Si tirò su nuovamente imbronciato e osservò la piana in cui si era accampato. Il Qajàr era così, l'inverno rigido trasformava quei campi in distese innevate e terra ghiacciata, ma non appena il clima cambiava, portando i venti caldi da est e le nubi cariche di pioggia da sud, la primavera faceva la sua comparsa esplodendo in tutta la sua magnificenza. Ogni cosa prendeva vita, l'erba si tingeva di verde smeraldo, gli alberi riprendevano la loro folta chioma, il terreno si punteggiava di rosa, rosso, giallo e di tutti i colori dei fiori di campo che si potevano immaginare. Il cielo azzurro era sereno e infinito ed il sole sembrava splendere come non mai abbracciando dolcemente quei colli, come per dare il buongiorno alla terra stessa, come farebbe una madre con la propria prole.

Claide si mise i pantaloni e la camicia di lino, avendoli lavati prima del suo bagno erano ancora umidi, ma non gli dava fastidio. Rimase scalzo, nemmeno si ricordava l'ultima volta che aveva tolto gli stivali e adorava sentire i fili d'erba punzecchiargli le piante dei piedi. Aveva ottenuto un solo un giorno di riposo, un giorno strappato a Xaret per pura fortuna, e voleva goderselo al massimo.

Quando aveva lasciato la chiesa il Re nero l'aveva chiamato subito e quella volta Claide non lo aveva ignorato. Si era congratulato con lui per l'adempimento e gli aveva assegnato subito un nuovo contratto. Questa volta si trattava di una ragazza del Feïm, madre morta durante il parto, padre violento e ubriacone. Lei si era stufata di sopportare le disgrazie e le botte del padre, così aveva evocato i demoni per farlo morire di una malattia orribile. Claide ne aveva sentito parlare quando ancora non era Giudice, c'era stato un periodo in cui tra i dannati quella malattia era molto in voga. Inizia con forti attacchi di febbre, talmente grave da far somigliare la pelle ad un tizzone. Dopo poco gli organi interni del malato iniziano ad andare in necrosi e nel giro di cinque giorni di agonia atroce del malato resta un guscio di pelle e muscoli contenente una poltiglia indistinta e purulenta.

La figlia però dopo aver assistito a quel lento e doloro trapasso, consapevole di esserne la causa, era rimasta traumatizzata, tanto che dal giorno della morte del vecchio non aveva più emesso un suono, non aveva più aperto bocca, diventando completamente muta.

Dopo quello che aveva fatto amici e parenti si erano allontanati da lei, lasciandola sola nella casa dei genitori. Per cinque anni aveva vissuto così, isolata, con solo il suo stesso silenzio a farle compagnia, e ora era giunto il momento di pagare per il supplizio ottenuto.

Claide approfittò della giornata non solo per rilassarsi ma anche per impratichirsi con la sua nuova arma. Certo, quell'affare poteva tagliare attraverso qualsiasi cosa senza problemi, ma essendo più lungo e pesante della sua vecchia spada non escludeva il rischio di finire per farsi male da solo se le cose gli fossero sfuggite di mano. Ripassò guardie, pose, fendenti e cambi di mano. Grazie ad un po' di magia evocò alcuni fuochi fatui che funsero da bersaglio per cercare di abituarsi alle nuove distanze ed al nuovo gioco di gambe.

Quando il sole ormai stava raggiungendo l'orizzonte decise che poteva bastare. Si vestì completamente e calò il cappuccio. Aveva ancora due giorni di marcia, ma intendeva godersi anche quelli, Xaret non aveva mai detto che la sua doveva essere una corsa, l'importante era non fermarsi mai, e questo poteva rispettarlo, ma l'andatura l'avrebbe decisa lui.

Sole e luna si alternavano costantemente, Claide attraversò pianure e piccole foreste sempre concentrato sul suo compito, cercando di non pensare ad altro se non al rumore dei suoi stivali sulla nuda terra. Il viaggio fu alquanto noioso e quando arrivò a destinazione diede un sospiro di sollievo.

La fattoria si trovava sul limitare di una piccola foresta, non troppo distante da un villaggio. La luna illuminava le pareti di luce argentata che le davano un aspetto spettrale. Si trattava di una tipica casa in legno dal tetto spiovente in paglia e rami secchi, poche e piccole finestre, tutte sbarrate tranne una, illuminata dalla flebile luce di un focolare quasi spento.

Claide si avvicinò alla casa e si servì del suo udito sviluppato per capire quante persone ci fossero all'interno. Udì rumori di stoviglie ed il respiro di una sola persona. Provò ad aprire la porta ma era bloccata dall'interno, avrebbe potuto sfondarla ma sapeva che lei era molto giovane e non voleva spaventarla dato ciò che l'aspettava, quindi decise di bussare.

Il respiro si fece appena più irregolare e udì la ragazza mettere giù alcune ciotole di terracotta prima di raggiungere la porta. Udì lo sfregare dell'asse che veniva rimosso dai passanti e lo sferragliare della serratura arrugginita azionarsi. La porta si dischiuse piano e finalmente Claide la vide.

Era davvero giovane, forse poco più di diciannove anni, aveva i capelli e gli occhi neri e se non fosse stata per quell'espressione così spenta e per quel viso così scarno l'avrebbe pure trovata graziosa.

«Sarah?» chiese Claide con tono cortese.

La ragazza non rispose e lo guardò visibilmente preoccupata, fece un breve cenno di assenso con la testa.

«So che non puoi parlare... mi chiamo Claide, non sono un ladro o un bandito... sono qui per quello che è successo a tuo padre...»

Gli occhi di lei si riempirono di lacrime e lo lasciò entrare. Senza neanche guardarlo lei tornò a sedersi su uno sgabello e prese a osservare le braci del fuoco, persa in chissà quali ricordi.

Claide la osservò per qualche minuto, in altre circostanze avrebbe sciolto il contratto, ma ora non poteva. Nonostante il suo pentimento fosse sincero, Xaret si sarebbe accorto del mancato adempimento e non glielo avrebbe mai perdonato.

«Purtroppo il tempo è scaduto... in altre circostanze avrei agito diversamente ma questa volta non posso... è giunto il momento Sarah...»

Lei lo guardò senza capire, confusa.

«Sono qui per riscuotere il pagamento del patto fatto cinque anni fa...» disse mentre estraeva lo spadone da dietro la schiena «sono qui per reclamare l'anima che ci hai offerto...»

Sarah osservò lo spadone e sgranò gli occhi. Le lacrime iniziarono a fuoriuscire senza controllo, terrorizzata dalla visione di quell'arma così abominevole. Provò ad aprire bocca, ma quello che uscì fu solo un debole sibilo. Claide chinò il capo e strinse i pugni.

«In passato, come Giudice, ti avrei assolto… ma ora non posso, sono obbligato a farlo… Mi dispiace davvero tanto Sarah… farò in modo che tu non senta alcun dolore…» Claide iniziò ad avvicinarsi a lei «Per quello che vale, tu per me non meriteresti tutto questo… ma non dipende da me…» Claide puntò lo spadone contro il suo addome, Sarah era paralizzata dal terrore, gli occhi erano gonfi e pieni di lacrime, supplicavano Claide di non farlo.

«Mi dispiace…»

Claide affondò piano la lama mentre guardava ancora quegli occhi disperati che gridavano dal dolore. Sarah emise solo un gemito strozzato prima di sbilanciarsi in avanti.

Claide riuscì ad afferrarla in tempo e la strinse a sé. Sentì le sue budella torcersi ed il suo petto tramutarsi in piombo. Avvertì il profumo di fuliggine provenire dai suoi capelli e d'istinto iniziò ad accarezzarle la tesa, come a volerla consolare o tranquillizzare. Il corpo svanì in fretta, divorato da quell'arma famelica.

«A cosa serve il nome Giudice, se poi non posso neanche assolvere chi merita la pace? Non sono io a essere maledetto… io sono la maledizione di questo mondo… Sarah, io ti ho appena condannato ad una eternità di sofferenza che non hai mai meritato. Se un giorno potrò porre rimedio a tutto questo, ti giurò che lo farò… Tu cerca solo di resistere sino a quel momento» pensò.

Uscì dalla casa e accolse l'aria della notte con piacere. Ogni volta che uccideva qualcuno così giovane e puro qualcosa dentro di lui iniziava ad agitarsi, a scalciare e a ribellarsi, pestando i piedi e facendogli notare quanto tutto quello fosse sbagliato. Volente o nolente, purtroppo, non poteva farci nulla. Anche se si fosse ribellato, anche se decidesse di lasciarsi torturare o uccidere da Xaret, anche se si fosse rifiutato di soddisfare la sua parte di contratto, quella che ogni Giudice giura col sangue e con l'anima di seguire, sapeva fin troppo bene i pericoli che un anima dannata porterebbero se lasciata in quel mondo per troppo tempo.

«Questo è il peso che ho scelto di portare, è il mio fardello, la mia condanna, la mia pena... Forse un giorno la morte mi libererà da questo peso, mi assolverà dalla mia condanna e qualcun altro prenderà il mio posto, ma sino ad allora, per tutte le persone che ho ucciso, per tutto il male che ho fatto, devo continuare a soffrire... ed è giusto che sia così...».

Xaret non si fece attendere, la sua fastidiosa presenza nella testa di Claide premeva già per farsi ascoltare. Prima di accettarla, però, cercò di chiudere in un angolo della sua mente questi pensieri, non voleva dare a Xaret la soddisfazione di vederlo debole. Una volta tornato al suo stato di apatia, accolse il Re Nero e si preparò per ricevere il prossimo contratto.

Capitolo 21
L'ultima goccia

Claide si concentrò e lasciò risuonare la voce di Xaret nei suoi pensieri.

«Giudice, finalmente un'altra anima dannata è entrata in mio possesso... ottimo lavoro, ho notato che ti sei preso tutto il tempo per il quale hai frignato l'ultima volta...» disse Xaret con tono di scherno, Claide si morse la lingua e ingoiò il rospo.

«Sto eseguendo i vostri ordini alla lettera, sto facendo un lavoro impeccabile... quanto possono significare un paio di giorni per qualcuno che a sua disposizione ha l'eternità?»

«Troppo! Ora ascoltami!» sbottò Xaret, irritato dalle parole di Claide, forse anche troppo «Il prossimo contratto sarà... complicato... conosci la magia arcana?»

«Conosco qualche formula...»

«Quel tipo di magia è andata perduta millenni di anni fa, ma ogni tanto nel corso della storia qualche sua reminescenza torna a farsi sentire, come nel caso del tuo prossimo contratto. Nel Feïm, vicino alla Catena dei Giganti, si trova una piccola fattoria. La famiglia che ci abita discende da un antico stregone che ai suoi tempi aveva scoperto un potente incantesimo in grado di proteggere il proprio spirito da ogni cosa, persino dalla morte. Con le opportune modifiche e grazie ad altri incantesimi, se un essere umano ci evoca mentre è sotto l'effetto di quella potente magia la sua anima diventa intoccabile e, come pagamento, può offrire quella di un suo stretto parente. Questo ci porta a te... mesi fa il padre di questa famiglia ha scoperto le ricerche del suo antenato e per ottenere maggiore fortuna e ricchezza, ci ha offerto l'anima di suo figlio Andil... tu dovrai andare a recuperarla...»

«Un momento, qualche mese fa?! I contratti non durano mai così poco!»

«Fai silenzio e ascoltami! So bene come funzionano i patti

che io stesso stringo con gli umani! Quel contadino ha utilizzato il sapere del suo antenato per benedire non solo la casa, ma il suo intero campo. Inoltre grazie ai segreti appresi da quelle ricerche, potrebbe utilizzare quell'incantesimo per tutta la sua vita e il suo spirito non lascerebbe mai il mondo terreno, nemmeno dopo la sua morte! Visto che non ha niente da temere con una simile protezione gli ho proposto un accordo diverso dal solito, vent'anni di alte ricchezze e fortuna per avere subito l'anima di suo figlio… Questo accordo non piace neanche a me Giudice, raramente abbiamo stretto dei contratti tanto vantaggiosi per le parti umane, ma quell'uomo avrebbe potuto lanciare l'incantesimo anche sul figlio, impedendo sia a noi che a te di prendere la sua anima, meglio averla subito e regalare un po' più di potere del solito che utilizzare i termini convenzionali per poi non avere nulla…»

«Il figlio è a conoscenza di tutto questo? E se si dovesse rifiutare? Non può pagare per l'avidità del padre!» disse Claide innervosendosi.

«Ho già concesso troppo al membro di una razza che non è degna nemmeno di evocarci, non osare andare contro il mio volere, piccolo Giudice!» tuonò Xaret «Non mi interessa se il figlio non ha colpe, nessuno è innocente e ormai il patto è stato stretto! Raggiungi il Dannato, uccidilo e assorbi la sua anima! Chiaro?»

Claide strinse i pugni.

«Cristallino…» disse a denti stretti.

Xaret abbandonò la mente di Claide, lasciandolo solo con la sua rabbia e il suo profondo senso di ingiustizia.

«Mai in tre secoli mi sono sentito così… schiavo… Questo sarà l'ultimo, poi Xaret dovrà darmi ascolto, non può obbligarmi a uccidere anche degli innocenti! Dopo questo, o si farà a modo mio, oppure dovrà far rinascere un altro Giudice…».

Claide si sistemò meglio il cappuccio e si mise in viaggio. Occorrevano almeno sei giorni di marcia per arrivare ai confini del Feïm e la Catena dei Giganti divideva Tanaria dal Grande Deserto, perciò avrebbe dovuto attraversare tutto il feudo per arrivarci e questo avrebbe comportato qualche giorno di marcia in più.

Per il viaggio scelse un percorso poco trafficato, che tagliava per foreste e zone brulle, in modo da non incontrare nessuno. Odiava dover prendere l'anima di un Dannato pentito, figurarsi quella di un innocente. Aveva un giuramento da rispettare e purtroppo questo andava nei limiti di quel giuramento, limiti a cui Claide non si era mai neanche avvicinato.

All'alba del quinto giorno decise di fermarsi nei pressi di un laghetto, in modo da lavarsi via le fatiche di quei giorni e pensare a cosa dire a Xaret una volta completato il suo compito. Non poteva sfidare apertamente il re dei demoni, non era di certo un carceriere con cui battibeccare, ma non aveva paura di lui. Claide sapeva bene che prima o poi anche i giudici muoiono, forse proprio per mano dei demoni, e aveva vissuto troppo a lungo per avere ancora paura della morte. Sapeva anche che sino a quel giorno aveva svolto un lavoro impeccabile, discreto ed efficiente. Xaret non poteva rinunciare a lui troppo alla leggera o non gli avrebbe mai dato lo spadone per inviare le anime direttamente all'inferno. Era abbastanza sicuro di riuscire ad ottenere quello che voleva, almeno due giorni di scarto tra un contratto e l'altro e la possibilità di scegliere la sentenza del Dannato, ma avrebbe dovuto giocare d'astuzia, il Re Nero era furbo, un duello verbale con lui poteva essere forse più letale di uno scontro fisico.

Riprese il viaggio nel tardo pomeriggio e dopo altri due giorni fu finalmente in vista della Catena dei Giganti. La Catena aveva origine più o meno in quella zona ed i primi monti non raggiungevano altitudini elevate, ma più si andava verso sud più questi crescevano spingendosi verso il cielo, tanto che le Tre Vette o i Tre Fratelli, i colossi più alti di quella catena, sparivano oltre le nubi. Claide era ancora a qualche miglia da loro, ma non ci avrebbe messo tanto a coprire la distanza. Il suo piano era quello di salire sul colle più basso per avere una visuale più ampia dei dintorni, in modo da individuare subito la fattoria che gli interessava senza dover perdere tempo a chiedere in giro.

Xaret gli aveva mandato una visione più o meno chiara dell'abitazione. Simile alla stessa in cui abitava Sarah, il tetto in paglia, un camino in pietra sul fianco sinistro pendente leggermente verso est. La casa dava verso nord-ovest e nel retro aveva un recinto per i maiali.

Claide raggiunse l'apice del colle più vicino che riuscì a trovare e si mise a scrutare la vallata. In lontananza poteva notare le luci di una piccola cittàdina, insieme a qualche fattoria sparsa fuori dalle mura e ai campi coltivati dalle varie dimensioni. La fattoria che cercava era la più prossima alle montagne e solo grazie alla sua vista migliorata riuscì a distinguere quale fosse quella giusta.

La costruzione combaciava perfettamente a quella della sua visione, ormai era quasi il tramonto e all'interno si intravedevano le luci di qualche candela. Claide scrutò un po' i dintorni della casa, nessuno stava tornando dai campi, le uniche persone che riusciva a vedere erano le guardie di ronda con le loro fiaccole dirigendosi alle caserme per cambiare il turno.

«Non sembra esserci movimento, spero che comunque qualcuno ci sia, non ho tempo da perdere...» pensò.

Con una rapida e agile corsa discese dal colle, allungò un po' il cammino per non rischiare di essere avvistato delle guardie e in un attimo raggiunse il della casa. Provò a concentrarsi, per captare qualche movimento, ma l'interno sembrava completamente vuoto, tranne per un piccolo respiro che non udiva bene, a causa dei maiali che grugnivano allarmati dalla sua presenza.

Sbuffò e aggirò il muro per trovarsi di fronte alla porta. Provò ad aprirla e si accorse che non era chiusa, forse i proprietari erano usciti giusto un momento, programmando di tornare al più presto. Claide approfittò dell'occasione per indagare, così spinse la porta in legno che cigolò piano sui cardini ed entrò.

Gli interni erano caldi e accoglienti, per essere dei semplici contadini avevano una discreta mobilia ed il pavimento era coperto da diversi tappeti. La casa era divisa in due stanze, quella dove si trovava Claide era la cucina, arredata in modo impeccabile, con un lungo tavolo fiancheggiato da delle panche solide e apparecchiato con una tovaglia in cotone ricamata ed un vaso di fiori di campo, un piccolo forno a legna ed un modesto santuario col simbolo della Spada, il Martello ed il Bastone, il simbolo della Trinità dell'Ordine dei Titani. L'altra stanza invece doveva essere la camera da letto, da cui proveniva il piccolo respiro che Claide aveva appena percepito fuori, ma che ora udiva forte e chiaro.

Claide estrasse lo spadone e si avvicinò cauto, aspettandosi di trovare qualcuno probabilmente addormentato, ma le sue aspettative furono deluse. Le piazze del grande letto in assi di legno erano vuote e le pareti erano illuminate dalla scarsa luce del moncherino di una candela, posta vicino a una cesta in vimini che somigliava molto a una culla.

«No... non è possibile...».

Claide si avvicinò piano, cercando di convincersi di aver sbagliato casa. Prima vide la testa rosea e coperta da una leggera peluria dorata, poi le mani tozze e paffute ed infine tutto il corpo, avvolto in una pesante coperta come un fagotto. Nella culla era assopito un tenero neonato, dalle guance piene e rosee.

«E' uno scherzo...» disse Claide ad alta voce «Devo uscire di qui, non è la casa giusta...»

Fece per andarsene ma voltandosi notò una incisione con la coda dell'occhio. Sul fianco della cesta era presente un sottile nastro di seta rossa con il nome "Andil" ricamato.

Claide si voltò e lesse il nome più e più volte, non poteva crederci, non voleva crederci.

«No... questo è troppo, io mi aspettavo un ragazzo appena diventato uomo, forse quello avrei potuto accettarlo, ma questo no! NO! Va oltre ogni limite! Non lo farò! Mi rifiuto!»

Non fece nemmeno in tempo a girare i tacchi che la presenza di Xaret si manifestò violentemente nella sua mente, provocandogli un dolore intenso, atroce, molto più potente di quello che gli provocavano le voci. Xaret non attese che Claide lo accettasse tra i suoi pensieri ed entrò con la forza.

«Pensavo di essere stato chiaro!» tuonò Xaret, aumentando il dolore ad ogni parola, facendo gridare di dolore ogni singolo nervo del corpo di Claide.

«N-No!» disse Claide stringendo i denti, avvertiva ogni muscolo bruciare, tremare e vibrare in preda agli spasmi, sotto le palpebre serrate iniziò a vedere una miriade di punti rossi danzargli di fronte.

«N-non lo farò mai! N-non mi... piegherai... questa volta!»

«Lo sto già facendo, inutile rifiuto!» sbraitò Xaret aumentando ancora il dolore, tanto da far rannicchiare Claide sul pavimento «Potrei ucciderti e portarti subito al mio cospetto, per torturarti ogni singolo giorno, provocandoti un dolore dieci volte peggiore! Potrei consumare la tua anima facendoti sprofondare nel nulla, nell'oblio! Niente Inferno! Niente Eretrus, solamente il vuoto! Oppure potrei tenerti inchiodato la dove ti trovi e continuare per giorni a torturarti come sto facendo ora, ma comunque la verità rimane solo una! Tu sei una pedina nelle mie mani! Tu non sei nulla! Tu esisti solo per ubbidire ai miei ordini e per rispettare la mia volontà! Ora fallo Giudice!»

Le fitte di dolore si fecero lancinanti, per la prima volta in tanti anni Claide avvertì sensazione simile al calore, un calore simile a quello emanato dalla lava e che ora gli stava bruciando ogni singola fibra del corpo. La testa gli stava per esplodere, il cuore pompava sangue in modo frenetico, così forte che iniziò persino a colare dalle orecchie e dal naso.

«Basta!» gridò Claide «lo farò!»

Il dolore cessò all'istante.

«Quell'anima è nostra Claide, sai bene cosa succede se un Dannato prosegue con la sua vita allo scadere del contratto... Tragedie, sventure, agonie, dolore... Sarà perseguitato dall'oscurità e dal male, ogni persona cara che gli starà vicino morirà, non potrà mai vivere davvero... E' la maledizione Claide, la sua anima è contro natura, tu gli stai solo facendo un favore...» disse Xaret con tono calmo.

«Ma lui non ha avuto scelta! La sua vita gli è stata rubata!» disse Claide a denti stretti.

«Il tuo compito non è quello di giudicare le azioni altrui, il tuo compito è di riscuotere i pagamenti... Ora, come Giudice, sai benissimo che questo bambino non potrà mai vivere, le sventure potrebbero iniziare persino da domani... assolvilo, dagli la pace... basta anche solo un graffio... E' la parte migliore della tua nuova arma... non devi per forza uccidere, basta anche una ferita superficiale...»

«Questo bambino non conoscerà mai i piaceri della vita, dalla vita avrà solo la sofferenza causata dalla morte, e l'agonia che incontrerà nelle Fosse... come posso pensare di assolverlo quando so bene di condannarlo ad un futuro di dolore eterno?»

«Non ha mai conosciuto i piaceri della vita, non avrà nulla da rimpiangere, non capirà mai neanche quello che gli starà accadendo, soffrirà molto meno di tante anime che sono state mandate qui... ora, Giudice, fai il tuo dovere!»

Detto questo Xaret lasciò la sua mente ma sentiva ancora il suo sguardo su di lui. Claide non sapeva che fare, Xaret aveva ragione, lasciarlo vivere significava condannarlo a un futuro di tragedie, di sventure e di morte, dove probabilmente si sarebbe pentito di essere nato, ma questo comunque non lo consolava, ne gli dava la forza di proseguire.

Intanto, a causa delle grida di dolore di Claide, il bambino si era svegliato e ora piangeva con tutto il fiato che aveva nei polmoni.

«Se lo lascio in vita, quante volte dovrà piangere?»

Claide si avvicinò ancora di più alla culla, il neonato non smetteva di vagire.

«Mi dispiace...» disse Claide, mentre calde lacrime sgorgavano copiose sul suo viso «Mi dispiace...» continuò a ripetere con la voce rotta.

Claide fece un piccolo taglio sulla guancia del neonato con lo spadone. Inizialmente il bambino pianse ancora più forte, poi la sua voce iniziò ad affievolirsi sino a spegnersi del tutto. Prima che la lacrima colata dal viso di Claide potesse raggiungere le coperte ormai vuote il corpicino del neonato era già sparito, tramutato in cenere ed assorbito dalla lama. Fu allora che accadde.

Lo spadone divenne incandescente e le venature si illuminarono di un rosso acceso. Quando Claide si accorse che gli stava ustionando la mano lasciò la presa sull'elsa, lasciando che l'arma cadesse a terra con un pensante tonfo.

Le assi del pavimento iniziarono a bruciare ma prima che potessero completamente prendere fuoco lo spadone sparì, tramutato in cenere come le anime che aveva preso. Claide guardò la scena esterrefatto, aveva un cattivo presentimento ma il filo dei suoi pensieri fu interrotto dal rumore di zoccoli e dal vociare concitato che faceva capolino dalla porta che dava sull'esterno. Si fiondò verso la finestra, sfondando le assi di legno che la tenevano chiusa, e corse con tutta la forza che aveva verso il colle. Il brutto presentimento era ancora lì, ed il suo istinto infallibile gridava un solo nome: Xaret.

Capitolo 22
Il vaso trabocca

Claide raggiunse la cima del colle e si fermò in una piccola radura, sapeva che lo avevano visto e che probabilmente lo stavano inseguendo, ma aveva almeno una manciata di minuti di vantaggio e avrebbe potuto seminarli in qualsiasi momento. Oltretutto, in quel momento, la sua vera priorità non erano i suoi inseguitori.

«Xaret!» gridò a pieni polmoni «So che mi stai osservando! Affrontami e dammi delle risposte!» sbraitò con tutta la rabbia e la confusione che aveva in corpo. Xaret non si fece attendere e subito si insinuò nella mente di Claide.

«Ottimo Giudice, hai ubbidito anche stavolta, notevole!» disse con tono di scherno.

«Cosa è successo alla spada?» gridò Claide. Xaret rise di gusto, una risata perfida e maligna.

«Sei stato un bravo burattino Claide! Sempre pronto a scontare la tua pena, sempre pronto a voler renderti utile! E questa volta ci sei riuscito Claide, mi sei stato davvero molto utile...»

«Cosa intendi dire?» chiese Claide vacillando.

«Il vecchio generale, lo stregone, la povera ragazza e il neonato... Tutti morti per mano tua... ma nessuno di loro è mai stato Dannato...»

Claide sgranò gli occhi, le mani iniziarono a tremare violentemente.

«...Cosa?»

«Ti ho usato Claide, anzi, ti abbiamo usato... nel grande disegno delle Venerabili per la conquista di questo inutile mondo... Un'anima coraggiosa e forte, un'anima saggia e potente, un'anima pura e un'anima davvero innocente... tutti componenti per il rito che finalmente aprirà le porte del mio mondo al vostro! E tu hai causato tutto questo... in realtà ti dovrei ringraziare Claide. Grazie per aver dato inizio alla distruzione di tutto ciò in cui hai sempre creduto, in cui hai sempre riposto la tua speranza e a cui tieni di più!»

Le parole di Xaret pesavano come macigni, ogni cosa sembrava assurda, insensata, ma ogni cosa sembrava quadrare alla perfezione: dalla strana spavalderia di Garan all'insolito contratto di Andil. Claide sapeva che Xaret stava dicendo il vero, ma lui non voleva accettarlo.

«Da quando mi hai dato lo spadone, ogni singola persona che ho ucciso... era innocente?» disse Claide con un filo di voce, la rabbia ormai si era propagata in tutto il suo corpo, strozzandogli la gola e provocandogli violenti tremori.

«Finalmente ci sei arrivato, non immaginavo che tu fossi davvero così stupido da non capire prima le mie vere intenzioni... Secondo te ti avrei dato davvero la mia spada, una Shermisan, solo perché ti sei comportato bene?» Xaret rise di gusto «Ora niente potrà fermarci, invaderemo il mondo mortale e finalmente lo distruggeremo e tu assisterai a tutto ciò, consapevole che il sangue di tutti i morti ricadrà sulle tue mani!»

Claide non lo ascoltava più, guardava un punto indefinito nell'oscurità calante, nelle sue orecchie il rumore sordo del sangue che scorreva nelle vene.

«Tu...» disse Claide sibilando tra i denti «Lurido... viscido... mostro... insulso... putrido... disgustoso essere...»

Qualcosa si mosse dentro Claide, un potere che sembrava assopito da secoli iniziò a ribollire dentro di lui, spingendo contro un sigillo che per anni lo aveva bloccato.

«Come hai osato... ti ho servito, ho sopportato anche solo la tua vista... per secoli... come hai osato, prenderti gioco di me!» Claide iniziò a urlare «Sparisci dalla mia mente essere immondo! Giuro su ogni essere vivente che verrò a prenderti! Mi hai sentito Xaret? Verrò a prenderti e ti strapperò via la testa con le mie mani!»

Improvvisamente si alzò un vento fortissimo che scosse gli alberi sino a fargli spezzare, l'oceano di potere racchiuso in Claide si agitò ancora di più ed una prima crepa comparve sul sigillo.

Claide lo avvertì, un potere che ormai aveva dimenticato ma che sapeva di nostalgico. Gridò di rabbia e attinse a quella fonte immensa, voleva liberarla, voleva rovesciarla tutto su Xaret.

«Cosa» disse Xaret spaventato, ma non riuscì a finire la frase, la sua presenza fu scacciata violentemente dalla mente di Claide.

Questo però non gli bastò, ormai lo sentiva, un potere inimmaginabile, così grande da non poter essere contenuto, eppure era lì, dentro di lui e ora si era stufato di contenersi, ora aveva deciso di lasciarsi andare.

Claide gridò a pieni polmoni, il viso rivolto verso il cielo, le braccia spalancate e le mani che artigliavano l'aria. Una seconda crepa comparve sul sigillo, il vento attorno a Claide divenne un tornado e delle fiamme nere e verdi scaturirono dal suo corpo.

Claide si accorse della mole di potere che stava liberando ma l'oceano che portava dentro di sé ne risentì appena. La rabbia aumentava ancora, voleva distruggere ogni cosa attorno a lui. Gridò un'altra volta ed una terza crepa comparve sul sigillo, rompendolo completamente, dando libero sfogo al potere demoniaco che in trecentodiciotto anni era cresciuto in modo esponenziale.

Il tornado di fuoco si espanse, bruciando ogni cosa nel raggio di dieci tese, infiammando il cielo coperto di nubi, colorandole di del verde e del rosso liberato dalle cime degli alberi in piante, carbonizzando all'istante qualunque animale si trovasse nei paraggi e rendendo l'aria torrida e irrespirabile.

Il mantello venne strappato via dalla furia del vento infuocato e il volto di Claide si rivelò. Gli occhi non avevano né iridi né pupille, erano diventati delle pozze color rosso sangue. Una sottile e densa nebbia nera fuoriuscì placida dal petto di Claide, iniziando ad avvolgerlo piano, partendo dal busto per poi espandersi e coprire interamente gli arti e la testa.

Il potere continuò a fuoriuscire indisturbato, alimentando quell'inferno di fiamme, sino a quando tutto cessò di colpo.

Il colle era completamente raso al suolo, non un filo d'erba era sopravvissuto alla sua furia, la terra era nera e rovente, costellata da carcasse indefinite, degli alberi erano rimaste solo le radici più profonde e, al centro di quella desolazione, dove prima si trovava Claide, ora si ergeva una strana creatura.

Il corpo era completamente nero, gli arti erano più lunghi del normale. Mani e piedi erano muniti di artigli. La pelle era cosparsa di spuntoni e in testa erano comparse delle corna lunghe e acuminate. Il Re dei demoni più potente della storia aveva avuto dodici corna, la creatura demoniaca in cui si era trasformato Claide ne contava ventisette, sparse per tutto il suo corpo.

Gli occhi erano totalmente rossi, il Bagliore non sembrava voler scemare. La bocca era stata avvolta dalla nebbia. Claide osservò le sue mani, sentiva il potere scorrere e crepitare tra le sue dita e non era per niente impaurito da quella forma, anzi, si sentiva forte e potente come non mai. Gridò al cielo la sua rabbia non ancora esaurita, attraverso la nebbia che gli chiudeva la bocca fuoriuscì un verso stridulo e profondo allo stesso tempo, come se due entità diverse stessero gridando all'unisono, ma qualcosa non andava.

Si sentiva potente, vivo come non lo era mai stato, ma il suo corpo iniziava a tremare, come se non sopportasse tutto quel carico di magia oscura che improvvisamente era stato liberato. Vacillò un attimo e fece qualche passo indietro per riprendere l'equilibrio, poi sentì un tintinnio alle sue spalle, seguito da un forte dolore attorno al collo. Si voltò istintivamente e cercò di dilaniare il suo aggressore con i suoi artigli, ma afferrarono solo l'aria. Il senso di stordimento e il dolore attorno al collo iniziarono a essere troppo e Claide sentì il potere ritirarsi dentro di sé, facendolo accasciare a terra e sprofondare nel buio.

Nell'istante della sua trasformazione, Orth ebbe un lungo brivido lungo la schiena, i Meniir tagliarono i legami con quel mondo, le Ashens si agitarono e Xaret provò per la prima volta nella sua esistenza il terrore.

Capitolo 23
Vecchie storie

Claide sbatté piano le palpebre, cercando di mettere a fuoco il mondo che lo circondava. Si era fatto giorno e non si trovava più sul colle, era sdraiato, vicino a quello che sembrava un piccolo bivacco. Provò a muoversi ma qualcosa glielo impediva, si inumidì le labbra e guardò verso il basso. Aveva braccia, mani, gambe e piedi legati con delle robuste corde, qualcosa attorno al collo di freddo e duro gli impediva di abbassare ancora di più la testa. Provò a divincolarsi ma aveva ancora il corpo intorpidito. *«Dimenticavo quanto fosse snervante perdere i sensi»* pensò.

«Buongiorno raggio di sole...» disse una voce femminile alle sue spalle. Claide si irrigidì e cercò di voltarsi.

«Chi sei?» disse con la voce roca e consumata dalle urla della notte scorsa.

«Ti serve un po' d'acqua? Non che tu ne abbia bisogno ovviamente, però potrebbe aiutare dopo il gran baccano che hai combinato... bel teatrino a proposito, dico davvero, ti alleni ogni notte?» rispose lei con tono di scherno. Claide strinse le labbra e si concentrò, ritrovò in un attimo l'equilibrio e con un colpo di reni si mise a sedere.

Si voltò verso la sua rapitrice. Stava seduta con le gambe divaricate e i gomiti adagiati sulle ginocchia, portava un mantello verde scuro, da sotto il cappuccio si intravedeva il viso di una giovane ragazza, naso piccolo e aggraziato, labbra carnose, occhi di uno strano colore tra il viola e il grigio e una corposa treccia castana che le ricadeva su una spalla. La ragazza era intenta a giochicchiare con le braci di un piccolo falò, utilizzando un comune pugnale d'acciaio. Fissò quegli occhi che lo guardavano divertiti e per poco non scoppiò a ridere.

«Senti, non so chi tu sia o cosa tu voglia, ma forse non sai con chi hai a che fare...» disse Claide con un ghigno stampato in faccia, le iridi si colorarono di rosso e le pupille si strinsero in una fessura.

«Ti conviene rispondere alla mia domanda prima che perda la pazienza, chi sei?» sibilò.

La ragazza inarcò un sopracciglio.

«Risparmiati gli occhi dolci, Giudice, so perfettamente chi sei...» disse. Claide la guardò confuso e sbatté le palpebre per far tornare alla normalità i suoi occhi «Comunque, dato che ci tieni così tanto...» proseguì lei «io mi chiamo Iris, sono una cacciatrice dell'Ordine...»

Claide rise sino alle lacrime.

«E da quando l'Ordine mi dà la caccia? Non sono mai stato un problema per loro!»

«Non sino a oggi, e poi tecnicamente non sono in missione per l'Ordine ma per... qualcuno che sta al di sopra di esso. Quando raggiungeremo la capitale capirai»

Claide corrugò la fronte e provò ad applicare una minima pressione sulle corde, poi sorrise.

«Non ho intenzione di seguirti ma se non è l'Ordine che mi sta cercando allora sono proprio curioso di conoscere colui che ti ha mandata qui, prima però devo sbrigare alcune cose al Triam, quindi ti conviene liberarmi...»

«Non sei nella condizione di fare minacce...» disse Iris con una smorfia divertita «Quel bel gingillo che porti al collo non è un semplice orpello, quella catena è stata benedetta con uno dei più potenti incantesimi arcani, ha più di cinquecento anni ed è stata pensata proprio per i demoni... non credo che tu riesca a spezzarla visto che lo sei solo per metà...» concluse, anche se Claide notò una nota di insicura incertezza nelle sue parole.

Cercò di fare mente locale. Ricordò l'inganno di Xaret, le sue parole e la reazione che aveva avuto. Ricordò il potere immenso che fluiva dentro di lui, ricordò il fuoco, le sue mani nere e quel grido disumano.

«Come hai fatto a catturarmi?» chiese con noncuranza.

«Non appena ti ho visto fuggire da quella fattoria ti sono stata addosso. Per poco il mio cavallo non moriva di paura quando ha visto l'inferno che stavi scatenando sul colle quando sono arrivata...» Iris fece una pausa e non riuscì a nascondere un brivido «Ho visto quella... cosa... non sapevo se fossi tu o qualche creatura mai vista prima... però tremava e ho immaginato fosse debole, quindi ho lanciato la catena verso il tuo collo. Quando ti si è attorcigliata addosso tu hai provato ad attaccarmi ma non sono una stupida, non mi sarei avvicinata per niente al mondo. Dopo di che ti sei accasciato a terra e sei tornato a questa forma...» concluse.

Claide si fermò un attimo a riflettere, ricordando finalmente tutto. Provò a stringere le dita della mano e notò una piccola scintilla attraversarle, segno che il potere scorreva ancora in lui.

«Incredibile...» disse.

Iris fece spallucce.

«Se una semplice catena ti ha fermato allora quella non poteva essere tutta la tua forza...» disse per punzecchiarlo.

«La catena è una delle armi migliori dell'Ordine» disse Claide aspro «Usata dai più antichi cavalieri... agisce solo sui demoni... ora non mi fa più male, quindi significa che l'altra notte...» ma le parole gli morirono in bocca. *L'altra notte... non so come... devo essermi trasformato in un vero e proprio demone... ma questo non è possibile!»* pensò. Iris interruppe il filo dei suoi pensieri.

«La persona che mi ha mandato a prenderti può spiegarci cosa è realmente successo... ho passato settimane a darti la caccia, correndo da una parte all'altra del regno, ora non ho intenzione di perdere neanche un minuto, perciò in marcia!»

Detto questo si alzò, spense i resti del fuoco, legò Claide alla sella del cavallo e salì in groppa.

«So che puoi guarire in una manciata di minuti, quindi non ti dispiacerà se ti trascinerò giusto? Stai tranquillo, andremo al passo... e un'altra cosa, sono abituata a viaggiare da sola, vedi di tenere la bocca chiusa» concluse guardandolo divertita. Claide le lanciò un'occhiataccia.

«Non oserai...» sibilò, ma lei non gli diede ascolto, si voltò e spronò il cavallo.

Per le prime ore del giorno Claide aveva pensato solo a come avrebbe ucciso quella dannata Cacciatrice. La sua era stata solo fortuna, se fosse stato più attento non sarebbe riuscita neanche ad avvicinarsi abbastanza da vederlo. Odiava le persone che si vantavano di aver compiuto grandi gesta quando era stato un puro e semplice scherzo del destino ad aiutarle. Lei poi non si limitava ad assumere un'aria tronfia, ma si era permessa di prendersi gioco di lui.

«Quando io prendevo la mia prima anima non erano nati neanche i suoi bisnonni... presto capirà perché l'Ordine stesso ha deciso di non dare la caccia ai Giudici» pensò.

Dopo ore e ore passate a pensare come e quando liberarsi, si accorse di un piccolo particolare. Aveva passato tutta la mattina a sbattere la testa e la schiena contro pietre, buche, rami e ciottoli, ma solo in quel momento si era reso conto che il dolore non aveva mai fatto in tempo ad arrivare. Sentiva la pelle lacerarsi ma guariva così rapidamente da provocare solo un lieve prurito, neanche una goccia di sangue aveva bagnato il terreno.

Iniziò a concentrarsi sempre di più e si accorse che persino il mondo attorno a lui era più rumoroso. Avvertiva ogni cosa, l'aria che veniva spostata dalle ali degli uccelli, i muscoli del cavallo che si rilassavano e contraevano ritmicamente, persino il suo cuore pompare il sangue nelle vene. Concentrandosi ancora riusciva addirittura a sentire lo strusciare della criniera sulla pelle.

Claide era stupefatto, non aveva mai avuto dei sensi così acuti. Percepiva il flusso del suo nuovo potere, aumentato in modo esponenziale in una sola notte, e aspettava solo il momento giusto per provarlo.

Il momento arrivò quando finalmente si fermarono la sera, Iris smontò da cavallo e si stiracchiò con un sospiro di sollievo, poi slegò la corda che trascinava Claide dalla sella e iniziò a preparare il fuoco.

«Per stanotte ci fermeremo qui…» disse mentre raccoglieva qualche legnetto e delle sterpaglie. Claide si mise a sedere sbuffando e guardò l'orizzonte, grazie al profilo delle montagne e alle foreste in lontananza riuscì a capire più o meno dove si trovassero.

«Ci vorranno ancora tre giorni prima di raggiungere Gunea, hai intenzione di trascinarmi per tutto quel tempo?» chiese in tono ostile.

«Forse» sogghignò Iris.

Claide le lanciò un'occhiataccia ma decise di aspettare la notte per fuggire.

L'oscurità calò in fretta e in un paio d'ore Iris era riuscita ad accendere un piccolo fuoco. Aveva tirato fuori dalla sua bisaccia qualche pezzo di formaggio, un tozzo di pane raffermo ed una striscia di lardo.

«Tu non dormi vero?» chiese lei.

«No…» rispose Claide freddo.

«Come fai a passare la notte? Certo, quando devi viaggiare può tornare utile non sentire il sonno, ma quando non devi… come passi tutte quelle ore?»

«Penso a come uccidere le persone e mangiare i bambini disubbedienti» rispose sfoderando il più inquietante sorriso che riuscisse a fare «Non hai mai letto i racconti su di noi?»

Iris fece una smorfia.

«Senti, capisco che tu sia arrabbiato con me, ma è davvero importante che tu mi segua! E dopo ciò che ho visto la scorsa notte beh, perdonami se non ti lascio libero ti scorrazzare come ti pare!» sbottò lei infastidita dal suo sarcasmo. Claide fece spallucce.

«Non mi importa quanto questa tua missione sia

importante, ho sempre fatto ciò che mi veniva detto e in cambio ho ricevuto solo menzogne… quindi, scusa tanto se ora preferisco pensare prima agli affari miei e poi preoccuparmi di quelli degli altri»

«Fa' come ti pare…»

La conversazione si chiuse lì, Iris finì la sua cena e preparò il suo giaciglio mentre Claide continuò a sondare i suoi nuovi poteri con dei piccoli esperimenti con la magia, cercando ovviamente di non farsi scoprire. Di solito per evocare anche solo un fuoco ci voleva una formula, da recitare a voce o mentalmente ma aveva scoperto di riuscirci anche solo con la sua semplice volontà. Comandava le fiamme del fuoco a suo piacimento semplicemente guardandole. Poteva deviarle verso certe direzioni, farle aumentare o farle diminuire sino a quasi spegnerle, era meravigliato da queste sue nuove abilità. Tuttavia, Iris iniziò a sospettare qualcosa quindi decise di smetterla e di aspettare che il sonno la prendesse. Aveva intenzione di liberarsi non appena si fosse addormentata ma, a notte inoltrata, successe qualcosa che gli fece cambiare idea.

«Ehi, Cacciatrice… forse ti conviene aprire gli occhi…» sussurrò.

«Che vuoi?» chiese lei immediatamente vigile. Claide ammise tra se e se di esserne colpito.

«Io? Nulla… dovresti chiedere ai signori che ci hanno appena circondato»

«Cosa?» disse allarmata e alzandosi in piedi.

«Mossa sbagliata… ora hai perso l'occasione di fingerti addormentata… beh io ci ho provato»

«Dove sono?»

Claide sorrise e si limitò a guardare i resti del fuoco senza rispondere.

«Senti mi dispiace per averti trascinato sin qui, ma se siamo davvero circondati ne va anche della tua vita!» ringhiò lei.

Claide per poco non sputò fuori una risata e scosse la testa, ma non rispose. Iris fece per aggiungere dell'altro ma dall'oscurità fuoriuscì un cappio che si avvolse sulle sue caviglie, facendola cadere col muso a terra. In un attimo dalle erbacce alte si alzarono cinque uomini che si fiondarono sul loro bivacco. Uno di loro, un tizio alto e nerboruto, fu subito sopra Iris, tenendola ferma con il suo peso e puntandole un coltellaccio alla gola. Altri due si avvicinarono al campo e affiancarono Claide, tenendo le loro asce puntate contro la sua testa. Gli ultimi ad avvicinarsi furono un arciere, che brandiva un arco corto con una freccia già incoccata puntata verso Iris, e un uomo con una spada e un comune mantello, lacero e sporco.

«Bene, cosa abbiamo qui?» chiese quest'ultimo, aveva i capelli neri legati in una lunga coda di cavallo ed il volto deturpato da un orribile cicatrice che partiva dall'orecchi sinistro, attraversava zigomo e naso e curvava sino alla fine della guancia destra «Spero di non avervi disturbato» aggiunse con un ghigno. Iris fece per prendere la parola ma Claide la anticipò.

«Sia lode ai Titani! Finalmente qualcuno che parla la mia lingua!» disse «Ti prego aiutami! Lei è una Cacciatrice! Ha ucciso la mia banda e mi stava portando in città per consegnarmi!»

Iris lo fulminò con lo sguardo, ma Claide aveva già messo la sua faccia di bronzo e ora sembrava solo un comune uomo disperato.

«Quindi tu sei una delle cagne dell'Ordine? Buono a sapersi!» disse lui divertito «Ma dimmi, cosa ci guadagno se ti aiuto? Potrei uccidervi entrambi...» aggiunse voltandosi verso Claide.

«Sei tu che comandi questi ragazzoni giusto? Anche io non permettevo ai miei ragazzi di parlare per primi di fronte agli altri, peste... che i Titani gli abbiano in gloria... Io e te comunque ci capiamo, parliamo la stessa lingua, quella della moneta sonante! Prima che questa *cagna* arrivasse a guastarci la festa io e gli altri avevamo assaltato una carovana di mercanti... Lei è riuscita a trovarci ma non ha scoperto dove tenevamo l'oro... aiutami ed il bottino sarà tutto tuo, io sparirò prima che tu possa raccoglierlo tutto e fidati, è talmente tanto che il ragazzone che ti porti dietro non riuscirà a trasportarlo!» disse Claide facendo un cenno all'omone a cavalcioni su Iris «Che ne dici? Abbiamo un patto?» concluse con un sorriso maligno.

L'uomo lo guardò pensieroso prima di fare un largo sorriso.

«Affare fatto! Ragazzi, uccidetela e frugate nelle borse!»

«No!» gridò Iris «Schifoso bastardo! Non riuscirai ad averla vinta così!»

«Ehi sta' buona...» disse coda di cavallo avvicinandosi «E' un peccato ucciderti dolcezza, con un corpo così mi viene in mente ben altro...» tutti i membri della banda iniziarono a sghignazzare «ma se sei davvero un cane dell'Ordine non posso rischiare di tenerti in vita... perciò non renderlo ancora più difficile»

L'uomo che aveva bloccato Iris stava per affondare il coltello nella sua gola quando Claide scoppiò a ridere di gusto.

«Va bene, va bene, basta...» disse tra una risata e l'altra «Mi sono divertito abbastanza»

In un attimo tornò serio e applicò pressione sulle corde, spezzandole di netto. All'inizio i membri della banda lo guardarono confusi e lui approfittò di quel momento. Con entrambe le mani prese i due uomini che lo stavano affiancando, li sollevò da terra e li sbatté violentemente la testa al suolo, fracassandogli il cranio. L'arciere scagliò subito una freccia verso di lui, ma Claide fu rapidissimo. Afferrò la freccia al volo, rispedendola al mittente con una forza tale da fargli trapassare la testa del bandito da parte a parte. L'uomo nerboruto fece per scappare ma a Claide bastò sollevare il braccio. Le gambe dell'uomo si spezzarono in più punti e le ossa fuoriuscirono dalla carne. Il bandito si accasciò a terra urlando di dolore, Claide attese ancora un attimo, prima di spezzargli il collo con una semplice torsione del polso Coda di cavallo era rimasto paralizzato, inorridito da quella furia omicida. Guardava Claide con il terrore negli occhi.

«T-Ti prego! Avevamo un patto! N-Non uccidermi ti supplico!» piagnucolò. Claide lo guardava con un ghigno folle stampato in volto, le iridi rosse da demone.

«Corri… ti do un vantaggio» sibilò.

Il bandito non se lo fece ripetere e scappò a gambe levate verso l'oscurità, ma Claide non gli aveva mai dato una possibilità di salvezza. Scattò e con una rapidità disumana si ritrovò di fronte al bandito. Con la mano sinistra lo prese per la gola e lo sollevò da terra.

«Io ho chiuso con i patti!» disse, poi affondò il suo pugno destro nel petto dell'uomo, fracassandogli la gabbia toracica. Lasciò che il corpo si accasciasse ai suoi piedi e si guardò le mani insanguinate, ebbro di quella sensazione di potere.

L'immagine di una ragazza dai lunghi capelli neri gli balenò in mente, fu una visione rapida, breve, ma bastò per farlo tornare con i piedi per terra. Pulì le mani nella camicia del bandito, gli prese il mantello e tornò all'accampamento.

«Questo non sono io…» pensò inorridito.

Iris era lì ad attenderlo, aveva recuperato il pugnale, sfoderato la daga e preparata allo scontro. Appena Claide la vide inarcò un sopracciglio e si mise il mantello addosso, calando il cappuccio sino agli occhi.

«Davvero credi di poter ferire un uomo che ha appena trucidato una banda di banditi a mani nude con quell'affare?» disse lui, andandosi a sedere vicino ai resti del fuoco.

«Che intenzioni hai?» disse lei visibilmente spaventata.

«Non voglio ucciderti, se è questo che vuoi sapere…» disse

lui tornando al suo posto «E voglio parlare con le persone che ti hanno mandato qui, ma d'ora in poi si viaggerà alle mie condizioni! Avanti siediti...»

Iris attese ancora un attimo prima di sedersi sulla sua pelliccia da viaggio. Era ancora molto tesa, non perdeva d'occhio Claide e non lasciava la presa sul pugnale.

«Non credere...» riprese «Che non abbia voglia di farti del male... non sono un bandito o qualsiasi altro tipo di feccia che puoi trascinare da una parte all'altra, sono un Giudice di Sangue, molto più forte e potente di qualsiasi altro uomo su questa terra, e sono molto, molto più vecchio di te! Quello che esigo e pretendo è il rispetto! Non sono un prigioniero, uno schiavo o un criminale... Se ti seguirò o se ti permetterò di viaggiare con me sarà solo per mio volere e per mia scelta... ci siamo capiti?»

Iris serrò la mascella e annuì.

«Bene... Ora io ho bisogno di andare al Triam, ci sono delle cose che devo fare e hanno la priorità su tutto! Quindi prima di dirigerci alla capitale faremo una piccola deviazione... hai capito anche questo?»

Iris annuì di nuovo.

«Perfetto, vedi? Con le buone maniere e il dialogo si risolve tutto... ora, vediamo se riesco a togliermi quest'affare»

Claide afferrò la catena che aveva ancora attorno al collo, era stata legata con dei lacci di cuoio per evitare che si slegasse, ma gli bastò una piccola pressione per spezzare anche quelli. Una volta libero dalla morsa della catena si massaggiò il collo e la porse a Iris.

«Questa non la voglio distruggere... è un antico manufatto dell'Ordine, per secoli ha scritto la storia di Tanaria, è meglio se la tieni tu»

Iris non proferì una parola neanche questa volta, si limitò ad afferrare rapidamente la catena e a riporla sul suo giaciglio.

«Guarda che non ti ho detto di non parlare» disse Claide.

«Perché non mi hai ucciso? Perché non ti sei liberato prima

e perché hai allestito quella farsa con quei banditi?» sputò lei tutto d'un fiato. Claide abbozzò un sorriso.

«All'inizio non sapevo bene se potessi liberarmi, la mattina passata a sbattere la testa sui ciottoli mi ha fatto capire che il mio potere, misteriosamente, è aumentato a dismisura...» disse osservando le dita della mano, quasi come se vedesse una sorta di energia scorrere tra le punte «Quando ho capito che qualche corda non sarebbe stata un problema ho seriamente pensato di ucciderti all'istante, ma nuovo potere o meno io non sono un animale. Tu sei innocente, non hai motivo di morire, quindi volevo aspettare la notte per fuggire, però mi annoiavo a morte e quando ho avvertito i banditi che si stavano avvicinando... beh non ho resistito»

«Sono innocente?» sbottò Iris dopo una piccola risata «Hai ucciso quattro persone innocenti Giudice! Una di queste era un neonato! E hai deciso di risparmiare me?»

Claide si rabbuiò, strinse i pugni così forte da far sbiancare le nocche.

«Dormi...» disse quasi ringhiando «Io sono abituato a viaggiare giorno e notte... è già abbastanza snervante dover aspettare i tuoi comodi!» sibilò con odio. Iris rimase interdetta da quella improvvisa ostilità.

Ancora stupita dalla sua reazione, si limitò a fare spallucce.

«Non riuscirei mai a riprendere sonno con tutta la tensione che ho in corpo, mi limiterò a meditare... ti avverto, anche se potrei sembrare addormentata, non lo sono! La mia mente rimane vigile quindi non pensare di fare di nuovo qualche bravata!»

Claide si incuriosì.

«Meditare?» chiese.

«Si, è una pratica dei Cacciatori, la utilizziamo durante le lunghe cacce, quando non possiamo permetterci il lusso di un vero sonno. Il corpo recupera e la mente entra in una specie di limbo, di sonno vigile... non si è mai svegli ma neanche del tutto addormentati... il tempo sembra passare più velocemente e in questo modo possiamo recuperare le forze senza intorpidire i sensi»

Claide ci pensò un attimo, in mente aveva migliaia di occasioni in cui un'abilità del genere gli sarebbe tornata utile.

«Un giorno me la dovrai insegnare» borbottò.

Iris rispose abbozzando un rapido sorriso e si mise a gambe incrociate.

Claide si concentrò per capire cosa stesse succedendo al corpo di lei. Avvertì il battito rallentare lentamente, il respiro si fece sempre più leggero quasi sino a fermarsi e i muscoli si rilassarono completamente, nonostante la posizione potesse risultare molto scomoda. Rimase affascinato da quella pratica e passò la notte a ricordare tutti quei momenti in cui avrebbe dato qualsiasi cosa pur di far passare quelle ore e ore veloci come una manciata di minuti.

Il mattino seguente Iris si svegliò all'alba, Claide aveva già provveduto a spegnere il fuoco ed esortò la Cacciatrice a sbrigarsi, voleva riprendere il prima possibile il viaggio. Deviarono verso ovest, Iris a cavallo e Claide a piedi che conduceva attraverso strade che tagliavano in mezzo a foreste, valli o altri luoghi in cui un uomo comune si sarebbe perso. Ogni volta che Iris lamentava dolori alla schiena o eccessiva stanchezza, Claide sbuffava ma non si era mai lamentato. Nonostante ogni cosa in quella ragazza lo irritasse, non poté fare a meno di essere comprensivo.

Il viaggio durò sei giorni, le scorciatoie di Claide avevano dato i loro frutti. Durante il tragitto Claide e Iris si erano scambiati poche parole, lui le aveva chiesto come era diventata Cacciatrice, ma lei aveva risposto chiedendo a lui come era diventato Giudice. Non toccarono più l'argomento e si limitarono a scambiarsi brevi frasi, quelle necessarie per spiegare le direzioni da prendere, per fermarsi e per ripartire. Claide aveva avuto parecchio tempo per osservarla la notte; molte cose di lei lo incuriosivano ma non avrebbe mai fatto lui la prima domanda, anche perché sapeva bene che lei era curiosa più o meno quanto lui.

Si fermarono in vista di una scogliera, il sole stava ormai tramontando, l'oceano sotto di lui iniziava a infiammarsi del tipico rosso acceso, quasi accecante, che a lui tanto mancava. L'aria salmastra riempiva i polmoni e pizzicava il naso, la linea perfetta dell'orizzonte era spezzata da una piccola casetta fatiscente che sembrava stare in piedi per miracolo.

«Che posto è questo?» chiese Iris scendendo da cavallo.

Claide inspirò affondo, riempiendosi i polmoni dell'aria di mare.

«Casa mia…» rispose.

«Tu hai una casa?» chiese lei inarcando un sopracciglio.

Claide la ignorò e si limitò a proseguire. Dopo una manciata di minuti raggiunsero la costruzione. Claide sorrise, nonostante quella catapecchia fosse tutt'altro che ospitale, era l'unico posto dove potesse sentirsi davvero a casa.

«Cosa ci facciamo qui?» chiese Iris.

«Dovevo tornare a prendere una mia vecchia amica… prego accomodati, non c'è un letto ma forse uno sgabello dovresti ancora trovarlo» rispose lui.

Non appena Iris mise un piede nella costruzione rimase interdetta. Le pareti di legno erano crivellate dai tarli, il pavimento era nuda terra battuta, chiamare le quattro assi traballanti "tetto" sarebbe stato un complimento e l'arredamento era composto da un tavolo grezzo pendente su un lato, uno sgabello rosicchiato dai ratti, un baule marcio e arrugginito e una piccola credenza.

«Almeno c'è potremo accendere un fuoco» pensò non appena vide il piccolo camino in pietra annerito dalla fuliggine.

Claide però non badò molto all'espressione critica che si era dipinta sul volto di Iris, la sua attenzione era stata completamente rapita dall'oggetto posto in modo ordinato sopra il tavolo.

«Ciao…» sussurrò Claide alla sua spada.

Un leggero tintinnio risuonò nell'aria, sottile e acuto, come se l'arma lo stesse rimproverando per averla lasciata lì a prendere polvere.

«Andiamo, ora non fare così, sono tornato…» disse lui mentre con un sorriso sollevava l'arma dal tavolo e la sguainava piano.

«Stai parlando con la spada?» chiese Iris, sempre più convinta che lui fosse completamente pazzo, ma Claide non la degnò nemmeno stavolta. Sguainò completamente l'arma e la portò di fronte al viso. Questa prese a vibrare, producendo un ronzio cupo che si diradò per tutta la stanza.

«Anche tu mi sei mancata» disse lui.

Iris, che aveva udito quel ronzio, decise di non indagare troppo a fondo e tornò fuori per legare il cavallo ad un palo di legno. Fece per controllare se alla sinistra dell'abitazione ce ne fosse uno ma, prima che potesse svoltare, Claide le si parò davanti in una folata d'aria, l'arma ancora in pugno.

«C'è un pozzo verso sud a trenta passi dalla scogliera» disse a denti stretti «Lega li il tuo cavallo e riempi le tue borracce»

Iris lo guardò confusa.

«Come mai questa improvvisa ostilità?»

«Fa' come ti ho detto!» disse lui duro.

Iris lo guardò senza capire, sospettando che sul fianco della casa ci fosse qualcosa che volesse tenergli nascosta. Gli voltò le spalle stizzita e condusse il cavallo verso il punto indicato. Claide tirò un sospiro di sollievo, si sporse appena dietro l'angolo, la lapide era li che lo scrutava, lo accusava. Aveva infranto il giuramento.

Raggiunse Iris al pozzo, lei stava finendo di riempire il suo otre mentre il cavallo brucava avidamente dal terreno.

«Cerca di trovare qualche ramo secco per un fuoco» disse Claide mentre si toglieva il mantello dalle spalle, posandolo sulle pietre del pozzo «Io cercherò di procurarti qualche provvista per il viaggio…»

«Hai intenzione di cacciare a mani nude?» chiese lei guardandolo di sbieco. Claide in tutta risposta la squadrò alzando un sopracciglio e lei scosse la testa, ricordandosi dei suoi poteri.

«Non ci metterò molto» disse mentre si sfilava la camicia, rimanendo a torso nudo.

Iris osservò il fisico asciutto e atletico di Claide, la pelle segnata da cicatrici vecchie e rosee, pallida e tesa sotto i muscoli definiti e guizzanti. Provò un profondo senso di imbarazzo e distolse lo sguardo.

«Che stai facendo?» chiese.

Claide non rispose, afferrò il secchio pieno d'acqua e se lo rovesciò addosso per lavarsi via le fatiche di quei giorni così intensi. Iris osservò le gocce d'acqua scivolare via dal suo corpo, seguendo la linea dei pettorali, degli addominali e scomparendo sotto il ventre. Avvertì una vampata di calore e sentì gli zigomi andare in fiamme, si voltò completamente e cercò di protestare.

«Potevi almeno girarti!» sbottò lei poco convinta delle sue parole.

«Non ti ho mai obbligata a guardare» rispose lui divertito dalla sua reazione. Iris lo fulminò con uno sguardo e si diresse a grandi passi verso la casa. Una volta percorsi una decina di metri si voltò solo per vedere Claide che correva verso la foresta più a sud, così veloce e bianco da sembrare uno spettro.

Respirò a fondo e riportò i battiti del cuore ad un ritmo più normale. Dopo essersi rimproverata per aver avuto una reazione del genere, cercò nei dintorni rami secchi, pagliuzze, foglie e qualche arbusto da usare per accendere un fuoco, non trovò molto ma per un paio d'ore avrebbe dovuto bastare. Tornò alla catapecchia che Claide si ostinava a chiamare casa e sistemò i rametti nel focolare, la notte avanzava e l'umidità gelida che il vento alitava dall'oceano iniziava ad infiltrarsi sotto i vestiti. Decise di aspettare comunque ad accenderlo, non voleva consumare tutto il fuoco prima del suo ritorno, così iniziò a curiosare in giro. Notò parecchie cose che attirarono la sua attenzione, come ingredienti alchemici, erbe e unguenti vari, pozioni e alcuni tomi scritti in una lingua incomprensibile. Tutti manufatti e tesori raccolti da Claide nella sua lunghissima vita. Provò ad avvicinarsi alla sua spada, ancora posata sul tavolo, ma non appena allungò una mano per sfiorarla avvertì una strana sensazione, come se l'arma le stesse intimando di non farlo. Ritrasse il braccio e corrugò la fronte, di certo era un oggetto straordinario, bello, elegante e cruento allo stesso tempo.

Notò persino una spada corta, appesa con due chiodi al muro usati a mo' di rastrelliera. Era simile alla spada di Claide ma l'impugnatura era di semplice cuoio nero e non ricoperta di teschi. Inoltre, al posto di una gabbia elaborata, aveva una semplice guardia a croce, con un anello per ciascun lato. Iris finì il suo giro e diede un'occhiata fuori: il sole era quasi scomparso dietro l'orizzonte e Claide non era ancora tornato.

«Forse ho il tempo per un'occhiata veloce...» pensò lei tornando con la mente ad un'ora prima, quando il Giudice l'aveva bloccata bruscamente prima che svoltasse verso il lato sinistro della casa.

Uscì dall'abitazione e diede un'occhiata verso la foresta, salvo per il suo cavallo non scorse nemmeno un movimento. Strinse i pugni e si fece coraggio.

Svoltò verso l'angolo proibito e quello che trovò la lasciò interdetta. Su una striscia di terra spoglia e priva di erbacce si ergeva una piccola lapide di semplice pietra. Sopra non era riportato alcun nome, l'unico elemento caratteristico di quella piccola tomba era un giglio bianco che aveva messo radici sul terreno, tanto bello quanto insolito visto che l'aria salmastra del Triam non era adatta a quel fiore così delicato. Fece qualche passo verso la lapide e sfiorò la sua superficie dura e fredda.

«*Chissà chi è sepolto qui... doveva essere qualcuno di importante se Claide si è agitato in quel modo prima*» ma il filo dei suoi pensieri venne interrotto dal fracasso di ciocchi di legno caduti e dal tonfo di qualcosa di più pesante.

Si voltò di scatto e impallidì. Claide era tornato e la fissava con l'ira negli occhi. Si era rivestito e a terra giacevano una dozzina di grossi rami di legno e la carcassa di un giovane cerbiatto.

«Cosa... ci fai... qui!» sibilò lui a denti stretti, trattenendo a stento la rabbia.

«Aspetta...» rispose lei alzandosi piano e alzando le mani «Non è come credi! Stavo cercando della legna e per caso l'ho vista! Mi sono avvicinata ma non ho toccato nulla!»

«Non mentire!» sbraitò Claide con gli occhi che lanciavano fiamme. Improvvisamente, però, qualcosa in lui cambiò. Con la mente tornò ad un centinaio di anni prima, quando aveva già vissuto una situazione del genere. Quel pensiero lo fece rabbonire di colpo e un sorriso di nostalgia si dipinse sul suo volto, facendo spirare tutta l'ira che solo qualche attimo prima stava per esplodere. Rilassò i muscoli delle braccia, ancora preso da quel ricordo, e raccolse da terra la legna.

«Allontanati da li...» disse con tono severo ma senza traccia di rabbia «torna dentro e inizia ad accendere il fuoco, io intanto preparo la cena»

Detto questo si allontanò   ,   lasciando   Iris confusa ma sollevata per aver evitato la sua furia. Lo seguì all'interno della casa e accese il fuoco con il suo acciarino, sistemando piano i rami più grossi per creare un po' di brace dove arrostire la carne.

Dopo una un paio d'ore riuscirono a creare abbastanza brace e Claide aveva finito di scuoiare e sviscerare il cerbiatto. Aveva tagliato le parti magre dell'animale a piccole strisce, in modo da poterle affumicare, le parti più grasse invece le aveva infilzate nella sua spada che poi aveva conficcato tra le pietre del focolare a mo' di spiedo.

Iris non aveva aperto bocca da quando Claide l'aveva scoperta a curiosare ma notando la sua espressione serena mentre osservava la carne cuocere si azzardò a fare una domanda.

«Colui che è sepolto la fuori...» iniziò, pentendosi subito dopo notando le spalle di Claide che si irrigidivano «era una persona importante per te?» chiese.

«Non sei un po' troppo curiosa per essere una Cacciatrice?» la punzecchiò lui, abbozzando un mezzo sorriso e rilassando le spalle.

Lei si offese e si voltò ad osservare le braci stizzita, decisa ad ignorarlo.

«Non colui... colei...» continuò tuttavia Claide, senza distogliere lo sguardo dal fuoco.

«Colei?» lo incalzò Iris dimenticandosi completamente del suo orgoglio. Claide la guardò dritta negli occhi, uno sguardo così penetrante che per poco lei non chinò il capo. «E' una lunga e vecchia storia...» riprese tornando ad osservare le braci ardenti e sistemando la spada sull'altro lato.

«Abbiamo tempo e io non sono stanca»

«Bene allora...» incominciò lui dopo essersi lasciato sfuggire una breve risata sommessa «Quella che ti sto per raccontare è una storia che non troverai sui tuoi amati documenti dell'Ordine, proprio perché io stesso mi sono impegnato tanto affinché nessuno ne venisse a conoscenza. Sotto quella lapide sta sepolta la parte di me più vulnerabile, più debole, la parte senza la quale, io ora non sarei qui» Claide incrociò le gambe e Iris lo imitò attenta alle sue parole.

«La storia ha inizio circa duecentosessanta anni fa, quando ero un uomo ben diverso da ora... Ero violento, crudele e assetato di sangue, vedevo nel mio ruolo da Giudice solo morte e condanna, e poco importava se le mie vittime fossero Dannate o innocenti, se mi annoiavo o qualcuno provava a intralciarmi, chiunque finiva per assaggiare il filo della mia lama... torturavo i dannati prima di finirli, per puro divertimento, e li depredavo dei loro averi, sperperando poi il loro denaro in alcol e compagnie. E proprio per quest'ultimo motivo mi ero diretto verso Tersa, un villaggio poco più a nord di qui. Avevo appena ucciso un nobile che aveva fatto la sua fortuna grazie ad un patto e volevo spendere il contenuto dei suoi forzieri in un bordello che mi era stato consigliato da alcuni marinai… Ma i miei programmi cambiarono quando la vidi per la prima volta.

La Balaustra Lucente era la casa del piacere più in voga di tutto il Triam. Tre piani di stanze più un piccolo e caldo seminterrato in cui gustare ogni tipo di piacere, dai liquori più ricercati ai vini più economici. Stavo appunto ammirando quanto fosse imponente l'entrata quando scorsi il suo viso attraverso le sbarre di una finestra al terzo piano. Aveva scostato di poco le tende, cosa vietata in quel posto frequentato ben volentieri anche da ricchi funzionari o casti sacerdoti. La sua pelle era bianca e candida come la neve, i lineamenti erano dolci e delicati come quelli di una ragazzina. Aveva i capelli lunghi, leggermente mossi e corposi, neri come le ali di un corvo, e quegli occhi… azzurri come il cielo della più bella giornata di primavera, chiari e limpidi come il ghiaccio, grandi e luminosi, con uno sguardo sognatore che agognava alla libertà, a una vita migliore al di fuori di quelle squallide mura. Fu proprio a causa di quello sguardo che ne fui immediatamente rapito. In quello sguardo mi ero rivisto quando ancora ero un ragazzo, quando agognavo ad un tipo di liberta molto simile.

Entrai nel bordello e chiesi alla padrona di una ragazza che corrispondesse a quella descrizione. All'inizio lei non mi volle rispondere, i miei vestiti erano laceri e sporchi, ancora macchiati di sangue, ma non appena vide la lauta somma di denaro che le avevo offerto non si fece pregare e mi portò subito da quella ragazza. Una volta entrato nella stanza lei mi guardò con astio ma non proferì parola… iniziò a spogliarsi, credendomi uno dei tanti uomini che ormai avevano attraversato quella porta, ma io la fermai subito. Inizialmente mi guardò sospettosa e confusa, io le dissi che non volevo questo, che volevo solo parlare e mi presentai.

Lei per poco non mi rise in faccia ma, quando vide la mia espressione seria, si ricompose e andò a sedersi, senza perdermi mai d'occhio. Era a dir poco insospettita dal mio comportamento ed era evidente che se non avessi fatto qualcosa per rassicurarla avrebbe chiamato subito la padrona per farmi cacciare, così io cominciai a inventare qualche storia su di me. Le dissi che ero un ramingo, che la mia famiglia mi aveva abbandonato ormai da tempo e io avevo deciso di viaggiare per il regno, alla ricerca di tesori e ricchezze, svolgendo qualche lavoro per guadagnarmi il pane. Lei ancora non mi rispondeva, così accennai al fatto che l'avevo vista guardare fuori dalla finestra, per quello ero venuto da lei. Lei sgranò subito gli occhi, terrorizzata, e aprì bocca per implorarmi di non dirlo a nessuno ma io la fermai anche stavolta. La rassicurai e le dissi che non lo avrei mai detto a nessuno. Lei non aveva la minima voglia di fare ciò per cui gli uomini le facevano visita e io volevo solo un posto dove stare, la sua compagnia e conoscerla. Quando capì che non ero un pazzo e che non ero li per farle del male si rilassò e mi disse il suo nome. Si chiamava Hirina.

Parlammo per tutta la notte, avevo pagato la stanza per il doppio del suo prezzo e nessuno si presentò alla porta per disturbare. Io le chiesi da dove venisse e come mai fosse finita in un luogo del genere ma quando lei iniziò a rispondere in modo troppo elusivo, per evitare di raccontare fatti troppo personali ad un perfetto sconosciuto, allora iniziai a parlarle di me, a raccontarle dei posti che avevo visto e visitato, delle immense praterie squarciate da fiumi cristallini e colmi di pesci variopinti o delle antiche rovine dei castelli di vecchi lord immerse in fitte foreste, o del mare, che lei a quanto amava tanto nonostante non l'avesse mai visto.

Tornai da lei ogni sera, tanto che la padrona del

bordello iniziò a insospettirsi ma ogni volta io le offrivo qualche moneta in più e lei smetteva di fare domande. Imparai a conoscere Hirina, lei non solo si fidava di me, mi era addirittura grata perché così facendo evitava di giacere con qualche marinaio ubriacone e puzzolente. Mi raccontò della sua infanzia, i suoi genitori erano morti quando lei aveva appena undici anni e la zia, la padrona del bordello, l'aveva presa con sé. All'età di quattordici anni l'aveva costretta a lavorare in quel posto come prostituta, minacciandola di cacciarla di casa se si fosse rifiutata e ormai erano tre anni che faceva quel lavoro, ripudiando se stessa per non aver mai avuto il coraggio di andarsene e passando le sere ad guardare fuori dalla finestra, sognando di scappare, di avere una piccola fattoria e di avere una vita diversa. Io le proposi un sacco di volte di scappare, il denaro non mi mancava e lei avrebbe avuto la vita che sognava, ma aveva sempre troppa paura e ogni volta rifiutava la mia proposta.

Dopo circa un mese di serate passate assieme a parlare e fantasticare, accadde l'inevitabile. Ero tornato a Tersa dopo un contratto che aveva preso più tempo del previsto, la notte era calata già da tempo e io non avevo l'esclusiva su di lei. Quando arrivai al bordello e chiesi di Hirina, la padrona mi disse che era già occupata e che se volevo potevo sceglierne un'altra. Fui preso dal panico e aspettai tutta la notte fuori dal bordello. Quando finalmente il lume della candela che filtrava dalla finestra di Hirina si spense mi fiondai all'interno, pagai il triplo della somma alla padrona per farmi entrare subito e andai da lei. Quello che trovai non mi piacque neanche un po'. Era raggomitolata nel letto, rivolta verso la parete. Singhiozzava violentemente e teneva il viso coperto con le mani. Mi avvicinai piano chiamandola per nome, ma lei non si voltò. Coprii il suo corpo con un lenzuolo e le cinsi le spalle con le braccia cercando di cullarla. Quando i singhiozzi cessarono, si decise a guardarmi. La faccia era coperta di lividi, i polsi erano segnati dalla stretta di cinghie di cuoio e aveva del sangue incrostato sotto una narice. Sentii la collera montare imbizzarrita, le mani presero a tramarmi, strinsi così forte i denti che per un attimo temetti di romperne qualcuno. Gli chiesi chi fosse stato e lei mi disse che si chiamava Guar, un pescatore padre di famiglia che abitava nei bassifondi, ma si pentì subito non appena vide la sete di vendetta inondare i miei occhi. Provò a fermarmi ma io non l'ascoltai e uscì dalla stanza. Trovai l'uomo che percorreva una delle stradine per il porto, barcollando sotto l'effetto della birra che aveva tracannato, il suo puzzo di sudore mi giunse ancor prima di distinguere il colore delle sue vesti.

Lo chiamai ad alta voce, intimandogli di fermarsi. Lui si voltò e mi mandò all'inferno ridendo del mio aspetto così giovane. Grave errore per lui...» Claide fece una piccola pausa, la carne era cotta e si apprestò a toglierla dal fuoco per servirla a Iris, sostituendola con le strisce da affumicare e riposizionando la spada, smosse le braci per non soffocare i tizzoni ancora incandescenti e si sedette comodo per riprendere col racconto.

«Lo afferrai alla casacca e lo strattonai così forte da farlo cadere a terra, facendogli sputare tutta l'aria che gli era rimasta. Mi sedetti a cavalcioni sul suo petto e lo afferrai al collo. In un attimo il suo viso divenne paonazzo, provò a cercare l'aiuto delle guardie ma con un pugno gli spaccai tutti gli incisivi. Lo tirai su per evitare che soffocasse col suo stesso sangue, gli dissi che quella notte aveva sbagliato letto e che ora avrebbe pagato il prezzo di tale errore. Gli spezzai prima un braccio, poi l'altro, soffocando le urla con la mia mano che intanto andava a inzupparsi del suo sangue. Lo colpii al diaframma facendolo crollare a terra e presi a calci le sue cosce sino a spezzargli anche le gambe. A causa del dolore l'uomo perse i sensi e si accasciò al suolo.

Io mi accorsi subito che pestarlo a quel modo in mezzo a una strada non era stato un gesto tanto furbo, quindi mi allontanai subito e corsi verso la casa chiusa, arrivando nello stesso momento in cui le guardie diedero fiato ai loro corni. Non prestai minimamente attenzione alla padrona e salii precipitosamente le scale, sfondai la porta della camera di Hirina, trovandola mentre si spalmava un unguento sugli ematomi. Lei mi guardò con sguardo confuso e spaventato ma io non persi tempo in chiacchiere, le dissi che dovevamo scappare e che avrei badato io a lei. Inizialmente mi guardò esasperata, ma quando ha cercato di opporsi per l'ennesima volta uno dei lividi che aveva sul mento le ricordò cosa fosse appena accaduto. Annuì e si alzò dal letto, io non le lasciai neanche il tempo di mettere addosso qualcosa di più pesante della sua vestaglia. La presi in braccio, sfondai la finestra con un calcio e saltai di sotto.

Una volta a terra le presi la mano e corremmo verso l'uscita del villaggio, dirigendoci verso sud. Lei non sapeva della mia vera natura, non potevo correre al massimo della mia velocità, speravo di seminare le guardie che erano alle nostre calcagna una volta arrivato nei boschi, ma lei era lenta... troppo lenta. Ci raggiunsero e io mi fermai ad affrontarle. Erano armate di lance e picche ma non mi spaventavano. Diedi le spalle a Hirina e usai il bagliore per confonderle. Mi fiondai verso la guardia più vicina sguainando la spada. Era brava ma io ero più veloce. Altre due nel frattempo avevano preso coraggio e cercarono di attaccarmi. Io schivai i primi attacchi, dovevo cercare di non restare ferito o Hirina avrebbe notato la mia guarigione rapida. Feci una finta a sinistra per poi superare le punte affilate della lance con un balzo, raggiunsi la guardia alla mia destra e la scagliai sul suo compagno, mandandole entrambe a terra, con un movimento rapido tagliai la gola anche alla seconda guardia. A quel punto l'unica guardia rimasta cercò di darsela a gambe, ma io afferrai una delle lance a terra e gliela scagliai dritta tra le scapole. Il colpo andò a segno e la guardia stramazzò al suolo. Hirina aveva assistito alla scena inorridita, mi guardava impaurita e confusa. Io mi avvicinai piano, mostrando i palmi delle mani. Le dissi che l'avevo fatto per evitare che altre guardie ci seguissero, che era stato meglio così e che le avrei spiegato tutto una volta al sicuro.

Le presi la mano e corremmo ancora, sino a raggiungere questa casa…»

Iris sgranò gli occhi.

«Questa casa ha più di duecento anni?» chiese lei incredula.

«Più di trecento per essere esatti… un paio di centinaia di anni fa lanciai un incantesimo sulle assi di legno, per renderle più forti e per evitare che crollassero… ma questa è un'altra storia… vuoi sapere come finisce il mio racconto, si o no?»

Iris annuì con forza e si mise di nuovo in ascolto.

«Bene… una volta giunti qui, ci rilassammo… ai tempi questa casa aveva ancora un tetto, una porta e le ante alle finestre. C'era anche un letto, ma ho preferito bruciarlo… Arrivati qui ci barricammo dentro, chiudemmo ogni accesso alla casa e io accesi qualche vecchia candela che aveva resistito alle intemperie. Lei vide che sapevo usare la magia e mi guardò confusa, sempre più convinta che fossi molto più del vagabondo di cui le avevo parlato. Io la guardai supplicandola di non avere paura, e avvicinai la mano alle sue ferite. Usai un piccolo incantesimo per guarirle tutti i lividi che aveva… una volta finito lei non ci poteva credere. Io iniziai a spiegare, dicendole che c'era molto di più che doveva sapere su di me, ma lei mi zittì posandomi un dito sulle labbra, mi disse che tutti avevano dei fantasmi del passato che non dovevano essere rivelati, l'unica cosa di cui le importava in quel momento era iniziare una nuova vita, entrambi finalmente liberi.

Ci scambiammo il primo bacio e giacemmo insieme quella notte… il più grande sbaglio di tutta la mia vita» Claide strinse i pugni e chinò il capo «Ero giovane. Non sapevo controllare bene i miei poteri… e quando giunse il momento, inavvertitamente usai il Bagliore, quasi alla sua massima potenza»

Claide fece una pausa lunga e silenziosa, Iris aveva sgranato gli occhi per lo stupore ma non si azzardava a proferire parola, lasciando tutto il tempo di cui l'uomo seduto di fronte a lei aveva bisogno.

«Lei impazzì... iniziò a gridare, ad additarmi come demone, a graffiarsi il volto e il ventre con le unghie. Io cercavo di calmarla, spaventato da quello che avevo appena fatto, ma più mi avvicinavo più lei iniziava a gridare e a dire cose senza senso. Non pensò neanche a rivestirsi, aprì la porta prima che io la potessi fermare e scappò nel gelo della notte. Io la raggiunsi subito ma la mia innaturale velocità non face che spaventarla ancora di più. Avevo paura di farle del male e invece di afferrarla con forza, invece di fermarla, provavo a spiegarmi, facendola scappare ancora più veloce da me. Raggiunse il punto dove avevo sterminato le guardie e prese un pugnale dalla cintola di un soldato. Iniziò a puntarmelo contro, intimandomi di restarle lontano. Io ero terrorizzato, non sapevo cosa fare. Quando lei crollò sulle sue ginocchia afferrandosi la testa tra le mani io provai ad avvicinarmi e sbagliai anche in questo. Senza un minimo di preavviso, si conficcò il pugnale nel ventre nudo e si accasciò a terra. Provai a salvarla in mille modi, ma la ferita era troppo profonda e io ero troppo inesperto. Portai il suo corpo qui e scavai nella terra a mani nude. Ripulii la sua ferita e le rimisi la vestaglia, poi la deposi sul fondo della fossa e...» Claide strinse gli occhi dal dolore «Quel giorno, giurai sulla sua morte che non avrei mai più torto un capello ad un innocente, che non avrei mai più usato i miei poteri da demone se non nel momento del bisogno, che mai più mi sarei comportato da folle omicida, che avrei scelto sempre un'alternativa alla morte. Giuramento che, a quanto pare, ho infranto qualche settimana fa, quando ho ucciso il generale Garan...» Claide si interruppe ancora, questa volta a causa di un moto di rabbia.

«Quel giorno chiusi completamente con la mia parte

demoniaca, naturalmente forza e velocità erano comunque aumentate dalla mia doppia natura, ma non una goccia di potere infernale fuoriuscì dal mio corpo. Quando non lavoravo, tornavo qui, ad addestrarmi... tiravo di spada, creavo pozioni, studiavo le erbe e la magia, e lo faccio ancora oggi, anche se ormai è diventato più un passatempo che un vero bisogno. Con gli anni la mia parte umana è diventata sempre più forte, tanto da compensare l'assenza dei miei poteri demoniaci, ma ora a quanto pare questi sono tornati senza preavviso, dandomi l'accesso ad una mole di potere con non ricordavo minimamente...» concluse osservandosi le mani.

Iris aveva finito il suo pasto e lo stava osservando. Si era sorpresa ad ammirare quell'uomo più di ogni altro. Sotto quella maschera di crudeltà, cinismo, indifferenza, apatia, alla base di tutto il suo carattere freddo e schivo, stava un dolore immenso che si portava dentro da anni e che ogni giorno aveva corroso il suo animo. Improvvisamente Iris sentì l'enorme peso della storia che aveva appena ascoltato, sentendosi non solo onorata per aver ricevuto un peso così enorme, ma anche investita di un dovere più grande. Improvvisamente si sentì enormemente simile a Claide, anche lei aveva perso tutto, anche lei utilizzava una maschera per nascondere il dolore, anche lei si sentiva tradita dal mondo intero.

Si alzò e, sotto lo sguardo di Claide, uscì dalla casa. La notte aveva raggiunto le sue ore piccole e dense nubi di condensa fuoriuscivano dalla bocca di Iris, scandendo il ritmo del suo respiro. Si diresse verso la scogliera, in una zona dove quella sera aveva notato dei fiori di campo e ne raccolse alcuni. Claide la stava osservando dall'uscio della porta, aveva intuito le sue intenzioni. Iris si diresse verso la lapide e lasciò i fiori alla base di essa.

«Riposa in pace Hirina» disse.

Quando si voltò vide Claide che la stava osservando, il suo volto era una maschera di pietra, solo gli occhi tradivano il suo dolore. Iris gli si avvicinò e gli posò una mano sulla spalla, in segno di conforto, poi tornò dentro, lasciando il Giudice solo con la sua più grande colpa.

Claide si avvicinò piano, quasi lottando contro sé stesso. Crollò sulle ginocchia, di fronte allo sguardo inquisitore della tomba di Hirina, e mise una mano sulla terra fredda.

«Mi dispiace... ho fallito...» disse mentre calde lacrime iniziarono a solcargli il viso «mi redimerò...» continuando e artigliando la terra sotto il suo palmo «Vendicherò le anime innocenti che sono spirate... te lo giuro!»

Capitolo 24
Verità

Partirono alle prime luci dell'alba, Claide era rimasto di guardia tutta la notte nonostante le proteste di Iris. Aveva avuto bisogno di riflettere, di mettere a tacere tutte le nuove domande che improvvisamente si erano annidate nel suo cervello.

Ricordava bene il potere demoniaco che aveva nei primi anni della rinascita, e non era neanche lontanamente paragonabile a quello liberato sul colle. Inoltre, non aveva mai sentito parlare di Giudici che potevano trasformarsi in creature demoniache. Ora capiva i discorsi enigmatici del capo dei demoni nomadi, o del vecchio vicino al Meniir.

«Già quel vecchio...» pensò.

Aveva riflettuto molto sulle vittime innocenti che aveva preso e ora ricordava bene dove aveva già visto lo stregone, lo aveva incontrato proprio al suo ritorno dall'Inferno. Si era tormentato giorno e notte durante il viaggio per non aver riconosciuto subito il suono della sua voce. Al pensiero Claide stringeva i pugni, era stato stupido e cieco, si era fatto manipolare come un pivello qualsiasi e lui sapeva di non esserlo.

Il cammino proseguì a buon ritmo. Durante il viaggio il rapporto tra i due migliorò, non raggiunsero più il livello di intimità manifestatosi quella notte ma le loro sere non passarono più sotto una pesante cappa di silenzio. Claide a volte la stuzzicava e lei rispondeva a tono ma, invece di prendersela, iniziarono a riderci su.

Iris continuò a tacere su come fosse diventata Cacciatrice, tuttavia gli insegnò la meditazione, una pratica che il Giudice trovò assai utile. Grazie ad essa, Claide non fu più costretto a passare le lunghe ore notturne a rimuginare su vecchi dolori e problemi del passato. Impiegò qualche giorno a dividere completamente mente e corpo ma quando ci riuscì Iris ne rimase palesemente sbalordita, nessuno aveva mai appreso così velocemente una tecnica tanto difficile.

Il viaggio durò cinque giorni, durante i quali i due cercarono di evitare strade, villaggi e cittadine, preferendo sentieri che tagliavano in mezzo a pianure desolate o foreste, rendendo più faticosa la marcia ma diminuendo di gran lunga la distanza da percorrere.

Nonostante avessero spontaneamente evitato strade e villaggi, Claide aveva un brutto presentimento. Più si avvicinavano al Feïm, più guardie iniziavano a scorgere in lontananza. Pattuglie composte da una dozzina di soldati, armati sino ai denti, che battevano le vie maestre a ritmi costanti, quasi ogni due ore. La cosa insospettì anche Iris ma non si pose troppi problemi, era sicura che una volta arrivata da Orth, il suo misterioso mandante, avrebbero avuto tutte le risposte che cercavano, anche se Claide rimaneva comunque scettico della tanto acclamata "onniscienza" di quest'uomo.

Alle prime luci del quinto giorno, scorsero l'imponenza di Gunea, la città più grande e bella di tutta Tanaria, nonché sua capitale. L'agglomerato urbano era diviso in quartieri nobili e borghesi, circondati da imponenti e tortuose mura di cinta che coprivano quasi tutta la linea dell'orizzonte. All'ombra delle mura si ergevano piccoli centri e borghi con fattorie, concerie, falegnamerie e altre abitazioni umili.

Dalla loro distanza si notavano le enormi distese di terra color oro, verde o rossa, a seconda degli ortaggi e dei legumi coltivati, e decine di mulini a vento sparsi tra i campi. Si udiva il ragliare degli asini che trainavano le enormi pietre delle macine, il muggito dei buoi ed il belare delle pecore e delle capre.

Nonostante fosse appena l'alba la città era già in fermento, i comignoli dei panettieri sbuffavano incessantemente e lo stridere delle seghe dei falegnami faceva tremare i denti anche a quella distanza. I tetti spioventi delle case spuntavano da dietro le mura, spezzando il grigio della pietra con il rosso, il verde e il marrone scuro. Tutto ciò era sovrastato in lontananza dall'imponenza del palazzo reale, un piccolo forte in marmo bianco e immacolato, protetto da altrettante mura di cinta, contenente il corpo di guardia personale del re e abbastanza grande da ospitare un quinto delle sedicimila anime che abitavano la città.

La sua suntuosa maestosità, tuttavia, veniva oscurata da un'altra struttura, persino più imponente e magnificente, la cattedrale dell'Ordine. Con un altezza di oltre trenta tese, la navata centrale era l'unica visibile dall'esterno. Sorreggeva un enorme guglia in marmo bianco su cui svettava la scultura in oro della spada, il martello ed il bastone incrociati. La grossa facciata era adornata con un enorme vetrata ovale e variopinta raffigurante il medesimo simbolo. La navata era fiancheggiata da altre due per lato, decisamente più piccole e appena visibili oltre i tetti delle case. Alle sue spalle si ergevano tre campanili di diversa altezza, ciascuno con una funzione ed un significato diverso, il tetto era punteggiato da altre sculture in marmo rappresentanti austeri figuri in armatura e dalle spade fiammeggianti, finemente lavorate e dettagliate. Il forte era sicuramente ben protetto e spazioso, ma la cattedrale rimaneva l'edificio più grande mai costruito dall'uomo, in grado di contenere poco meno dei due terzi della popolazione di Gunea.

Man mano che si avvicinarono, però, Claide non poté fare a meno di sentirsi minacciato. Era un po' che ci stava pensando e, dopo aver visto le strade di tutto il Feïm pattugliate da un intero plotone armato, l'assenza di truppe nei paraggi gli faceva rizzare i peli sul collo. Non scorgeva neanche un arciere sulle mura, le feritoie dei balestrieri erano chiuse, tra i campi non girava nemmeno un soldato semplice e l'enorme grata del cancello in ferro battuto era stata lasciata aperta, senza i tipici alabardieri reali a salvaguardarne l'entrata.

«Qualcosa non va...» disse rivolto a Iris. Lei si limitò ad

annuire piano, scrutando l'orizzonte presa dai suoi stessi sospetti.

Durante il tragitto incontrarono vari contadini e mercanti, tutti si limitarono a scrutarli per poi voltare la testa, quasi pentendosi di averli visti.

«Cosa sta succedendo?» pensò Claide.

Attraversarono l'entrata e si ritrovarono in una piccola piazza circondata da basse case di mattoni in argilla che torreggiavano serrate e ordinate sui vicoli e sulle stradine strette e sinuose. Il vociare dei mercanti, il frastuono delle chiacchiere di paese, il cozzare dei vasi e delle casse colme di merci, il cigolio delle ruote dei carri, tutta la città ne era priva. In realtà il quartiere sembrava disabitato, avvolto da un silenzio surreale, pesante. I banchetti erano vuoti, le merci esposte erano state lasciate incustodite. L'aria stessa era attraversata da una strana elettricità. Claide mise mano alla spada che vibrò eccitata per il ritrovato contatto con il suo compagno, anche lei conosceva bene quella tensione.

Furono rapidissimi, dai vicoli e dalle strade, sbucarono più di trenta guardie, armate di picche e lance, bardate pesantemente con corazze a piastre e tabarri rossi e oro svolazzanti. Lo sferragliare delle loro armature e delle loro cotte di maglia scacciò in un attimo il silenzio di poco prima.

Claide sguainò la spada e digrignò i denti, preparandosi allo scontro. Iris riconobbe gli stemmi sulle loro armature, un grifone d'oro impennato su campo rosso, il blasone della famiglia reale, e rimase basita. La sua era stata una missione in cui era stato coinvolto anche il re ed erano appena stati circondati dalle sue guardie private.

I soldati puntarono le punte delle loro armi contro di loro e rimasero fermi in una posizione perfetta, frutto di anni di addestramento. Claide passava velocemente lo sguardo da un lato all'altro, lui ne sarebbe uscito indenne, Iris probabilmente no. Prima che potesse prendere una decisione, dalla calca armata si fece spazio un uomo poco più grande di

Claide, i lunghi capelli neri incorniciavano un volto dai tratti immaturi, perfettamente ordinati e curati. Aveva le spalle coperte da un pesante mantello rosso con elaborati ricami d'oro che copriva il sue pettorale d'acciaio adornato da opali e lapislazzuli, indossava un farsetto di broccato porpora e dei calzoni in seta color sabbia perfettamente imboccati in un bel paio di stivali in pelle di daino, vesti degne solo di un nobile d'alto rango. Iris lo riconobbe prima di Claide.

«Duscan! Che accidenti significa tutto ciò?» sbottò lei con gli occhi che lanciavano fiamme.

«Fa' silenzio Cacciatrice!» sbraitò il re «Come osi rivolgerti a me in quel modo?! Bada a come ti poni soldato! La situazione in cui ti ritrovi pende già a tuo sfavore!»

«Hai perso la ragione per caso?»

Duscan sgranò gli occhi oltraggiato dall'insolenza di Iris.

«Non sono stato chiaro?!» sbraitò lui «E va bene, hai avuto la tua occasione, ti accuso di insubordinazione, diserzione e oltraggio alla corona! E tu, *mostro!* Sei accusato di omicidio, blasfemia ed eresia! Siete entrambi in arresto! Guardie, prendeteli!»

Claide perse la pazienza, aveva seguito Iris controvoglia, nonostante non si fosse fidato ne di lei ne delle parole dello sconosciuto per cui lavorava, e ora lo ripagavano con la pena di morte.

«Non credo proprio...» pensò.

Quattro grosse guardie si avvicinarono con fare minaccioso, due puntarono verso Iris, le altre verso di lui. Claide si voltò per guardarle dritto in faccia.

«Io non lo farei...» sussurrò.

Quando i poveri malcapitati furono ad appena qualche passo, Claide si concentrò appena e strinse le palpebre, liberando un'onda d'urto che mandò i due a gambe all'aria, facendoli cozzare contro i propri compagni, rischiando di rimanere infilzati dalle loro stesse lance.

Il piccolo avvertimento fece arrestare per un attimo

quelle che stavano per afferrare Iris, che iniziarono a guardare perplesse il re, sperando in un ordine di ritirata.

Lo stallo venne interrotto dalla voce di un uomo alle spalle di Duscan, portava una lunga veste bianca ricamata in oro, tipica dei Gran Sacerdoti dell'Ordine, e guardava Iris con disprezzo e odio smisurati.

«Tu! Dannata feccia!» sbraitò Talus puntando il dito contro Iris e scostando le guardie per farsi spazio «Hai disonorato l'Ordine come mai nessuno prima d'ora! Hai infangato il nostro sacro nome! Oh, tu non avrai la semplice galera! Tu verrai sottoposta alla nostra giustizia! Mi hai sentito?»

Talus si portò ad una spanna di distanza da Iris, la faccia gli divenne paonazza di rabbia, gli occhi sgranati non smettevano di puntarla con uno sguardo folle e carico d'ira. Lei lo guardò con tutto il disgusto che un essere umano possa concepire.

«Levati di mezzo, verme!» sibilò.

Talus sgranò ancora di più gli occhi e caricò il colpo. Lo scatto di Claide fu così veloce da risultare invisibile a occhio umano. Si portò alla destra di Iris e fermò il braccio del sacerdote con una mano.

«Non la toccare...» sibilò. Le iridi si colorarono di rosso, le pupille si strinsero, ai lati degli occhi di diramarono dozzine di vene oscure e pulsanti, segno del suo potere aumentato a dismisura.

Claide sentì l'osso dell'uomo scricchiolare sotto la sua presa, al limite della rottura. Talus gridò di dolore, ma il giudice non avvertì alcun suono, solo il ronzare sordo del suo potere aumentare lento e inesorabile.

La manica del sacerdote prese fuoco e solo allora Claide lasciò la presa, permettendogli di correre al sicuro tra gli uomini armati e di estinguere le fiamme sui lembi della veste con una drammaticità a dir poco teatrale. A causa dello sfogo tutte le guardie aveva preso a guardarlo terrorizzate, persino Duscan era diventato pallido come un cero. La vista di

Claide iniziò ad annebbiarsi, prese a vedere l'ambiente circostante in maniera più nitida e dettagliata ma con una strana tonalità rossastra e con i contorni sfocati. Lo stesso sguardo che aveva avuto durante la trasformazione in quella creatura.

Iris lo notò e gli mise una mano sulla spalla per cercare di calmarlo. Il suo tocco stranamente lo rilassò e sia l'udito che la vista tornarono normali, così come il ritmo del suo cuore e la pressione sulle sue tempie. Notò gli sguardi degli uomini attorno a lui, non aveva mai scatenato un terrore simile prima d'ora, non senza il Bagliore.

«Cosa state aspettando!» urlò Duscan rompendo il silenzio «Avete visto? E' un mostro! Un'aberrazione della natura! Prendetelo! Uccidetelo!»

«Duscan!» un urlo amplificato dalla magia tuonò in tutta la piazza, scuotendo la polvere dai tetti «Per tutti i Titani, dimmi cosa ti è saltato in mente!»

Tutti si voltarono, dietro di loro, in cima ad una strada lastricata che scollinava verso la cattedrale, fece capolino un vecchio basso e curvo, che aveva preso a guardare Duscan come se volesse scannarlo vivo. Aveva gli occhi straordinariamente brillanti e vigili color ghiaccio, incorniciati da una maschera di rughe. Portava una veste grigio topo e una barba del medesimo colore lunga sino a terra disordinata e cespugliosa, mossa dal vento improvviso scatenato dalla sua magia.

«Orth! Ti ho lasciato fare! Ma questi non sono affari che ti riguardano!» provò a difendersi Duscan.

«Come hai detto?» Orth sgranò gli occhi in preda ad una collera senza eguali «Ti prego di ripetere... ragazzino...» ad ogni parola l'aria si fece più densa e pesante, quasi irrespirabile, e la luce del sole venne assorbita dal potere magico liberato a poco a poco, proiettando l'intera piazza in una notte innaturale «Sai, alla mia età non ci sento tanto bene... prova a ripetere, forza!»

Orth stringeva i pugni, il vento si era fatto più forte, tutti iniziarono ad avvertire un tremendo senso di oppressione sul petto, alcune guardie collassarono sulle ginocchia, vittime del peso della loro stessa armatura e dell'ira di Orth.

«*Il vecchio sa il fatto suo*» pensò Claide divertito, anche lui avvertiva un certo fastidio.

Duscan barcollò al limite della sopportazione, fece per crollare a terra come molti dei suoi uomini ma prima di umiliarsi in questo modo diede l'ordine di ritirarsi e chinò il capo in segno di scuse.

Orth si rilassò.

«Così va meglio...» disse improvvisamente più sereno e tranquillo «Giudice... sono davvero mortificato per quanto è accaduto, i ragazzini di oggi non sanno più a chi portare rispetto» continuò fulminando Duscan con uno sguardo «La prego di dimenticare quanto è appena accaduto. Vorrei presentarmi, mi chiamo Orth, e sono il vecchio che l'ha fatta scomodare. Se non le dispiace, la prego di seguirmi, abbiamo molto di cui parlare e ormai credo che non rimanga più tanto tempo... a nessuno di noi, dico bene?»

Orth aveva preso ad osservarlo con sguardo triste e preoccupato. Claide non seppe perché, ma quel vecchio gli ispirò immediatamente fiducia.

«Mi chiami pure Claide» rispose prima di seguirlo verso la cattedrale.

Le guardie si dispersero sotto l'ordine di Duscan e i quattro si diressero verso l'enorme edificio bianco, seguiti a ruota da Talus che ancora si reggeva il braccio ferito, gemendo come un cane bastonato.

«Non so davvero come scusarmi, Claide...» disse Orth che conduceva in testa al gruppo «So che la sua sola presenza sia una dimostrazione di grande fiducia nei nostri confronti, sono mortificato per come Duscan l'abbia accolta»

Il re chinò il capo e strinse i pugni, ma non proferì parola.

«Sono felice di incontrare finalmente qualcuno con cui

poter parlare. State tranquillo, sono abituato a reazioni del genere» rispose Claide. Orth accennò un sorriso e si limitò a guidarli.

Di fronte alla cattedrale Claide si sentì immensamente piccolo, era incredibile come l'uomo, nonostante fosse portatore di guerra e morte, fosse in grado di creare qualcosa di così magnificente e imponente.

Entrarono nella cattedrale e si diressero verso la sacrestia, una volta dentro Orth si accorse che Talus li seguiva ancora.

«Mastro Talus, lei non dovrebbe prepararsi per la funzione del mattino?» disse mascherando la sua impazienza con falsa cordialità. Talus fece una smorfia.

«Ho capito...» rispose e si dileguò, lasciandoli soli. Orth sbuffò e lanciò un'occhiata divertita a Iris.

«Bene, signori miei, abbiamo tanto di cui parlare...» disse «Ora vi prego di lasciare in questa stanza rancori e orgoglio e di seguirmi in un posto di puro sapere e conoscenza. Vostra maestà, la prego di tenere aperta la sua mente» Duscan alzò gli occhi al cielo, probabilmente Orth non gli avrebbe mai perdonato la sua bravata.

Il vecchio si voltò e aprì una pesante porta di legno massiccio che dava su delle scale a chiocciola. Percorsero la rampa sino a ritrovarsi in un'enorme sala sotterranea. Le pareti erano di pura roccia, completamente coperte da file e file di scaffali colmi di libri, tomi, fogli di carta sparsi, penne, calamai, attrezzi alchemici e tutto ciò che avrebbe reso un accademico estremamente felice.

«Benvenuti nel cuore del Circolo, quella che vedete è la più grande biblioteca del mondo conosciuto, custode della storia di Tanaria e di tutte le forze esistenti... e loro sono i miei confratelli» disse Orth allargando le braccia e presentando i tre stregoni che sbucarono dai cunicoli di librerie e scrivanie «Arin... Varen e Nio... ciascuno di noi fa parte del Circolo da quando aveva sette anni, e ciascuno di noi è specializzato in una precisa area della conoscenza... Magia mortale, magia arcana, alchimia e storia dei quattro mondi...»

«Che comprende tutto il sapere conosciuto, anche se il vecchio Orth è troppo modesto per ammetterlo» disse lo stregone che il vecchio aveva presentato come Arin. Orth ridacchiò e si rivolse verso Claide.

«Giudice, qui noi abbiamo conservato la storia di tutti i vostri predecessori e degli antichi signori dei demoni conosciuti, se Iris vi ha assicurato che da me potevate avere delle risposte, beh aveva ragione... Ora seguitemi, non abbiamo tempo da perdere»

Si diressero verso il centro della biblioteca, dove si ergeva una tavola rotonda in pietra con quattro scranni di marmo più altre sedie poste lì per l'occasione. I quattro stregoni presero posto, compresi Iris e Claide, ma Duscan rimase in piedi, scrutando Orth con fare severo.

«Si, vostra maestà...» disse lui leggendogli nella mente «Il Circolo esiste da sempre e l'Ordine è solo una copertura... tutto questo è stato creato a vostra insaputa e a quella dei tuoi antenati, e no, non mi pento di aver mantenuto il segreto. Ora accomodatevi»

Duscan ubbidì e si sedette ben lontano da Claide, incrociando le braccia come un bambino capriccioso.

«Claide... so che avete mille domande da farmi, ma prima di rispondere vorrei sentire da voi cosa è successo in quest'ultimo mese» disse Orth guardandolo assorto. Claide avvertì gli occhi di tutti su di lui, prese un bel respiro e iniziò a raccontare.

Parlò della sua promozione e di come avesse ottenuto la misteriosa arma demoniaca, di come il Re dei demoni si fosse messo in contatto con lui e delle sue vittime. Raccontò di come aveva ucciso i quattro innocenti, di come tutto gli era sembrato perfettamente normale, come se davvero fossero stati dannati, soffermandosi un po' di più sul neonato Andil, il cui ricordo gli provocava ancora una forte fitta di dolore.

Poi descrisse la sua trasformazione, di come aveva avvertito quell'immenso potere e deciso di liberarlo, di come ogni cosa era mutata attorno a lui e della sensazione di invincibilità. Iris arricchì la descrizione parlando del suo aspetto, un demone nero dagli occhi completamente rossi, coperto di corna e spunzoni, munito di artigli e dalla voce disumana. Tutti ebbero un brivido in quel momento.

Orth ascoltò tutto il dettagliato rapporto senza interrompere o tradire alcuna emozione, solamente alla fine si concesse di nascondere il viso fra le mani, massaggiandosi gli occhi e le tempie.

«E'…» disse con un filo di voce «Incredibile... dico davvero... non è mai successa una cosa del genere nella storia... in nessuno dei quattro mondi» persino gli altri tre stregoni avevano lo sguardo perso di chi non capiva e guardavano il loro mentore in attesa di risposte.

«Credo di sapere cosa sia successo» disse Orth dopo un attimo di riflessione «ma preferirei andare con ordine. Claide, ditemi, cosa volete sapere?»

Claide rifletté un attimo chinando lo sguardo, avrebbe voluto avere tutte le risposte alle domande che gli frullavano in testa nello stesso momento.

«No… so che domanda fare per prima…».

Aveva passato anni a rimuginare del come e del perché. In quel momento ogni altra questione gli sembrò futile di fronte alla possibilità di avere finalmente una risposta.

«Cosa sono io?» chiese guardando Orth dritto negli occhi. Egli ricambiò il suo sguardo con volto inespressivo, non era per niente sorpreso dalla domanda.

«Tu… sei un essere primordiale» disse, scatenando l'incredulità di tutti i presenti.

«Come?» chiese Claide sperando di aver capito male.

«In effetti…» proseguì lui sistemandosi nello scranno «questo non è il termine esatto. Non esiste una parola per descriverti, perché mai c'è stato il bisogno di inventarla. Tu sei un essere unico, tu non dovresti esistere, sei nato come figlio di due mondi e ora non appartieni ne all'uno ne all'altro... la definizione di essere primordiale è quella che più si avvicina alla tua situazione... un'entità unica priva di un mondo di provenienza, abbastanza potente e influente da generare uno proprio»

Tutti i presenti trattennero il fiato increduli, persino Claide lo guardò spaesato.

«Ah...» riuscì a dire.

Orth ridacchiò.

«Mi aspettavo di essere sommerso da altre domande. Cercherò di spiegarmi meglio. Un Giudice rinasce come mezzo demone, ossia un umano che al suo interno contiene non solo la sua anima, ma anche una piccola scintilla di essenza demoniaca. La parte umana permette di viaggiare tra i mondi, mentre la parte demoniaca non solo fortifica il corpo e i sensi, ma permette anche di avere accesso a incantesimi difficilissimi persino per uno stregone abile come me. Tuttavia, quella scintilla demoniaca è come la fiamma di una candela, e l'anima è lo stoppino. Più il potere viene sfruttato, più questa viene consumata. Alla fine, la fiamma si spegne, così come il Giudice. Inoltre il corpo di un essere umano, anche se fortificato dai poteri oscuri di cui voi siete investiti, rimane umano, pura carne e ossa progettata per contenere solo una entità nel corso della sua vita. La fine che fanno le megere dovrebbero essere un esempio di cosa succede ad un corpo occupato di più entità, per capirci meglio.

Certo, grazie al contatto con la parte demoniaca, un Giudice riesce conservare l'integrità del suo corpo e a vivere persino qualche sessantina d'anni in più di un uomo normale ma, come è successo a tutti, prima o poi il potere svanirà, riversando sul corpo gli anni accumulati di malanni e invecchiamento, provocando una morte lenta e agonizzante. Cosa che non è vi è successa, dopotutto»

Orth fece una breve pausa, Claide ascoltava assorto.

«Vi sarete chiesto innumerevoli volte perché proprio voi! E vi confido che, sino a qualche momento fa, me lo chiedevo anche io. E' stato il vostro racconto a dare conferma alle mie teorie.

Avete detto che sul colle, quando avete scoperto le macchinazioni di Xaret, chiamiamolo con il suo vero nome, avete avvertito improvvisamente questo potere demoniaco, un oceano pronto a scatenarsi che non avete mai avvertito prima, e mi viene in mente solo una cosa che riesca a nascondere un simile potere persino al suo portatore. Ditemi, Claide, avete mai sentito parlare dei sigilli?»

«Certo» rispose lui dopo un attimo di incertezza «Sono particolari incantesimi che vengono usati praticamente da sempre per proteggere luoghi sacri o antichi cimeli. A differenza di un incantesimo, il sigillo dura per sempre, una volta applicato lascia una traccia irremovibile sull'oggetto, e trae energia dallo stesso mondo che lo circonda. Solo lo stregone che lo ha imposto può spezzarlo, oppure un grande potere»

«Esatto» disse Orth compiaciuto dalla sua conoscenza «Questi sigilli, anche se molti maghi e stregoni sarebbero pronti a lapidarmi per quello che sto per dire, sono i più semplici incantesimi da evocare. E' vero, richiedono anni di concentrazione e di pratica, bisogna conoscere le parole da pronunciare con meticolosa precisione e sviluppare una parlantina sciolta e fluente per evitare che esplodano in faccia al mago, ma nonostante tutto questo i sigilli possono essere applicati anche con la semplice volontà, inconsciamente oserei dire»

«Aspetta Orth» lo interruppe Varen «stai attento a quello che stai per dire, ne abbiamo già parlato durante il consiglio. Quello che intendi tu è basato su voci e racconti, non sappiamo cosa sia successo realmente»

«Grazie Varen, ma ti posso assicurare che ci ho riflettuto a lungo e questa mi sembra l'unica soluzione» disse Orth

«Come il mio confratello Varen mi ha appena fatto notare, esiste una storia, una leggenda su un potente stregone del Qajàr, che quando morì per mano di un suo rivale liberò un potere magico così potente da lasciare una runa sul terreno. Senza volerlo aveva imposto un sigillo e da allora si dice che quell'area sia perseguitata dal suo spirito. In seguito i discendenti di quello stregone hanno unito le loro forze e hanno spezzato quel sigillo, per dare pace al loro antenato, ma non ci sono prove concrete di questo accaduto. Tuttavia questa storia ci porta a voi, Claide. Sono sicuro che nei primi anni della rinascita deve essere successo qualcosa che vi ha segnato profondamente, qualcosa che vi ha provocato una rabbia immensa o un dolore inimmaginabile...»

Claide andò con la memoria alla morte di Hirina, lasciandosi sfuggire una piccola espressione di dolore nei muscoli attorno agli occhi che Orth non si fece sfuggire.

«Immaginavo» disse chinando lievemente il capo «Non voglio sapere assolutamente di cosa si tratta, ma sono sicuro che, quando è successa, avete odiato così tanto la vostra parte demoniaca da sigillarla, come ho detto prima, inconsciamente...»

Claide abbassò lo sguardo, fissando i pugni che si erano stretti in una morsa letale.

«E' possibile...» riuscì a bofonchiare.

«Bene, questo potrebbe spiegare il motivo della vostra lunga vita... sigillando la vostra parte demoniaca avete evitato che questa continuasse a consumare la vostra anima, e spiegherebbe a noi come mai in tutti i vostri anni non avete mai dato grandi dimostrazioni dei veri poteri di un Giudice, come altri hanno fatto prima di voi. Tuttavia questo non basta, ci sono state altre forze che hanno lavorato per permettervi di giungere sino a qui, oggi, a parlare con noi.

Nonostante la vostra anima non fosse più a rischio, il vostro corpo continuò comunque a sopportare il peso di due entità. A questo punto credo che sia successo qualcosa mai verificatosi prima. Sapete bene che le anime umane hanno anche un altro beneficio, assorbire tutto ciò che le fortifica, adattarsi alla natura delle forze che le scorrono accanto. E' così che uno stregone acquisisce il suo potere, tanto sarà costante la sua pratica tanto crescerà la sua affinità con la magia. Voi non solo vi siete addestrato costantemente per secoli, ma la vostra anima è sempre stata sotto la costante presenza della controparte demoniaca, resa inoffensiva dal sigillo. In questo modo, la vostra anima ha potuto assorbire, piano e con costanza, gocce di potere demoniaco che l'hanno resa forte, potente, che hanno cambiato la sua natura sino a renderla molto simile a quella scintilla imprigionata.

Tutto d'un tratto le due parti si sono equilibrate a vicenda, la parte demoniaca non ha più sovrastato quella umana, le due hanno potuto coesistere insieme come un tutt'uno. Grazie a quell'equilibrio, il vostro corpo ha potuto sopportare queste due presenze, sino a oggi...»

Claide lo guardava incredulo, tutto ciò gli sembrava assurdo, impossibile, eppure era l'unica spiegazione logica che poteva darsi.

«Questo non spiega comunque la quantità enorme di potere che ho avvertito» disse «Anche se fosse accaduto quanto dite, io rimarrei comunque un Giudice di Sangue... Certo, il mio potere magico sarebbe comunque notevole, ma non spiegherebbe la mia trasformazione»

«Aspettate Claide, ho una risposta anche a questo...» disse Orth prima di proseguire «Quello che avete detto è vero, le due essenze, una volta raggiunto l'equilibrio, avrebbero dovuto arrestare la loro crescita. L'anima, una volta raggiunto il livello dell'essenza demoniaca, avrebbe dovuto stabilizzarsi. Ma pensateci bene Claide, sono sicuro che sapete già la risposta. L'anima è sia il potere che la fonte, tutto quel potere immenso da dove altro potrebbe arrivare?» chiese con un sorriso.

Claide rifletté un attimo, sapeva la risposta ma era

impossibile.

«Non ne sono sicuro...» disse poco convinto.

Orth ridacchiò.

«Lasciate che vi tolga io ogni dubbio. In trecentodiciotto anni di onorata carriera, voi avete riportato all'Inferno un totale di milletrecentosettantadue anime dannate. Anime che, per raggiungere le Fosse, hanno viaggiato al sicuro all'interno di una speciale fiala, un oggetto molto simile ai filatteri che tutti conosciamo, ma prima di depositarsi in tale contenitore hanno attraversato il vostro corpo, lasciando dietro di se una piccola briciola di potere, alimentando la tua anima, rendendola di volta in volta più grande, più "capiente" per così dire, creando l'ambiente perfetto perché si verificasse un fenomeno che noi umani abbiamo solo potuto teorizzare. L'intreccio, la fusione di due entità distinte divenute talmente simili da legarsi perfettamente l'una all'altra»

«Oh andiamo Orth!» inveì Varen «Studio la magia arcana da tempo immemore, sai bene anche tu che una cosa del genere non è possibile!»

«Esatto!»disse lo stregone che si chiamava Nio «Orth, ho letto quelle teorie! Sono nate in seguito alle scoperte fatte da alcuni alchimisti, in natura si trovano degli elementi che, se trattati a dovere, sono in grado di legarsi l'uno all'altro, ma in questo caso si tratta di due elementi dalla natura totalmente diversa! Provengono da mondi diversi dannazione! Sono tutte congetture!»

«Signori!» tuonò Orth riportando l'ordine «Vi prego di tenere la mente aperta, i nostri maestri ci hanno sempre insegnato che la conoscenza è infinita! Non soffermiamoci solo su quanto riusciamo a vedere, cerchiamo di spingerci anche verso quanto potremmo scoprire! La mia teoria dà una spiegazione a tutto questo, al perché Claide sia diventato una minaccia persino per le forze primordiali e per tutti mondi! Se qualcuno di voi ha una teoria migliore, vorrei ascoltarla!»

Tutti ammutolirono all'istante.

«Una minaccia?» chiese Claide sorpreso dalle parole di Orth.

«Si» disse lui ripristinando la solita calma «Per questo ho mandato Iris a cercarvi. Vedete Claide, se la mia teoria dovesse rivelarsi corretta, la vostra anima, in assenza di altri termini, non sarebbe ne mortale ne demoniaca! Non è mortale perché discende dall'essenza demoniaca, ha assunto la sua natura per l'intreccio e ancora vi conferisce li stessi poteri che avevate prima. Allo stesso tempo però, non è essenza demoniaca perché conserva le proprietà di un anima mortale, vi permette di viaggiare tra i mondi e continua a fortificarsi! Non è chiaramente un anima umana, ma ormai non è più possibile distinguerla da essenza demoniaca. E' un ibrido, una sorta di mutazione, discende dalle leggi dei due mondi ma, paradossalmente, non ne rispetta nemmeno una. Persino le forze primordiali, nonostante siano formate da un quantitativo di potere enorme, sono finite e limitate al loro mondo! Per questo poco fa vi ho definito essere primordiale. Voi discendete da due realtà ma queste realtà non vi appartengono, voi appartenete alla vostra stessa realtà, che non è confinata come un comune essere vivente, ma può crescere e aumentare senza confini, per quanto ne sappiamo! Voi avete la vostra natura, unica in tutti e quattro i mondi, e avete un potere potenzialmente illimitato, siete attualmente quanto di più vicino si può trovare ad un essere primordiale, ed ecco perché siete un pericolo... il vostro potere un giorno potrebbe influenzare l'equilibrio che regola i mondi, il Meniir stesso ha rifiutato la vostra presenza quando stavate per raggiungere l'Inferno.

Data la vostra nuova natura, una volta liberata il vostro corpo si è adattato di conseguenza, mutando forma. Discendete dai demoni, perciò somigliate a loro, ma rimanete di proporzioni umane. La pelle non assume il tipico pigmento rosso, i vostri occhi non sono neri. E' come se con voi fosse nata una nuova razza, con tratti e proprietà simili ai due mondi, ed ecco perché la catena che ho fatto avere ad Iris ha funzionato su di voi solo durante la metamorfosi. Vorrei potervi dire dove tutto questo vi condurrà a cosa comporterà, ma a mio parere tutto questo non si è mai verificato fino ad ora, quindi non saprei davvero come aiutarvi. Spero solo di aver portato un po' più di chiarezza nel vostro animo, Giudice» concluse Orth con aria affranta.

Claide ragionava velocemente. Non poteva crederci. Tutte le parole di Orth gli sembravano assurde farneticazioni, ma ripensando ai discorsi enigmatici e a tutte le frasi che gli erano state dette, quel discorso sembrava calzare a pennello.

«Ecco perché le voci si erano fatte più forti, per spaventarmi e tenermi al mio posto... ecco perché il Meniir si era risvegliato al mio contatto... E anche il capo dei demoni nomadi aveva detto che in me avvertiva tante presenze... pezzi di anime che ho trasportato all'Inferno...» pensò.

Eppure non riusciva a crederci. Ai suoi occhi, era sempre stato solo uno strumento, un'arma. Ora invece Orth lo dipingeva come un essere primordiale, un aberrazione, un essere unico, primo della sue specie, la creatura più potente dei quattro mondi, in grado di scatenare un'apocalisse. La voce di Orth interruppe il filo dei suoi pensieri

«Claide, vi prego dite qualcosa. Ammetto che questa situazione mi turba da tempo ormai, voi siete sempre stato un uomo di valore, ho bisogno di conoscere il vostro parere a riguardo» disse preoccupato.

Tutti presero a fissarlo in attesa, gli altri stregoni lo guardavano con aria torva, incapaci di capire, il re lo osservava tra la paura e il panico, realizzando a che cosa avesse appena permesso di entrare nel suo regno. L'unica che lo guardava preoccupata era Iris.

«Perché...» prese piano Claide «le Voci... o i demoni non mi hanno ucciso? Se sono così pericoloso, un colpo di spada potrebbe comunque tagliarmi via la testa e... col fuoco o... insomma, ci sono dozzine di metodi anche abbastanza pittoreschi per bloccare la mia guarigione perciò... perché? »

Orth lo guardò ancora preoccupato, incerto della sanità mentale di Claide dopo una rivelazione del genere, ma rispose anche a questa domanda.

«Qui entrano in gioco i quattro innocenti e la strana arma che Xaret vi ha dato, ovvero la sua Shermisan...» Orth si inumidì le labbra prima di proseguire «Le Shermisan sono le armi dei Re dei demoni... e sono create dalle ossa del sovrano precedente. Sono armi davvero particolari e molto, molto potenti. Sono impregnate di magia demoniaca e hanno una sorta di coscienza. Prima di tutto, riescono a riconoscere chi le sta impugnando, in questo modo il padrone può ordinare all'arma di fare determinate cose tra cui, ad esempio, materializzarsi da lui all'istante.

Possono anche trattenere per un breve periodo un potere estraneo, per esempio potrebbero imbrigliare del fuoco nero, in modo da scatenare la maledizione su qualsiasi cosa feriscano, ma quella che era stata affidata a voi aveva un potere diverso. La maledizione è antica e potente, è raro che un umano la conosca. Permette di strappare l'anima dalle carni, che è diverso da assorbirla come avete fatto talvolta in passato. E' come se l'anima rimanesse legata a questo mondo, come se non fosse mai spirata e il possessore può sfruttare questo collegamento. Naturalmente il corpo si polverizza all'istante, come se non fosse mai esistito. Non vi hanno ucciso Claide perché solo un Re demone può impugnare una Shermisan, chiunque altro morirebbe al solo contatto, ma voi siete diventato abbastanza forte da competere con il potere di un Re, tanto che la Shermisan vi ha confuso come uno di loro»

«Questo non spiega come mai mi abbiano lasciato in vita, se davvero sono abbastanza forte da sfidare l'autorità di Xaret allora avrebbe sicuramente cercato di uccidermi!»

«Xaret non è che un burattino nelle mani delle Ashens, o delle Voci, come le chiamate» disse Orth in tono benevolo «Vi hanno lasciato in vita per compiere il loro volere, per fare qualcosa che il loro Re non avrebbe mai potuto fare. Un rito risalente agli albori del mondo come lo conosciamo, ancora prima delle Guerre dei Clan e dell'Unificazione, la prima era in cui demoni e titani hanno fatto la loro comparsa. Persino noi abbiamo solo una nota strappata che accenna appena a un rito del genere.

Grazie all'utilizzo di quattro anime differenti che rappresentano i poteri dei Meniir, le Ashens possono creare un legame abbastanza forte da aprire un portale che collegherà il loro mondo al nostro. Un'anima coraggiosa per il fuoco, un'anima saggia per la terra, pura per l'acqua e innocente per l'aria. Tramite la Shermisan queste quattro anime sono costantemente in collegamento con il nostro mondo e, a causa delle macchinazioni di Xaret, le Ashens ne sono venute in possesso...»

Nessuno osava aprire bocca, neanche respirare. L'idea dell'Inferno sulle loro terre spaventava tutti, persino lo spavaldo Duscan. Claide non voleva crederci, tutti ora rischiavano di morire, solo perché lui era stato troppo cieco.

«Non avrò anche questa colpa sulla coscienza...» pensò con rabbia.

«Come hai fatto a trovarmi?» chiese a Iris

«E' merito mio...» rispose ancora Orth «Quando Iris mi ha fatto rapporto dopo che voi avevate ucciso Falion, sono venuto a conoscenza di una strana visione che lo stregone aveva avuto tempo fa. Visione in cui veniva nominata sia la Shermisan, sia Andil... la vostra ultima vittima» Claide sgranò gli occhi sorpreso «Vedete, Andil aveva una storia particolare. E' nato da una famiglia umile, che però non poteva avere figli. Non è mai stato chiaro se fosse a causa del padre o della madre, comunque sia la coppia aveva provato di tutto ai tempi. Cerusici, maghi, sciamani, sacerdoti, erboristi, avevano dato tutti i loro averi ai Giusti in cambio delle loro preghiere, ma niente sembrava funzionare, e loro volevano avere così tanto un figlio. Poco più di un anno fa, il padre, un bravo ragazzo di nome Vyron, tentò l'ultimo gesto disperato. Evocò i demoni e diede la sua anima in cambio di una semplice richiesta. La moglie sarebbe dovuta rimanere in cinta entro la prossima luna. Entrambi erano molto credenti, dei veri fedeli dell'Ordine, perciò penso sia inutile sottolineare quanto questo sia costato a Vyron. Un mese dopo, Leandra, la madre di Andil, rimase in cinta. La gioia di lei fu talmente immensa da provocare il più profondo senso di colpa a Vyron. Il loro bambino, così puro e innocente, era nato da qualcosa così malsana e perversa come la magia nera. Vyron confessò tutto ad un sacerdote di mia conoscenza prima di sparire, svuotato ormai della forza necessaria anche solo a guardare suo figlio. Tale sacerdote venne immediatamente da me per spiegarmi quanto accaduto. Inutile dire che ne sono stato alquanto sorpreso, il bene che nasce dal male, un anima pura nata da una Dannata, era un evento senza precedenti. Decisi di prendermi cura della famiglia e non feci mancare a Leandra niente di niente. Purtroppo, quella sera, lei aveva lasciato la sua bottega leggermente in ritardo e la badante, che è stata già punita per questo, aveva deciso di andarsene comunque, lasciando il bimbo da solo. Per questo le Ashens hanno voluto proprio la sua anima, lui rappresentava il bene più puro nato dal male»

«E gli altri?» chiese Claide «Capisco Garan, la sua fama lo precede, è sempre stato contrario ai demoni e alla magia, ha affrontato da solo un buon numero di presunti Dannati e so che ha fatto fallire parecchi contratti. Anche Falion mi sembra abbastanza ovvio, uno stregone di tale potere e con un animo così immacolato farebbe gola a qualsiasi demone, ma Sarah? La ragazza del Feïm?»

«Non so molto di lei a dire la verità. Ho ricevuto la notizia della sua scomparsa solo da pochi giorni. Stando a dei vecchi rapporti» disse scegliendo alcune carte tra quelle che aveva sparse sul tavolo «la sua famiglia sette anni fa ha avuto dei problemi con il rampollo di un signore locale. Lui si era innamorato di lei e, stando a quello che dicono i rapporti, il padre era pienamente propenso al matrimonio. Erano poveri, dare in sposa la figlia ad un uomo ricco sarebbe stato d'aiuto per la famiglia, ma Sarah non ha voluto saperne, così è fuggita ed è scomparsa per circa un anno e mezzo. La cosa non è piaciuta al protettore di quelle terre, che ha evocato i demoni circa due settimane dopo la fuga di Sarah, come riportato nei racconti dei Cavalieri.

Il lord, umiliato e oltraggiato dall'onta che una comune popolana aveva inflitto sulla sua famiglia, ha dato la sua anima in cambio di una maledizione. Sarah non avrebbe avuto altri uomini all'infuori di lui, non avrebbe mai conosciuto i piaceri della vita, non avrebbe mai più provato la gioia. Il lord dopodiché si è recato alla fattoria del padre e lo ha ricattato. Se gli avesse svelato dove si nascondesse la figlia avrebbe chiesto di annullare la maledizione. Il padre ovviamente non ha preso bene la notizia ed è stato impiccato due giorni dopo per aver aggredito un nobile.

Sarah ha saputo della morte del padre solo due anni dopo, così è tornata a casa e ha ripreso ad occuparsi della fattoria. Certo, la maledizione le ha impedito di vivere una vita felice, o di trovare qualcuno che l'aiutasse o la confortasse, ma comunque viveva la sua vita in maniera onesta. Mi dispiace Giudice, credevate che fosse lei la causa della morte del padre, ma lei, in tutta questa storia, era l'unica e vera innocente. L'unica cosa vera che vi ha detto Xaret è stato il mutismo della ragazza, manifestatosi in seguito al trauma»

Claide avvertì la vergogna calare sulle sue spalle, il dolore e il rimorso iniziarono ad artigliarli le viscere. Solo una cosa gli rimaneva da fare, tentare in tutti modi di vendicare quei poveri innocenti.

«Ora che le Voci hanno le anime cosa succederà?»

«Non lo so. Probabilmente cercheranno di invadere il nostro mondo, ma non so come, ne dove ne quando. Non sappiamo nulla di questo rito, ne come chiudere il portale nel caso venisse aperto»

«Avete detto che la Shermisan trattiene le anime collegate a questo mondo, forse distruggendo la spada le anime verranno liberate, spezzando questo legame» avanzò Claide sperando che la soluzione fosse così semplice.

«E' impossibile» rispose Orth scuotendo la testa «Le Shermisan sono praticamente indistruttibili. Forse neanche le Ashens sono in grado di distruggerle. Dimentichi che hanno una coscienza, non appena si sentono minacciate svaniscono per riapparire chissà dove, ma la vostra non è una cattiva idea» disse improvvisamente pensieroso «Vi hanno già confuso per un Re una volta, se riusciste ad impugnarla di nuovo, potreste ordinare alla spada di rilasciare le anime. Questo spezzerebbe immediatamente l'incantesimo»

Sul volto di Claide si dipinse un ghigno animalesco.

«Allora tornerò all'Inferno e strapperò la spada dal cadavere di Xaret!» disse a denti stretti.

«No!» tuonò Duscan.

Tutti si voltarono verso di lui, increduli.

«Non puoi andartene!» proseguì «non sappiamo quando i demoni colpiranno! O quanti saranno o come sconfiggerli! Non sappiamo nulla! Tu sei l'unico qui dentro che può dare un aiuto concreto a Tanaria! Non puoi andartene, metteresti a rischio tutti noi! E io non posso permetterlo!»

«Tu non puoi permetterlo?» disse Claide in tono di scherno.

«Senti... Giudice...» disse Duscan chiamando a raccolta il suo autocontrollo, ignorando la provocazione «Mi dispiace per quanto è successo nella piazza stamane! Ma qui non si parla di un braccio di ferro tra me e te! Qui si parla della vita delle sedicimila persone di questa città! Di quei bambini o madri di famiglia, o di quelle donne che comunque lo saranno presto! Stiamo parlando di promesse e progetti che potrebbero andare in fumo! Non mi interessa con chi devo alzare la voce, tu potresti uccidermi ora con un dito, me ne rendo conto! Ma non si parla di me e te! Si parla del regno che ho giurato di difendere! Si parla degli stessi innocenti che tu non hai mai sfiorato!»

Duscan finì il suo discorso con gli occhi infiammati dall'ardore che portava nel cuore e Claide dovette ricredersi su di lui. Infondo era solo un uomo che cercava di svolgere il suo lavoro al meglio e che seguiva i suoi principi, proprio come lui.

«Sua maestà Duscan ha ragione Claide» intervenne Orth leggermente impressionato «Nel momento in cui raggiungereste l'Inferno, Xaret potrebbe aprire la breccia e ci coglierebbe impreparati. Nel tempo in cui impieghereste a tornare e a sconfiggerlo, i suoi demoni potrebbero aver già mietuto migliaia di vittime»

«Avete ragione» disse Claide dopo un attimo di riflessione «Tuttavia, arrivati a questo punto, credo che mettere a rischio la vita della gente di Gunea sia l'unico modo per evitare che centinaia di migliaia di altri innocenti muoiano tra le campagne del regno»

I due lo guardarono senza capire.

«Attireremo i demoni qui» disse Claide con fermezza «Le mura di Gunea sono le più resistenti del regno, inoltre potremmo usare il forte come secondo riparo in caso di ritirata. Divideremo la popolazione tra il palazzo e la cattedrale, dove i demoni non potranno entrare. Guadagneremo abbastanza tempo da far uscire Xaret allo scoperto, in modo che io possa ucciderlo. Una volta morto spezzerò l'incantesimo, a quel punto i demoni verranno tutti scacciati dal nostro mondo, giusto?» concluse voltandosi verso Orth.

«Si, credo di si. I demoni non avrebbero più nulla a trattenerli, è un buon piano anche se molto rischioso. Dovremo prepararci al meglio, Tanaria non affronta un assalto del genere da tempi immemori. Tuttavia, come farete ad attirare l'attenzione dei demoni qui?» chiese Orth senza capire « Il regno non sarà tanto grande ma di certo esistono tanti altri luoghi più adatti ad un invasione»

«Semplice…» rispose con un sorrisetto «Evocherò Xaret e lo sfiderò a duello!»

La riunione aveva portato via tutta la mattina e buona parte della sera. I membri del Circolo si stavano già adoperando per trovare il rito di evocazione adatto ad un Re demone, mentre il re si era ritirato nei suoi alloggi per discutere con i suoi generali e ricordare alla sua famiglia che l'amava.

Claide era stato scortato in una delle camere a palazzo. Non appena aveva messo piede nella stanza si era sentito subito a disagio. Le pareti erano coperte da arazzi e tende, ad ogni angolo erano presenti dei candelabri a muro in ottone, il letto in piume a baldacchino portava delle tende di seta color porpora ed il resto dello spazio era occupata da tre cassettoni in mogano, uno specchio alto quanto un uomo e uno solo per il viso, posto sopra un catino d'ottone colmo d'acqua limpida e fresca. Al posto delle solite finestre in legno con i vetri opachi e rotti a cui Claide era abituato si trovava un'unica porta a vetri verdi smeraldo che dava su un terrazzo con vista sul tramonto.

«Dannazione… non avrei mai pensato che i letti di paglia puzzolenti e i ratti un giorno mi sarebbero mancati» pensò.

Si avvicinò alla porta a vetri spalancata e uscì sul terrazzo. In mezzo a tutto quel lusso si rese conto di aver bisogno di una bella boccata d'aria.

Il mattino seguente avrebbe evocato Xaret, attirando lì non solo la sua furia ma anche il suo esercito. Gli era sembrata un'idea brillante ma ora, guardando la pace della città ai suoi piedi, si chiedeva se davvero lo era stata. Dei passi alle sue spalle lo riportarono alla realtà.

«Un bel salto dalla tua catapecchia in cima alla scogliera non credi?» chiese Iris con un mezzo sorriso.

Claide si voltò piano, si era tolta l'armatura di cuoio, il mantello, le armi e aveva ripulito i vestiti. Portava i suoi soliti pantaloni di pelle, degli stivali di cuoio tirati a lucido e un farsetto da uomo turchese generosamente slacciato. I capelli riflettevano la luce dorata del tramonto e la pelle riluceva di un colore ambrato. Per la prima volta si accorse di quanto fosse bella.

«Preferirei dieci volte stare nella mia bella casa che qui, circondato da tutto questo sfarzo» rispose lui ricambiando il sorriso. Lei si mise a ridere e lo affiancò.

«Come stai?»

«Perché lo chiedi?» rispose lui.

«Mah, non saprei…» Iris assunse un'aria pensierosa «Hai infranto il tuo giuramento, Orth ti ha detto che non sei né umano né demone ma qualcosa che l'uomo non può capire perché non puoi esistere, l'Inferno intero sta per bussare alle nostre porte… capisco che per te queste cose possano essere di ordinaria amministrazione ma, sai, noi comuni mortali potremmo preoccuparci ogni tanto»

«Stai dicendo che hai paura?» disse Claide canzonandola.

«Non rispondere con un'altra domanda»

I due si guardarono negli occhi per qualche momento prima di scoppiare a ridere.

«Bene?» provò a mentire Claide con scarsi risultati.

«Fantastico...» rispose Iris tornando a fissare il tramonto «Il grande Giudice di Sangue Claide ha paura, siamo spacciati!»

«Smettila...» disse lui spingendola «Non ho paura... mi sento solo tremendamente colpevole»

«Perché?» chiese lei seria.

«Perché ogni vita innocente che spirerà in questa guerra sarà morta a causa mia. Il sangue di tutti i caduti ricadrà sulle mie mani, non saranno solo quattro gli innocenti che avrò ucciso, ma decine, se non centinaia. Eppure sono qui, in una stanza lussuosa e piena di cose inutili, mentre la brava gente che non sa di poter morire tra qualche giorno sta combattendo proprio ora contro la fame e le fatiche di ogni giorno... Non mi sono mai sentito così ipocrita»

Iris mise una mano su quella di Claide e la strinse forte prima che questa potesse sbriciolare il parapetto in marmo del balcone a cui si era aggrappata.

«Non essere così duro con te stesso, tu non lo sapevi, sei stato usato contro la tua volontà... e nonostante questo sei qui, per difenderci, per cercare di rimediare e salvarci. Un uomo qualunque sarebbe già scappato di fronte a una tale responsabilità»

Claide la guardò dritto negli occhi.

«Non puoi capire» disse.

«Non sei l'unico che vive per espiare le sue colpe...» disse lei abbassando lo sguardo «Ho fatto un grosso errore quando ero appena una ragazzina, e ora ne sto pagando il prezzo, ogni giorno. Sono una Cacciatrice, non potrò mai aspirare ad una vita normale, ma non sono mai fuggita, come non lo hai mai fatto tu... io credo in te Claide, so che non sei una cattiva persona...»

«Tu non mi conosci. In passato...»

«Il passato è per i libri» lo interruppe lei posando una mano sulla sua guancia per obbligarlo a guardarla«Il futuro è per i figli, il presente è per noi» Iris si avvicinò sempre di più «Sarò felice di conoscerti meglio... dopo che ci avrai salvati tutti da questa situazione... sino ad allora» Iris avvicinò le labbra alle sue, sino a farle combaciare perfettamente.

I due rimasero così per un po'. Due figure oscurate dalla luce dorata del sole alle loro spalle, congiunte, unite in una posizione perfetta. Per un attimo Claide ebbe l'impressione di sentire il calore di quelle labbra così morbide e di quelle mani così delicate.

Capitolo 25
Il coraggio degli uomini

Claide tracciò sul pavimento gli ultimi glifi necessari per il rito di evocazione, una serie di segni e simboli collegati in modo da formare un esagono perfetto. Al centro della sagoma posò una candela rossa ancora spento, su cui aveva inciso il nome di Xaret scritto con le rune della lingua dei demoni. Mancava solo l'ultimo elemento, sfilò il guanto sinistro e con un pugnale praticò un'incisione sul palmo. Solo qualche goccia riuscì a colare via prima che la ferita si rimarginasse, ma bastò per completare i preparativi.

Accese lo stoppino imbevuto con il suo sangue e fece qualche passo indietro, pronunciando mentalmente la formula di evocazione. Gli fece uno strano effetto, per una volta era lui a ritrovarsi dalla parte del Dannato. Passarono una manciata di secondi, poi il fuoco della candela divampò con un crepitio impetuoso, provocando una fiammata alta circa due tese. Dal cuore delle fiamme iniziò a intravedersi uno squarcio che prese ad allargarsi velocemente, mostrando la faccia del demone.

«Xaret...» disse Claide a denti stretti.

«Giudice...» rispose lui guardandolo con disgusto «Cosa vuoi? Speri nella mia grazia? Vuoi che ti accolga tra le mie schiere?»

«Voglio chiudere il nostro conto in sospeso»

«E cosa ti fa pensare che io provi interesse in uno scontro con te?» disse lui divertito «Tu e la tua razza siete in ginocchio! Presto il mio regno invaderà il vostro mondo e sarete tutti alla nostra mercé! Perché dovrei abbassarmi ad ascoltare le tue richieste?»

«Perché non avrei mai pensato che tu potessi essere così codardo!»

«Come mi hai chiamato?» disse Xaret con sguardo truce.

«Mi hai sentito, razza di cane bastardo!» rispose Claide in

tono di sfida «Che fine ha fatto il tuo valore? Invece di affrontarmi faccia a faccia, trami alle mie spalle, mi usi per i tuoi scopi e poi scappi a nasconderti dietro il tuo esercito! Me lo sarei aspettato da un comunissimo pezzente senza-corna, ma da te... Beh che posso dire, le corna non fanno il demone dopo tutto! Abbi il coraggio di uccidermi almeno, o hai paura che le tue amate Ashens ti sculaccino anche stavolta? Che succede? Senti già i colpi di frusta?»

«Come osi!» sbraitò il demone «Rivolgerti a me in quel modo! Tu inutile feccia! Sei solo una pulce fastidiosa, ti farò rimangiare con la forza tutta questa tua arroganza!»

«E allora fallo, o anche queste rimarranno solo futili e inutili parole? Ecco cosa sei, un sacco colmo di minacce campate per aria! La verità è che sei solo una marionetta, incapace di agire senza che le tue padrone tirino i fili! Non hai il fegato per sfidarmi! Io so, so che mi temi più di ogni altra cosa!»

«Hai parlato sin troppo schifoso mezzosangue! Lurido bastardello, giuro sul sangue con cui hai intriso quella candela che userò le tue viscere per impiccare te e tutti i tuoi cari!»

«A si? Tremo tutto sai? Ma fammi il piacere, è da un millennio che te ne stai seduto sul tuo trono, il tuo culo ormai ha preso le stesse pieghe dello scisto da quanto se ne sta molle e beato! Non sei stato capace neanche di fermarmi prima di poter avvertire gli umani! Sei un buono a nulla, il potere ti ha rammollito sino al midollo!»

Xaret ribolliva di rabbia, ansimava come un toro imbizzarrito, attorno a lui iniziarono a crepitare scintille di potere prossimo ad esplodere. Claide si era spinto troppo oltre.

«La notte del terzo giorno da oggi...» disse con la sua voce grave e lapidaria «Scappa! Nasconditi, tu e la tua gente! Perché io, Xaret della Cerchia degli Incubi, verrò a prenderti Giudice! E non mi limiterò a ucciderti, rivolterò quel sacchetto d'ossa che tu ostini a portare in giro, ti appenderò sulle ruote per i calcagni, ti farò sbranare pezzo dopo pezzo dai miei segugi, ti scorticherò da capo a piedi ed userò ogni mio potere per fare in modo che tu possa guardare e sentire ogni lama, gancio o maglio che ti dilanierà, ti smembrerà e frantumerà le ossa! Renderò la morte il tuo più grande desiderio e la vita sarà il tuo più grande rimpianto! E con te soffriranno anche tutti quei pulciosi umani che ti ostini a difendere! Preparati, perché questa città sarà la prima a cadere!»

«Fatti avanti»

Xaret urlò di rabbia e Claide interruppe il rituale, dando un sospiro di sollievo.

«Di sicuro l'ho fatto arrabbiare» pensò.

Completato il rito lasciò la sala che era stata allestita e sgombrata apposta per lui e si diresse verso l'ala nord del palazzo reale, dove era stato invitato per prendere parte alle pianificazioni delle difese insieme ai più alti ufficiali dell'esercito. Ora che sapevano tra quanti giorni sarebbe successo, avevano riconquistato un po' di vantaggio.

Quando Claide entrò nella stanza circolare vide subito Duscan chino sulla mappa della città che indicava punti e posizioni strategiche dove poter posizionare gli uomini al generale dell'esercito regolare Hurch, un tipo grosso quanto un armadio con una lucente pelata e una barba folta e nera, che non si separava mai dalla sua pesante corazza a piastre e dal suo spadone, adeguatamente adagiato sul tavolo. Oltre ai due, erano presenti anche tutti i membri del Circolo, il Comandante dei Cavalieri dell'Ordine e quello dei Cacciatori, accompagnato da Iris che però se ne stava in disparte seduta su una sedia.

Non appena si avvicinò al tavolo, Duscan alzò lo sguardo verso di lui e lo salutò con un cenno deciso, aveva completamente dimenticato le controversie passate e ora lo considerava come un potente e prezioso alleato. Claide ricambiò e si rivolse a Orth.

«E' fatta. La notte del terzo giorno da oggi, Xaret aprirà il portale, ha detto che questa città sarà la prima a cadere»

«Bene, almeno sappiamo quando attaccheranno» disse Orth annuendo.

«Ma non sappiamo ancora come difenderci» si intromise Hurch «Non credo che ci abbiano presentati Giudice. generale Hurch Fellan, comando l'esercito regolare e il corpo di guardia reale. Se vi servono informazioni chiedete pure» disse lui alzando il mento per presentarsi.

«Mi chiami Claide... Per ora le cose come stanno andando?»

«Non bene» disse Duscan mordendosi un labbro «Non abbiamo la più pallida di quante truppe disporrà il nemico, ergo non sappiamo bene come difenderci»

«Esatto» proseguì il generale «Oltretutto, se le storie che circolano sui demoni sono vere, beh non credo ci sia tanto da combattere, dicono che siano invincibili!»

«Non è così» lo interruppe Claide «I demoni si possono uccidere come qualsiasi altra creatura, sono, solo molto più difficili da abbattere. Tuttavia non hanno un esercito numeroso, la guerra per loro è come una suntuosa festa, non tutti possono permettersi di averne parte.

Tra le loro file ci saranno sicuramente gli Arieti e tutte le Cerchie di combattenti... Senza contare i segugi»

Hurch inarcò un folto sopracciglio nero.

«E... sarebbero?»

«Esistono diverse Cerchie di combattenti, vere e proprie caste che si distinguono per brutalità o approccio alla guerra. Pensate ad un corposo plotone di mercenari, ciascuno di loro avrà il suo modo di combattere e di uccidere. Stiamo parlando di almeno centocinquanta demoni, si battono come belve, a volte si feriscono tra loro ma poco importa data la loro guarigione innata.

Degli Arieti penso ci sia poco da chiarire. Sono i loro corpi speciali, la loro elite. Sono il corpo di guardia del re, bisogna passare una dura selezione per farne parte e sono gli unici addestrati al combattimento. Senza contare che sono dei bestioni, i più piccoli non vanno sotto i sette piedi, ricoprono le loro corna di krot e caricano come bufali.

I segugi infernali invece sono delle bestie da combattimento, raggiungono le dimensioni di lupo alpha ma non hanno la tipica pelliccia. La loro pelle è carbonizzata e le loro zanne sono lunghe quanto il mio avambraccio. In passato, venivano usati per prendere le anime dei Dannati, quando ancora i Giudici non esistevano. Ora i demoni li usano per torturare le anime all'Inferno, loro ne vanno ghiotti e vederli sbranare un'anima viene considerato un ottimo passatempo alle Fosse»

Hurch sgranò gli occhi.

«Bene...» disse quasi esasperato «C'è altro?»

«Ovviamente, questo non è che l'essenziale del loro esercito, Xaret al suo fianco ha due generali, Agraar e Serbrar, e non possiamo sapere quanti dei loro Tan, i demoni nobili, delle Cerchie non combattenti decidano di unirsi comunque alla battaglia, trascinandosi dietro talmente tanti tipi di demone diversi da farci restare qui a pianificare sino al nuovo anno.

Agraar è il comandante degli Arieti, la sua forza è anormale persino per un demone ed inoltre è molto acuto, è furbo, non sarà facile sconfiggerlo. Sicuramente Xaret lo metterà al comando delle Cerchie combattenti, oltre a lui dovremmo preoccuparci anche dei suoi due luogotenenti ma non ricordo il loro vero nome, so solo che nella nostra lingua significano Maglio e Oblio.

Serbrar, invece, non è particolarmente forte ma in compenso ha un potere magico enorme, così potente da aver impressionato Xaret, il più capace all'inferno tra tutti gli stregoni, e comanda tutti il reparto dei demoni arcanisti. Non è fedele a Xaret come lo è Agraar, è interessato solo al proprio tornaconto e a dimostrare che, nonostante non sia possente come tutti i demoni, è perfettamente in grado di distinguersi e di farsi rispettare. Insieme, Xaret e i due generali formano un nemico potente, dobbiamo riuscire a separarli o non avremo scampo!»

«Stavamo pensando proprio a una strategia simile» disse Duscan «Orth e gli altri ci hanno informato sulle straordinarie doti combattive dei demoni, io e Hurch abbiamo appurato che combatterli tutti insieme sarebbe come mandare delle pecore al macello, stavamo giusto mettendo a punto una formazione difensiva, in modo da darti abbastanza tempo per raggiungere Xaret e ucciderlo»

«Se non separeremo i generali nessuna strategia funzionerà! E' Xaret la mente dell'esercito e i suoi due generali collaborano come la sua mano destra e sinistra, insieme potrebbero porre fine alla battaglia in pochi minuti!»

«Ed è per questo che ci serve anche il tuo aiuto!» lo interruppe forse un po' brusco Duscan «Guarda, il Comandante dei Cavalieri Eilheart è riuscito a chiamare alle armi centocinquanta dei suoi uomini, il Comandante dei Cacciatori Khan guiderà invece il reparto degli arcieri dell'esercito regolare, saranno circa duecento insieme ad i suoi Cacciatori e ad alcune sue reclute promettenti...»

«Facciamo combattere le reclute quindi?» lo interruppe Claide.

«Fammi finire... I Cavalieri si divideranno in tre plotoni che prenderanno posizione qui, qui e qui, oltre il limitare delle abitazioni a ridosso delle mura. A ciascun plotone affideremo il comando di duecento portatori di scudo e circa cinquanta cavalleggeri. Dietro il cancello, sulla via maestra, disporremo il resto dell'esercito regolare, ovvero altri trecento portatori di scudo e cento cinquanta picche. Se riusciranno a sfondare i cancelli, gli arcieri sulle mura si posizioneranno sui tetti, pensavo a qui e qui. Mentre il mio corpo di guardia rimarrà in difesa della popolazione, conto centocinquanta alabardieri tra le mie fila private, credo che basteranno. Cosa ne pensi?»

«Xaret manderà in prima fila i segugi, sono rapidi e numerosi, mordono qualsiasi cosa gli capita a tiro, sgomineranno i plotoni dei portatori di scudo in un attimo, e se non lo faranno loro ci penserà il resto delle truppe. Centocinquanta cavalieri? Senza offesa Eilheart, ma un Ariete è in grado di uccidere dieci uomini con una carica, i vostri Cavalieri possono tanto? Ci servono più uomini! Alla prima carica le guarnigioni verranno decimate!» disse Claide spazientendosi.

«Tanaria è un regno piccolo Giudice» intervenne Orth con uno sguardo torvo «E' dai tempi delle Guerre dei Clan che gli uomini non affrontano simili battaglie, non siamo mai stati minacciati da una forza così terrificante»

«Esattamente... E poi, quando ancora non sapevamo dov'eri, ho mandato drappelli di uomini per tutta Tanaria per darti la caccia, uomini che non riusciranno a rientrare per tempo...» concluse Duscan amareggiato. Claide alzò gli occhi al cielo.

«E i maghi? Cosa dicono i maghi dell'Accademia? Non potremmo mai farcela senza di loro»

Duscan strinse i pugni sul tavolo e prese parlare molto lentamente, sibilando ogni parola.

«L'Accademia dei maghi non ha risposto alle nostre sollecitazioni. Nonostante il loro Trattato con la corona, pare proprio che non abbiano intenzione di darci ascolto»

Un silenzio tombale calò nella stanza. Claide si portò una mano alla fronte, cercando di mantenere la calma. Il Comandante Eilheart si schiarì la voce per attirare l'attenzione.

«Giudice, vorrei sottolineare che i miei uomini sono perfettamente in grado di gestire un branco di segugi ed una folla di demoni. Le ricordo che il nostro Ordine si vota al contrasto di tali forze. E' vero, non abbiamo mai affrontato un pericolo di tale portata, ma siamo stati addestrati alle pratiche e alle tecniche utilizzate dai nostri precursori secoli fa. Saremo noi a difendere i plotoni di soldati semplici, qualsiasi cosa che riuscirà a passare i nostri scudi sarà talmente debilitata che persino uno zotico riuscirà a infilzarla con una picca»

Claide lo guardò a lungo senza far trapelare la sua

impazienza. Eilheart sosteneva il suo sguardo. Aveva i lineamenti duri e marcati, l'occhio destro vitreo era solcato da un orribile cicatrice che si estendeva verso il mento, tagliando la linea perfetta dei baffoni rossicci che spuntavano incolti sotto il naso storto.

«Anche se i suoi uomini riuscissero a gestire la masnada» disse in tono calmo e misurato «se gli stregoni di Serbrar decidessero di attaccare, non ci saranno tecniche e addestramenti che tengono! Il vostro scudo benedetto può sorreggere i poderosi attacchi di un demone e riflettere il fuoco nero, il fante al vostro fianco che ha passato la vita a sedare risse da taverna e a combattere contro fantocci di paglia potrà dire lo stesso?»

«Io e i miei confratelli staremo sulle mura e difenderemo la vallata respingendo quanti più incantesimi possibile» intervenne Orth.

«Orth, siate oggettivo, ci saranno come minimo quaranta stregoni pronti a scatenarvi contro i più terribili anatemi, siete davvero sicuro di poterli contrastare tutti?»

La sala calò nuovamente nel silenzio. Tutti puntavano i loro occhi alla piccola mappa scarabocchiata sul tavolo in mogano, sperando forse che l'inchiostro ancora fresco prendesse vita e si muovesse da solo, mostrandogli la strategia giusta da seguire. Orth sembrava immerso nei suoi pensieri, Duscan non la finiva di mordersi il labbro, Hurch continuava a tormentarsi i rivetti dei suoi guanti armati, Eilheart manteneva il suo portamento impettito ancora offeso dalle critiche del Giudice, Khan semplicemente taceva, stando composto e sull'attenti.

«Consacriamo la terra» disse Iris rompendo il silenzio. Tutti si voltarono immediatamente verso di lei, l'improvvisa attenzione iniziò a metterla profondamente a disagio.

«Si insomma, la magia sacra nega la magia demoniaca giusto? Costruiamo dei santuari lungo il perimetro delle mura.

Una sorta di barriera insomma, gli incantesimi dei demoni non potranno raggiungerci e daranno il tempo al Comandante Eilheart di disporre al meglio le truppe»

Lo sguardo di tutti si concentrò su Orth, che aveva preso a grattarsi il mento.

«Consacrare l'intera città è impossibile, ma non è una cattiva idea. Potremmo erigere i santuari qui, e qui, e schierare la prima linea a qualche passo di distanza. I Cavalieri potrebbero contrastare la prima carica, e se gli Arieti si faranno avanti o gli stregoni inizieranno ad attaccare, Hurch darà l'ordine e farà ritirare gli schieramenti oltre la linea sicura. A quel punto le truppe si potrebbero ritirare all'interno delle mura, ma contro una mole così vasta di demoni dei semplici santuari non potranno reggere a lungo, ben presto il tutto si potrebbe trasformare in un assedio duro e sanguinario»

«E se...» intervenne Nio «Sfruttassimo la barriera per attirarli in una sorta di trappola?»

Gli altri due membri del circolo alzarono gli occhi al cielo e Orth ridacchiò.

«Prendetevi pure gioco di me! Ma i miei recenti esperimenti mi hanno portato a delle scoperte sensazionali! Sono vicino alla costruzione di una nuova arma a base di polvere nera!» disse lui stizzito.

«Mi scusi se la interrompo mastro Nio» si intromise Claide «Ma cosa sarebbe questa sua... polvere nera?»

«E' una miscela di salnitro, zolfo, carbone e altri elementi. Ho iniziato i miei studi anni fa, se si riducono in polvere questi componenti e si mescolano con le giuste proporzioni, si ottiene una polvere altamente infiammabile! Badate bene, non parlo di qualche scintilla come un banale acciarino, ma di vere proprie esplosioni!» disse lui tutto fiero.

«Le fiamme non nuoceranno a degli esseri che vengono direttamente dall'Inferno» disse Orth cordiale.

«Ma non sto parlando di fiamme!» insistette Nio «negli ultimi mesi ho scoperto che se si dà fuoco a una grossa quantità di polvere nera, l'esplosione che ne scaturisce provoca un onda d'urto tremenda! Un solo barile può mandare in brandelli un intero carro, cavallo e cocchiere inclusi!»

«E' sicuro di poter ottenere questo effetto?» chiese Claide interessato.

«Assolutamente si! La mia arma si basa per l'appunto su questo principio! Gli ingredienti sono facili da trovare e la cosa migliore è che possiamo scatenare l'esplosione anche dalla distanza, basterà accendere una miccia con una freccia o con un semplice incantesimo! Se noi poniamo due o tre barili colmi a qualche passo dai santuari, non appena i demoni si accalcheranno a ridosso della barriera ci basterà scagliare un paio di frecce! Credetemi, di quelli più vicini non resterà che uno sbuffo di sangue e fumo!»

Gli stregoni sorridevano e scuotevano la testa ma Claide era di tutt'altra opinione, la trovava un'ottima idea, e di sicuro avrebbe fatto arrabbiare cosi tanto Xaret da separarsi almeno da uno dei suoi luogotenenti.

«Secondo me non è male» disse guadagnandosi il sorriso compiaciuto di Nio «Se funziona, i Cavalieri avranno tutto il tempo di ritirarsi, manderemo nel caos le file dei demoni e di fronte alla barriera e a trappole simili obbligheremo Xaret a muoversi con più prudenza»

«Claide, i demoni sono molto resistenti, ho visto alcuni esperimenti di Nio, quelle esplosioni, anche se amplificate, non li uccideranno» disse Orth.

«Non importa!» disse Duscan battendo un pugno sul tavolo «Perdonatemi se vi interrompo mastro Orth, ma questa battaglia non è fatta per essere vinta, non da noi! Se questa... polvere nera può mandare nel caos le loro fila, se può regalarci anche solo una manciata di minuti utili al nostro Giudice per stanare quel figlio di puttana, beh allora dovremmo usarla! Non si tratta di vincere, ma di sopravvivere»

«Bene, poniamo il caso che questa polvere nera funzioni» intervenne Hurch «Comunque torneremmo punto e a capo, i nostri uomini si ritireranno, i santuari cederanno e la battaglia si trasformerà in un assedio che non potremo sostenere!»

«Ci stavo pensando» disse Claide «I demoni non hanno mai affrontato una battaglia di tale portata, sarà un evento epico, vorranno dare libero sfogo alle loro pulsioni. Xaret deve pensare al suo popolo, è molto probabile che manderà per primi i segugi seguiti dal resto dei demoni. Dopo aver respinto la prima carica, gli uomini di Hurch e i Cavalieri potranno facilmente attirarli in trappola oltre la barriera. Una volta fatti saltare in aria, Hurch e Eilheart chiameranno la ritirata, con un po' di fortuna Xaret penserà ad una fuga e sguinzaglierà Serbrar e i suoi stregoni contro di loro. A quel punto Orth e gli altri membri del circolo dovranno cercare di respingere qualsiasi maleficio verrà lanciato, coprendo la ritirata insieme agli arcieri. Quando l'ultimo uomo sarà al sicuro oltre il cancello, il Comandante Khan potrà dare l'ordine e gli arcieri si disporranno sui tetti qui, e qui»

«Sarò io a dare il segnale» intervenne Eilheart «I miei Cavalieri copriranno la ritirata dell'esercito, rimarremo sul campo sino a quando l'ultimo portatore di scudo o cavalleggero non riuscirà a rientrare»

«Va bene allora, Khan dovrà aspettare il suo segnale, una volta rientrati anche i Cavalieri la battaglia si trasformerà in un assedio. Disporremo diversi drappelli di uomini a difesa del cancello e in queste strade, Xaret ci crederà in trappola e manderà i suoi Arieti per stanarci. Hurch, Eilheart, dovrete cercare di dividerli, meglio affrontarne uno che dieci alla volta»

Hurch e Eilheart annuirono convinti, nessun'altro nella stanza sembrava voler replicare.

«Una volta che Xaret sarà separato dai suoi due generali, andrò da lui e lo ucciderò, spezzerò il legame del portale e tutti i demoni, anche quelli all'interno delle mura, verranno ricacciati all'Inferno. Nel frattempo, i cittadini potranno stare al sicuro nella cattedrale e qui al forte, così se qualche demone dovesse sfuggire ai soldati, non correranno alcun rischio»

«Il piano sembra filare...» ammise Hurch dopo qualche attimo di riflessione «Naturalmente, una volta iniziato l'assedio, noi saremo completamente nelle vostre mani. Dovremmo cercare di resistere il più a lungo possibile»

«Lo so. Strade e vicoli potranno essere barricate in modo da rallentarli, sul cancello potremmo incidere le stesse rune che i Cavalieri utilizzano sui loro scudi, ci occuperemo poi dei dettagli durante i preparativi. Ora, mastro Nio, sono curioso di vedere con i miei occhi la vostra... invenzione»

«Seguitemi Claide»

Il gruppo si sciolse e Claide fece per seguire Nio ma venne fermato da Iris.

«Quindi i Cacciatori non verranno schierati?» disse lei, guardandolo con sospetto.

«Hai sentito il tuo Comandante, i Cacciatori si uniranno agli arcieri e aiuteranno a costruire le trappole che serviranno a rallentare i demoni»

«Si uniranno?»

«Si, ho già chiesto a Orth che ti venga assegnata la custodia dei cittadini. Tu starai nella cattedrale, al sicuro»

Iris sgranò gli occhi, oltraggiata.

«Assolutamente no! Non posso stare a guardare mentre i miei fratelli combattono!»

«E io» disse Claide abbassando la voce e prendendola per le spalle «Non posso combattere pensando che tu sei la fuori, che sei in pericolo, che potresti rimanere ferita o peggio...»

Iris fece per ribattere ma Claide le afferrò dolcemente il viso.

«Sai quanto ho sofferto in passato, tutto questo sta accadendo per causa mia. So bene che sai difenderti, e non c'è bisogno che tu lo dimostri a me o a chiunque altro. Io so quanto vali, e lo sai anche tu... Se gli stregoni non cadranno nel tranello ed inizieranno a bersagliare le mura, Orth e gli altri non riusciranno a proteggere tutti, voglio solo essere sicuro che, nell'eventualità, tu sarai al sicuro... Ti prego Iris»

Iris lo guardò cercando di non cedere, ma alla fine chinò il capo e le spalle e borbottò un "va bene" poco convinto.

Claide le sorrise, poi continuò a seguire Nio che aveva avuto l'accortezza di fermarsi a sull'uscio della porta. Percorsero la strada sino alla cattedrale, scesero di nuovo le scale a chiocciola e s'inoltrarono in uno dei cunicoli torreggiati dagli scaffali nella biblioteca. Nio si diresse sicuro e deciso verso nord, cambiando abilmente e rapidamente direzione ad ogni svincolo e conducendolo all'interno di un piccolo studio. Si ritrovarono in quello che sembrava un laboratorio alchemico ben attrezzato, ricco di alambicchi, mortai e pestelli, fiale, pozioni, decotti, piccoli bracieri accesi, ricette scritte su fogli di carta sparsi, vari ingredienti appesi al muro e all'interno di grossi barattoli in vetro, libri, tomi e qualcosa di molto grosso, di circa due tese in lungo per quattro piedi in altezza, nascosta sotto un lenzuolo bianco e posta al centro della stanza.

Nio si avvicinò a uno dei tavoli e prese da una mensola una piccola fiala di vetro contenente la sua tanto acclamata polvere nera.

«Ecco Giudice, ora osservi bene»

Versò piano la polvere sul tavolo, formando una striscia lunga un palmo, poi con delle pinze prese un tizzone ardente da un braciere e lo avvicinò a una delle estremità. La polvere si incendiò subito, producendo una piccola fiammella bianca che consumò in un attimo tutto il composto. Claide inarcò un sopracciglio.

«Non per offenderla ma, tutto qui?» chiese scettico.

«Non tragga conclusioni affrettate Giudice» disse Nio guardandolo severo «Guardi cosa ho scoperto qualche mese fa»

Detto questo prese da un altro scaffale un piccolo vasetto di terra cotta sferico, chiuso con un tappo di sughero con un piccolo foro nel centro, in cui era stato infilato un comune stoppino.

«La miccia è cosparsa di polvere nera e resina, in modo da rallentare la combustione e dare il tempo a chiunque di allontanarsi. per favore si metta là dietro» disse indicandogli l'anta di una porta fissata al pavimento con pesanti viti e bulloni. Claide ubbidì e osservò lo stregone mentre posizionava il vaso dentro una nicchia nel muro, dalle pareti carbonizzate e annerite dalla fuliggine.

«Stia a guardare» disse eccitato.

Usò un altro tizzone per accendere lo stoppino e raggiunse Claide per mettersi al riparo. La miccia si incendiò e la fiamma consumò piano tutto il filo, sino a scomparire all'interno del vaso. Per qualche secondo non successe nulla, poi in un lampo di luce bianca e con un boato che urtò le sensibili orecchie di Claide, il vaso esplose, scagliando schegge incandescenti per tutta la stanza. Nio esultò.

«Allora? Che ne pensa?!» disse guardandolo come un bambino. Claide attese che lo stridio nelle orecchie passasse del tutto, poi gettò un occhiata oltre la barricata. La forza dell'urto aveva piegato leggermente il legno che l'ancorava al pavimento, le assi della porta erano scheggiate dai frammenti volati per tutta la stanza.

«Non basterà a fermare i demoni» capitolò tetro.

«Ovvio! Con un esplosione del genere un uomo al massimo ci rimette una gamba! Ma ora immagini quel piccolo vasetto grande quanto un barile! Colmo di polvere nera! Sono sicuro che due o tre di quelli potrebbero creare un bel po' di scompiglio!»

«Funziona sempre? Quante volte può capitare che la polvere non esploda?»

«Una volta su tre, per ora...» disse Nio rammaricato «Ma credo che dipenda tutto da come si posiziona la polvere all'interno del contenitore»

Claide provò ad immaginarsi gli effetti di tre barili colmi di quella diavoleria, giungendo alla conclusione che non solo avrebbero fermato i demoni, ma nel raggio di alcune braccia avrebbero potuto smembrarne molti, uccidendoli sul colpo.

«La prima linea coprirà una distanza notevole, è sicuro di poter fabbricare abbastanza barili?»

«Più che sicuro!» disse Nio convinto.

«Bene allora, vedrò di farle mandare quanti più aiutanti le possano servire. Solo un'ultima domanda, cosa c'è là sotto?» chiese Claide indicando il lenzuolo.

«L'arma che sto costruendo. Non l'ho mai testata, non credo sia saggio farci affidamento» rispose Nio un po' deluso «ma se tutte le altre trappole non funzioneranno e l'unica cosa che ci rimarrà sarà la speranza, potremmo sempre farle un battesimo del fuoco»

«Vedremo...» rispose Claide interessato «Ora devo andare, per favore mastro Nio, si metta subito a lavoro!»

«Ci conti!»

Claide lasciò lo stregone alle sue macchinazioni e uscì dalla biblioteca. Nella sacrestia incontrò Arin discutere con Varen riguardo alcuni incantesimi per consacrare la terra. Gli dissero che Orth e Duscan lo stavano aspettando nel piazzale del palazzo per tenere un discorso con le truppe e con i cittadini. Una volta salita la stradina tortuosa che conduceva al forte, delle guardie lo scortarono in mezzo alla marea di persone radunate, aiutandolo a raggiungere la cima delle gradinate che portavano alla sala del trono. Di fronte agli enormi cancelli placcati con pesanti piastre di ferro decorate trovò Orth, Duscan e Hurch, intenti a richiamare l'attenzione del pubblico e preparandosi al grande discorso. Claide li raggiunse e affiancò Orth, calandosi ancora di più l'onnipresente cappuccio quando si accorse di tutti gli sguardi che lo stavano seguendo. Duscan lo guardò contento che fosse arrivato in tempo e si rivolse alla folla.

«Cittadini di Gunea!» grido attirando su di sé l'attenzione generale «Uomini, donne, soldati... brava gente! Prestatemi orecchio! Sin dal primo giorno in cui sono diventato vostro sovrano, le mie più grandi priorità sono state i problemi che vi affliggevano. Povertà, fame, carestie, epidemie,tutti pericoli che ammorbavano la nostra bella città e che avvelenavano i nostri animi. Da sempre ho combattuto per scacciare queste nubi, per far risplendere, come un astro del cielo, la nostra capitale e per dare a ciascuno di noi la possibilità di una vita migliore! Ora guardatevi! Vi vedo in salute, nutriti, certo la vita continua a essere dura ma tutti voi riuscite a portare il pane alle vostre case, a riabbracciare i vostri cari e ad assopirvi in un comodo letto! I rapporti sui crimini sono al loro minimo storico, e non un bandito ha mai osato depredare le nostre terre! I Titani vegliano e vigilano su di noi! Regalandoci il loro sorriso e la loro benevolenza! Siate fieri di voi stessi! Camminate a testa alta e schiena dritta! E dite a qualsiasi straniero che incontrerete sulla vostra strada, io sono cittadino di Gunea! E ne vado fiero!»

Il re alzò il pugno per enfatizzare le sue ultime parole e un'ovazione generale di grida e applausi rieccheggiò nell'intera piazza.

«Ahimè, miei cari sudditi, un pericolo più grande ci minaccia...» proseguì in tono grave «Chi non conosce le storie tramandate dai nostri avi... storie in cui i nostri peggiori incubi inizieranno a camminare sulla terra, storie in cui il male si insinuerà tra di noi, portando guerra e morte. Miei amati concittadini, mi rammarica dirlo, ma tra tre giorni, queste storie diventeranno realtà»

La piazza venne inondata da una serie di brusii e bisbigli, ogni singolo presente guardava Duscan senza capire.

«Fra tre giorni il male come non lo abbiamo mai visto invaderà il nostro mondo e busserà alle nostre porte... sto parlando degli eterni nemici dei nostri amati Titani, i demoni!»

Tutte le persone presenti iniziarono ad agitarsi, alcune avevano un'espressione incredula, altre confusa, altre ancora terrorizzata.

«Calma! Calma signori miei!» disse Duscan cercando di riportare l'ordine «So che può sembrarvi folle! Ma oramai questa è diventata una dura e cruda verità! I demoni ci hanno dichiarato guerra! E fra tre giorni questa guerra avrà inizio!»

«Scappiamo!»

«Evacuiamo la città!»

«Moriremo tutti!»

Dissero alcuni.

«No! Nessuno morirà! Ricordate che noi siamo protetti dai Titani! Il nostro esercito è grande e potente, i Cavalieri hanno messo al nostro servizio le loro spade e la nostra città è praticamente inespugnabile! Inoltre, un altro grande alleato ha deciso di aiutarci e difenderci! Egli conosce il nostro nemico molto meglio di noi! Mi ha spiegato e consigliato come uccidere questa feccia! Con l'appoggio dei Titani, saremo in quattro contro uno! I demoni ci credono deboli! Dei vili, dei codardi! Poco più che meri pezzenti! Ci hanno paragonato a dei ratti che si nascondono nelle proprie tane! In vita mia non ho mai permesso a nessuno, che fosse umano o mostro, di parlarmi in questo modo! Abbiamo costruito città che verranno decantate persino tra mille anni! Abbiamo combattuto, conquistato, siamo la razza più forte e dominante in questo mondo! Vogliamo davvero lasciare che delle bestie ci trattino così? Che vengano a casa nostra, senza essere state invitate? Per insultarci e prendersi gioco di noi?! Cosa rispondete?»

«Non lo permetteremo!» dissero in pochi.

«Non vi sento, uomini! Abbiamo la fiamma nel cuore! L'ardore e il coraggio ci scorrono nelle vene! Voi stessi, ogni giorno, combattete contro le avversità che la natura stessa ci riserva! Combattete contro il gelo, la siccità, le piogge, e solo i Titani sanno cos'altro ancora! Quanti di voi si sono fatti le ossa da soli? Quanti hanno dovuto difendere con le unghie e con i denti la propria dignità? Volete arrendervi ora? Volete che dei sudici mostri, entrino a casa vostra e si permettano di parlarvi così? Oppure volete combattere? Volete rispondere con il fuoco e con l'acciaio a un tale affronto? Volete rispedire nell'abisso da cui sono uscite quelle maledette bestie? Dimostrandogli e ricordandogli che noi non siamo deboli! Che questo è il nostro mondo! Che qui siamo noi a comandare! Cosa rispondete?!» Duscan ormai urlava a squarciagola.

La piazza venne invasa da un boato di acclamazioni, grida e urla di guerra. Tutti i presenti ammiravano il loro sovrano, infiammati dalle sue parole, ebbri di un coraggio e un ardore così grande e forse un po' spavaldo che solo l'uomo è in grado di avere. Dal canto suo, Duscan osservava i suoi sudditi, contento di aver raggiunto quello che voleva, di averli aizzati contro i demoni, di aver dato loro una nuova forza.

«Sono fiero di voi!» disse «Fiero e onorato di essere il vostro re! Di essere testimone della vostra forza e solidità d'animo! Ora, tutti gli uomini e le donne che sono in grado di scavare, trasportare, o di aiutare l'esercito in qualsiasi modo, si presentino alle caserme dal generale Hurch! Nei prossimi giorni lavoreremo per prepararci ad accogliere quelle creature immonde! Daremo loro una batosta tale da farli vergognare della loro stessa natura! Diventeremo leggende! Presto, disperdetevi e datevi da fare! I soldati vi daranno varie indicazioni, cerchiamo di collaborare tutti!»

Il pubblico accolse ancora una volta le sue parole con applausi e grida d'approvazione. Duscan sorrise ancora una volta, per poi rivolgersi a Orth e Claide.

«Come sono andato?» chiese.

«Persino io, ho avvertito un leggero formicolio alla barba» disse Orth fingendosi serio.

I due scoppiarono a ridere, Claide addirittura fece un bel sorriso.

«Dovremo lavorare incessantemente in questi giorni» disse Duscan tornando serio.

«Mi occuperò immediatamente dell'incantesimo da lanciare sul cancello» disse Claide «Così i cavalieri potranno procedere ed iniziare ad incidere le rune. Una volta fatto mi dirigerò verso le miniere a ovest, cercherò di racimolare più detriti possibile da poter scagliare e lasciar cadere dalle mura. In mezza giornata dovrei riuscire ad accumularne abbastanza»

«Perfetto, io andrò a cercare Arin e Varen, insieme a qualche altro sacerdote tra cui quello scansafatiche di Talus, inizieremo a consacrare la terra» intervenne Orth.

«Bene, ora Hurch sarà occupato ad accettare e coordinare tutti i volontari, per non perdere tempo manderò i miei uomini e i Cacciatori a procurare tutto il necessario per le trappole e per le barricate» concluse Duscan. I tre si lasciarono, dandosi appuntamento alla cattedrale per dopo il tramonto.

Nei tre giorni che seguirono, la città assunse l'aspetto di un alveare impazzito. Le bancarelle e i tavoli dei mercanti erano stati tutti smantellati, le strade erano cosparse di botti, sacchi, carri rovesciati, tutti colmi di terra dura e compatta. Ogni cinquanta tese avevano seppellito oltre tre barili colmi di polvere nera per un totale di dieci fosse, contrassegnate poi da stracci colorati per indicare il punto esatto dove scagliare le frecce infuocate. Sulle mura c'era un costante via vai di volontari e soldati, trasportavano casse e botti da riempire con frecce e i detriti che Claide aveva recuperato. Dalle segrete del palazzo erano state ripescate alcune vecchie balliste, che gli ingegneri e maniscalchi avevano riportato a nuovo. Le abitazioni poco sotto le mura erano state già evacuate, i campi coltivati erano stati trapuntati da fosse colme di pali appuntiti. Ogni strada e viuzza era stata barricata in modo da permettere il passaggio solamente a due uomini per volta.

Al tramonto del terzo giorno, tutto era praticamente pronto, i sacerdoti erano riusciti persino a consacrare le armi dei portatori di scudo, in modo che le loro picche provocassero ferite difficili da rigenerare. I cittadini erano stati divisi tra palazzo e cattedrale, svuotata in precedenza da altari e panche.

Tutte le guardie erano al loro posto, tutti i guerrieri

erano tesi e nervosi. Persino Orth aveva perso un po' di sicurezza, guardava l'orizzonte preoccupato da sopra le mura, chiedendosi se il sole che ora vedeva tramontare l'avrebbe mai rivisto sorgere.

Claide aveva raggiunto Iris nella sacrestia della cattedrale, era ancora arrabbiata per il brutto scherzo che gli aveva tirato, ma nessuno dei due aveva avuto modo di incrociare lo sguardo dell'altro in quei giorni così pieni e frenetici, facendogli perdere la voglia di tenere alto il loro orgoglio.

«Tra qualche ora tu sarai là fuori a divertirti e io rinchiusa qua dentro a sorbirmi i vagiti dei neonati» sbuffò lei cercando di sdrammatizzare. Claide la fulminò con uno sguardo.

«Là fuori non ci sarà da divertirsi...» la rimproverò «e sarò molto più tranquillo sapendo che tu sarai qui, al sicuro, e con quella a portata di mano» disse indicando la catena sacra sul tavolo.

«Quando tutto questo finirà non ti basterà farmi il bello sguardo per farti perdonare!» disse lei in tono scherzoso «Dovrai offrirmi un pasto decente! Saprai anche tirare di spada ma non sei affatto un cuoco. E ci sarà anche da bere e tu berrai con me!»

Claide ridacchiò, incapace di capire quella donna. I due rimasero ad osservarsi, seduti fianco a fianco sul pavimento, sino a quando il sole scomparve dietro le montagne, lasciando spazio all'oscurità e all'improvvisa sensazione di pericolo nella mente di Claide. Nacque come un tenue brusio, ma ben presto degenerò in un rombo sordo. L'aria si fece più pesante e nella cattedrale cadde il silenzio.

Claide si alzò in piedi, lo aveva avvertito, un picco di potere altissimo oltre le mura della città, e tantissime presenze sembravano seguirlo. Guardò Iris negli occhi.

«E' iniziata»

Capitolo 26
Scacco matto al Re Nero

Claide uscì dalla cattedrale e raggiunse Orth e Duscan che scrutavano l'oscurità da sopra le mura. Tutto era avvolto dal silenzio, i campi coltivati sembravano cimiteri senza lapidi, i fili d'erba erano insolitamente immobili, persino le bestie rinchiuse nei fienili sembravano in attesa di qualcosa.

«Sei sicuro della tua decisione Claide?» disse Orth senza guardarlo. Sapeva a cosa si riferiva.

Durante i preparativi, Orth aveva chiesto a Claide se avesse intenzione di trasformarsi in quella creatura durante la battaglia, ma il giudice ricordava bene la sensazione che aveva provato e la carneficina che aveva fatto. Aveva paura di quella sua forma, del suo potere e della sua sete di sangue, non poteva rischiare di confondere alleati con nemici.

«Sono sicuro»

I tre scrutarono l'orizzonte, in attesa di un minimo cambiamento nel paesaggio. Claide avvertiva i cuori e i respiri affannati dei soldati appostati nella piazza e nelle strade, e degli arcieri lungo le mura. Milleseicento anime inquiete, in attesa del loro destino.

Qualcosa nella foresta di fronte a loro si mosse. L'aria iniziò a deformarsi in vortici e sbuffi, piccole fiamme e nugoli di scintille iniziarono a crepitare nell'oscurità. Pian piano il velo della realtà si squarciò formando una crepa alta almeno cinque tese, illuminando a giorno i campi ai loro piedi come la bocca della più grande fornace mai costruita. Duscan deglutì.

«Esatto sua altezza… mette i brividi» pensò Claide.

Mentre il crepaccio continuava ad allargarsi, tutti i presenti trattenevano il respiro, sino a quando la nervosa attesa non si trasformò in terrore. Prima sembrarono dozzine, ben presto divennero centinaia. Strane bestie simili ai lupi giganti iniziarono a sciamare al di fuori del portale, la loro pelle era glabra e abbrustolita, le mascelle schioccavano fameliche, le zanne colavano bava. I segugi infernali.

Eilheart impartì l'ordine e i cavalieri attraversarono il cancello in formazione ordinata e compatta, occupando disciplinati le loro posizioni, formando quattro plotoni coesi di carne e acciaio, alzando i loro possenti scudi a torre alti quanto un uomo e impugnando le loro spade adornate con simboli e incisioni sacre. Hurch seguì Eilheart poco dopo, mandando i plotoni di portatori di scudo. I soldati si posizionarono in quattro file ordinate dietro i Cavalieri, i cavalleggeri coprirono i fianchi di ciascuno schieramento, tra i nitriti dei loro animali ed i nugoli di polvere sollevati dagli zoccoli. Khan, spuntato dall'ombra come un gatto, passò accanto a loro ed iniziò ad organizzare arcieri e Cacciatori.

Claide strinse i pugni, il crepaccio iniziò a sputare lunghe e tremende fiammate, seguite a ruota da quelle creature immonde. I primi ad arrivare furono le Cerchie dei combattenti, demoni del più disparato tipo, dai monocorni ai tricorni, armati con orripilanti picche, mannaie, asce, mazze e martelli. Raggiunsero immediatamente i segugi sul campo, scalpitando e mugghiando come una mandria imbizzarrita. Dietro di loro fecero la loro comparsa i primi Arieti, avversari decisamente più grossi, alti almeno sette piedi, con le corna ricurve e lucenti e dal tronco largo quanto una botte. Poi arrivarono gli stregoni, con le loro tuniche nere e i loro bastoni in cristalli e minerali intrisi di magia. Infine fece capolino il loro sovrano, fiancheggiato dai suoi due fidati generali.

Xaret, Agraar e Serbrar si posizionarono alle spalle del loro imponente esercito, scrutando malignamente la città. Tutto sembrava essersi fermato, i segugi ululavano e ringhiavano ai Cavalieri dell'Ordine, i demoni gridavano al cielo imprecazioni e blasfemie, gli uomini dell'esercito regolare iniziavano a tremare e a voltarsi indietro.

Claide notò Xaret voltarsi per un attimo verso i suoi luogotenenti. «Sento la puzza della loro paura» riuscì ad ascoltare.

Eilheart aveva iniziato a parlare ai suoi uomini, promettendo gloria e onore a chi fosse sopravvissuto. Hurch, a qualche passo di distanza da lui, sbraitava e intimava ai portatori di scudo di serrare i ranghi. Pena pedate nel culo sino al nuovo anno.

Claide guardò Duscan dritto negli occhi.

«Io vado» disse.

«Non farti ammazzare...» disse lui «dipende tutto da te»

Claide lo guardò con un ghigno maligno e le iridi si colorarono di rosso. *«E' giunto il momento di saldare i conti»* pensò, mentre con un balzo si lanciava giù dalle mura e atterrava con estrema agilità alle spalle dello schieramento. Si fece spazio tra la prima fila, ignorò i volti truci e ghignanti dei demoni e guardò dritto negli occhi Xaret.

«Vieni a prendermi, codardo!» sussurrò.

Xaret ringhiò e serrò i pugni. Sollevò il braccio destro al cielo e lanciò un tonante e profondo grido di guerra, dando inizio alla battaglia.

Claide non sfoderò nemmeno la spada, i segugi si lanciarono verso di loro, sbavando e ringhiando.

«Uomini!» disse Claide rivolto ai Cavalieri «Ricordate che alle vostre e spalle ci sono le vostre famiglie, i vostri cari e i vostri conoscenti! Qualsiasi cosa riuscirà a passare i vostri scudi costituirà un pericolo per loro, ciò è inammissibile! Pensate a loro mentre rispedite questa feccia nel suo covo, facciamogli capire il grave errore che hanno appena commesso!»

I cavalieri risposero con tonanti grida di battaglia e colpirono gli scudi con le proprie spade, scandendo il ritmo dell'avanzata del nemico. Claide si preparò, i segugi erano sempre più vicini. Il tempo per lui iniziò a scorrere a rilento, vedeva le piccole zolle di terra sollevarsi piano in aria, artigliate e strappate via dal suolo ad ogni passo. Scorgeva il tendersi dei loro muscoli, il contrarsi delle loro schiene, il bianco delle loro zanne. Quando riuscì a distinguere il contorno dei loro occhi rosso sangue, ringhiò.

L'impatto provocò una cacofonia di suoni assordanti, come il cozzare degli scudi, il lacerare dell'acciaio che affonda la carne viva e le strazianti grida di chi veniva dilaniato. Claide combatteva a mani nude, rapido e veloce, si accaniva come una furia su quelle bestie, riversando in ogni pugno la rabbia accumulatasi in trecentodiciotto anni. Balzava e scattava, afferrò un segugio alla vita schivando un suo assalto in volo e strinse sino a frantumargli costole e spina dorsale, lanciando poi la carcassa contro le altre dozzine di cani infernali che continuavano ad arrivare. Fortunatamente loro non si rigeneravano come i demoni.

I Cavalieri avevano mantenuto bene la loro posizione e continuavano a menare fendenti forti e precisi, ogni colpo portava uno spruzzo di sangue denso e nero seguito da un languido guaito, la difesa sembrava funzionare.

Dopo aver staccato la mascella a un segugio, Claide si voltò verso i suoi alleati, i cavalleggeri avevano preso a stringere l'orda di segugi sui fianchi, spingendoli verso i Cavalieri a suon di mazzate e zoccoli. I picchieri tenevano la giusta distanza dalla prima linea e continuavano a trafiggere come ossessi qualsiasi cosa saltasse oltre il muro di scudi. Tutti e tre i plotoni sembravano aver gestito egregiamente la carica. Seppur con qualche perdita, la battaglia per ora volgeva in loro favore.

Rimase distratto troppo a lungo, uno di quei cani gli azzannò il braccio e iniziò a strattonare con forza, nel tentando di strapparlo via. Claide gridò di dolore e rabbia, stese la mano libera verso il segugio e liberò un fascio di luce verde abbagliante che lo trapassò dalla punta del muso sino al posteriore, lasciando dietro di se una carcassa fumante perfettamente spaccata nel mezzo. Il braccio guarì nel giro di pochi secondi e fu nuovamente pronto a combattere.

Xaret osservava la battaglia da lontano con un ghigno

divertito. Il popolo, come sapeva bene, amava vedere quei cuccioli in azione, ma doveva ammettere che vederli sbranare i corpi degli umani in carne e ossa, e non solamente le reminescenze eteree delle loro anime, era addirittura magnifico.

Quando ancora la battaglia con i segugi infervorava sul campo, Agraar impartì l'ordine e schiere di demoni iniziarono a correre verso di loro, in una carica dalla furia omicida. Claide imprecò, era ancora troppo presto. Si voltò verso il Eilheart che stava riprendendo fiato.

«Finite di pulire qui! Al mio segnale, ritiratevi!» gridò.

Non attese neanche il cenno di intesa del Cavaliere, senza perdere tempo si voltò verso i demoni che avevano già guadagnato buona parte di terreno.

«Ora basta»

Stese entrambe le braccia e scandì ad alta voce le parole di un incantesimo di magia oscura, attingendo a quella marea di potere a cui non era ancora abituato. Tra le sue dita crepitarono fulmine e saette che si riversarono nel terreno. Il suolo sotto i piedi dei demoni tremò e si crepò all'istante, esplodendo con un bagliore verdastro e un boato assordante. L'energia liberata dall'incantesimo filtrò dalla terra e si riversò verso il cielo con la furia di una cascata, vaporizzando dozzine e dozzine di demoni che non fecero nemmeno in tempo a gridare. Persino quelli scampati dall'improvvisa esplosione vennero scagliati per l'aria dalla potenza del colpo, atterrando pesantemente con le ossa e gli arti scomposti. L'avanzata si arrestò per un attimo, indecisa sul da farsi.

«Ora!» gridò Claide.

Cavalieri e soldati si ricomposero ed iniziarono la ritirata. I primi a passare i cancelli furono i quaranta cavalleggeri sopravvissuti, seguiti da circa quattrocento portatori di scudo. I Cavalieri invece rimasero schierati, ritirandosi piano, a passo di marci e tenendo sempre sott'occhio lo schieramento nemico.

Claide tremava, di fronte a lui erano comparsi una moltitudine di puntini rossi, il suo corpo non era fatto per sostenere tutto quel potere in una sola volta. Buttò un occhio ai Cavalieri, ancora qualche passo e sarebbero stati al sicuro oltre la barriera sacra. I demoni avevano ripreso coraggio e si erano lanciati nuovamente alla carica, serviva più tempo.

«Tutto qui?» li provocò. I demoni gridarono e ringhiarono di rabbia, ogni loro falcata faceva tremare la terra.

La linea di muscoli e corna iniziò a curvarsi e a puntare verso di lui. Sguainò la spada e allargò le gambe. Il primo ad arrivare venne trafitto da un fascio di luce verde. La sua spada recise di netto la testa al secondo e calciò tanto forte il terzo da fracassargli il torace. Arrivò il quarto, il quinto e il sesto, poi iniziarono ad essere troppi. Fece appena in tempo a sollevare le braccia per difendersi, un grosso maglio lo colpì dritto nella spalla facendogli vibrare le ossa sino ai denti. Volò all'indietro per una decina di tese, quando la sua schiena incontrò il suolo l'aria abbandonò i suoi polmoni in un rantolo.

Avvertiva la terra tremare, il dolore sordo alla spalla gli impediva di rimettersi in piedi, nemmeno immaginava in quali condizioni fosse. Se solo si fosse trasformato, quella battaglia avrebbe avuto fine entro l'alba. Il pensiero iniziò a stuzzicarlo, a tentarlo. Avvertiva i demoni mugghiare, le loro falcate si facevano sempre più vicine.

L'impatto con la barriera sacra provocò un boato assordante che lo riportò alla realtà, il colpo ricevuto lo aveva spedito dritto oltre la linea sicura. I demoni vennero sbalzati indietro dal contraccolpo, le pietre che riportavano le rune sacre vibrarono pericolosamente ma non cedettero.

Le creature iniziarono a battere e picchiare feroci sulla barriera invisibile, aumentando il fracasso che rintronava nella testa di Claide. Si tappò le orecchie e si allontanò immediatamente dalla barriera, alzando lo sguardo notò Khan comandare gli arcieri. Si tuffò al riparo dietro le barricate e attese. Udì il legno degli archi scricchiolare, le corde tendersi, il sibilo delle frecce, l'esultanza di chi centrò il bersaglio ed infine il boato, il rumore più forte e potente che avesse mai sentito.

Una luce accecante e fiamme altissime scaturirono dalle fosse dei barili di polvere nera. L'impatto fu talmente violento da scuotere le tegole dei tetti oltre le mura. Il terreno si aprì sotto i piedi di tutti i demoni che si erano accalcati sulla barriera, liberando un'energia spropositata che li scagliò in aria per diverse tese di altezza. Alcuni morirono, brutalmente smembrati dall'energia liberata, e le loro parti iniziarono a piovere ai piedi degli ultimi Cavalieri che attraversavano il cancello. Altri vennero semplicemente spazzati via ma passarono parecchi minuti prima che potessero anche solo rialzarsi. L'onda d'urto era stata così potente che persino i demoni più lontani dalla calca erano finiti a gambe all'aria. Claide attese che le sue orecchie smettessero di fischiare prima di uscire dal suo riparo.

Si concesse un sospiro di sollievo quando vide che il piano di Nio aveva funzionato alla perfezione. Al posto delle fosse erano comparse delle vere e proprie voragini, i demoni sopravvissuti erano ancora centinaia ma avevano ottenuto quello che volevano, far arrabbiare Xaret.

Lui infatti osservava il fronte stupito e adirato al tempo stesso, nelle sue fantasie la battaglia doveva già essere vinta. Con un grido disumano, fece un cenno a Serbrar che non aspettava altro se non quel momento, quasi grato agli umani per non aver ceduto. Si lanciò in corsa seguito dai suoi stregoni, iniziando a caricare il potere magico che crepitò tra le sue mani. Claide guardò la scena sbarrando gli occhi, forse avevano sperato troppo. Gli stregoni iniziarono a scagliare globi di fuoco nero verso di loro. Gli incantesimi venivano fermati dalla barriera, tramutandosi in sbuffi di vapore al minimo contatto, ma le rune sacre iniziarono ad illuminarsi di un bianco incandescente.

Claide provò a rispondere e a deviare qualche attacco,

cercando di dare il tempo agli ultimi uomini di ritirarsi. Notò i membri del circolo rispondere con qualche globo luminoso da sopra le mura, ma la raffica di incantesimi che continuavano ad arrivare non accennò ad attenuarsi. Nel frattempo, Serbrar aveva arrestato la sua corsa e agitava le mani e le braccia seguendo movimenti lenti e precisi. Quando Claide capì cosa stesse cercando di fare fu troppo tardi.

Dal corpo del demone scaturì un fulmine di luce rossastra che si infranse violentemente contro la barriera. Le rune sacre esplosero in una pioggia di detriti incandescenti, crivellando le assi delle case vicine e scheggiando le pareti delle mura. Il colpo riecheggiò con un rombo sordo e cupo sino a valle, la barriera era stata distrutta ed i primi globi infuocati iniziarono a passare.

Grida strazianti di dolore e disperazione riempirono l'aria. Orth e Duscan impartivano ordini a destra e manca, cercando di salvare i pochi arcieri rimasti. Khan guidava i Cacciatori giù dalle mura, preparandosi all'assedio imminente. Claide cercò di racimolare un altro po' di tempo, rispondendo ai vari attacchi con altre sfere di fuoco, ma senza la barriera gestirli era diventato impossibile persino per lui.

Pensò all'espressione che doveva essersi dipinta sul volto di Xaret, di gioia crudele e malata, di puro godimento nel vederlo in difficoltà. Gli occhi di Claide si colorarono lentamente di rosso, le vene iniziarono a pulsare più forte, la vista iniziò ad annebbiarsi, avvertì il potere prendere piano il sopravvento.

«No!» pensò con tutta la forza di volontà che disponeva.

«Orth dannazione!» gridò con tutto il fiato che aveva in corpo, la voce distorta, simile a quella della creatura sul colle.

Fece per cedere alla tentazione quando, improvvisamente, un rombo di tuoni e fulmini iniziò a riecheggiare nel cielo. Nubi cariche di pioggia avevano preso a vorticare minacciosamente sopra il gruppo di stregoni, riversando una raffica di lampi argentati, obbligandoli a cercare riparo. Dalle mura iniziarono a sibilare i dardi delle balliste, che centrarono in pieno parecchi demoni, creando scompiglio e dimezzando i loro continui attacchi. Alzò lo sguardo e notò i pochi folli che avevano deciso di rimanere nonostante le fiamme nere, caricavano e azionavano le armi come furie, protetti dalle barriere evocate da Arin e Varen. Orth, da dietro il parapetto, teneva le braccia sollevate per aria e borbottava qualcosa rivolto al cielo. I suoi occhi erano illuminati di una luce bluastra, Claide avvertiva chiaramente il suo potere riversarsi in quella tempesta.

Riuscì a riprendersi ma non aveva tempo da perdere, i demoni guerrieri stavano tornando. Ritrovò la spada, si accovacciò e spinse con tutte le sue forze. Si lanciò in una folle corsa verso il nemico, mentre alle sue spalle il potere liberato da Orth iniziava ad attenuarsi. Raggiunse il demone stregone più vicino, scartò di lato un suo incantesimo, piroettò e conficcò la spada nel suo fianco sinistro sino alla guardia, fece leva con le gambe e tirò con tutte le sue forze verso l'alto, squarciandolo sino al collo.

Presto i suoi compagni si accorsero della sua presenza e iniziarono a scagliargli addosso ogni sorta di maleficio, così come alcuni demoni guerrieri che avevano preso a corrergli incontro, in cerca di vendetta per il tiro mancino subito. Claide non si fece abbattere, deviò alcuni incantesimi verso i guerrieri che lo stavano circondando, guadagnando abbastanza spazio per saltare direttamente sulla testa di un altro stregone, affondando la sua lama nella spina dorsale, tranciandola di netto.

Riuscì a giocare di agilità per un po' di tempo, saltando, rotolando e ferendo i demoni abbastanza da indebolirli e ucciderli, qualche volta venne salvato da un dardo scagliato dalle mura ma erano centinaia e lui era da solo. Un demone basso e tozzo lo caricò con tutta la sua forza e riuscì a centrarlo in pieno, sentì la gabbia toracica cedere, le costole frantumarsi e lacerare la carne. Venne sbalzato almeno trenta tese più indietro, atterrando pesantemente sulla schiena. Un dolore immenso lo invase da capo a piedi, sentì il corpo completamente in fiamme, cercò di voltarsi ma i muscoli si rifiutarono di obbedire. Gridò senza udire il suo stesso urlo straziante.

Poteva avvertire chiaramente ogni singola costola tornare lentamente al proprio posto, ma stava passando troppo tempo e i demoni presto lo avrebbero circondato e ucciso definitivamente.

Una mano lo afferrò per la collottola intrisa di sangue e lo trascinò con forza verso le mura.

«Dobbiamo ripiegare!» gridò Eilheart.

Erano usciti di nuovo. Per lui, per salvarlo. La vista gli si annebbiò. Vide le sagome indistinte dei Cavalieri cercare di tenere a bada i demoni, dando loro il tempo di rientrare.

«Quanti dovranno morire ancora a causa mia?» Ebbe il tempo di pensare prima di sprofondare nel buio dell'incoscienza.

* * * *

Orth

Le mura erano diventate un vero inferno. Quando il demone che Claide aveva chiamato Serbrar era riuscito a sfondare la barriera, le fiamme nere avevano avvolto le mura, spazzando via metà delle truppe. Orth aveva visto i volti di quei ragazzi contratti in una maschera di dolore, mentre il fuoco mordeva e inghiottiva sino alla più piccola pietra.

Grazie all'aiuto di Varen era riuscito a respingere parecchi incantesimi mentre Arin forniva una barriera ai superstiti. Khan aveva guidato ciò che era rimasto delle truppe giù dalle mura e loro tre erano rimasti lì, continuano a scagliare incantesimo dopo incantesimo come dannati.

«Al diavolo...» aveva pensato *«Ho vissuto abbastanza a*

lungo, non rimarrò qui a farmi arrostire come un pollo, se mi voglio morto, dovranno sudare!»

Poi aveva sentito Claide chiamare il suo nome, il tono della voce era distorto ma chiaramente disperato. Quando si era affacciato dalle mura, lo aveva visto combattere con la foga di mille uomini, e allora aveva deciso di rischiare tutto, anche la sua vita. Alcuni volontari erano rimasti sulle mura e avevano messo mano alle balliste. Aveva dato precise istruzioni ad Arin e Varen e poi si era messo all'opera.

Erano anni che non dava libero sfogo alla sua magia, anni e anni di studi e teorie, mai una volta di un po' di sana pratica. Quando evocò la tempesta, pronunciando le parole in Lingua Antica che aveva custodito così gelosamente, sperò solo che il suo corpo decrepito avrebbe retto.

Il potere era fuoriuscito, convogliato dalle sue parole, la schiena aveva iniziato a dolere e le ginocchia a tremare, ma aveva tenuto duro. Osservando il campo di battaglia, aveva visto dozzine di demoni folgorate dai suoi fulmini, non avrebbe mai dimenticato quella sensazione. Dopotutto non era ancora così vecchio.

Poi lo aveva visto, una macchia nera scagliarsi da sola verso centinaia di demoni come una furia, con un coraggio sin troppo sconsiderato. Fortunatamente Hurch aveva intuito costa stesse facendo e aveva ordinato ad alcuni uomini di raggiungere le balliste per dargli manforte. Il piano sembrava andato in frantumi, tutti gli uomini sulle mura erano allo sbaraglio, dietro le mura c'erano più feriti per strada che uomini sulle gambe, le fiamme nere si erano spinte sino ai primi tetti e non accennavano a cedere.

Orth aiutò l'ultimo arciere ferito a mettersi al riparo e prese un attimo per stirarsi la schiena dolorante. *«E va bene, forse ho esagerato...»* pensò suo malgrado.

Lo sferragliare della grata che veniva issata lo riportò alla realtà. Scese rapidamente le scale che portavano alla piazza principale, in tempo per vedere Eilheart che trascinava il corpo di Claide intriso di sangue.

«Cosa è successo?» chiese Orth in preda al panico.

«Si è lanciato da solo contro i demoni!» rispose il Comandante deponendo delicatamente Claide contro uno dei carri «Ha fatto una carneficina, ma uno di quelle bestie è riuscito a colpirlo in pieno petto!»

Scostò la casacca di Claide, solo per vedere che le costole esposte stavano tornando dentro la carne, riassumendo la loro posizione naturale e dando forma alla gabbia toracica. Il capitano guardò stupito la guarigione di Claide e voltò la testa verso Orth in cerca di spiegazioni.

«Tenga per sé quello che ha appena visto, Comandante...» disse Orth severo «Lui è la nostra unica speranza»

Eilheart lo guardò perplesso, ma non ebbe il tempo di fare altre domande.

Nell'aria iniziò a riecheggiare uno strano rombo cupo. Orth e alcuni uomini si affacciarono dalla grata, per capire cosa stesse succedendo. In lontananza, una massa indistinta di corna chinate aveva iniziato a caricare impetuosa. Gli Arieti erano stati sguinzagliati.

«Tutti ai carri!» gridò Orth.

Hurch gli fece eco, spronando i suoi uomini a spostare e ribaltare i carri in modo da formare una barricata subito dietro il cancello. La terra tremava sempre di più, sbuffi di polvere e calcinacci iniziarono a ricadere dai tetti, smossi dalle pesanti falcate di tutti i demoni che si stavano dirigendo verso di loro.

Orth ripiegò verso il centro della piazza, dove trovò Nio intento a preparare uno strano marchingegno di ferro.

«Nio! Cos'è questo affare?»

«E' l'arma che stavo costruendo!» disse lui senza neanche guardarlo, mentre rovesciava un barile di polvere nera al suo interno. L'arma non era altro che un grosso cilindro cavo lungo due tese mezzo, dai bordi spessi un palmo, di puro ferro battuto.

«Non è il momento per mettersi a giocare con la tua polvere!» disse Orth.

«Orth, fidati di me! Hai visto tu stesso l'effetto che quei barili hanno avuto sui demoni!» disse lui mentre spingeva a fondo la polvere con un bastone «Hai visto come volavano! Immagina di usare quell'energia per scagliare un oggetto di proposito! Stanno per rompere le nostre difese, lo sai benissimo! Se funziona riusciremo a guadagnare un altro po' di tempo!»

Orth lo guardò esasperato, mentre il suo amico caricava una strana palla di ferro dall'aria pesante all'interno dell'arma.

«Ti serve altro?» disse infine, arrendendosi a quella idea strampalata. Nio afferrò una fiaccola accesa e si mise alla sinistra della sua invenzione.

«Solo un bersaglio… possibilmente che venga dall'inferno stesso!» disse.

Orth alzò gli occhi al cielo, ma si fidò di lui. I demoni andarono a cozzare sulla grata con uno schianto tremendo, continuando a battere e a caricare di nuovo. L'incantesimo di Claide unito alle rune dei Cavalieri stava funzionando, l'intelaiatura in ferra non sembrava volerne sapere di cedere, ma le bestie stavano iniziando ad accumularsi, sino a diventare troppe.

A ogni colpo la grata iniziò a incrinarsi, sino a spaccarsi del tutto. Frammenti di ferro sibilarono per tutta la piazza e i demoni iniziarono a distruggere e ribaltare i carri come fossero fuscelli. In pochi secondi, la città fu invasa da quelle bestie che distruggevano qualsiasi cosa capitasse a tiro. Intere case furono abbattute dalle loro spallate e colpi di mazza, i primi uomini iniziarono a cadere, calpestati, travolti o squarciati da qualche lama.

«Disperdetevi!» gridò Nio ai pochi pazzi che tentavano ancora di difendere l'entrata.

«Via tutti! Per le strade, avanti!» gli fece eco Orth.

Hurch e Eilheart riuscirono a riportare l'ordine tra i loro uomini, lasciando campo libero allo stregone.

«Voi! Schifose creature!» gridò «Tornatevene da dove siete venute!»

I demoni provarono a caricarlo ma non fecero in tempo a fare più di qualche passo. Nio calò la fiaccola in una piccola fessura sul fondo della sua arma, provocando una forte esplosione che scagliò la palla di ferro ad altissima velocità contro i loro nemici. L'effetto fu devastante, i demoni che vennero colpiti in pieno dal proiettile diventarono un cumulo di membra e ossa ancora calde, quelli che furono anche solo sfiorati vennero scaraventati fuori dall'entrata. La piazza era nuovamente libera e Hurch dava già gli ordini per riassestare le barricate.

Il momento di pace durò poco. Dal campo di battaglia, un terrificante e furente grido giunse alle loro orecchie. Un demone enorme, il più grosso tra tutti quelli che avevano visto in quella notte, era partito alla carica con una velocità sovrannaturale. Xaret aveva mandato Agraar.

«Dimmi che la tua arma può farlo ancora» disse Orth temendo la risposta.

«Avevo un solo tentativo... non pensavo fosse così efficace» rispose Nio paralizzato dalla vista della morte che si avvicinava. Orth imprecò mentalmente e corse da Claide.

«Giudice! Claide! Svegliati! E' arrivato il momento!» provò a spronarlo. Claide aprì piano gli occhi, le ferite erano completamente rigenerate, ma era ancora stordito dal colpo subito.

«Claide! Alzati dannazione! Xaret è solo! Devi andare prima che invadano la città!»

Orth ormai gridava disperato. Claide sbarrò gli occhi e si alzò in piedi in un lampo, diede un'occhiata alla grata di ferro distrutta e ai cadaveri dei soldati nella piazza. Imprecò pesantemente, la bestemmia fu così colorita che per un attimo Orth si vergognò delle sue orecchie.

«Non è il momento ragazzo! Corri!»

«Cercate di resistere ancora un po'!» disse, prima di volatilizzarsi oltre le mura, più veloce di un falco in picchiata.

«Non so se ci riusciremo...» pensò Orth afflitto mentre si voltava contro la marea di demoni, le braccia tese e i palmi aperti, pronto a lanciare qualsiasi incantesimo offensivo che riuscisse a ricordare.

* * * *

Iris

L'attesa nella cattedrale era snervante. Sin dall'inizio della battaglia, Iris era stata costretta la dentro con migliaia di cittadini irrequieti e con la scarsa compagnia di quattro guardie reali a dir poco taciturne.

Aveva udito l'ululato dei segugi, il fracasso dei demoni, il boato delle esplosioni e le grida disperate dei primi caduti. Era stata seduta per tutto quel tempo, in nervosa attesa, senza sapere quali fossero le reali condizioni dell'esercito là fuori.

Dopo appena un'ora aveva udito un altro boato, questa volta più vicino, seguito da un urlo di rabbia terrificante. I cittadini all'interno della cattedrale avevano iniziato a mormorare, a chiedere cosa stesse succedendo, e in effetti anche lei se lo chiedeva. I grugniti dei demoni erano più vicini e le grida dei soldati si erano fatte più frequenti. Talus aveva provato a tranquillizzare la popolazione, ma lei sapeva benissimo cosa era accaduto. I demoni erano riusciti ad entrare. Più di una volta Iris aveva pensato a Claide, riponendo in lui ogni sua speranza, ma se quelle creature erano riuscite ad entrare significava che qualcosa era andato storto.

Provò a convincere le guardie a lasciarla uscire, ma gli ordini erano chiari, "nessuno esce o entra". Era nervosa, stressata e infuriata. Il pianto dei neonati le dava sui nervi e

Talus non perdeva occasione per lanciarle occhiate di disgusto. Glielo aveva detto chiaro e tondo, per lui, non aver partecipato alla battaglia come il resto dei suoi compagni Cacciatori era stato un disonore ancora più grande di quello dell'essere una donna.

Si alzò dalla sedia e si diresse verso l'entrata, sotto lo sguardo vigile delle guardie. Le grida si erano fatte più vicine, così come i grugniti dei demoni. Temeva che quei mostri fossero riusciti a raggiungerli.

I lamenti di dolore all'esterno confermarono le sue paure. Sul piazzale erano rimaste circa un centinaio di guardi del corpo di guardia privato del re. Cento uomini che costituivano l'ultima linea di difesa in casto di sconfitta. Avvertì il cozzare delle armi ed il tonfo dei cadaveri scaraventati chissà dove. Il silenzio arrivò solo dopo un rumore orribile, un inquietante scricchiolio d'ossa seguito da un gorgoglio agonizzante.

Un forte scossone alla porta spezzò il silenzio. Qualcosa dall'esterno aveva iniziato a colpire violentemente le ante di legno massiccio, nel tentativo di sfondarle. Le guardie rimaste presero le posizioni da battaglia e tutte le persone presenti iniziarono a gridare.

Un colpo, due colpi, tre.

Il portone di legno si spalancò con una violenza inaudita, sfiorando Iris, perdendo la presa sui cardini. Le pesanti ante caddero sul pavimento di marmo, mostrando l'essere più orribile che avesse mai visto.

Era alto più di sette piedi, aveva la pelle rossa e le braccia lunghe e gonfie che quasi sfioravano il pavimento. Due corna spuntavano dalle tempie, una curvava verso la fronte, l'altra si estendeva verso l'alto, entrambe sembravano ricoperte di un metallo simile all'argento. Il demone stava chino sotto il peso del suo possente torace, sbavava e ringhiava, mostrando la chiostra di denti acuminati. Sollevò il pesante martello a due mani e provò ad abbatterlo su Iris.

Il colpo si fermò a mezz'aria, cozzando su qualcosa di invisibile.

«Qui non hai poteri, bestia immonda!» disse Talus alle loro spalle «Vattene! Io ti scaccio! Questo è luogo sacro!»

Il demone rispose mugghiando e provò ad entrare, ma ogni volta veniva fermato dalla barriera creata dalle mura consacrate.

La frustrazione del mostro diventava sempre più evidente, sino a quando non iniziò a lanciare all'interno della cattedrale massi e detriti.

«Al riparo!» gridò Iris, prima che uno dei massi riuscisse ad abbattersi su un piccolo gruppo di civili.

Nella cattedrale scoppiò il caos, la gente iniziò a a spingersi nel tentativo di raggiungere le navate laterali, accalcandosi per trovare riparo dietro qualche colonna, travolgendo e calpestando chi aveva la sfortuna di inciampare.

Il demone rise, un gorgoglio strano che ricordava lo sfregare delle rocce e lanciò ancora massi e pezzi di mura diroccate. Le guardie provarono a fermarlo, infilzando le costole e l'addome del mostro con le loro alabarde. L'attacco sembrò funzionare, il demone gridò di rabbia e abbatté la sua possente arma su due di loro che avevano commesso l'errore di avvicinarsi troppo. Gli altri però non si fecero abbattere, uno inchiodò il braccio che reggeva il martello al suolo, mentre l'altro metteva a segno un perfetto affondo nel petto del nemico.

Il demone barcollò e fece per accasciarsi a terra, ma riuscì comunque a colpire le due guardie rimaste con il braccio libero, uccidendole sul colpo.

Fece per estrarre l'alabarda arpionata alla sua mano, quando una figura imponente comparve alle sue spalle.

«Sei stato sconfitto soldato, questo è inaccettabile» disse Agraar. Il demone fece per voltarsi ma il generale fu più rapido. Afferrò con una sola mano la testa del suo compagno e la stritolò sino a ridurla in poltiglia, Agraar parve non curarsi del sangue sprizzatogli sul volto.

La carcassa del demone si accasciò a terra, formando una polla di liquido denso e scuro. Agraar lo osservò ancora per qualche attimo, colmo di disgusto, poi si rivolse verso di loro.

«Guarda guarda cosa abbiamo qui...» disse con la sua voce cupa e profonda. Era più alto del sottoposto di almeno quattro piedi, anche lui però stava chino e ingobbito, se si fosse alzato Iris era sicura che avrebbe raggiunto senza difficoltà le tre tese.

«Allontanati, vile creatura! Queste sono mura sacre, non hai poteri qui!» provò a intimidirlo Talus, con la voce che trasudava di paura.

Agraar rise, il fragore della sua voce era simile ad una frana.

«Dici che le mura sono consacrate? Bene allora...»

Accarezzò piano il liscio marmo bianco, prima di sferrare un potentissimo pugno contro la parete, mandandola in frantumi. Iris aveva capito cosa volesse fare e corse nella sacrestia per recuperare la sua arma.

Agraar piazzava colpo su colpo, smantellando completamente l'enorme facciata, minando la stabilità della struttura. Un ultimo pugno mandò in frantumi un muro portante, facendo crollare parte del tetto sulle teste dei poveri malcapitati. Il caos si scatenò nuovamente nella cattedrale, migliaia di civili finirono schiacciati sotto le macerie, detriti iniziarono a cozzare e schizzare ovunque, i pochi sopravvissuti continuarono ad accalcarsi cercando di stare il più lontano possibile delle colonne pericolanti.

Quando i calcinacci si depositarono, Agraar fece il primo passo nella cattedrale, superando la barriera.

«Ora non avete più un luogo sacro» disse, mentre si faceva strada tra i detriti del tetto crollato. Talus lo guardava con gli occhi sgranati, paralizzato dal terrore. Agraar si avvicinava sempre di più, uccidendo chiunque avesse l'ardore di cercare una via d'uscita troppo vicina a lui.

«Forza, piccolo umano... Ripeti quello che hai detto prima»

Talus degluti e si inginocchiò, gli occhi colmi di lacrime di paura. Sul volto di Agraar si dipinse un ghigno malvagio, alzò il braccio con l'intenzione di spiacciare il sacerdote al suolo, ma qualcosa alle sue spalle lo fermò.

Alzò di scatto la testa con un grido di sorpresa. Provò a girarsi ma qualcosa lo bloccava. Dal suo petto iniziò a intravedersi la punta di un'alabarda che si faceva strada tra le carni, avvolta nella catena dell'Ordine. Agraar urlò di dolore, e la carne attorno all'arma sacra iniziò a sfrigolare. Alle sue spalle, Iris urlava per darsi più forza.

«Schifosa umana!» disse con la bocca piena di sangue nero.

Iris intanto smuoveva l'alabarda, cercando di lacerare quanta più carne possibile, ma Agraar era più forte di qualsiasi altro demone, per lui dolore era solo una parola. Si voltò di scatto agitando il braccio teso verso di lei. Il dorso del suo pugno la colpì in pieno, spedendola contro una colonna. Agraar provò ad estrarre l'alabarda, ma la catena aveva ormai disciolto gran parte del suo petto. Cadde in ginocchio, scuotendo i calcinacci sul pavimento, riservando a Iris un ultimo sguardo d'odio.

La montagna di muscoli si accasciò pesantemente al suolo, facendo tornare il silenzio nella cattedrale. La popolazione uscì di corsa da quello che rimaneva della splendida struttura, dirigendosi verso il forte. Tutti tranne Talus, che guardava il corpo del demone che lo stava per uccidere, e Iris, accasciata al suolo.

Lei tossì e dalla sua bocca uscirono miriadi di goccioline di sangue. Lo schianto l'aveva paralizzata, non riusciva più a muovere le gambe, stare sveglia stava iniziando a diventare difficile.

«Questo non è un buon segno» pensò.

Provò a voltare la testa ma avvertì subito la nausea montare.

La vista le si annebbiò. Incamerare aria iniziò a diventare tremendamente difficile. Fece un sorriso amaro.

«Forse è sempre stato questo il mio destino, sopravvivere solo per poter morire al momento giusto»

Mosse gli occhi verso Talus, che la guardava con un misto di incredulità, paura e profondo rammarico. Iris sorrise, era così strano vederlo in pensiero per lei, poi chiuse gli occhi, esalando il suo ultimo respiro.

* * * *

Claide

Claide corse lontano dalla città con tutta la forza che aveva nelle gambe. Si dirigeva a ovest, verso un piccolo boschetto, in modo da attirare Xaret lontano dai suoi demoni. Aveva udito le grida di disperazione e morte dopo le prime falcate, provocate dalle vittime che gli Arieti stavano mietendo in città. Aveva pensato di tornare indietro, ma la cosa migliore da fare era porre fine a quell'incubo al più presto possibile.

Raggiunse la sua destinazione, la vegetazione non era fitta e gli alberi lasciavano abbastanza spazio in caso di lotta. Un cerbiatto intimorito balzò lontano al suo arrivo. Si concentrò e spedì con la mente un forte e potente messaggio.

«Xaret! Sono stufo di aspettare che tu ti decida a uscire dalla tua tana! Lascia che le carni da macello si scannino a vicenda e affrontami una volta per tutte!».

Claide attese immerso nel buio, solo con il battito del suo cuore che pompava frenetico. Aspettò qualche minuto, poi avvertì uno strano rumore, qualcosa che non proveniva da un albero o da un cespuglio, ma dall'aria stessa. Di fronte a lui iniziò ad addensarsi una fitta nebbia nera che, pian piano, aumentava di volume, sino a formare una figura quasi umana. La nebbia si diradò all'istante, rivelando finalmente il Re nero.

Perfettamente eretto, il mento alto e fiero, il viso contratto in una smorfia di disgusto, gli occhi irati che lanciavano fiamme. Portava una lunga giubba di pelle adornata con borchie di krot e piccoli teschi. Nella mano destra reggeva quella maledetta spada che aveva dato inizio a tutto.

«Claide...» disse Xaret col tono cupo e adirato di chi sta per esplodere.

«Xaret, finalmente hai smesso di nasconderti»

Xaret ringhiò e scaturì un'onda d'urto che mandò Claide con le gambe all'aria, impedendogli di finire l'ennesima provocazione.

«Ora basta! Ho sopportato i tuoi insulti fin troppo! Con chi credi di parlare sudicio umano?!» disse lui, avvicinandosi con fare minaccioso. Claide reagì, si rialzò da terra e stese il braccio verso il demone. Un globo di energia si infranse contro la Shermisan, prontamente alzata.

«Grande sbaglio. Io non sono come tutti gli altri»

Claide serrò i denti.

«Non fare l'errore di sottovalutarmi...» sibilò.

«Sottovalutarti?» disse Xaret in tono sorpreso «Assolutamente no, Claide! Vedi, io non ti sottovaluto! Io so benissimo che tu sei un carnefice, un assassino, un mostro molto più pericoloso di tanti miei sudditi»

«Cosa intendi dire?»

«Le senti? Le grida strazianti di chi ha appena incontrato la morte? Dolci melodie per le mie orecchie! E tutto sta accadendo a causa tua! Certi demoni potrebbero vantarsi di aver ucciso dozzine di umani, ma tu Claide ne hai ucciso centinaia in una sola notte! Provo una grande stima per te» disse lui in tono di scherno. Claide strinse i pugni e sfoderò la spada.

«Tu mi hai usato! Tu mi hai ingannato! Io non sono il carnefice di quelle anime, sono il loro vendicatore!»

Xaret rise di gusto.

«Allora fatti avanti, dimostrami che hai davvero il coraggio di affrontare il demone più potente dell'inferno!»

«Con piacere!»

Claide si avventò su Xaret, provando un affondo all'addome. Xaret non mosse neanche la spada, agitò la mano, scaraventando da un lato Claide con la magia.

«Ti ricordo che non sono solo un guerriero...» disse lui quasi annoiato «Avanti riprova, dopo tutte le tue minacce, speravo in un minimo di intrattenimento!»

Xaret caricò il braccio e menò un fendente col pugno di terza, cercando di colpire Claide mentre ancora si rialzava da terra. Il Giudice parò il colpo tempestivamente, bloccando la pesante lama col forte della sua spada, la radura venne rischiarata da una cascata di scintille.

«Dannazione, è forte!» pensò accusando il colpo.

Attinse al suo potere e le iridi si colorarono di rosso. Respinse l'attacco di Xaret e usò la magia per scaraventarlo all'indietro. Il Re indietreggiò di qualche passo tenendo appena l'equilibrio, ma non si scompose.

«Finalmente hai tirato fuori la tua vera natura!» disse riportandosi in posa.

Claide non rispose, sentiva il potere scorrergli e pulsare nelle vene, il corpo pieno di un nuovo vigore, le braccia forti e scattanti. Si fiondò su Xaret triplicando la sua foga, provando affondi, fendenti, alternando la lama, magia e pugni. Piroettava, balzava e schivava. Xaret indietreggiava, anche se parava colpo su colpo, sembrava in difficoltà. Il Giudice fece una finta, si accovacciò e poi si distese come una molla, cercando di affondare la lama dritta nel gozzo nel demone. Xaret sorrise.

Afferrò la spada a mani nude, strappandola dalle sue mani, per poi sferrargli un calcio in pieno petto, mandandolo a cozzare contro il tronco di un albero alle sue spalle. L'aria venne scacciata fuori dai polmoni, lasciando il Giudice senza fiato.

«Devo ammetterlo...» disse Xaret aprendo e chiudendo la mano ferita e già sanata «Ho notato un certo miglioramento, ma mi stupisce che tu possa davvero aver pensato di essere al mio livello»

Il calcio di Xaret aveva incrinato qualche costola. Niente di grave dato che si erano subito rigenerate, ma Xaret non sapeva dei suoi nuovi poteri e provò a fingere di essere ancora ferito, per farlo avvicinare. Quando fu a meno di un passo da lui, pronto a sferrare il colpo di grazia, Claide attinse a tutto il suo potere.

Fu così rapido da sembrare invisibile, aggirò il demone e con un colpo netto e preciso gli squarciò i tendini delle ginocchia, preparandosi ad affondare la lama dritta nella spina dorsale.

Xaret, preso alla sprovvista, gridò di dolore e si accasciò a terra, ma non era uno stupido. Con incredibili riflessi si voltò di scatto, colpendo Claide col braccio teso. Si alzò e si voltò verso di lui con gli occhi che esprimevano tutto l'odio e la rabbia che provava. Stese un braccio e lanciò un'antica e potente maledizione, le parole rapide e blasfeme sfuggirono sinuose dalle sue labbra increspate.

Claide avvertì gli arti paralizzarsi e le carni staccarsi dalle ossa, come se un coltello rovente lo avesse appena sfilettato. Provò un dolore inimmaginabile, ogni nervo nel suo corpo si incendiò, ogni muscolo iniziò a contrarsi in preda agli spasmi. Gridò sino a perdere la voce mentre la sua rigenerazione accelerata combatteva contro il le sue stesse ossa rese incandescenti. Il maleficio continuava a consumargli le carni e il suo corpo le rigenerava all'istante, non aveva mai desiderato così intensamente di essere morto.

«Mi credi tanto stupido?» inveì Xaret «Le Venerabili mi avevano avvertito riguardo a qualche tuo nuovo trucco, non sono un sprovveduto! Un comune e arrogante Tan! Io

sono Xaret, il Re Nero! La Settima piaga del Settimo mondo!»
Claide non lo sentiva nemmeno tanto erano forti le sue grida.

«Mi hanno messo in guardia, ammonendomi sulla tua natura, affermando che tu fossi diventato persino superiore a me! Quanto si sbagliavano! Nessuno è in grado di uccidermi! Nessuno è in grado di eguagliarmi!» Xaret fece roteare la sua spada, saggiandone la presa.

«Quanto mi sono mancate le tue grida... Dovrei essere abituato alle lagne di voi mortali ma le tue, Claide, sono come un nettare per me! Ricordi la prima volta che me le hai fatte sentire? Poco prima che tu uccidessi quel cucciolo d'uomo se non ricordo male. Come li chiamate voi? Neonati? Bambini? Cosa hai provato quando hai strappato la vita dalle sue mani? Quando hai trucidato un povero bambino innocente?»

Xaret lo guardava con scherno e disgusto, preparandosi al colpo finale, ma Claide non lo ascoltava.

Solo due parole erano arrivate alle sue orecchie, sovrastando il frastuono dei suoi lamenti.

«Bambino innocente... Andil...» pensò mentre una furia cieca iniziava a riempire la sua mente, facendo ribollire il potere che era in lui.

«Era... solo un bambino... mi hai ingannato, usato... era innocente». La rabbia si trasformò in potere. Gli occhi si colorarono di rosso, piccole e pulsanti vene viola comparirono attorno alle orbite. *«La pagherai... per tutto il male che hai fatto... io ho giurato... ti ho promesso che ti avrei strappato la testa».*

«Non dovevi farlo» disse Claide con la voce distorta. Xaret lo guardò confuso, bloccando improvvisamente il suo monologo.

«Come hai detto?» disse.

«Non dovevi... farlo» Claide si alzò in piedi, il corpo scosso da violenti spasmi, la nebbia densa e nera che fuoriusciva dal suo petto «Hai fatto davvero... l'unica cosa... che non dovevi fare»

Claide non ragionava più, avvertiva solo la pressione alle orecchie che aumentava, i suoni della radura che venivano sovrastati da un ronzio sordo, la maledizione che veniva debellata del tutto e tutti i suoi sensi acuirsi. Xaret si mise in posizione di guardia, senza capire cosa stesse succedendo.

Il giudice gridò di rabbia, l'urlo della creatura, così innaturale e disumano, spaventò persino il Re Nero. La nebbia lo avvolse, mutando il suo corpo e trasformandolo nell'essere che aveva rinchiuso per tutta la durata della battaglia.

«Se devo morire per vendicare le anime che ho preso, così sia...» pensò prima di sprofondare nell'oblio.

La creatura si destò in tutto il suo potere, l'aria attorno a lei si fece pesante e irrespirabile, attraversata da tutto il potere che non riusciva a contenere.

«Non è possibile!» gridò Xaret confuso «Tu sei un lurido e sudicio mezzosangue! Non puoi! Non puoi essere come noi!»

La creatura non rispose. Muoveva la testa a scatti come un corvo, osservando il suo nemico, cercando di capire se rappresentasse una minaccia. Xaret perse la pazienza, scattò e caricò un potente colpo laterale. La creatura alzò semplicemente il braccio, bloccando l'avanzare della lama che cozzò sopra quella pelle dura come roccia senza lasciare neanche una traccia. Xaret sgranò gli occhi dalla paura.

Provò a indietreggiare ma una strana forza lo immobilizzò sul posto. La creatura alzò un braccio e le ossa di Xaret iniziarono a frantumarsi, senza rigenerarsi. Braccia, gambe, torace, ogni osso che il demone aveva in corpo iniziò a sbriciolarsi con inquietanti e sonori schiocchi, saltando fuori dalla carne, bagnando l'erba con spruzzi di sangue nero. Il re ululò dal dolore, un grido straziante che neanche lontanamente rispecchiava il dolore reale che provava.

Una volta che lo scheletro di Xaret fu completamente ridotto in frantumi, la creatura si avvicinò lentamente. Il demone respirava appena e guardava Claide non più con odio e disprezzo, ma con terrore puro.

«Te lo avevo promesso» furono le uniche parole della creatura.

Afferrò con entrambe le mani le corna di Xaret e tirò con forza. Le ossa del suo collo iniziarono a scricchiolare, i tendini iniziarono a cedere strappandosi e squarciandosi.

Con un grido di rabbia animalesco, la creatura strappò la testa di Xaret dal collo, inzuppandosi con il sangue del demone. Il Re nero era stato sconfitto.

Claide si accasciò al suolo, la nebbia si diradò del tutto, riportando il corpo al suo stato originale. Sentiva ogni muscolo che pulsava di dolore, il cervello in fiamme e la gola dolorante. Non riuscì a spiegarsi come mai fosse ancora tutto intero, tutto quel potere riversato in un corpo fragile come quello umano, anche solo il pensiero risultava ridicolo.

Eppure era ancora vivo. Stanco e stremato, con il cuore che cercava di pompare più sangue possibile e i polmoni che sembravano voler consumare tutta l'aria che lo circondava, ma vivo. Non sprecò un minuto, strisciò verso la carcassa senza vita di Xaret, inzuppandosi di sangue sino alla vita e raccolse l'arma da terra. Una volta impugnata, questa lanciò un brivido e Claide avvertì le quattro anime ed il legame che alimentava il portale.

«Ti ordino di liberarle!» disse con la voce rotta dalla fatica.

La Shermisan non provò neanche a ribellarsi, liberò le anime che aveva intrappolato, svuotandosi completamente del suo potere e rompendo il collegamento. Claide avvertì tutti i demoni ancora vivi lasciare quel mondo, ricacciati con forza da dove erano venuti. Nell'aria risuonò un coro di grida di vittoria, udibili persino da quella distanza.

«Ce l'abbiamo fatta» pensò.

Sapeva che la conta delle vittime sarebbe stata altissima, lasciò l'arma col cadavere del suo padrone e tornò subito a Gunea, per assicurarsi che almeno i suoi compagni fossero vivi. La vista dell'entrata principale lo fece preoccupare ancora di più. Le mura erano annerite dal fuoco, la grata era stata completamente distrutta, molte case erano crollate e la piazza era disseminata di cadaveri e resti umani, solamente pochi demoni stavano accasciati al suolo. Gli uomini che prima avevano esultato, ora erano chini sui propri compagni, liberando i feriti dalle macerie, o piangendo la loro morte. Vide Hurch, che reggeva un braccio ferito, aiutare comunque un soldato a trascinare i vari corpi. Scorse poco distante Eilheart levarsi l'elmo insanguinato, portando un panno lurido contro un brutto squarcio poco sopra la tempia.

Entrò nella piazza, gli uomini non lo degnarono neanche di uno sguardo, nonostante grondasse di sangue. Si diresse verso Hurch, ma qualcuno lo afferrò per la spalla.

«Vai alla cattedrale... ora!» disse Duscan. Aveva il volto ed i capelli coperti da fango e polvere, un grosso taglio sulla mano dimostrava che aveva combattuto anche lui. Claide lo guardò senza capire, poi un dubbio terrificante gli balenò in mente.

Percorse la strada a grandi falcate, dirigendosi verso la cattedrale, notando la facciata e la navata centrale completamente distrutte.

«No… fa che non sia successo…» pensò in preda al panico.

Il portone era stato abbattuto, anche da fuori Claide poteva intravedere i civili intrappolati tra le macerie e i resti del tetto crollato. Orth presidiava l'entrata, organizzando gli uomini per la ricerca di sopravvissuti.

Quando fu a pochi passi dallo stregone, questi si voltò e lo guardò con una profonda tristezza negli occhi. Notò anche quel sacerdote, Talus, accasciato contro una parete, che guardava un punto indefinito verso le uniche colonne ancora in piedi, come ipnotizzato.

«Claide…» sentenziò Orth posando una mano sulla sua spalla «Io…» provò a continuare inutilmente. Claide lo guardò dritto negli occhi.

«Cosa è successo?»

«Agraar ha superato le nostre difese… la sua sete di sangue lo ha portato qui, e…» ma ancora una volta non riuscì a finire la frase. Talus si intromise.

«Mi ha salvato» disse guardando Claide con gli occhi invasi dal dolore «Si è sacrificata... lei... io...»

Claide sentì la disperazione montargli in corpo. Scavalcò con prepotenza le ante del portone di legno e gettò un'occhiata all'interno della cattedrale. Vide il corpo di un Ariete e quello di Agraar accalcati in un angolo, vide i vari caduti mutilati dalle macerie, posti in una fila ordinata che sembrava non finire mai, e poi vide lei, adagiata in modo composto vicino a una colonna, le mani congiunte sul petto immobile.

«Iris...» sussurrò Claide.

Corse verso di lei, le lacrime iniziarono a bruciargli gli occhi.

«No… no!» disse mentre la sollevava da terra e la stringeva a se «Non tu! Ti prego, non tu!»

Orth si avvicinò piano e con cautela.

«Mi dispiace Claide» disse con profondo rammarico. Il Giudice non rispose. Guardava il corpo di Iris stretto tra le sue braccia, mentre calde lacrime gli solcavano le guance senza controllo. Senza alcun preavviso, scattò in preda alla rabbia.

«Voi!» grido al cielo, gli occhi illuminati da bagliori cremisi «Che avete visto morire gli stessi uomini e donne che da sempre vi adorano e vi rispettano! Che non avete mosso un dito per proteggere il mondo che millenni fa avete giurato di salvaguardare! So che potete sentirmi! Io vi ordino, io esigo che vi presentiate immediatamente al mio cospetto!»

Claide tremava di rabbia, Orth lo guardava senza capire, chiedendosi a chi fosse rivolta una tale ira. Le pareti della cattedrale presero a vibrare, tutti iniziarono ad avvertire sulle spalle un peso enorme, cadendo in ginocchio. Tutti tranne Claide, che si era asciugato le lacrime e voltato verso il centro della cattedrale, dove si stava raccogliendo una strana luce dorata.

Dal nulla comparve una figura bianca e accecante che rilasciò una forza potente e opprimente. Aveva l'aspetto di un umano, capelli sciolti lunghi e neri, volto perfettamente scolpito e rasata, tanto simmetrico da risultare innaturale, gli occhi rilucevano di riflessi dorati e accesi.

Portava una lunga tunica bianca coperta da un'armatura scintillante di manifattura pregiata, che lasciava scoperte solo le gambe e il braccio sinistro. Il Titano guardava Claide con occhi severi e scocciati. Quando parlò, la sua voce rintronò tra le pareti, smuovendo la polvere dalle colonne.

«Come osi, essere innaturale, trascinarmi via dal mio regno! Come osi parlare»

«Fai silenzio!» lo interruppe Claide «Sai bene la potenza della mia vera natura! Io non oso, io compio il mio volere!»

Il Titano lo guardò con astio ma non rispose.

«Ti ho evocato perché voglio che la riporti in vita!» disse Claide indicando Iris.

«E cosa ti fa pensare che io abbia un tale potere?» rispose lui alzando un sopracciglio «la gente muore ogni giorno, fattene una ragione»

«Non prenderti gioco di me!» inveì il Giudice, liberando un po' del potere che non vedeva l'ora di uscire «Ora vedo tutto in maniera molto più chiara! Ciò che sono diventato mi ha aperto gli occhi... avverto chiaramente la traccia lasciata dall'anima di questa donna, e non ha niente a che fare con l'Inferno!»

«Anche se così fosse, perché dovrei riportare in vita proprio lei? Tanti altri valorosi uomini e donne sono morti questa notte, genti che meritano la redenzione più della tua Cacciatrice»

«Perché solo per lei sono disposto a rinunciare alla mia vita!» rispose Claide secco. I presenti lo guardarono sbalorditi, persino il Titano rimase spiazzato.

«Sai bene che non puoi uccidermi in uno scontro, nessuno può!» proseguì «L'unico modo è che io mi arrenda, e per farlo voglio che prima riporti in vita lei... Ecco, guarda» Claide estrasse la sua spada e la lasciò cadere a terra, in segno di resa «La mia presenza minaccia l'equilibrio dei mondi, compreso il tuo! La mia morte risolverà un sacco di problemi futuri! Mentre un'anima in più o in meno nel tuo regno non cambierà di certo la storia! Cosa decidi?»

Il Titano lo guardò in modo sospetto.

«Come faccio a sapere che non mi tradirai?» disse.

«Insulti il mio onore, Titano!» rispose Claide in un ringhio. «Io sono un Giudice, di nome e di fatto. Questo è un patto e io lo rispetterò come ho sempre fatto»

Il Titano lo guardò ancora a lungo, combattuto sulla sua decisione mentre alcuni soldati si accasciavano al suolo perdendo i sensi, schiacciati dal peso della loro armatura e stremati dall'opprimente presenza dell'essere superiore.

«E sia» disse infine.

Il Titano chiuse gli occhi e alzò il volto verso il cielo rischiarato dai primi colori dell'alba, pronunciando alcune parole sottovoce. Nell'aria iniziò a riecheggiare un cupo ronzio, le orecchie iniziarono a fischiare, una strana forza iniziò a schiacciare i loro petti. Il Titano sbarrò gli occhi, lanciando due fasci di luce ambrata verso il cielo, e scagliò una sfera di energia contro il corpo di Iris. La salma prima fu invasa dalla stessa luce dorata, poi riacquistò pian piano la sua colorazione rosea, sino a essere riempita di nuova vita. Claide avvertì chiaramente il ritmo del cuore di Iris battere di nuovo e l'aria riempire ancora i suoi polmoni.

«Grazie» disse sollevato, si tolse il mantello e lo depose a mo' di coperta sopra la Cacciatrice, poi si avvicinò al Titano «Fa' quel che devi»

Il Titano lo osservò, ancora sospettoso nei suoi confronti. Dal nulla evocò una spada lunga e sottile, fatta di luce e metallo. Attese qualche attimo, prima di affondarla nel petto di Claide.

Fu percorso da un fremito, ma non si lamentò. La spada bruciava da impazzire, sentiva la carne sfrigolare, le sue vesti andare a fuoco. Avvertì distintamente la vita lasciare il suo corpo, le palpebre si fecero più pesanti e le membra iniziarono ad intorpidirsi.

«E' giusto che sia così» pensò mentre la vista si offuscava. Un grugnito del Titano lo riportò alla realtà, aprì gli occhi e vide l'espressione di rabbia che gli si era dipinta in volto. Non era la sua carne a sfrigolare, era la lama.

«No! Avevamo un patto!» gridò furioso.

Inizialmente non capì, poi fu percorso da una fitta di dolore immensa. Avvertì qualcosa nel suo corpo spaccarsi e uscire dolorosamente dai pori della sua pelle. Claide urlò, incapace di capire cosa stesse succedendo. Qualcosa si staccò da lui e si volatilizzò, persa in chissà quale mondo. Il Titano sparì in un ultimo grido di rabbia e il Giudice si accasciò al suolo.

Si sentiva strano, aveva la bocca spalancata eppure respirava a fatica. Diede un ultimo sguardo a Iris che stava riacquistando conoscenza, prima di svanire in un turbinio di nebbia oscura, cacciato via da quel mondo come gli stessi demoni che aveva respinto.

Epilogo

Iris osservava i lavori per ricostruire la città dall'alto della sua camera, mentre teneva stretta la spada avvolta in bende bianche. Un'altra lacrima di rabbia le solcò la guancia, non poteva credere quanto era stato stupido.

Due giorni prima era stata negli alloggi di Orth, per chiedere spiegazioni. Non avrebbe mai dimenticato quelle parole.

"«Non sappiamo cosa sia successo...» disse il vecchio massaggiandosi le tempie per scacciare il dolore «Sia io che gli altri membri del Circolo abbiamo avvertito qualcosa, ma posso solo fare delle teorie»

«Di solito le tue teorie sono azzeccate, almeno provaci» chiese lei quasi implorante. Orth fece un sorriso triste.

«E va bene. Claide è riuscito, inspiegabilmente, ad evocare un Titano, per offrirgli la sua vita in cambio della tua. Inizialmente il Titano sembrava contrario, ma alla fine ha accettato il patto... tu eri morta Iris...»

La cacciatrice lo osservò con gli occhi ancora pieni di terrore.

«E ora, Claide è...»

«No» la interruppe Orth «Almeno credo... Vedi, tutti noi abbiamo avvertito qualcosa staccarsi da Claide un attimo dopo che il Titano ha provato a ucciderlo, questa cosa dava una sensazione molto simile a quella che da uno spettro, ma era molto, molto più potente»

Iris deglutì e strinse i pugni.

«Subito dopo che questa... energia ha lasciato il suo corpo, io credo che la sua natura sia cambiata»

«Che intendi dire?»

«Gli altri stregoni preferiscono non trarre conclusioni affrettate, ma il modo in cui è sparito senza lasciare traccia... e quella strana presenza» Orth fece un respiro profondo

«Credo che il Titano, cercando di uccidere Claide, abbia diviso nuovamente la sua parte umana da quella demoniaca. Ora, Claide sarebbe dovuto morire e credo che quella presenza fosse proprio la sua anima che spirava, ma in qualche modo, la sua essenza demoniaca è rimasta aggrappata al corpo, impedendogli di morire e cambiando la sua natura... credo che Claide sia svanito in quel modo, proprio perché aveva perso la capacità di viaggiare tra i mondi, ed essendo totalmente demone è stato ricacciato da dove provengono quelli come lui»

Orth concluse il discorso scuotendo la testa, senza credere alle sue stesse parole. Il cuore di Iris batteva all'impazzata, la mente lavorava senza sosta per elaborare quanto gli era stato appena detto.

«E ora?» chiese con un filo di voce.

«Ora?» gli fece eco Orth senza capire «Ora non lo so... Può darsi che la mia teoria sia azzeccata, ma può anche darsi di no! Sembra tutto troppo impossibile e assurdo perché possa essere vero, ma d'altronde anche Claide era... impossibile»

«E ora... io... noi...» sentenziò Iris sull'orlo delle lacrime.

«No mia cara, se davvero Claide è confinato all'Inferno non credo che lo rivedremo... se è da qualche altra parte però, sono sicuro che tornerà» provò a consolarla."

Smise di guardare fuori e si sedette sul letto, posando la spada delicatamente su una cassapanca.

«Se mai farai ritorno, giuro che ti prenderò a pugni per quello che hai fatto» pensò poco convinta.

* * * *

Sedeva su un scomodissimo trono di pietra, all'interno di un enorme sala dalle pareti nere e lucenti. Ai suoi piedi si trovavano centinaia di demoni, tanti da riempire la sala e sparire dalla vista oltre i grossi cancelli in pietra che *segnavano l'entrata. Tutti non avevano smesso di scrutarlo con viso truce e con occhi ribollenti d'odio. La sua mente era persa in mille pensieri e macchinazioni, impegnata a trovare una spiegazione almeno lontanamente plausibile. Poi le parole di Serbrar, che sino a quel momento lo aveva guardato con divertita curiosità, lo costrinsero a sollevare il mento.*

«Inchinatevi di fronte al nuovo Re!» disse alla platea, che pian piano si trasformava in una massa di schiene curve e capi chinati.

«Come è potuto accadere?» pensò Claide.

Printed in Great Britain
by Amazon